이화에서 인연을 맺은 네 분의 스승,
이효재 선생님, 이귀윤 선생님, 소흥렬 선생님, 조형 선생님께 드립니다.
스승은 언제나 마음의 어버이시라……

우리 아이, 책날개를 달아주자

김은하 지음

살림

『우리 아이, 책날개를 달아주자』 10주년에 부쳐
책, 나를 '나'답게 한 어떤 것

『우리 아이, 책날개를 달아주자』가 세상에 나온 지 꼭 십 년이 되었다. 내가 막 사십 대에 들어선 해의 12월 마지막 주에 책이 나왔는데, 벌써 십 년이 지나 내 나이도 오십을 넘어섰다. 십진법이 단순히 수를 넘어서 철학적인 의미를 담았다는 생각이 들곤 한다.

지난 십 년 동안 『우리 아이, 책날개를 달아주자』는 수만 명의 독자와 만났다. 책 제목은 '우리 아이, 책날개' 혹은 '책날개를 달아주자'라는 구호로 어린이 독서 교육 운동 영역에서 일상어로 자리했다.

『우리 아이, 책날개를 달아주자』(이하 <책날개>로 표기)는 여성신문의 교육 칼럼 「책과 어린이」에서 비롯되었다. 대학 동기인 김효선 사장의 제안으로, 당시 여성신문의 취지에 공감하는 인사들이 그랬듯이 원고료를 받지 않는 대신에 저자가 지정하는 기관에 여성신문을 보내는, 일종의 '재능 기부 운동'에 나도 동참한 것이다.

1998년 1월16일 처음으로 칼럼 기사가 나갔을 때 여성신문 출판부에서 책으로 만들자고 연락이 왔다. 두 번째 원고가 나갔을 때 현암사 편집부에서도 연락이 왔다. 이렇게 몇몇 굵직굵직한 출판사에서 출판 제안이 있었다. 나는 여성 신문 칼럼을 10회 정도만 쓸 예정이라 책으로 묶기에는 분량이 적었고, 무엇보다도 단순히 신문 칼럼을 긁어모아 책으로 묶는 식의 출판을 호의적으로 바라보지 않았으며, 칼럼과 책은 내용에서도 글의 호흡에서도 전혀 다르기 때문에 사양하였다. 우여곡절 끝에 그 해 여름 현암사에서 책을 내기로 결정했다. <책날개>에는 꼬박 일 년 동안 연재한 여성신문 칼럼 가운데 24편, 그리고 공동육아연구원(현재는 공동체와 공동체교육)의 소식지 「공동육아」에 쓴 원고 가운데 일부를 넣었다. 그밖에 필요한 원고는 새로 썼다.

<책날개>는 내 삶의 지향을 고스란히 담고 있다

1984년 봄, 대학을 졸업하고 곧바로 대학원 석사과정에 입학했다. 입학원서에 진학 동기를 다음과 같이 썼다.

> 사회 구조는 쉽게 변하는 것이 아닌데, 지금보다 더 나은 세상을 만들려면 사회 구조적 변화와 개인의 노력이 어떻게 조화를 이루어야 하는가? 그것에 대한 내 나름의 답을 구하기 위해서 대학원에 진학한다.

10대부터 지금까지 평생 스스로에게 끊임없이 되물었다. 한시도 이 질문을 놓아본 적이 없다.

박사과정에 입학한 후 나와 꼭 같은 질문을 던지고 그 질문에 답하기 위해 평생 헌신한 피에르 부르디외를 만날 수 있었다. 문화자본이 계급 재생산의 '숨긴 루트'가 된다는 그의 주장에 공감한다. 학력이 계급 재생산의 중요한 자원인 자본주의 사회에서 독서 능력은 학력 차를 발생시키는 매우 강력한 문화자본이다. 문화사회학자로서 나는 사회 계층에 따른 문화자본의 불평등과 그에 따른 부익부 빈익빈이라는 양극화 현상을 조금이라도 줄이고 싶었다. <책날개>는 20대에 내가 품었던 이상을 풀어내는 나의 또 다른 모습이다.

<책날개> 본문에도 적었듯이, "선진 사회로 가는 길은 부자를 늘리는 것이 아니라 가난한 사람들의 수를 줄여 나가는 것이다. 마찬가지로 문화 선진국의 독서 장려 정책은 가정 형편이 어려워 책을 볼 수 없는 아이들이 학교에서라도 양서를 볼 수 있도록 지원하는 것"이라는 생각은 지금도 변함없다. 『우리 아이, 책날개를 달아주자』의 인세는 시설기관 아동의 벗으로, 후배와 제자들의 학비로, 작은 도서관의 문고로, 어린이를 위해 일하는 단체

들의 활동비로, 서울시립어린이도서관 살리기 운동의 기금으로, 수해 입은 보육원의 냉장고로, 지역아동센터의 세탁기로, 그밖에도 여러 모습으로 바뀌어 아이들의 품으로 돌아갔다. 독자 여러분의 사랑이 있었기에 여기까지 올 수 있었다. 깊이 감사드린다.

어려운 처지의 사람들이 '나는 왜 남들보다 못 가졌을까? 다른 사람들은 왜 나보다 그렇게나 더 많이 가졌을까?' 하고 묻는 것보다, 조금이라도 풍족한 사람들이 '왜 나는 남보다 많이 가졌을까?' 하고 묻는 것이 양극화 현상을 보다 평화롭게 해결할 수 있다. 앞으로 <책날개>를 읽을 독자들께서도 그런 마음으로 이 책을 읽으시기를 소망한다.

10주년 기념 판에 첨가된 것

가능하면 초판의 내용을 그대로 살리는 것을 원칙으로 했다. 개정판을 내느니 아예 새 책을 내는 것이 낫다고 생각한다. '2000년 출판 당시의 독서 환경'이라는 맥락 속에서 이 책을 저술했고, 이 책의 내용은 지금도 앞으로도 여전히 유효할 것이기 때문이다. 현장감을 놓치지 않기 위해서 일 년에 최소한 몇 번은 학교나 도서관에 강연을 가서 질의응답 시간을 마련하는데 교사나 학부모의 질문 내용이 10년 전이나 지금이나 별로 달라진 것이 없고, 이 책이 그 질문의 답으로 여전히 효과적이라 생각하기 때문이다. 매체가 바뀌었다고 해서 독서 교육의 기본 정신이나 원칙이 쉽게 바뀌지는 않는다.

한글맞춤법이 완전히 바뀐 것만 바로잡고, 가능하면 그 당시의 단어와 표현도 그대로 두었다. 십 년 전과 달라진 부분은 다음과 같다.

첫째, 초판에 실린 책 가운데 출판사 변경, 절판 등의 서지사항은 이 책의 맨 뒤에 실린 '이 책에 나온 책'에서 정보를 찾을 수 있다. 아울러 이 책에서 소개한 외국 그림책 가운데 한국에서 번역 출판된 책도 덧붙였다.

둘째, 몇몇 자료를 보충하였다. '주요 국가별 공공 도서관 현황' 통계는

2010년 12월 현재의 것을 덧붙여 10년 전과 비교하였다. 학급도서관을 만드는 데 사용할 한국도서십진분류표는 가장 최근의 것(2009년)으로 바꾸었다. 우리나라 최초의 제대로 된 어린이 전문 서점 <초방>의 변화에 대해서도 최근의 사진을 넣고 설명을 덧붙였다.

셋째, 초판에서 틀리거나 누락된 부분을 쇄를 거듭하면서 바로 잡는 노력을 하였으나 끝내 해결하지 못한 것들이 있는데 이번 기회에 바로 잡았다. 예를 들어「노래의 날개 위에」는 멘델스존의 작품인데 어이없게도 내 실수로 슈베르트로 잘못 적었다. 오래전에 발견했고 출판사 측에도 수정해달라고 부탁했는데 아무튼 2009년에야 간신히 바로잡았다. 동아일보 사설란에서 인용한 독자 투고의 주인공도 2006년에 찾았는데 이번에 바로잡을 수 있어 천만다행이다.

내가 겪어서 싫었던 일은 그것을 분명히 인식하는 한 다른 사람에게 절대로(!!) 하고 싶지 않다. 대학 수업에서 필요한 교재 가운데 초판과 별반 내용이 다를 것 없는 개정판을 매 번 '울며 겨자 먹기' 식으로 구입한 경험이 있다. 그때마다 솔직히 저자에게 화가 났다. 출판사가 바뀌고 표지와 편집이 달라졌을 뿐, 위에서 밝힌 부분 외에는 <책날개>는 지금도 그 모습 그대로다. 그러니, 이미『우리 아이, 책날개를 달아주자』(현암사)를 구입한 독자들은 절대로 이 책을 사지 않기를 간곡히 부탁드린다. 거듭 말씀드리지만 이 책은 전면 개정판이 아니다!

<책날개>에는 마흔 해를 살아온 내 열정이 고스란히 담겨 있다. 그 시절을 나와 함께 한 사람들의 역사이기도 하다. 거기에 덧칠하고 싶지 않다. 따라서 개정판은 내지 않는다. <책날개>의 후속편을 기다리는 독자들께 가까운 시일에 새로운 책으로 만날 것을 약속드린다.

나의 스승께서는 지금……

참, 이 책을 헌정한 내 스승의 소식을 궁금해 하는 독자를 위해 덧붙인다.

아흔을 바라보시는 이효재 선생님께서는 <진해 기적의 도서관>에서 어린이들에게 책을 읽어주는 할머니로 지내오셨다. 이번 겨울에는 북한의 헐벗은 어린이를 위해 털목도리를 열심히 뜨시겠다고 하신다. 이귀윤 선생님께서는 안타깝게도 2005년에 운명하셨다. 아마도 천국에서 하나님과 우리 아이들 걱정을 하시리라 믿는다. 목소리, 미소, 말씀, 그 어느 것도 잊지 않았는데…… 스승께서 좋아하시는 트로이메라이를 들을 때마다 종종 목이 멘다. <책날개> 후기에도 등장하는 소흥렬 선생님이 궁금한 독자는 오전에 서울의 명동이나 대학로, 학동 등의 카페를 두리번거리시면 된다. 커피를 마시며 글을 쓰시는 나이 지긋하고 지적인 철학자가 눈에 띄면 그분이 소흥렬 선생님이시다. 고희를 바라보는 조형 선생님께서는 2011년 현재 한국여성재단의 이사장을 맡아 '딸들에게 희망을' 주기 위해 오늘도 기금을 모으러 다니느라 분주하시다.

나의 스승들께서 현명하고 멋지고 아름답게 사시는 모습을 뵐 수 있어서 나이 드는 게 두렵지 않다. 예전에도 지금도 여전히 존경하지 않고는 못 배길 스승으로 계셔서 감사드린다. 삶의 고비에서 판단력이 흔들릴 때 나는 스승들께 달려간다. 내가 정말 힘들었을 때 단숨에 달려와 주신 스승께 머리 숙여 감사드린다. 나도 누군가에게 그런 스승이 되도록 노력할 것이다. 난 얼마나 행운아인가? <책날개>는 앞으로도 그분들께 헌정한다.

독자 여러분께

이 책은 내 삶에서 또 다른 시작이었다. 누군가 내게 『우리 아이, 책날개를 달아주자』를 출간하고 나서 가장 좋은 일이 무엇이냐고 묻는다면, 나는 서슴없이 '멋진 사람들을 만난 것'이라 말하겠다. 전국의 학교와 지자체, 도서관에서 수많은 독자를 만났다. 또한 우리 아이들의 삶을 고민하는 자원활동가, 교사, 도서관인도 만났다. 내 책을 읽는다는 어린 독자도 만났다. 여러분을 만날 수 있었다는 것이 가장 멋진 행운이었음을 고백한다.

나는 <책날개>가 독자께 특별히 새로운 지식을 전했다고 자신하거나 착각하지 않을 만큼은 철들었다. 독자 여러분께서 <책날개>에 공감하셨다면 나와 똑같은 생각이 여러분의 마음속에 이미 들어있었기 때문이다. <책날개>는 단지 여러분 안에 있는 그 마음을 확인하는 또 다른 계기가 되었을 뿐이다. 여러분의 입소문이 없었더라면 수만 명의 독자가 <책날개>를 만날 일도 없었을 것이다. 나와 같은 생각을 하는 분들이 많다는 것을 확인할 수 있어서 가장 기뻤다. 이 기쁨은 온전히 독자 여러분 덕분이다. 그에 힘입어 여기까지 올 수 있었고, 앞으로도 <책날개>와 함께 품었던 마음 그대로 흔들림 없이 살아갈 수 있을 것 같다.

　나는 여전히 '좋은 부모'가 어떠한지 알지 못한다. 아마 끝끝내 모를 것 같다. 내가 자식에게 어떤 부모인지는 나의 판단 너머에 있다. 직업 세계에서 스무 해를 갈고 닦았으면 명장(明匠)이 되었을 법도 한데, 여전히 내게는 어미 노릇이 세상 일 가운데 가장 어렵다. 어떤 고된 일도 이보다는 어렵지 않을 것만 같다. 그러나 생각해보라. 한 생명을 돌보고 사랑하며 묵묵히 지켜보는 것이 돈벌이보다 쉽고 가볍다면 너무 슬픈 일 아닌가.

　대학 2학년 때 「윤리학」 수업에서 배웠다. 인간은 누구나 자신의 이익에 따라 행동한다. 이타적인 행동조차도 자기만족에서 비롯된다고 했다. '어버이 됨'에 대해 생각해본다. 우리는 더 이상 아이들에게 '효'를 기대할 수도, 아이들이 노후보장보험이 될 수도 없다는 것을 잘 안다. 자식이 제 앞가림을 해주기만 해도 황송하고 감지덕지인 시대에 살고 있다. 천박한 신자유주의의 눈으로 본다면 참으로 '밑지는 장사'인 것이다. 우리는 지금 자본주의의 손익계산에 반하는 행동을 하고 있다!

　우리가 아이들에게 최선의 어버이고 어른인지는 알 길이 없다. 그러나 비록 미욱하더라도 아이들을 사랑하려고 애썼고, 앞으로도 그러지 않겠는가? 수없이 실수할 것이고 아이들과 더불어 웃고 가슴 아파할 것이다. 어떤 일들이 기다리고 있는지 한치 앞도 가늠할 길이 없다. 얼마나 많은 일을 감내해야 하는지 뻔히 알면서도 그 길을 포기하지 않는 한, 우리 인간도 신처럼 거룩할 수 있다.

표지 그림을 그린 이병준, 제목 글씨를 쓴 김치성, 두 어린이에게 감사드린다. 십 년 전처럼 이 책을 돋보이게 해 준 이기준 편집 디자이너, 국가별 통계 자료를 수집하는 데 아낌없는 도움을 준 이화여대 중앙도서관 김수현 사서께도 감사드린다. 또한 첫 제자이자 든든한 동료인 김지완, 내 삶에서 가장 힘든 시기에 곁에 있어준 제자 김우연과 정혜련 여사, 이희 선생님, 민경준 교수, 식구들—특히 언니와 동생에게도 사랑과 고마움을 전한다.

대학 강단에서 만난 학생들을 통해 부모가 자식을 사랑하는 것이 자연스럽고 당연한 일이 아니라는 걸 알게 되었다. 부모님께 감사드린다. 그분들의 사랑이 항상 내게 최상이었다고는 말할 수 없지만, 그분 나름의 방식으로 나를 매우 사랑하신다는 믿음을 한 번도 잃어본 적이 없다.

내게 '그 누군가의 어미'라는 특별한 경험을 선사한 석원에게 사랑을 보낸다. 자식도 종종 부모에게 한 수 접어준다는 것을 결코 잊지 않으마. 십 주년 기념 판의 교정을 보며 "음…… 꽤 잘 썼구먼!" 하고 말해 줘서 정말 고맙다.

2011년 첫 달에
저자 김은하

책이 있어 살맛 나는 세상

나는 사회학을 공부했고 여전히 공부중이다. 대학 시절 사회계층론 수업 시간에 세상을 살아가기에 불리한 위치에 놓인 많은 사람들에 대해 배웠다. 나는 저임금의 노동자, 여성만을 힘없이 차별 당하는 존재로 생각했다. 어린 이를 하나의 집단으로 묶어 볼 생각은 미처 하지 못했다.

자식을 낳은 후 '어린이'라는 창으로 세상을 보게 되었다. 내 아이가 군것 질거리로 라면을 먹을 때, '하루 세 끼를 라면으로 때워야 하는' 어린이를 떠 올리지 않을 수 없었다.

세상에서 가장 힘없는 집단은 '어린이'다. 어린이는 어른이 굶기면 굶고, 때리면 맞을 수밖에 없다. 길거리에 버리면 제 잘못도 아니면서 버림받는다.

어른은 억울한 일을 당하면 법에 호소하거나 단체를 만들어 저항하기도 한다. 백수도 단체를 만든다. 그러나 어린이는 그럴 힘이 없다. 누가 어린이 의 편을 들어야 할까? 그 고민을 하지 않을 수 없었다.

어린 시절부터 지금까지 내 삶에서 가장 좋았던 것들을 떠올려 본다. 송추 계곡에서 발 담그고 놀던 기억, 한강에 걸린 저녁 노을, 햇살이 포근히 감싸 는 시골 툇마루에서 꾸벅꾸벅 졸기, 외할머니께서 시골 장에서 사 주신 달 고 탐스러운 복숭아, 강촌에서 본 은하수, 친구들과의 여행, 아기를 꼭 껴안 았을 때의 느낌……. 깨알같이 많은 추억 가운데 책이 다소곳이 때로는 격 정적으로 내 삶에 자리했다.

나는 자녀의 문화적 환경에 관심이 많던 부모님 덕분에 나와 같은 세대의 대다수에 비해 좋은 책이 풍족한 환경에서 자랐다. 그래서 책을 처음 읽기 시작한 무렵부터 지금까지 독서가 나의 삶에 어떤 무늬를 아로새겼는지 기억한다. 책의 세계에 빠져들게 된 것은 정말 행운이다.

어린이에 대한 연민과, 내 보물 가운데 아이들에게 줄 수 있는 것이 무엇일까 궁리하다 보니 여기에 이르렀다. 가장 힘든 순간, 책에서 읽은 단 한 구절이 아이를 다시 일어서게 하는 힘이 될 수도 있음을 믿기 때문이다. 내 삶이 그랬다. 많은 아이들이 삶의 어딘가에서 절망을 희망으로 바꾸는 감동적인 순간을 마주하기 바라는 마음에서 이 책을 썼다. 내게 책은 지식의 보고, 그 이상의 무엇이다. 이 책을 읽는 어른들도 그런 마음이었으면 좋겠다.

내가 공부하는 사회학은 어린이와 책, 그리고 그들의 삶의 장인 사회를 연결시켜 아이들의 삶을 들여다보는 데 도움이 된다. 글을 쓰며 책보다는 책을 읽는 어린이의 삶의 질에 주로 초점을 맞추려 노력했다. 그리고 앞으로도 그 곳에 계속 방점을 찍을 것이다.

국민학교 6학년 때의 기억 하나. 사춘기에 접어든 여자애들 사이에서 좋아하는 시나 명언을 공책에 옮겨 적고 그림으로 장식하는 것이 유행이었다. 문학을 좋아하는 언니가 꾸민 시화집에서 읽은 것들 가운데 아직도 기억나는 시 한 구절이 있다.

엄마 없는 아이와

아이 없는 엄마를

한 집에서 살게 하자

영국 시인 크리스티나 로제티의 시다. 어쩌면, 어린이에 대한 연민과 어린이 책에 대한 내 꿈은 이 시에서 비롯된 것이 아닐까?

생각을 바꾸자, 뿌리를 뽑자

책과 관련된 잘못된 고정 관념

그림책, 독서의 첫걸음

책 고르기

책
과
어
린
이

잠들기 전 아이의 머리맡에서 눈을 맞추며 책을 읽어 주면 아이는 눈을 깜빡이다가
어느 새 스르르 잠이 든다. 그 모습이 얼마나 예쁜지 낮에 말썽을 피워 속상했던 기
억은 까맣게 잊고 '내 집에 천사가 내려왔구나!' 하는 심정이 된다. 동그스름한 등을
토닥이고 솜털이 보송보송한 뺨에 입맞춤한 후 잠든 아이를 내려다본다. 그 때만큼
은 삶의 분주함을 잊고 잠시 행복에 젖는다. 아마도 아이에게 책을 읽어 줄 때 가장
덕 보는 사람은 내 자신이리라.

아이들
인생에서
책이
의미하는 것

　새 강좌를 시작할 때마다 마음을 가다듬고 내가 하는 일의 의미를 되새겨 본다. '나는 책에 대해 무엇을 말하고 싶은가?' '왜 아이들에게 양서를 읽으라고 하는가?' 곰곰이 생각한다. 그러면 결국 '아이들의 인생에서 책이 의미하는 것은 무엇일까?' 하는 물음과 마주하게 된다. 내게 수업은 그 물음의 답을 찾아가는 과정이다.

　독서 교육에 관한 책을 보면 독서의 첫째 목표가 지식과 정보를 습득하는 데 있다고 한다. 그 다음이 정서 함양, 요즈음 유행하는 표현으로는 'EQ를 높이기 위해서'라 씌어 있다. 무언가 꼭 빠진 느낌이 든다. 아이들이 살아갈 긴 세월을 떠올려 본다. 아이들의 삶에서 책은 무엇일까?

책은 아이들을 둘러싼 환경이다

　한때 매스컴을 떠들썩하게 했던 학원 폭력 집단 '일진회'의 아이들이 일본 폭력 만화를 탐닉했다고 한다. 아이들은 환경의 영향을 받는다. 나쁜 책은 곧바로 나쁜 환경이 된다. 부모는 자녀, 특히 감수성이 예민한 사춘기의 자녀가 읽고 있는 책을 반드시 살펴보아야 한다.

책은 세상으로 열린 창문이다

아이들은 경험을 통해 세상을 배워 나간다. 자연과 친구들, 살아가는 데 필요한 여러 가지는 직접 경험하는 것이 가장 좋다. 그래서 어린아이일수록 책에 파묻히기보다는 자연과 가까이하고 또래들과 어울리며 세상을 직접 경험해야 좋다. 책은 간접 경험의 세계다. 직접 경험할 수 없는 또 다른 세상을 아이들은 책을 통해 경험하고 배울 수 있다.

책은 문명 사회로 통하는 문이다

인류 문명사를 공부하다 보면 책의 고마움을 절감하게 된다. 타임머신을 타고 선사 시대로 날아가 본다. 살아남으려면 나무 뿌리며 열매라도 따먹어야 할 것이다. 머루나 쇠뜨기는 먹을 수 있고, 광대버섯은 먹을 수 없다는 것을 알기까지 조상들은 값비싼 대가를 치렀을 것이다. 하지만 우리에게는 식물 도감이 있으니 그런 위험을 피할 수 있다.

지식이 구전으로만 전승되었다면 인류는 지금과 같은 문명 수준에 이르지 못했을 것이다. 아이들은 책을 통해 수천 년 인류 문명의 발자취를 따라갈 수 있다. 그리고 그것을 밑거름으로 미래를 열어 나간다. 그러니 책의 세계에 입문해야 비로소 문명인이 되는 통과의례를 치렀다고 할 것이다.

책은 즐거움이다

책 읽기를 좋아하는 사람이라면 긴 겨울밤 따끈한 차 한 잔을 마시며 책장을 넘길 때 젖어드는 작은 행복을 느낄 줄 안다. 독서는 참 경제적인 취미다. 주머니 사정이 여의찮을 때 도서관에서 몇 권의 책을 빌리면, 한 달간의 여가 활동비가 고스란히 저금 통장으로 들어간다. 살다 보면 내 아이의 주머니가 얄팍한 날도 있으리라. 그 때 아이가 책을 펼쳐 행복한 공간을 만들어 내기 바란다.

책은 만남이다

책에는 시공을 초월한 만남이 있다. 먼 옛날 한 세대를 주름잡았던 위대한 사상가나 정치가, 예술가로부터 평범한 소시민에 이르기까지 두루 만날 수 있다. 지구촌 구석구석 사람들이 살아가는 모습도 엿볼 수 있다. 운이 좋으면 평생의 스승을 만날 수도 있다.

책은 위로다

몇 년 전 힘든 일을 겪었다. 낮에는 그럭저럭 견딜 만했는데 밤에 홀로 있으면 침울한 생각만 떠올랐다. 그 때마다 주문처럼 읽은 책이 『내 영혼의 닭고기 수프』(푸른숲)[1]다. 그 책은 우리 주변 어디서나 볼 수 있는 평범한 사람들이 시련을 딛고 일어서는 모습을 잔잔한 목소리로 들려 준다. 나는 잠들기 전 그 책을 읽으면서 '내일은 오늘보다 나으리라.'는 희망을 품곤 했다. 아이들이 삶에 지칠 때 좋은 책이 따뜻한 위로가 되리라 믿는다.

> [1] 이 책은 1997년 『영혼을 위한 닭고기 수프 1, 2』로 재출간되었다.

책은 친구요, 인생의 반려자이다

사람들과 부대끼며 살다 보면 더러는 배신의 쓴맛을 보는 때도 있고 세상과 등지고 싶을 때도 있게 마련이다. 그럴 때 책은 아이에게 친구가 되어 줄 것이다. 우리 자식의 세대에는 인간의 평균 수명이 90세를 넘길 것이라 한다. 긴 노년기를 위해 착실히 준비해야 한다. 그 때 책이 필요하다.

몇 번 뵌 적 있는 할머니는 아흔 살이 넘으셨다. 그분은 언제나 햇살이 비치는 창가에 앉아 돋보기 너머로 책을 읽으신다. 의식이 얼마나 또렷한지 그분의 연세를 듣고 내 귀를 의심했다. 책에서 즐거움을 얻으시니 가족에게 까탈 한 번 부리지 않으신다. 그분을 뵈오면 책이야말로 인생의 반려자라는 느낌이 든다.

책은 부모와 자식을 잇는 끈이다

책을 좋아하는 어머니 덕에 내 곁에는 늘 책이 있었다. 책장을 뒤지다가 어머니께서 오래 전에 읽으신 책들을 찾았다. 에릭 시걸의 『러브 스토리』도 있고, 오 헨리의 단편집이며 셰익스피어의 희곡집, 헤르만 헤세 전집도 있었다. 나는 빛바랜 어머니의 책장을 넘기며 '어머니는 이 책을 어떤 느낌으로 읽으셨을까?' 상상해 보곤 했다.

가장 기억에 남는 책은 손때가 묻은 작은 시집이었다. 너덜너덜 닳은 것이 어머니가 늘 끼고 다니시던 책임을 알 수 있었다. 노천명의 『사슴의 노래』였다. 노천명의 「사슴」을 대할 때마다 늘 어머니의 빛바랜 시집이 떠오른다. 어머니가 읽으신 책을 고스란히 읽어서인지 우리 모녀는 취미도, 세상을 바라보는 눈도 닮았다.

우리 집 책장의 한쪽에는 아이가 커서 읽으면 좋을 책을 모으는 칸이 있다. 아이에게 말로 훈계하기보다는 내가 아이에게 전하고 싶은 말이 담긴 책을 전해 주고 싶다. 우리가 세대차로 반목할 때 책에서 공통분모를 찾을 수 있으리라 믿는다.

책은 무엇보다도 나를 발견하는 길이다

사춘기 아이들은 인간과 우주에 대해 끊임없이 질문을 던진다. 자신의 진로와 안개처럼 뿌연 미래에 대해 불안도 크다. 사색을 돕는 철학 책과 관심이 쏠리는 분야의 입문서나 전문 서적이 필요하다.

살아가면서 가장 중요한 것은 '나'를 아는 것이다. 내가 진정으로 되고 싶은 것이 무엇인지, 무엇을 좋아하고 무엇을 싫어하는지, 내 능력의 한계가 어디인지를 알아야 살아가는 고비마다 현명한 선택을 할 수 있다. 그래서 늘 마음 속으로 '내 아이로 하여금 자신을 알게 해 달라.'고 빈다.

책은 항상 이런 의미로 내게 다가온다.

아이들에게 책을 읽어 주는 것이 좋은 이유

아이를 처음 학교에 보내는 부모는 아이가 입학 전에 능숙하게 읽고 쓸수 있도록 준비하는 데 많은 노력을 기울인다. 그럴 수밖에 없는 것이 먼저학부모가 된 이웃에게 그래야 한다고 귀 따갑게 듣는 데다가 학습지 영업사원의 충고도 마음에 걸리기 때문이다.

우리집 아이가 여섯 살 때 새 아파트로 이사했다. 하루가 멀다 하고 학습지 판촉 사원에게 시달렸다.

"어머, 아직도 ㅇㅇ 수학을 시작하지 않았어요? 첫아이라 잘 모르시나 보군요. 또래 아이들보다 일 년 반은 뒤진 겁니다."

채근하는 방문객에게 다른 집 아이보다 뒤떨어져도 괜찮다고 돌려보내기에 지쳐 나중에는 이미 시작한 학습지가 있다고 둘러댔다. 그 후로는 전화로 권유를 받았다. 다만 그 과목이 영어, 글짓기, 과학 실험 등으로 바뀌었을 뿐이다. 아이의 학교는 물론 학년과 이름까지 대며 걸려 오는 전화는 사생활 침해라 몹시 불쾌했다.

자녀를 초등학교에 입학시키는 부모가 할 수 있는 최상의 준비는 책을 읽어 주는 것이다. 책을 읽어 주는 것이 좋은 이유는 셀 수 없이 많다. 정말 책만 읽어 줘도 수업을 따라갈 수 있냐고 묻는 부모님을 위해 학습과 직결된 것만 몇 가지 예를 들어 보겠다.

부모가 책을 많이 읽어 준 아이는 귀가 뚫린다

학교 생활에 빨리 적응하려면 수업 시간에 선생님의 말씀을 잘 알아들어야 한다. 즉 듣기에 대한 집중력이 높아야 하는 것이다. 실례로, 1학년 2학기쯤 되면 문장으로 받아쓰기를 하는데 귀가 뚫리지 않은 아이는 철자를 빼놓는 경우가 많다. 부모는 아이가 덤벙거리다 실수했다고 야단치지만 사실은 듣기에 대한 집중력이 부족해서 벌어진 일이다. 책을 읽어 주면 이 문제가 쉽게 해결된다.

부모가 들려 주는 이야기에 집중하다 보면 말귀를 잘 알아듣게 된다. 부모가 책을 많이 읽어 준 아이는 선생님께서 집에 전하라는 말도 실수 없이 잘 전하므로 학급에 필요한 특별한 준비물은 그 아이에게 맡긴다. 그런 일이 많아지면 아이에게 자신감이 생긴다. 생기가 도는 아이는 고학년으로 올라갈수록 빛을 발하기 마련이다.

한글을 빨리 깨쳤다고 혼자만 읽게 한 아이는 귀가 예민하지 않다. 그러니 혼자서 읽을 수 있는 초등학교 어린이에게도 책을 읽어 주는 것이 좋다.

부모가 책을 많이 읽어 준 아이는 책을 읽거나 발표할 때 발음, 억양, 끊어 읽기가 정확하다

쓰기에만 치중하다 보면 발음 법칙을 소홀히 한다. 예를 들어 '꽃잎'은 '꼰닙'으로 발음해야 하는데 아이들은 애써 혀에 힘을 주고 '꼿-입'으로 읽는다. 또 긴 문장을 읽을 때 어디서 끊어야 할지 모르기 때문에 숨도 안 쉬고 단숨에 읽는다. '아버지가방에 들어가신다'처럼 엉망이다. 초등학교 5·6학년 중에도 글을 유창하게 읽는 아이들이 드문 것 같다. TV 연속극 「옥이 이모」에 나온 아이들처럼 "○○초등학교 ○학년 ○반 ○○○입니다." 하고 촌스런 억양으로 책을 읽는 것도 제대로 읽는 소리를 들은 적이 별로 없기 때문이다.

부모가 발음, 억양, 호흡, 끊어읽기 등에 신경 쓰면서 읽어 주는 수고가 몇 년 쌓이면 초등학교 1학년 어린이도 청산유수로 읽을 수 있다. 게다가 아이에게 책을 정확히 읽어 주기 위해 사전과 맞춤법 책을 뒤적이다 보면 부모도 덩달아 유식해진다. 정말 세상일에는 공짜가 없는 것 같다.

부모와 함께 책을 읽으면 토론 실력이 는다

부모가 책을 읽어 줄 때 잠자코 듣고만 있는 아이는 거의 없다. 책을 읽다가 궁금한 것을 묻고, 제 생각을 적극적으로 말하고, 떠오른 느낌에 관해 서로 의견을 나누는 과정에서 논리적인 사고 능력이 길러진다.

초등학생을 대상으로 글짓기와 논술 교실이 우후죽순처럼 생기고 서울의 강남을 중심으로 초등학교 저학년 꼬마들 사이에 '어린이 철학'이라는 과외가 퍼지는 것도 따져 보면 대학교 입시에서 논술의 비중이 커졌기 때문이다. 논술 시험은 수험생의 사고력을 측정하는 것이다. 사고력은 오랜 세월 차곡차곡 쌓아야지 결코 짧은 시간에 몇 백만 원씩 하는 과외로 급조할 수 없다.

책은 아이와 토론할 수 있는 가장 손쉬운 자료다. 평소 아이의 질문에 "네 생각은 어떠니?" 하고 대화의 물꼬를 터 주면 아이의 사고력이 쑥쑥 자라 어느덧 부모의 수준을 넘어서게 된다.

책을 읽어 주면 연상력이 발달한다

아이가 다섯 살 때다. 유난히 밤잠이 없던 아이를 재우기 위해 눈을 감게 하고 책을 읽어 주었다. 그랬더니 이야기 속 정경이 머리 속에 또렷이 떠오른다며 오히려 신나했다. 때로는 그것을 종이에 그려 가며 내게 열심히 설명하였다. 그럴 때면 아이의 두 눈이 별처럼 초롱초롱 빛났다.

연상 작용이란 머리 속에 그림과 같은 이미지를 떠올리는 것으로 상상력과도 일맥상통한다. 학자들의 말을 빌리면 연상 능력은 어릴수록 뛰어나고

커 가면서 점점 줄어든다고 한다. 유아가 혼자서 책을 읽을 때는 주로 글자에 집중하는데 이 점이 연상 작용을 방해한다. 한글을 빨리 깨우치려는 수고가 어쩌면 아이들로부터 보다 중요한 능력을 빼앗는 것이 아닌지 진지하게 생각해 봐야 할 것이다.

잠들기 전 아이의 머리맡에서 눈을 맞추며 책을 읽어 주면 아이는 눈을 깜빡이다가 어느 새 스르르 잠이 든다. 그 모습이 얼마나 예쁜지 낮에 말썽을 피워 속상했던 기억은 까맣게 잊고 '내 집에 천사가 내려왔구나!' 하는 심정이 된다. 동그스름한 등을 토닥이고 솜털이 보송보송한 뺨에 입맞춤한 후 잠든 아이를 내려다본다. 그 때만큼은 삶의 분주함을 잊고 잠시 행복에 젖는다. 아마도 아이에게 책을 읽어 줄 때 가장 덕보는 사람은 내 자신이리라.

왜
아이들은
책을 읽지
않는가

　독서 상담을 할 때 어머니들께서 가장 많이 호소하는 고민거리는 '아이들이 책을 읽지 않는다.'는 것이다. 책을 좋아하지 않으면 감상문 쓰기나 토론은 물론, 수능 시험이나 고전 위주로 출제되는 논술 시험에도 불리하다고 걱정하는 분이 많다. 독서의 목적이 그보다는 더 심오한 데 있다고 믿는 나로서는 씁쓸한 일이지만 그분들의 말이 틀린 것도 아니다. 독서 습관을 들이지 못한 자녀 때문에 나중에 마음 고생하지 않으려면 유아기부터 책을 좋아할 수 있는 여건을 마련해 주는 것이 중요하다.

　왜 아이들은 책을 읽지 않는가?[1] 이 주제만으로도 책 한 권을 쓸 수 있을 만큼 다양한 이유가 있다. 책을 싫어하는 원인이 다르니 처방도 달라진다.

　우선 눈의 초점이 잘 맞지 않는 난시, 뇌의 경미한 손상으로 지능 지수와 관계 없이 책 읽기가 힘든 난독증, 잠시도 가만히 앉아 있지 못하는 과잉 운동증의 경우는 부모나 독서 지도사의 힘으로는 역부족이다. 정서가 불안한 아이들도 독서 능력이 떨어진다. 이런 경우는 반드시 전문의에게 도움을 청해야 한다.

　위와 같은 경우를 제외하고 어머니들과의 상담을 통해 수집한 사례를 정

1 ———
이 글에서 독서의 대상으로 삼은 책은 양서임을 분명히 하고 싶다. 전과 등의 간추린 학습서, 월간지, 만화, 그 외 잡서들은 제외한다. 아이들이 『선데이 서울』 같은 주간지나 스포츠 신문, 여성 잡지의 독자가 되는 것으로 만족한다면 굳이 독서 교육에 연연할 필요가 없다.

리해 보았다. 우선 부모가 얼마나 적극적인가에 따라 수집한 자료를 둘로 나누었다. 하나는 부모가 독서의 중요성을 막연히 알고 있지만 책을 읽을 기회를 적극적으로 제공하지 못한 경우이다. 또 하나는 부모가 독서의 중요성을 인식하고 책을 열심히 읽게 하는데도 불구하고 책 읽기에 흥미를 느끼지 못하거나 싫어하는 경우다. 대체로 부모의 과욕 때문이다.

책 읽을 기회를 적극적으로 제공하지 못하는 경우

아이들에게 책을 잘 사 주지 않는다

유아기에는 외판원에게서 전집을 구입했지만 초등학교 이후로 수업과 관련된 백과사전류나 도감 이외의 단행본을 사 준 적이 별로 없다는 부모가 의외로 많다. 가정 형편이 어려운 탓만도 아니다.

십 년 전쯤의 일이다. 어려서부터 남의집살이를 했고 결혼 후 낮에는 파출부로 밤에는 식당 일로 악착같이 사는 아기 엄마가 책을 골라 달라고 부탁한 적이 있었다. 생활비를 쪼개 책을 장만하는 그가 아름다웠다.

그런데 어떤 부모는 학력이 높고 집안 형편이 넉넉하면서도 책을 사는 데는 인색하다. 장비만도 몇 십만 원씩 드는 스키 여행이나 호텔 뷔페 식당에 가는 횟수를 줄이면 책꽂이 가득 책을 살 수 있다. 책에 인색한 부모가 아이와 정기적으로 도서관에 갈 리도 없다. 책과 친해질 수 있는 기회가 원천봉쇄되는 것이다. 이런 부모를 자주 대하는 탓에 속이 쓰리다.

일찍부터 만화나 텔레비전, 비디오에 길든다

대학교 논술 고사 덕분에(?) 나는 어디서나 환영받는 사람이 되었다. 낯선 이웃에게 붙잡혀 몇 시간씩 공짜 수업을 하기도 한다. 초등학교 1학년 아이가 있는 집을 방문했다. 아이가 책을 읽지 않는다고 걱정이다. 아이의 방을 들여다 보니,『드래곤 볼』,『짱구는 못 말려』 등 만화책과 전자 오락기 투성이었다.

말초적인 재미에 길든 아이는 양서를 지루하게 여긴다. 양서를 읽으려면 진지한 사고가 필요하기 때문이다. 반면 일단 양서의 재미를 터득한 아이는 그 후 만화책을 잠깐씩 보더라도 금방 양서로 되돌아온다. 좋은 독서 습관을 길러 주려면 우선 집에 있는 만화책과 전자 오락기부터 치우자.

도저히 독서할 분위기가 아니다

온종일 사람들의 왕래가 잦아 차분히 독서하기 힘든 환경에서 자라는 아이들이 있다. 부모의 일터가 살림집을 겸한 경우다. 또 종일 유선 방송을 켜 놓는 집에서도 양서를 읽기 어렵다. 아이들이 어찌 만화 채널의 유혹을 떨칠 수 있으랴! 친척 등 손님으로 늘 잔칫집 같은 가정도 책 읽을 분위기는 아니다.

시험 삼아 아이들과 씨름하는 대낮에 최명희의『혼불』(한길사)과 같은 양서를 읽어 보자. 집중이 잘 되지 않는다. 그러니 잡지나 가벼운 삼류 소설을 읽을 수밖에 없다. 아이들도 마찬가지다. 어른들이 이 말을 들으면 등 따습고 배부른 소리라 하시겠지만, 예전에는 지금처럼 아이들을 유혹하는 것이 도처에 널려 있지 않았다. 풍요 속의 빈곤이랄까? 우리가 자랄 때보다 책이 많은데 아이들은 책 밖의 세상에 살고 있으니 한숨이 절로 나온다.

가장 심각한 문제는 책 읽을 시간이 절대적으로 부족하다는 것이다

어느 치과 의사가 말하기를 자기 환자 중에서 제일 바쁜 사람은 아이들이라고 한다. 진료실 문을 열고는 "선생님, 학원 시간에 늦으니 빨리 해 주세요." 한단다. 요즘 아이들은 정말 바쁘다. 아이 둘을 키우는 어느 어머니는 컴퓨터에 아이들의 일정표를 입력하고 아침마다 점검한다고 들었다. 그렇지 않으면 기억을 못 한다니…… 책은 언제 읽나? 제 아무리 실력 있는 독서 상담자도 두 손 들고 만다.

제발, 아이들에게 책 읽을 시간을 주세요!

부모의 정성에도 불구하고 어린이가 책을 읽지 않는 경우

부모의 정성에도 불구하고 아이가 책을 멀리한다고 하소연할 때 '내 욕심이 아이의 욕구를 넘어선 것이 아닌가?' 스스로 물어 보라고 권한다. 대부분의 부모는 '그랬던 것 같다.'고 고백한다. 자식 잘되기를 바라지 않는 부모가 어디 있으랴마는 '차라리 더 클 때까지 놔 두지.' 하는 것이 섣부른 조기 독서 교육에 대한 나의 일관된 입장이다.

부모의 노력에도 불구하고 아이들이 왜 책을 읽지 않는가?

책과의 첫 만남이 좋지 않았다

조기 문자 교육의 수단으로 책 읽기를 시작한 경우 오히려 책을 싫어하는 아이가 있다. 한글 읽기 학습의 마지막 과정은 긴 문장 읽기다. 진도에 맞추어 책 읽기를 숙제로 시키고 더러는 야단도 치니 책이 좋아질 리 없다.

책을 인지 발달의 도구로 생각한다

유아를 위한 책들, 특히 전집을 보면 영재 교육에 혈안이 된 것 같다. 서너 살 유아는 물론이고 갓 태어난 젖먹이의 집에도 셈하기, 자연 관찰, 예절, 창의력 발달을 위한 책이 즐비하게 꽂혀 있다.

독일에 사는 조카에게 그림책을 보내 준 적이 있다. 조카가 "이모, 한국 책은 왜 그렇게 잔소리가 많아?" 하고 물었다. 내 언니와 조카의 공통된 소감은 한국 책은 지나치게 교훈과 지식을 강요해서 재미가 없단다. '사이좋게 놀아요.' '이빨을 닦아야 해요.' 등등 직접 훈계하는 문장이 많이 나온다고 했다. 정말 그랬다. 잔소리는 어른도 싫은 법이다. 재미없이 잔소리만 하는 책은 아이를 질리게 한다.

어린이의 발달 과정을 고려하지 않는다

여기에는 대중 매체의 책임도 크다. 지난 몇 년 동안 0세부터 6세의 자녀를 둔 신세대 부모를 겨냥한 육아 잡지가 쏟아져 나왔다. '월령별 발달' '우리 아이 영재로 만들려면' '나이별 권장 도서' 등은 약방의 감초 같은 기사다. 아기는 책에 나온 대로 5개월이 되면 기어야 하고 돌 전에는 걸어야 한다. 1~2개월 차이에 희비가 엇갈린다. 발달 단계표보다 빠르면 뿌듯하고 늦으면 불안하다.

잡지에 나온 유아용 권장 도서도 월령별, 나이별로 세분해 놓았다. 도대체 그 기준을 모르겠다. 그런 기사를 읽으면 오히려 내가 책에 일자무식인 것 같은 착각(?)마저 들 지경이다. 연령별 권장 도서 목록에 익숙해서인지 자녀가 초등학교에 들어가면 유아용 서적, 특히 그림책을 모두 치운다는 부모가 많다. 불과 몇 달 전에 유치원생이었던 아이가 초등학교에 들어갔다고 어느 날 갑자기 발달 과정에 혁명이 일어나는 것이 아니다. 발달은 연속선상에 있는 것이다. 그러니 책에도 천천히 변화를 주는 것이 좋다.

어느 유아 교재 전문 회사에서 나온 '0~5세 아동의 월별 교육 프로그램'을 보았다. 36개월의 교육 목표에 '국사 도감을 보며 연대표를 꾸민다'라 씌어 있다. 정말로 아이가 연대표를 이해하리라 믿는 걸까? 소아 정신과에 환자가 넘치는 이유를 알 것 같다.

개인차를 인정하지 않는다

아동의 취미, 지적 능력, 성별, 적성, 생활 경험과 환경에 따라 독서 취향도 달라진다.

자신을 소개할 때 책 읽기가 제일 싫다던 초등학교 6학년 어린이가 있었다. 이 어린이라고 책을 무조건 싫어하는 것은 아니다. 나는 그 어린이에게 재미있게 읽은 책과 읽다가 지루해서 덮은 책을 생각나는 대로 몇 권씩 적어 보라고 했다. 그 어린이가 읽다가 그만둔 책 가운데 『플루타크 영웅전』이 들어 있었다. 그러나 이 책은 초등학교 6학년이 이해할 만한 수준의 책이 아니다. 또 그 아이는 그리스 로마 신화에 대한 배경 지식이 없었다. 그 책은 서정적이고 섬세하며 그리기와 만들기를 좋아하는 그 어린이의 흥미를 끌지 못했다.

그 어린이가 재미있게 읽었다고 적은 책들처럼 줄거리가 선명하고 읽으면 눈물이 날 것 같은 책과 화가의 일대기를 골라 주었더니 매우 좋아했다. 일단 책에 대한 거부 반응이 없어진 다음 조금씩 주제를 바꾸었다. 그 이후로 그 어린이는 책을 가까이한다. 섬세한 그 아이의 글을 읽으면 감탄할 때가 있다. 누가 이 아이의 독서 습관에 문제가 있다고 했는지 의아스럽다.

책을 많이 읽기만 하면 좋다고 생각하는 부모가 많다

아이들은 5·6학년만 돼도 삼삼오오 짝을 지어 대형 서점에 놀러 다닌다. 부모로서는 '서점에 가다니 기특하구나!' 하겠지만, 천만의 말씀! 크게 실수하는 거다. 대형 서점에는 양서만 있는 것이 아니다. 악서도 즐비하다. 그리고 아이들의 눈에 쉽게 띄는 곳일수록 만화책이며 가벼운 책이 많다. 아이들이 시끄러운 대형 서점의 바닥에 앉아 양서를 읽으리라 기대하는 것 자체가 난센스다.

아이가 양서를 고를 수 있는 안목을 갖출 때까지 어른의 도움이 필요하다. 그 때까지는 아이의 자발적인 선택을 잠시 접어 두기로 하자!

경쟁적으로 독서를 시킨다

많은 학부모들이 월반을 좋아한다. 독서도 예외는 아니다.

"우리 애는 벌써 햄릿을 읽어요." 하는 이웃의 자랑에 속상했다는 초등학교 5학년 아이의 어머니를 만난 적이 있다. 셰익스피어가 만 10세의 어린이를 위해 햄릿을 썼을 리 없고, 그 아이가 읽은 것도 줄거리만 간추린 축약본일 테니 기죽지 말라고 하자 금세 얼굴이 환해진다. 상담자의 책임이 막중한 시대가 된 것 같다.

1999년 7월 17일자 동아일보의 '한국에서 살아 보니' 난에 샌드라 로소라는 센트럴 텍사스 칼리지 교수이자 언어병리학 박사의 글이 실렸다. 제목은 '아이 공부 대신하는 부모들'인데 다음과 같이 끝맺었다.

> '서양의 부모들은 자녀들이 스스로 탐구하고 문제를 해결할 수 있는 능력을 기르려고 한다. 반면에 동양의 부모들은 문제에 이르는 방법을 자상스럽게 지도해서 아이가 포기하지 않고 더 어려운 문제로 나아갈 수 있도록 해야 한다고 믿는다.'

나는 동서양의 단순한 편 가르기를 좋아하지 않는다. 하지만 한글을 빨리 깨우치게 강요하고 부모가 아이의 독서 수준보다 어려운 책을 읽도록 격려하며, 어려운 고전이 어린이를 위한 축약본으로 자꾸 출간되는 풍토를 떠올리면, 이런 지적을 귀담아 듣고 반성할 필요가 있다.

독후감을 강요한다

어린이 독서 교육에 힘쓰신 이상금 선생님께서는 아이들에게 독후감을 강요하지 말라고 제자들에게 늘 강조하셨다. 어린아이에게 독후감을 강요하면 책 자체가 부담스러워진다. "책이 없으면 독후감 쓸 일도 없을 것 아니에요?" 하며 책이 밉다는 아이들의 하소연에 어떻게 대답해야 할지 막막하다. 독후감이 책을 싫어하는 원인이 된다면 주객이 전도된 것은 아닐는지.

어린이의 독서 지도에서 가장 중요한 원칙은 책에 아이를 끼워 넣는 것이

아니라 아이에게 책을 맞추는 것이다. 그런데 우리 어른들은 이 점을 치매
노인처럼 문득문득 까맣게 잊고 마는 것이다.

한글,
빨리 깨우칠
필요 없어요!

　신문에서 '한글은 두 살부터 시작하자!'라는 제목의 광고를 보았다. 이런 광고를 볼 때마다 '내 아이는 좀 모자란 것이 아닐까?' 염려하거나 아이를 윽박질러 가며 글자를 가르칠 젊은 엄마들이 떠올라 마음이 편치 않다.

　어머니들을 대상으로 '왜 아이들은 책을 읽지 않는가?'란 강의를 할 때마다 '글자를 빨리 읽는 것이 좋은가?'란 질문을 받는다. 그 때마다 글자를 빨리 깨치는 것과 책을 좋아하고 잘 읽는 것과는 상관관계가 거의 없다고 대답한다. 특히 한글을 빨리 읽히는 것과 양서를 읽는 습관과는 아무런 상관이 없다고 거듭 강조한다.

　요즈음 젊은 부모들은 아이에게 극성인 것 같다. 소아과에 가면 진찰 순서를 기다리는 동안에도 아픈 아이와 글자 읽기를 연습하는 교육 엄마(?)를 흔히 본다. 손가락으로 한 자씩 짚어 가며 "이것은 무슨 글자지?" 하고 묻는다. 자녀를 초등학교에 처음 보낸 엄마가 아이에게 받아쓰기 준비를 시키는 것처럼 표정도 진지하다. 그런 모습을 보면 '그게 아닌데……' 싶어 아쉽다.

　그렇게 글자를 가르친 다음에는 아이 혼자서 책을 읽도록 한다. 어떤 어머니는 젖먹이 동생을 돌보기가 힘들기 때문에 처음부터 맏이를 빨리 떼어 놓는 수단으로 한글 학습지를 시키기도 한다. 심지어 다섯 살 난 아이가 혼자 읽으려 하지 않는다고 걱정하는 어머니도 보았다! 어느 경우든 부모와의 책 읽기에서 그만큼 멀어지는 것이다.

자녀가 혼자서 짧고 쉬운 그림책을 읽는 것을 대견하게 여긴 부모는 더 큰 욕심을 낸다. 아이에게 점차 문장이 더 길고 어려운 책을 사 준다. 처음에는 읽기를 놀이로 인식하고 즐거워하던 아이도 뜻 모르고 읽는 책 읽기에 점점 싫증을 낸다. 그리고 최악의 경우에는 책이라면 진저리를 치는 아이가 되기도 한다. 그런 경험을 하소연하는 어머니가 의외로 많다.

책을 읽는 것, 즉 독서란 글자를 읽는 것이 아니라 뜻을 아는 것이다. 많은 분들이 이 점을 혼동하고 있기 때문에 빨리 한글을 읽도록 가르치는 것이다. 만 3세 전후의 아이들이 책을 읽을 때 대개는 내용보다는 단어를 발음하느라 바쁘다.

한 가지 예를 들어 보겠다. 소크라테스의 '악법도 법이다.'란 글귀를 한글을 읽을 수 있는 유아에게 읽히면 앵무새처럼 잘 읽는다. 그러나 그 아이가 뜻을 이해했으리라 기대하는 부모는 없을 것이다. 그림책과 동화가 어른에게는 쉬워 보여도 단어가 갖는 추상적 의미를 파악하지 못하는 유아에게는 철학책보다 쉬울 것이 없다.

유아들이 한글을 읽는 것은 영어 파닉스[1]에 비유할 수 있다. 파닉스로 영어의 발음 법칙을 깨우친 아이는 길거리 간판이며 선전에 나온 영어 문구를 곧잘 소리내어 읽는다. 하지만 그 아이가 뜻까지 이해하는 것이 아님은 누구나 다 아는 일이다. 대졸 이상의 학력을 갖고서도 미국 어린이가 읽는 동화책조차 완전히 이해하지 못하는 까닭은 독서란 문자 발음하기가 아니라 책이 담고 있는 문화와 뜻을 이해하는 것이기 때문이다.

아이들이 책을 제대로 읽으려면 '강아지' '자전거'와 같이 사물을 가리키는 단어나 '차갑다' '배고프다'처럼 감각이나 신체 작용을 뜻하는 단어, '걷다' '달리다' 등 행동을 표현하는 동사 이외에도 '행복하다' '평화롭다'처럼 추상

1 ————
phonics, 발음 중심의 어학 교수법, 혹은 발음 연습. Oxford 사전에는 'the use of elementary phonetics in the teaching of reading'으로 설명했다.

적인 단어도 이해할 수 있어야 한다. 무엇보다 필요한 것은 나이에 걸맞은 일상 생활의 경험을 차곡차곡 쌓는 것이다. 그러면 혼자서 책 읽는 시기가 조금 늦을지 모르지만 책에서 전하는 뜻은 더 잘 알 수 있다. 비로소 진짜배기 독서에 입문하는 것이다.

고사리 손으로 책장을 넘기는 어린이를 보면 가슴 뿌듯할 것이다. 조막만 한 어린아이가 책을 읽으면 탄성을 지르고 싶을 것이다. 그런 아이는 남편의 직장에서도 화젯거리가 되고 주위의 부러움을 산다. 내 아이가 생존 경쟁에서 한 발 앞선 느낌도 들 것이다.

하지만 어릴수록 책 앞에 있기보다는 밖에 나가 풀 한 포기, 모래 한 줌이라도 만져 보게 배려하는 것이 낫다. 유년기를 충분히 즐긴 아이는 창의력과 정서, 상상력 등이 골고루 발달한다고 들었다. 감정이 풍부한 아이가 책을 좋아한다는 점을 떠올리면 어린 시절을 충분히 누린 아이가 책읽기에 유리하다고 할 수 있다.

유아에게 가장 바람직한 독서 지도는 부모가 매일 조금씩 책을 읽어 주는 것이다. 잠자리에서 자장가처럼 읽어 줘도 좋고 바쁜 날에는 십 분만 읽어 줘도 좋다. 아이에게 다정한 목소리로 책을 읽어 주면 따스한 감정이 오간다. 부모의 무릎에 앉아 옛날 이야기를 듣던 추억은 평생을 두고 간직할 만한 것이다.

나이 지긋한 어른들께서 '다 때가 있는 법이다.' 하시는데 아이들이 글을 읽는 데 이보다 더 적절한 말이 없는 것 같다. "한글 너무 일찍 가르치려 들지 마세요." 말하는 내가 구닥다린가?

어린이를 둘러싼

독서 환경

정보화 시대를 살아갈 아이들을 위해 어른들이 가장 먼저 해야 할 일은 아이들에게
책을 즐겁게 읽을 수 있는 환경을 마련해 주는 것이다. 아이들, 특히 어린이의 자율
적인 독서 습관을 길러 주는 것은 악서가 즐비한 환경에 아이들을 풀어 놓는 것이
아니라 양서의 울타리 안에서 방목하는 것이다.

독서
수업의
중요성

학교의 도서실 수업은 학생 개인의 정서 함양뿐 아니라 국가의 미래를 위해서도 중요한 투자다. 도서실 수업은 '책은 지식의 보고이며, 마음의 양식'이란 문구가 의미하듯 개인의 인격 수양만이 아니라, 전체 사회의 균형 있는 발전을 위해서도 반드시 필요하다. 독서 수업이 중요한 이유를 사회학적 관점에서 살펴보겠다.

21세기는 정보화 시대로 지식의 소유 여부가 개인과 국가의 운명을 결정짓게 될 것이라 한다. 세계를 움직이는 인물 가운데 정상에 있는 사람들 대부분이 정보와 미디어 산업에 종사하는 자들이다. 빌 게이츠를 떠올리면 금방 이해할 것이다. 따라서 무한 경쟁 시대에서 대한민국이 살아 남으려면 정부가 사회 구성원들을 정보화 시대에 걸맞게 교육해야만 한다. 그 첫걸음은 아이들이 책을 읽도록 학교마다 제대로 된 도서실을 마련해 주는 것이다.

21세기를 우울한 심정으로 바라보는 학자는 정보화가 인류를 파멸의 길로 몰아갈 것이라 말한다. 몇몇 사람이 정보를 독점하여 조작하거나, 그 정보를 나쁜 목적으로 사용하면 엄청난 재앙이 닥칠 수 있다는 뜻이다. 인터넷을 통해 퍼진 컴퓨터 바이러스의 피해만 떠올려 봐도 결코 지나친 걱정이라 할 수 없다. 정보로 무장한 독재자가 나타날 수도 있다.

이를 막으려면 여러 분야에서 정보를 독점하고 왜곡하려는 세력을 찾아내고 지속적으로 감시하는 시민 운동을 펼쳐야 한다. 시민 운동이 뿌리박으려면 사회 구성원들의 비판적 안목이 반드시 필요하다. 우리 아이들을 건전한 비판 의식을 지닌 시민으로 길러 내느냐 마느냐에 국가의 미래가 달려 있다고 해도 지나친 말이 아니다. 책을 읽으며 다양한 생각을 접하고 토론하면서 아이들은 사회에 대해 건전하고 비판적인 시각을 길러 나갈 수 있다.

　청소년기의 독서 수업은 미래의 독서 인구를 늘리기 위한 투자다. 나라 경제가 조금만 나빠져도 서점과 출판사가 줄줄이 문을 닫고, 나라가 부도나자 출판계가 사상 최악의 위기에 처한 것은 이미 오래 전부터 예견된 일이었다. 선진국일수록 어려운 시절에 책을 더 많이 읽는 것과 대조적이다. 책 시장은 하루 아침에 형성되지 않는다. 오늘의 위기는 장래에 독자가 될 청소년에게 아낌없는 투자를 미리 하지 않았던 정부와 출판업자 모두의 책임이다.

　일반인에게 도서관은 서먹서먹한 장소다. 우선, 고등학교까지 제대로 된 도서실 수업을 받아 본 적이 거의 없다. 공공 도서관에 출입하기는 더욱 힘들다. 서울의 경우도 평균 한 구에 공공 도서관이 하나 남짓이다. 집과 도서관의 거리도 너무 멀다. 그러니 대다수 사람들은 가장 가까운 도서관에 가려 해도 외출하는 것처럼 애써 시간을 비워 두어야 한다. 또 방과 후의 자율 학습, 과외 등으로 아이들이 책을 읽으러 도서관에 갈 시간도 없다. 도서관에 간다고 해도 책을 읽으러 가는 것이 아니다. 우리나라 청소년들에게 공공 도서관은 공부방에 불과하다. 그렇게 교육받은 사람들에게 책을 읽지 않는 국민이라고 비난하는 것은 공정치 못하다.

　독서는 습관이다. 세 살 버릇 여든까지 간다. 고스톱, 전자 오락, 비디오 등 손쉬운 놀잇감이 많고 향락 산업도 발달했는데 어려서 읽지 않던 책을 머리가 다 굳은 어른이 되어 새삼스럽게 읽을 사람이 몇이나 되겠는가? 또 때늦게 철이 들어도 책이 쉽게 다가오지 않는다. 습관을 바꾸는 데는 고통이 뒤따른다.

출판업이 위축된다면 정보화 사회에서 한국의 미래는 불 보듯 뻔한 일이다. 세금을 내리고 유통 구조를 고치면 얼마간 도움이 되겠지만 근본적인 해결책은 될 수 없다. 시간이 걸리더라도 청소년을 미래의 독자층으로 기르는 데 힘을 쏟아야 한다. 그 출발점은 교육부가 교과 과정에 독서 수업을 넣는 것이다.

끝으로, 모든 학교에서 제대로 된 도서관을 운영해야 하는 또 하나의 중요한 이유가 있다. 독서 수업은 '교육 기회의 평등'과 관련 있다. 급속한 산업화 과정에서 교육은 신분 상승의 중요한 수단이었다. 그래서 시골에서는 소 팔고, 땅 팔고, 심지어는 딸들의 몸을 팔아서라도 장남을 대학에 보내 판·검사를 만들려 했던 것이다. 교육은 오늘날에도 여전히 계층 이동의 중요한 수단이다. 부모가 어떤 대가를 치르더라도 자식만은 기어이 대학에 보내려는 이유도 여기에 있다.

대학 입시에서 논술 시험과 면접은 여전히 당락의 중요한 변수다. 책을 많이 읽을수록 대학 문턱을 넘기 쉽다. 물론 바람직한 변화다. 그러나 여전히 학교에는 책이 별로 없고 책을 읽도록 배려하는 수업도 없다. 넉넉한 집 아이는 논술 과외를 하고 책도 사서 읽을 것이다. 도대체 집안 형편이 어려운 아이는 어쩌란 말인가? 이제는 과외비뿐 아니라 아이의 책값 때문에 파출부로 나서는 어머니가 생길지도 모를 일이다.

선진 사회로 가는 길은 부자를 늘리는 것이 아니라 가난한 사람들의 수를 줄여 나가는 것이다. 마찬가지로 문화 선진국의 독서 장려 정책은 가정 형편이 어려워 책을 볼 수 없는 아이들이 학교에서라도 양서를 볼 수 있도록 지원하는 것이다. 문화관광부에서 온 국민이 책을 읽을 수 있는 환경만은 꼭 만들겠다며 '책을 읽으면 행복합니다.'란 슬로건을 내세웠다. 구호가 공염불로 끝나지 않기를 바란다.

학급 문고
만들기

   해마다 3월이면 학급 문고를 만든다. 아이가 초등학교에 입학했을 때 교실에 있는 학급 문고를 살펴보고 마음이 아팠다. 학급 문고가 마치 헌 책 처리장인 양 형편없는 책이 많았다. 폭력적인 만화, 조잡한 그림책, 한글 맞춤법을 개정하기 전의 책들, 너덜너덜하게 낡은 책…… 3분의 2 정도는 버려야 할 것이었다.

   학급 문고는 아이들이 일 년 동안 가까이 두고 읽을 책이다. 아이가 좋은 책을 읽기 바란다면 학급 문고에 관심을 가져야만 한다.

   어느 대학 부속 초등학교의 도서실 수업을 참관했다. 이 학교는 모든 학생들이 일 주일에 한 번 도서실에서 독서 수업을 한다. 공간이 제법 넉넉하고 창문이 많아 도서실 안이 환했다. 공공 도서관의 분류법에 따라 책이 진열된 서고도 갖췄다. 사서 선생님도 계셨다. 일 년에 두 번 장서를 점검하여 낡은 책은 버리고 새 책을 구입한다고 들었다. 그러나 책꽂이를 다 채우려면 아직 멀었다. 은퇴해야 할 책이 여전히 많아 안타깝다. 낡은 책을 새것으로 바꾸려면 많은 돈이 필요하다. 그래도 그만한 도서실과 독서 수업이 있으니 그 학교 아이들은 운이 좋은 셈이다.

   나라 살림살이가 어려우니 앞으로 몇 년 안에 학교마다 이런 도서실을 갖추기는 힘들 것이다. 그러나 부모들이 조금만 뜻을 모으면 당장이라도 교실을 작은 도서실로 바꿀 수 있다. 이제 그 방법을 소개한다.

교실에 남아 있는 책 점검하기

최소한 학급 학생 수의 두 배가 넘는 책이 필요하다. 같은 책을 두 권씩 마련하는 것이 좋으나 여의치 않으면 책 권수라도 많았으면 좋겠다. 그래야 반은 빌려 주고 나머지는 자습 시간이나 쉬는 시간에 읽을 수 있다. 우선 작년에 물려받은 책을 살펴보고 내용이 좋지 않거나 낡은 책을 과감히 버린다.

책 목록 작성하기

우선 반마다 다 갖추어야 할 책이 있다. 아이들이 숙제하는 데 필요한 백과사전이다. 초등학교 3학년만 되어도 과학 숙제나 사회 숙제 가운데 백과사전을 찾아야 할 것이 많다. 백과사전 가격이 몇 십만 원씩 하니 집집마다 갖추기 여간 어려운 것이 아니다. 교실에 백과사전을 마련해 놓으면 교사가 아이들의 질문에 대답하는 대신 스스로 백과사전을 찾아보도록 격려할 수 있다. 집에 가 봐야 숙제를 돌봐 줄 어른이 없는 아이에게는 담임 선생님이 방과 후 그 아이가 교실에 남아서 백과사전을 찾으며 숙제를 하도록 조금만 배려해 주면 된다.

숙제할 수 있는 여건도 마련해 놓지 않고 아이에게 숙제를 해 오지 않는다고 무조건 야단치는 것은 참 비합리적이고 비인간적인 처사다. 학부모들이 조금만 신경을 써 주면 학교가 싫어 밖으로 떠도는 아이들도 그만큼 줄어들리라 생각한다.

그 다음, 새로 마련해야 할 책의 목록을 만든다. 우선, 아이들의 의견을 듣는 것이 좋다. 학급 아이들에게 '친구에게 권할 수 있을 만큼 좋은 책'의 제목과 추천하는 이유를 적어 내라고 한다. 평소 양서에 시큰둥하던 아이도 그 때만큼은 생각이 말짱해지는지 대부분 좋은 책을 적어 낸다. 이 작업은 아이들에게 자신이 읽는 책을 스스로 평가할 기회를 제공한다. 또 교사와 학부모에게는 아이들이 읽는 책을 알 수 있는 계기가 될 것이다.

학교나 도서관에서 청소년 권장 도서 목록을 얻거나 도서 연구회에서 나온 권장 도서 목록을 참고하면(맹신하지는 말고!) 도움이 된다. 여러 분야의 책을 고루 포함시키는 것이 좋다. 선정된 책은 도서관이나 서점에 가서 직접 내용을 살펴본다.

책 모으기

학급 문고로 구입할 책의 목록을 만든 후 그에 따라 책을 모은다. 아이들에게 도서 목록을 나누어 주고 집에서 가져올 수 있는 책에 표시하게 한다. 반드시 기증을 원칙으로 한다. 한 집당 한 권을 원칙으로 하나 아이들 급식비를 대기도 힘겨운 가정이 있으니 강제성을 띠지 않는 것이 좋겠다. 모자라는 부분을 채우기 위해서 '뜻 있는 학부모'가 나설 차례다!

책 진열하기

한국십진분류표(KDC)[1]에 따라 도서를 정리한다. 책꽂이에 '문학', '역사' 등 분류 기준을 큼직하게 써 붙이고 책마다 주제별로 색 테이프를 붙여 놓으면 아이들이 정리하기 쉽다. 또 어느 분야의 도서가 부족한지 한눈에

[1] 공공 도서관에서 쓰는 한국십진분류표. 한국도서관협회분류위원회 지음, 『한국십진분류법』 제5판 제1권 54쪽 참고

알 수 있어 다음에 도서를 수집할 때 도움된다. 대부분의 공공 도서관과 대학 도서관이 한국십진분류표를 사용하니 어려서부터 이 분류법에 익숙하게 해 주는 것이 좋다.

독서 카드 나눠 주기

학급 문고가 마련되면 아이들에게 독서 카드를 나눠 준다. 저학년은 일주일이나 열흘, 고전을 읽어야 하는 중·고등학생에게는 열흘이나 이 주일(더

러는 한 달)을 기준으로 책을 빌려 준다. 초등학교 고학년이 되면 아이들 힘만으로 학급 문고를 관리할 수 있다.

한 학기가 지나 반 학생 모두가 학급 문고를 다 읽으면 옆 반과 책을 바꾼다. 학교 전체가 동참하면 첫해만 힘들지 그 이듬해부터는 수월하다. 선배들이 물려 준 학급 문고를 점검하고 거기에 해마다 아이들 숫자만큼 책을 늘려 나간다면, 몇 년 안에 모든 교실을 작은 도서실로 바꿀 수 있다. 이런 방법으로 학교에 제대로 된 도서실을 만드는 것도 그리 어렵지 않다.

책에 관한 한 학부모의 기부를 허용했으면 좋겠다. 아니면 적십자 회비처럼 일 년에 책 한 권 값을 학교에 내도 좋다. 촌지처럼 내 자식만 잘 봐 달라는 것도 아니고, 그 혜택이 모두에게 돌아가니 좋은 일 아닌가?

한국십진분류표

유별	주제
000 (총류)	도서학 · 서지학, 문헌정보학, 백과사전, 강연집 · 수필집 · 연설문집, 일반 연속간행물, 일반 학회 · 단체 · 협회 · 기관, 신문 · 저널리즘, 일반 전집 · 총서, 향토자료
100 (철학)	형이상학, 인식론 · 인과론 · 인간학, 철학의 체계, 경학, 동양철학 · 사상, 서양철학, 논리학, 심리학, 윤리학 · 도덕철학
200 (종교)	비교종교, 불교, 기독교, 도교, 천도교, 힌두교 · 브라만교, 이슬람교(회교), 기타 제종교
300 (사회과학)	통계학, 경제학, 사회학 · 사회문제, 정치학, 행정학, 법학, 교육학, 풍속 · 예절 · 민속학, 국방 · 군사학
400 (자연과학)	수학, 물리학, 화학, 천문학, 지학, 광물학, 생명과학, 식물학, 동물학
500 (기술과학)	의학, 농업 · 농학, 공학 · 공업 일반 · 토목공학 · 환경공학. 건축공학, 기계공학, 전기공학 · 전자공학, 화학공학, 제조업, 생활과학
600 (예술)	건축술, 조각 및 조형예술, 공예 · 장식미술, 서예, 회화 · 도화, 사진예술, 음악, 공연예술 및 매체예술, 오락 · 스포츠
700 (언어)	한국어, 중국어, 일본어 및 기타 아시아제어, 영어, 독일어, 프랑스어, 스페인어 및 포르투갈어, 이탈리아어, 기타 제어
800 (문학)	한국문학, 중국문학, 일본문학 및 기타 아시아문학, 영미문학, 독일문학, 프랑스문학, 스페인 및 포르투갈문학, 이탈리아문학, 기타 제문학
900 (역사)	아시아, 유럽, 아프리카, 북아메리카, 남아메리카, 오세아니아, 양극지방, 지리, 전기

아이를 절대로
책방에
데리고 가지
마세요?!

책방 이야기가 나올 때처럼 내 마음이 희비의 쌍곡선을 그릴 때도 없을 것이다.

먼저 즐거운 이야기 한 토막 — 그 곳에 가고 싶다!

집 가까운 데 어린이 전문 서점 '초방'[1]이 있다. 아이는 초방이 처음 문을 연 해부터 그 곳에 드나들었다. 그 곳에는 아이를 위해 배려한 작은 책걸상이 있다. 아이는 초방에서 그림책도 읽고, 서점 누나와 이야기도 나눈다. 초방의 책을 읽으며 자랐다고 해도 결코 과장이 아니다.

그 책방 단골은 누구나 초방 언니를 안다. 나도 우리 아이도 그이를 좋아한다. 초방 언니는 정말 책을 좋아한다. 그리고 책방에 드나드는 아이들에게도 관심이 많다. 초방 언니는 아이가 좋아하는 책도 잘 고른다. 선구안이 좋은 타자처럼. 아이가 즐겨 읽은 책 이름을 대면 "그럼 이 책도 좋아할 것 같네요." 하고 책을 건네준다. 그러나 먼저 나서서 감 놔라 대추 놔라 간섭하지 않는다. 그 점이 참 신통하다.

1 ———
'어린이 서점이라 하면 될 것을 하필이면 초방이냐? 혹시 초방 주인과 인척지간이 아니냐?' 항의하는 분이 계실까 싶어 몇 자 적는다. 이화여대 후문 길 건너 골목에 있는 초방은 우리나라 최초의 제대로 된 어린이 전문 서점이다. '최초'는 항상 선구자로서 그 공을 인정해야 한다. 그래서 특별히 초방을 소개했다.

공동육아연구원[2]에서 나오는 소식지 『공동육아』의 원고 마감 날이 다가오면 내 원고에 실린 책보다 더 적당한 책이 없는지 살펴보러 어린이도서관이나 초방에 간다. 초방 언니와 의논하면 내가 놓친 책을 발견할 때가 있다.

2 ─────
2001년 사단법인 '공동육아와 공동체교육'으로 조직을 개편하고, 2002년부터 소식지 이름도 『공동육아와 공동체교육』으로 바꾸었다.

집에 있으면 직장에 다니는 친구들로부터 전화가 걸려 온다. 제 아이가 읽을 책을 골라 달라는 전화다. 나도 일을 해서 알지만 하루 종일 직장에서 일하는 엄마들은 대체로 육아 정보에 어둡다. 어린이 책에 대해서는 더욱 그렇다. 이런저런 이야기를 하다가 친구와 길게 이야기를 나누기 어려우면 나는 비장의 카드를 내놓는다.

"너희 집 이대 후문에서 가깝지? 시간 내서 아이 데리고 초방에 가. 거기서 초방 언니를 찾아. 그이에게 물어 보면 돼. 나한테 묻는 것보다 나을 걸."

국내 최초 어린이 전문서점 '초방'의 내부 모습.(2000년 여름)

1998년 여름 암스테르담에서 본 어린이 전문 서점의 내부 전경. 책 관련 캐릭터 상품을 아기자기하게 진열해 놓았다.

초방은 책방과 그에 가장 걸맞은 사람이 조화를 이룬 곳이다. 그러니 그 곳에 가는 것이 즐거울 수밖에.

우울한 이야기 한 토막 — 그 곳에 다시 가고 싶지 않다

책을 사러 번화가의 대형 서점에 간다. 진열된 책이 많고 외국 서적도 있기 때문이다. 대형 서점에 가면, 꼭 남대문 시장이나 동대문 시장에 온 기분이다. 특히 지하철 통로와 입구가 바로 연결된 서점은 더욱 그렇다. 번쩍번쩍한 천장 조명도 그렇고 바쁘고 어수선한 분위기도 시장통과 닮았다. 바닥 외에는 책을 읽기 위해 몸을 의지할 곳이 없는 점도 꼭 닮았다. 책을 고르기보다는 빨리 나가고 싶은 기분이 든다.

그런데 대형 서점이 동대문 시장이나 남대문 시장만도 못한 점이 있다. 도매 시장에선 똑같은 물건을 백화점이나 동네 가게보다 훨씬 싼값에 살 수 있다. 단골에게는 덤도 준다. 동네 서점 주인과 친해지면 잡지 부록, 팸플릿, 홍보물이라도 덤으로 얻는다. 그러나 대형 서점은 그렇지 않다.

수산 시장에 생선을 사러 가면, 생태, 코다리, 동태, 동태포, 북어, 창란젓, 명란젓…… 이렇게 온갖 명태를 몽땅 살 수 있다. 여기까지는 대형 서점도 비슷하다. 그러나 결정적으로 다른 점은 수산 시장의 터줏대감은 생선에 관한 한 도사라는 것이다. 이 대구는 물이 좋고, 저 꽃게는 제철이 아니고, 가자미는 꾸들꾸들 말려서 구워야 맛있고, 생태 찌개 국물을 시원하게 요리하려면 두부를 넣지 말아야 하고……. 생선을 고르는 것부터 조리법에 이르기까지 다 배울 수 있다. 그러나 대형 서점의 점원은 어느 곳에 어떤 책이 있는지, 요즈음 잘 팔리는 책이 무슨 책인지 외에는 거의 설명하지 못한다.

다른 점은 또 있다. 도매 시장의 과일 가게에 가면 눈에 띄는 곳에 때깔 좋고 먹음직스런 과일을 진열한다. 딸기 광주리 맨 위에는 알이 굵고 싱싱한 것을 올려 놓는다. 그 밑은 알 수 없지만. 그러나 대형 서점의 진열대에서 눈에 잘 띄는 책은 질과는 무관하다. 어린이 책 진열대를 점령하고 있는 책을 떠올려 보라. 돈을 주고 살 가치가 없는 책도 버젓이 앞에 나와 있다.

동네 서점은 더 심하다(그렇지 않은 곳도 있지만). 대형 서점은 그래도 어린이 책 진열대와 성인용 책 진열대가 멀리 떨어져 있다. 그러나 어느 동네 서점에 아이를 데리고 가면 비록 비닐 포장이 되어 있지만 유감스럽게도 '18세 미만에게 판매 금지' 딱지가 붙은 외설스러운 책의 존재를 증명하는 꼴이 되고 만다. 얼마나 궁금할까? 그밖에 정말 유치찬란한 책을 두루 구경하고 온다.

독서 습관을 길러 주기 위해 아이를 서점에 데리고 가서 읽고 싶은 책을 직접 고르게 하라는 말을 한다. 솔직히 그 말을 들으면 우리 나라 실정을 모르고 하는 소리 같다. 우리 사회는 아이들에게 팔아야 할 것과 그렇지 못한 것에 대한 경계가 분명치 않다.

대형 서점만이라도 어린이가 책을 고를 때 도와 줄 수 있는 어른을 고용하면 좋겠다. 이대로라면 나는 아이를 서점에 절대로 혼자 보내고 싶지 않다!

2010년 12월 현재 '초방'의 모습. 그림책 출판과 연구기관으로 변모했다. 전화 예약 후 아이와 방문하여 책 고르기에 대한 상담과 함께 그림책을 구입할 수 있다. 보다 자세한 사항은 홈페이지(www.chobang.com)를 참고하기 바람.

책과
친해질 수
있는 환경
만들기

부모가 아이에게 책을 안 읽는다고 야단칠 때 유행가 가사 읊듯 하는 말이 있다. "엄마, 아빠가 어렸을 적에는 책을 읽고 싶어도 없어서 못 읽었다. 너는 사 줘도 안 읽냐?" 아이는 속으로 '또 시작이다.' 하겠지.

우리 어린 시절에는 집 안팎에 아이들이 누릴 만한 문화 시설이 거의 없었다. 오죽했으면 가정 환경 조사서에 집안 형편이나 문화 수준을 측정하는 지표로 TV나 전축이 집에 있는지 물었겠는가?

계몽사나 교학사 등에서 나온 전집류가 있었다. '소년중앙' '어깨동무' '새소년' 같은 월간지도 있었다. 그러나 그 가격이 만만치 않아 그런 책을 가진 아이는 또래들 사이에서 부러움의 대상이었다. 우리는 과자 봉지를 내밀고 책가방을 대신 들어 주며 옆집 아이의 책을 빌려 읽던 기억을 간직한 세대다.

동네 만화 가게는 아이들에게 가장 중요한(?) 문화 사랑방이었다. 우리는 만화가 유일한 읽을거리였던 세대, 저속한 성인 만화나 무협지가 저급한 아동 만화와 부자지간임을 증명하는 세대다. 남편들이 학력과 직업을 불문하고 성인 만화나 무협지에 열광하는 것 뒤에는 그런 사연이 있다.

요즘 아이들의 사정은 우리 자랄 때와 전혀 다르다. 책 없이도 하루 종일 재미있고 신나는 일이 얼마나 많은가? 게다가 키드넷 바람이 불어 독서 습관이 형성되기도 전에 컴퓨터부터 만진다. 인터넷 등 정보 통신망의 발달로 책이 자취를 감추게 될 것이라 예언하는 자도 있다. 지금은 책이 찬밥인 시대요, 핍박받는 시대다.

아이들이 책을 읽지 않는다고 걱정이다. 그러나 아이들이 책을 읽지 않는 것은 바람직한 독서 환경을 제공하지 못한 어른들 탓이다. '독서 환경' 하면 많은 사람들이 우리나라에는 공공 도서관의 수가 적고 출판 시장이 열악하며 입시 위주의 교육 풍토 때문에 책 읽을 시간이 부족하다는 점을 지적한다. 맞는 말이다. 그러나 '아이들이 피부로 느끼는 독서 환경'을 개선하려면 아이들의 일상 생활과 늘 다니는 장소를 점검하는 것에서 출발해야 한다. 그리고 그 일은 부모와 교사가 가장 잘 할 수 있다. 행정 당국의 지도는 그 다음 문제다.

가장 중요한 독서 환경은 **가정**이다. 자녀의 독서 습관은 무엇보다도 부모의 의지에 달려 있다. 독서의 참맛을 느껴 보지 못한 아이에게 책은 전자 오락이나 만화 영화, TV의 경쟁 상대가 되지 못한다. 언제나 참패를 당한다. 부모는 책 이외의 매체를 통제할 수 있어야 한다.

수업 시간에 어머니 몇 분이 체념한 듯 말한다.

"어쩌겠어요? 전자 오락을 못 하게 하면 아이가 울고불고 난린데."

그러면 나도 할 말이 있다.

"아이가 치과에 가지 않겠다고 울고 떼쓰면 충치도 그냥 둡니까?"

아이와 실랑이하기 싫어서, 더 솔직히 말하면 아이가 전자 오락을 하느라 곁에서 좀 떨어져 나가면 엄마가 편해서, 그래서 못 말리는 것 아닌가?

처음 몇 번은 아이를 설득하기 힘들겠지만 일단 책에 재미를 붙이면 아이 돌보기도 훨씬 수월하다. 문제는 아이에게 있는 것이 아니라 그 몇 번의 줄다리기를 참지 못하고, 공도 들이지 않고 아이 스스로 양서를 가려 읽으리라 요행을 바라는 부모에게 있다.

집 안에서 아이의 눈길이 닿는 곳마다 양서를 놓아 두어야 한다. 유선 방송의 만화 채널을 언제든지 볼 수 있는 권리를 아이에게 쥐어 주고, 책 안 읽는다고 야단치는 것은 가혹한 처사다. 아이를 시험에 들게 하지 마옵소서! 주기도문에도 있지 않은가.

그 다음이 **유치원**이나 **학교**다. 학급 문고가 형편없다는 것은 이미 앞에서 적었다. 유치원도 예외는 아니다. 많은 유치원들이 교구 납품 업자로부터 책을 전집으로 일괄 구매한다. 그 많은 양질의 단행본 그림책은 다 어디로 갔단 말인가? 아이들의 독서 습관 들이기가 집 밖 교육의 출발점인 유치원부터 삐걱거린다. 교사에게 물어 보면 업무량이 많아서 책에 신경 쓸 여유가 없고 전문가가 아니기 때문이란다. 나는 이 말이 핑계로밖에 들리지 않는다. 마음만 먹으면 좋은 책에 대한 정보를 손쉽게 구할 수 있기 때문이다.

도서 대여점은 새로이 떠오르는 독서 환경이다. 아파트 단지마다 도서 대여점이 들어섰다. '공공 도서관과 서점은 멀고, 그나마 도서 대여점이라도 있으니, 독서 인구의 저변 확대를 위해서 다행이지 않느냐.'는 시각도 있다. 그런 분에겐 도서 대여점에 진열된 책을 한 번쯤 눈여겨보라고 권하고 싶다. 도서 대여점에 저질 서적들을 진열해 놓지 못하도록 규제할 방법이 없을까? 시민 단체들이 나서면 어떨까?

아이들은 한두 달에 한 번 **미장원**에 간다. 제 차례를 기다리는 동안 성인용 잡지를 뒤적이는 아이가 있다. 그 곳에서 조잡한 성교육이 이루어진다.

소아과는 어떤가? 아이들을 위해 장난감, 그림책, 단편 동화집 등을 마련해 두면 환절기마다 병원이 시장 바닥처럼 떠들썩하지 않을 것이다. 소아과에 『뱃속마을 꼭꼭이』(현암사)를, 치과에는 『충치 도깨비 달달이와 콤콤이』(현암사)[1]를 꽂아 놓으면 산 교육이 될 텐데.

주말이면 가족 식당에서 어린이의 생일 잔치가 자주 열린다. 음식을 기다리는 동안 어린이 손님에게 책과 색종이를 제공하면 지금보다 훨씬 조용한 식당이 될 수 있다. 어린이를 겨냥하여 온갖 메뉴를 갖추어 놓고 돈을 벌면서 그만한 배려도 하지 않는 것은 서비스 정신에도 어긋나는 일이다.

1 ───────
충치 도깨비 달달이와 콤콤이의
캐릭터는 독일에서 잘 팔리는
캐릭터 상품이다. 달달이와
콤콤이가 치아 속에 집을 짓는
내용의 『충치 도깨비 달달이와
콤콤이』는 양치 습관을 길러
주기에 좋은 책이다.

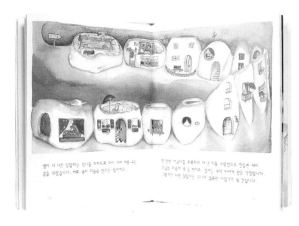

그 밖에도 기차나 여객기, 여행지의 숙박업소, 백화점 휴게실, 관공서, 시골의 마을 회관, 은행…… 아이들이 드나들고, 오랜 시간을 무료하게 기다려야 하는 장소마다 좋은 책을 마련하자. 놀이 동산에서 차례를 기다리는 아이들에게 레오 리오니의 「으뜸 헤엄이」[2]나 장 지오노의 「나무를 심은 사람」[3]을 상영하면 좋겠지……. 나 혼자 상상의 날개를 편다. 바람이 현실로 이루어지기도 하니까.

2, 3 ───────
『으뜸 헤엄이』는 마루벌에서,
『나무를 심은 사람』은 두레에서
출간하였다.

정보화 시대를 살아갈 아이들을 위해 어른들이 가장 먼저 해야 할 일은 아이들에게 책을 즐겁게 읽을 수 있는 환경을 마련해 주는 것이다. 아이들, 특히 어린이의 자율적인 독서 습관을 길러 주는 것은 악서가 즐비한 환경에 아이들을 풀어 놓는 것이 아니라 양서의 울타리 안에서 방목하는 것이다.

지금은 부모들이 나설 때다. 아이들은 밥과 공기뿐 아니라 책을 먹고 자란다. 독서 운동도 환경 운동에 포함시켜야 한다. 부모들이 세상을 향해 잔소리꾼이 되자. 아이들에게 우리도 큰소리 좀 쳐 보자.

좋은 독서 환경을 마련해 주고 공들였는데도 책을 읽지 않으면(그런 일은 거의 없다!) 그 때는 알밤을 준다 한들 어떻겠는가?

어린이 책과 어른

어린이는 재미있는 책(말초 신경을 자극하는 책을 포함하여)을 찾아내는 데 귀신이지만 양서
와 악서를 구별하는 능력은 부족하다. 자기가 읽는 불량 서적을 입으로 비판하면서
도 행동이나 사고는 책의 내용을 모방한다. 따라서 작가는 자신의 작품이 아이들의
성장에 어떤 영향을 줄지 생각하고 신중하게 표현해야 한다.

나는
 '바담 風' 해도
너는
 '바람 風' 해라

아이에겐 해롭다 먹지 말라면서
한밤중에 라면 곱빼기로 먹는다.
아이에겐 지각하면 안 된다면서
아차차, 지하철 안에서도 뛴다.
아이에겐 정리정돈 잘 하라면서
오늘도 내 책상은 폭탄 맞은 전장.

아이에겐 TV 보지 말라 하면서
새벽까지 지지직대는 안방 TV.
아이에겐 매일 일기 쓰라면서
가계부는 벌써 열흘치나 밀렸네.
아이에겐 매일 책 읽으라면서
나흘째 바닥에 소복이 쌓인 신문.

난 '바담 風' 해도 넌 '바람 風' 해라.
다 너 잘되라 하는 말이다.

너도 늙어 어미 되면

내 심정 알고도 남으리.

난 '바담 風' 해도 넌 '바람 風' 해라.

때때로 아이에게 하는 잔소리에 내가 지겹다. 나도 못 지키는 규칙을 아이에게 지키라는 내 모습이 꼭 야누스 같다. 조금만 더 크면 "엄마도 그러면서!" 하겠지. 들통날까 조바심을 낸다. 언행일치라! 내친 김에 내 버릇을 고칠까, 아니면 차라리 잔소리를 그만둘까?

할머니가 했던 잔소리를 어머니가, 어머니의 잔소리를 그 딸이, 딸로부터 다시 손녀로 대를 이어가는 잔소리…… 잔소리 안 하면 아이가 나쁜 사람이 되나? 잔소리 말고 다른 방법은 없을까? 내게는 늘 고민거리다.

아이가 어릴 때 육아 서적을 열심히 읽었다. '이렇게 해라, 저렇게 해라, 그래야 좋은 엄마가 될 수 있다.' 숨이 막혔다. 성모 마리아처럼 한없이 자애로운 어머니…… 내게는 '가까이 하기에는 멀어도 한참이나 먼 당신'이었다. 성공한 사람들의 자서전에 등장하는 어머니들은 어쩌면 그렇게 한결같이 큰 소리 한 번 안 내고 생활고를 담담히 이겨 냈다고 씌어 있는지. 그런 어머니가 자식 성공의 필요 조건이라면, 닮고 싶기보다는 '그래, 내 자식 성공 안 해도 좋다.'는 심정이 된다. 아니면 다람쥐 쳇바퀴 도는 생활에 지친 주부들에게 단편적인 스트레스 해소법을 제시할 뿐이다. 도대체, 엄마이기 전에 한 인간으로서 느끼는 감정과 고통은 어쩌란 말인가? 이런 회의 속에서 만난 주옥 같은 책이 있다.

『성공하는 사람들의 7가지 습관』(김영사)은 부모에게도 좋은 책이다. 스티븐 코비는 지난 200년간 미국에서 성공을 주제로 출판된 책을 분석한 결과, 목표를 이루려는 두 가지 접근법을 발견했는데, 이를 성격(personality) 윤리와 성품(character) 윤리로 구별했다. 성격 윤리는 '마음 속에 품고 믿으면 무엇이든지 달성할 수 있다.'처럼 적극적 사고 방식과 '미소가 더 많은 친구를 만든다.' 등 사람을 대하는 테크닉에 치중한다. 이는 피상적인 응급 처치요, 심하게 말하면 권모술수에 불과한데, 최근 50년간 성공에 관련된 문헌들이 여기에 치중했다고 비판하였다. 성품 윤리는 언행일치, 겸손, 절제, 정의, 근면 등 보다 근본적인 삶의 자세다. 진실로 성공하려면 성품 윤리에 주목하라고 충고한다. 코비는 자식을 잘 돌보는 훌륭한 부모의 이미지에 연연하여 성격 윤리의 테크닉으로 아이를 변화시키려 하지 말고, 아이와 거리를 두고 아이의 정체성, 개성, 가치, 독립성을 느끼라고 말한다. 내가 육아 서적을 볼 때마다 숨막혔던 이유를 정확하게 꼬집어 낸 글이었다.

『이 시대를 사는 따뜻한 부모들의 이야기 1, 2』(김영사)는 효과적인 부모 역할 훈련(Parent Effectiveness Training, 흔히 PET라 부른다.)의 강사가 쓴 사례집이다. 잔소리를 하지 않고 아이들과 대화할 수 있는 방법을 소개했다. 나는 아이에게 상처를 주지 않으면서 부모의 힘든 상황을 전하는 '나 전달법'을 좋아한다. 우는 아이에게 아이의 말을 따지거나 훈계하지 않고 거울에 되비추듯 열심히 들어 주는 '반영적 경청'을 했을 때 아이가 내 목을 감고 "엄마랑 이야기해서 시원해." 하고 말해 무척 놀랐다. 책을 읽고 아이와 대화를 나누는 방법을 궁금해하는 부모들에게도 도움이 된다.

아이를 사랑하면서도 표현 방법을 모르는 목석 같은 남편들을 위해『아이에게 사랑한다고 말하는 101가지 방법』(새터)을 권한다. 자식을 사랑하는 성품은 지녔으나 기술이 부족한 부모에게 도움을 준다. "표현하지 않는 사랑은 사랑이 아니다." 주장하는 신세대와 더불어 살아가는 데 필요한 책이다.

TV에서 아동 학대의 실상을 고발하는 프로그램을 여러 번 보았다. 너무 끔찍해서 TV를 본 사람은 '과연 그들도 인간인가?' 싶었을 것이다. 폭력도 대물림한다. 아동 학대를 당한 아이가 부모의 행동을 물려받을까 걱정된다. 방송국 보도에 따르면 한 설문 조사에서 부모에게 학대받은 경험이 있는 아동이 응답자의 70%가 넘었다고 한다. 아동 학대는 더 이상 남의 집안 일이 아니다.

부모의 그릇된 유산은 우리 세대부터 끊어야 한다. 미국의 상담 심리 학자 수잔 포워드가 쓴 『이런 사람이 무자격 부모다』(삼신각)는 아동 학대를 비롯, 부모로부터 대물림하는 악습이 성인으로 자란 자녀의 삶을 얼마나 황폐하게 만드는지 상담 사례를 들어 적나라하게 설명한다. 나는 수업 시간에 이 책의 표지 글을 꼭 읽는다.

> 무자격 가족 제도는 고속도로에 늘어선 자동차 행렬과 같아서 대대손손 해악을 끼친다. 이 제도는 당신 부모가 처음 만들어 낸 것이 아니다. 당신 조상들이 전수해 준 감정, 규칙, 상호 작용, 신념 등이 누적된 결과이다. 당신이 무심코 던진 '너는 그런 놈이야.'라는 말이 '나는 그런 놈이야.'로 변한다는 것을 생각해 보았다면 이 책은 바로 당신 것이다.

이 책은 '부모의 뜻을 절대로 거스르지 말아야 하고, 잘못은 늘 아이에게 있어 자식 잘되라고 야단치고 때린다.'는 신화에서 벗어나, 부모에게서 잘못 물려받은 자신의 상처부터 치유하라고 속삭인다.

5월은 가정의 달이다. 해마다 5월이 되면 연례 행사인 양 '이제 잔소리를 그만두어야지!' 다짐해 본다. 아니, 그만두는 것은 자신 없고 횟수라도 줄여야지……. 나를 향한 내 목소리가 점점 기어든다. 그래도 비빌 언덕은 언제나 '시작이 반이다!'

독서 환경을
이끄는
숨은 실세

책의 질을 결정하는 데 가장 큰 영향력을 행사하는 사람은 아마도 출판인, 특히 편집 주간일 것이다. 기획, 편집자는 영화 감독이나 방송의 프로듀서와 비슷하다. 배우가 연기를 못 해도 문제이지만, 그런 배우를 주인공으로 발탁하거나 좋은 배우에게 어설픈 역할을 맡기는 감독의 책임이 더 크다. 편집자는 바로 그 감독이다.

감독은 작품을 통해 현대인에게 어떤 메시지를 전할지 결정해야 한다. 사회성이 강한 작품을 만들지, 가족의 사랑을 주제로 할지, 아니면 그저 단순히 시간 때우기용 폭력물을 만들지, 그것도 아니면 흔히 에로 영화라 불리는 선정적인 영화를 만들지 결정하는 것이다. 영화의 질이 여기서 결정된다고 보아도 좋을 것이다. 책도 마찬가지다.

재미있는 것은 명감독이나 명배우의 작품이 일정한 수준을 유지하고 삼류 배우는 대부분 삼류 영화에 출연하듯 출판사에 따라 책의 질도 '확연히' 다르다는 점이다. 그래서인지 별에 대한 책을 고르든, 신화에 대한 책을 고르든, 창작 동화를 고르든, 결국은 양서를 출판하는 것으로 알려진 몇몇 출판사를 크게 벗어나지 못한다. 몇 번 그런 경험을 하고 나면 출판사를 보고 책을 고르게 된다. ○○출판사는 양서를 내는 출판사, ××출판사는 삼류 출판사……. 이렇게 고정 관념이 생긴다.

독자는 출판사마다 고유한 색깔이 있음을 발견한다. '길벗어린이'나 '재미마주' '보리'처럼 우리 작가의 창작물에 공들이는 출판사, '마루벌'처럼 외국, 특히 유럽의 좋은 그림책을 많이 내놓는 출판사, '현암사'의 '우리가 정말 알아야 할' 시리즈처럼 기획이 돋보이는 출판사……. 출판사마다 독자에게 드러내고 싶은 색깔이 있다. 그것은 출판사마다 갖고 있는 특별한 장기이고 개성이다. 이런 영역별 전문화 경향은 바람직하다.

또 다른 색깔 구분도 있다. 우스갯소리나, 만화도 아니고 학습서도 아닌 어정쩡한 학습 만화만 주로 내는 출판사, 조잡한 애니메이션 그림책을 양산하는 출판사, 전래 동화를 무성의하게 찍어 내는 출판사……. 독자는 출판사를 이렇게 인식하기도 한다. 어떤 출판사의 책은 늘 '그 밥에 그 나물'임을 독자가 알고 있음이다. 이는 출판사 대표나 편집부의 수준을 단적으로 드러낸 것이다.

책은 결국 사람이 만든다. 내가 만든 책이 어떤 모습으로 비칠지 자신에게 끊임없이 물어야 한다. 출판인의 질이 출판물의 질을 결정한다!

또, 감독이 작품에 가장 잘 어울리는 배우를 골라야 하듯이, 출판사도 그들이 만들려는 책의 성격에 따라 안성맞춤인 작가, 번역자, 화가를 찾아내야 한다. 작가가 공들인 글도 삽화가의 솜씨에 따라 돋보이기도 하고 매력이 반감되기도 한다. 편집자는 중매쟁이다. 작가나 화가와 수시로 의논하여 책의 내용을 살피고 때로는 수정, 보완해야 한다.

어린이 책의 편집자 혹은 기획자에게 가장 필요한 것은 어린 독자를 인격체로 존중하는 태도다. 어린이를 책이라는 물건을 팔기 위한 대상으로만 보면 안 된다는 뜻이다. 그런데 책방에는 왜 그렇게 질이 떨어지는 어린이 책이 많을까? 나는 그런 책을 볼 때마다 그 책을 만든 사람이 제 자식에게도 그 책을 권할지 궁금하다.

기획자는 작가와 독자 모두를 정중하게 대할 줄 아는 사람이어야 한다.

"우리도 다 안다. 우리라고 좋은 책을 만들고 싶지 않은 줄 아나? 팔리지도 않는 책을 만들 수는 없지 않은가? 독자 수준에 맞추어야지 별 수 없지 않은가?" 푸념하기 전에 출판사들이 독자, 특히 어린이에게 얼마나 진지하게 다가갔는지 반성해야 한다. 가끔 어떤 출판사는 어린이 책을 돈을 벌기 위한 상품으로만 생각하는 것이 아닌가 의심스러울 때가 있다. 바로 이런 책을 만날 때다.

서울시립어린이도서관의 가정 독서 지도 중급반 수업에는 동일한 작품의 여러 번역본을 비교해 보는 시간이 있다. 나는 아스트리드 린드그렌의 책을 실습 재료로 골랐다. 린드그렌은 '삐삐 시리즈'로 세계적으로 잘 알려진 스웨덴 작가다. 수업 준비를 위해 도서관에 있는 린드그렌의 책을 모두 읽었다. 70년대 초인가 「말괄량이 삐삐」가 TV로 방영되어 친근해서인지 린드그렌의 작품은 중복 출판이 많다.

린드그렌의 『Mio, min Mio』는 두 출판사가 각기 『미오, 나의 미오』(윤진문화사), 『미오, 읍읍, 미라미스』(반도)라는 제목으로 번역, 출판했다. 앞의 책은 독문학 교수가 번역했고, 뒤의 것은 스웨덴에 사는 한국인 어머니가 아이에게 잠자리에서 옛날 이야기를 들려 주듯이 번역했다.

두 책을 비교해 읽으면서 깜짝 놀랐다. 두 책 모두 삽화를 군데군데 빼놓고 편집한 것이다. 책, 특히 어린이 책에서는 삽화도 매우 중요한 부분을 차지한다. 해적판으로 출판한 것도 민망한 일인데 그림의 일부분을 빼내고 짜깁기하다니……. 특히 『미오, 나의 미오』는 원작의 삽화에서 일부분을 잘라내어 편집했다. 정말로 책을 사랑하는 사람은, 그리고 작가를 존중하는 사람은, 무엇보다도 어린이를 사랑하는 사람은 결코 이런 짓을 하지 않는다.

어린이 책이 아이에게 미치는 영향은 어른에게 끼치는 영향보다 훨씬 크다. 성인 독자는 책의 내용에 대해 비판할 능력을 갖고 있다. 또 책에 대한 자신의 생각을 표현할 수 있는 통로도 많다. 작가는 때때로 독자의 비난을 예상하면서도 그것을 감수하고 자기의 관점이나 인생관을 드러낸다. 막말로 어른 독자를 대상으로 할 때 작품에 대한 찬사와 비난은 작가가 책임지면 될 일이다. 그러나 어린이 독자와 작가의 관계는 그와 다르다. 어린이는 재미있는 책(말초 신경을 자극하는 책을 포함하여)을 찾아내는 데 귀신이지만 양서와 악서를 구별하는 능력은 부족하다. 자기가 읽는 불량 서적을 입으로 비판하면서도 행동이나 사고는 책의 내용을 모방한다. 따라서 작가는 자신의 작품이 아이들의 성장에 어떤 영향을 줄지 생각하고 신중하게 표현해야 한다.

　어린이의 독서 환경이 좋아지려면 훌륭한 작가가 많이 나와야 한다. 무엇보다도 어린이의 편에 서서 '우리 책이 곧 어린이의 성장에 밑거름이 된다.'는 마음가짐 하나로 작가를 격려하고 때로는 질책하는 기획자를 길러 내는 것이 지금 우리에게 더 절실하다.

독서 지도사는 부업이 아니다

　나는 1998년부터 서울시립어린이도서관(서울 종로구 사직동에 위치)에서 '가정 독서 지도' 수업을 해 왔다. 처음 가정 독서 지도 강좌를 계획했을 때 도서 관측에서는 과연 어머니들이 많이 모일지, 그리고 다음 학기에도 수업이 계속 이어질지 걱정하는 눈치였다. 그런데 뚜껑을 열자 기대 이상이었다. 도서 관 측에서는 독서 지도에 대한 어머니들의 관심이 이렇게 대단한지 몰랐다 며 놀라워했다. 수강생에게 설문 조사를 했더니 앞으로 독서 지도사가 되고 싶다는 응답자가 50퍼센트를 넘었다. 이번에는 내가 놀랐다. 독서 지도사가 주부들의 유망 부업으로 떠오르고 있다는 신문 기사가 실감났다.

　1998년 초에 신문과 TV에서 주부에게 각광받는 부업으로 독서 지도사를 자세히 소개한 것을 기억한다. 그 때 '고등학교 이상의 학력이면 누구나 도 전해 볼 만한 직종이다.'란 기사도 봤다. 여성 잡지에서도 독서 지도사를 손 쉬운 부업거리로 소개하고, 독서 지도 강좌를 여는 대학의 평생교육원이나 문화센터에 대한 자세한 정보를 주기적으로 싣는다. 그래서인지는 몰라도 평생교육원이나 문화센터의 독서 지도사 과정은 늘 만원이라 한다.

　독서 지도는 수영, 피아노 등 다른 특별 활동과 좀 다르다. 독서 수업에 는 교사와 학생과의 진지한 대화가 필수적이다. 독서 수업에서 다루는 주제는 아이들의 가치관 형성과 직접 관련된 것이다. 따라서 독서 지도사는 건전한 사고의 소유자이자 어린이 교육의 한 부분을 담당한다는 소명 의식을 가진 사람이어야 한다. 단순히 돈벌이나 여가 선용 정도로 생각하면 정말 곤란하다.

박치기 차와 운전 면허증

어느 식사 자리에서 자신을 독서와 논술 지도자라고 소개하는 사람을 보았다. 그는 자신이 강남에서 수험생들에게 논술을 가르치고 있으며 시쳇말로 '한창 잘 나갈 때'는 한 달에 오백만 원을 너끈히 벌었다고 자랑하듯 말했다. 그리고 '여러분도 얼마든지 나처럼 될 수 있다.'고 했다. 나는 그 순간 그를 노려보았다. 또 내가 그를 뚫어지게 노려보는 것을 제발 알아 주기 바랐다.

아이들을 돈벌이 대상으로 보는 사람은 장사치지 선생이 아니다. 그런 사람을 많이 보는 탓에 남이 나를 독서 지도사로 부르면 끔찍하게 싫다. 적임자로 보이는 사람은 '과연 내가 그 일을 할 만한 자격이 있을까?' 조심스럽게 망설이고, '제발 당신만은 나서지 마라.' 하고 내가 마음 속으로 주문을 외는 사람은 항상 용감하다.

아무튼 어떤 이들에게는 독서 지도사(독서를 지도한다는 것도 우습고, 이 말이 주는 딱딱하고 사무적인 느낌 때문에 싫지만 하여튼 사람들이 그렇게 부르니 일단 그렇게 불러 보자.)가 말랑말랑하고 손쉬운 부업거리로 보이는가 보다. 동네에서 글짓기 선생님을 하는 몇몇 수강생의 글을 읽어 본 적이 있다. 제 자신의 글짓기도 엉망인 사람이 글짓기를 가르친다는 사실에 또 한 번 놀랐다. 제발 내 경험이 우연의 일치이기를 바란다.

나이가 들면 어린이 책쯤은 만만하다는 건지……. 자신이 동네 과외 선생인데 어머니들이 겸사겸사 글짓기도 가르쳐 주기 바라서 내 수업을 들으러 왔다고 당당하게 말하는 사람들을 볼 때마다, 몇 년 전 춘천행 기차 안에서 만난 50대 아주머니들이 떠오른다.

"야, 너 아직도 운전 면허 못 땄냐? 그거 별거 아냐. 오토매틱은 서울랜드의 박치기 차랑 똑같다니까. 브레이크하고 핸들만 움직이면 돼."

그 때 속으로 '아주머니, 박치기 차는 사람을 들이받지는 않잖아요?' 하고 부르짖었다.

평생교육원이나 문화센터에서 주는 수료증은 운전 면허증도 못 된다. 자신의 말 한마디가 아이에게 어떠한 영향을 끼칠지 진지하게 생각하지 않고, 독서 지도사를 손쉬운 부업거리로만 생각하는 사람을 볼 때마다 놀이 동산의 박치기 차처럼 들이받아 버리고 싶어진다.

독서 지도자에게 필요한 최소한의 자질

대다수 아이에게 독서 과외는 필요 없다. 집에서 좋은 책을 많이 읽고, 평소에 부모와 일상 생활에서 보고 느낀 것에 대해 이야기를 나누며, 학교 수업 시간에 배우는 것과 숙제, 일기 쓰기만으로 충분하다.

더러 독서 지도사의 도움이 필요한 아이도 있다. 곁눈질로 배울 손위 형제 자매도 없고 부모까지 맞벌이로 바쁘면 아이와 말벗해 줄 사람이 필요하다. 방과 후 독서 교실의 선생님은 이런 아이들에게 부모의 빈자리를 잠시 채워 준다. 독서 지도사는 아이와 책을 매개로 대화하는 사람이다. 따라서 독서 지도사의 역할은 특기 교육 교사라기보다는 상담자에 가깝고 또 그래야만 한다고 생각한다.

독서 지도사가 되려는 사람은 적어도 다음의 조건을 만족해야 한다.

첫째, 독서 지도사가 되려는 사람은 책을 좋아하고 대학의 교양 과목 교재를 무난히 읽어 낼 수 있는 수준 이상의 독서력을 갖춘 사람이어야 한다.

독서 지도사의 수요가 폭발적으로 증가한 것은 대입 수능 시험과 논술 시험 때문이라 해도 과언이 아니다. 언젠가 초등학교 1학년생 어머니의 상담 전화를 받은 적이 있다. 대학교 논술 시험을 생각하면 벌써부터 걱정이라며 아이를 글짓기 학원에 보낸다고 했다. 나는 그분이 유별난 학부모라고 생각하지 않는다. 자녀가 대학 입시를 무사히 통과하는 것이 교육의 지상 목표인 우리 현실에서 어찌 보면 당연한(?) 걱정이다.

부모가 독서 지도에 사교육비를 지출할 때, 그것은 자녀의 취미 생활을 위해서라기보다는 대학 입시를 염두에 둔 장기적인 투자라고 봐야 한다(이 점이 항상 씁쓸하지만 현실이 이렇다!). 봉사자가 아닌 직업인으로서 독서 지도사가 되려는 사람은 초등학생만을 가르치는 경우에도 대졸 이상의 독서력을 지닌 사람이어야 한다.

둘째, 독서 지도사는 왕성한 호기심을 지니고 지식을 쌓는 일과 새로운 정보를 남에게 전달하는 것을 즐기는 사람이어야 한다. 다른 어떤 것보다도 지적 호기심을 지닌 생동감 있는 태도 자체가 아이에게 큰 영향을 준다. 책은 학문으로 통하는 길이다. "선생님, 책이 그렇게도 재미있어요?" 하고 아이가 질문한다면 그는 이미 아이에게 배움에 대한 긍정적인 자세를 전해 준 것이나 다름없다.

매일매일 새로운 지식과 정보가 쏟아져 나온다. 독서 지도사는 그것을 끊임없이 검토하여 더 좋은 자료를 찾아내야 한다. 그렇지 않으면 수업이 진부해진다. 자료의 홍수에 파묻히는 것이 부담스러운 사람이 독서 지도사가 되면 즐겁게 일할 수 없다. 점차 고역이 된다. 취미로 책을 읽는 것과 직업으로 책을 읽는 것은 다르다. 취미는 내 마음이 내킬 때 하는 일이지만 직업은 그렇지 않다. 책 읽는 일이 취미를 넘어 자기의 직업이 될 수 있는 적성이 자신에게 있는지 알아야 한다.

셋째, 독서 지도사는 다방면에 걸쳐 정보 처리 능력이 우수한 사람이어야 한다. 정보 처리 능력은 무조건 책을 많이 읽는다고 얻을 수 있는 것이 아니다. 대학을 나왔다고 모두 그런 능력을 갖춘 것도 아니다. 같은 책을 읽어도 책을 소화하는 능력은 저마다 다르다. 정보 처리 능력은 그 자체가 하나의 재능이다. 정보 처리 능력이 우수한 사람은 자기 전공 이외의 책도 다른 사람보다 쉽게 이해한다.

어린이를 위한 독서 자료도 문학뿐 아니라, 철학, 종교, 역사, 과학, 예술 등 무척 다양하다. 독서 지도사의 시야가 넓고 다방면으로 교양이 풍부해야 여러 분야의 독서 자료를 제공하면서 아이의 독서를 다양하게 이끌 수 있다. 독서 지도사의 편독은 학생의 편독과 직결된다.

넷째, 독서 지도사는 비판적 글쓰기를 할 수 있어야 한다. 초등학교 고학년만 되어도 학교 수업에서 비판이나 자신의 주장이 담긴 글을 써 오라는 숙제를 많이 낸다. 글도 잘 못쓰는 사람이 아이의 글을 평가하고 첨삭 지도를 할 수는 없는 일이다. 독서 지도사가 정확한 맞춤법을 알고 표준어를 사용해야 함은 물론이다.

다섯째, 아이들의 특징을 잘 파악할 수 있어야 한다. 우선 아이들의 일반적인 발달 과정을 이해해야 한다. 아울러 수업을 듣는 아이들의 개성도 제대로 파악할 수 있어야 한다. 독서 수업에서는 아이들의 독해 능력에서 나타나는 개인차를 파악하는 것도 중요하지만, 아이들 각각의 성격을 파악하는 것이 무엇보다도 중요하다. 소극적인 아이와 기가 센 아이가 함께 토론 수업을 할 때 소극적인 아이의 의견이 종종 묵살된다. 이런 상황을 방치하면 두 아이 모두 얻는 것이 없다.

아이가 마음을 다치지 않도록 배려하고 칭찬하되 개개인을 비교하지 말아야 한다. 학교에서나 독서 수업에서나 교사가 특정 아이를 편애하는 것처럼 보이면 그 수업은 이미 결단난 것이나 다름없다. 아이가 마음을 여는 것은 쉽지 않지만 마음을 닫는 것은 한순간이다.

여섯째, 손쉬운 노력으로 돈을 많이 벌기 원하는 사람은 다른 길을 찾는 것이 자신에게도 이롭다. 독서 지도사는 경제적인 손익만 계산해 보면 투자에 비해서 돈을 많이 벌 수 있는 직업이 결코 아니다.

독서 지도는 끊임없는 재투자가 필요한 일이다. 새로 나온 책을 사서 보는 것은 시간, 노력, 그리고 돈이 드는 일이다. 수업료의 많은 부분이 재투자에 들어간다. 작년에 다룬 자료보다 더 좋은 것이 있으면 첨가하고, 아예 교체해야 하는 경우도 많기 때문에 교재비가 엄청나다. 신문이나 다른 매체도 꼼꼼히 검토해야 한다. 제대로 하려면 책과 관계 있는 전시회나 공연 관람도 많이 해야 한다. 재투자를 아끼면 구조 조정에 휘말려 퇴출된다. 독서 지도사의 세계도 치열한 직업의 세계임을 잊어서는 안 된다. 따라서 돈 버는 일이 목적이라면 시작하지 않는 게 좋다.

독서 지도사는 아이들을 만나는 시간 이외에도 따로 많은 시간을 내야 한다. 방과 후 지도와 같이 집단이 큰 경우 아이들이 써 낸 글을 읽고 첨삭해 주려면 엄청난 시간이 걸린다. 띄어쓰기, 맞춤법은 물론 글의 전개 방식, 의견에 대한 꼼꼼한 첨삭이 중요하다. 이는 결코 손쉬운 일이 아니다. 집중력이 필요하다. 주부가 가사와 아이를 돌보면서 일하려면 가르치는 집단의 수를 적게 해도 집안 꼴이 말이 아니다. 동료 강사들과 우스갯소리로 "수업료로 자장면 시켜 먹기 바쁘다."는 말을 종종 한다.

일곱째, 학부모와 원만한 관계를 유지해야 한다. 아이 뒤에는 부모가 있다. 아이를 가르쳐 본 사람은 아이보다 부모와 좋은 관계를 유지하는 것이 훨씬 더 힘들다는 것을 잘 알 것이다. 독서 능력이나 작문 실력은 갑자기 확 늘지 않는다. 학습지나 피아노처럼 수업의 성과를 보여 주기도 어렵다. 그런데도 어머니들은 돈을 들였으니 많은 것을 기대한다. 독서 수업과 곁들여 한자나 다른 과목을 가르쳐 달라는 요구도 있다고 들었다. 막무가내인 어머니를 만나면 독서 지도사도 마음의 상처를 입는다. 스트레스가 많은 직업이다. 얼마 지나지 않아 "내가 이 노력이면 어디 가서 이만 못 벌려고! 더러워서 못 해먹겠다."는 소리가 바로 튀어나온다. 그러기에 돈이 아니라 보람으로 해야 하는 일이다.

아이들과 답사도 가고, 떡볶이도 해먹고, 함께 깔깔거리며 지내다 보면 어느덧 그 아이들이 내 마음 속에 자리한다. 가끔 아이들의 생각이 훌쩍 큰 모습을 글이나 대화에서 발견할 때가 있다. 그때 얻는 기쁨과 보람이 이 일을 하는 원동력이다. 아마도 학교 선생님들이 '그만 두어야지.' 하면서도 아이들 곁에 머무는 것은 이런 보람 때문일 것이다. 이쯤 되면 부모가 뭐라 하든 '깡다구'가 생긴다.

끝으로, 가장 중요한 것이 남았다. 독서 지도사는 아이들의 현재는 물론 미래에도 애정 어린 관심을 기울이는 사람이어야 한다. 더불어 아이들의 좋은 친구, 상담자가 될 수 있어야 한다. 책에서 다루는 많은 주제는 결국 '어떻게 사느냐?'와 관련된 것이라, 대화나 글에서 아이들의 고민거리가 드러난다. 이 때 독서 지도사는 터놓고 대화할 수 있는 의논 상대가 되어야 한다.

어떤 의사에게 들은 말이다. 환자에 대해 중요한 결단을 내려야 할 때 '이 환자가 내 가족이라면 어떻게 하겠는가?'를 자기 양심에게 물어 본 후, 환자와 보호자에게 '만일 내 자식이 같은 처지라도 나는 이렇게 치료하겠다.'고 설명한다고 했다. 그래서 더러는 자신보다 더 적임자인 의사에게 환자를 보내기도 한단다. 이렇게 하면 의사와 보호자를 가로막는 불신의 벽이 사라지고 좋은 인간 관계가 형성된다고 한다. 이런 의사는 자신의 주치의로 삼아도 될 것이다.

마지막 수업 시간, 수강생들에게 다음과 같은 질문을 던진다. 자신과 똑같은 독서 지도사가 있다면 그에게 당신의 자녀를 맡길 수 있겠냐고. 자신이 독서 지도사로서 적합한 사람인가를 아는 데 이보다 더 정확한 판단 기준은 없으리라 믿는다.

가르치는
사람은
종교　전도인이
아니다

어린이도서관의 독서 교실 교사 한 분에게 들은 이야기다. 어느 날 초등학교 2학년인 그 집 아이가 학교에서 돌아오더니 눈물을 뚝뚝 흘렸다고 한다. 우는 까닭을 물으니, 담임 선생님께서 '부처를 믿으면 지옥에 간다.'고 말씀하셨는데 그게 정말이냐고 되물었단다. 그 아이의 집안이 불교를 믿으니 자기가 지옥에 갈까 봐 걱정된 것이다. 요즘 아이들이 되바라졌다고 하지만 그래도 아이들은 순진해서 선생님의 말씀이라면 철석같이 믿는다.

교사나 독서 지도사들이 아이들에게 자신의 종교를 일방적으로 주입한다는 말을 자주 듣는다. 교사 나름으로는 제자의 영혼을 구하려는 숭고한(?) 목적으로 하는 일이겠으나 도를 지나치면 특정 종교에 대한 탄압이 되고 만다.

택시를 타면 기독교 방송이나 불교 방송을 내내 틀어 놓는 운전 기사가 있다. 택시 안도 돈 받고 영업하는 사업장이다. 백화점이나 대중 음식점에서 종교 방송을 틀어 대는 것과 무엇이 다를까? 유선 방송의 종교 채널은 보고 싶지 않으면 안 보면 그만이다. 택시가 '이 차는 ○○교 방송 전용 택시입니다.'라고 써 붙이지 않으니 골라 탈 수도 없다. 차라리 시끄러운 음악이 나오면 꺼 달라고 부탁할 수 있지만, 종교 방송을 틀어 놓고 노래까지 따라 부르는 운전 기사에게는 야단맞거나 설교를 들을까 겁나서 라디오를 꺼 달라는 말도 못 꺼낸다.

어느 날 택시를 탔다. 목사님의 설교가 흘러 나왔다. 그런데 설교 중간에 '불교는 장례식 날이요, 유교는 제삿날이요, 기독교는 잔칫날이다.' 하는 말이 있었다. 아무리 기독교 방송이라지만 성직자가 다른 종교에 대해 최소한의 예의도 갖추지 못하다니 매우 실망스러웠다. 그렇게 말함으로써 그가 믿는 종교에 오히려 누를 끼친 것 같다.

내 주위에는 덕망이 높은 종교인과, 신앙심과 인격을 고루 갖춘 신자가 많다. 그분들은 한결같이 다른 사람이 믿는 종교도 존중했다. 나는 그분들을 뵈면서 남의 종교를 헐뜯는 것은 자신의 인격 수준을 드러내는 것이라 믿게 되었다.

자신의 종교에 집착하는 사람은 절대로 교사나 독서 지도사가 되지 말아야 한다. 교회에 다니는 교사가 아이들의 신앙심에 해가 된다고 『어린이 팔만대장경』(현암사)이나 진화론을 다룬 책은 도서 목록에서 뺀다. 절에 다니는 교사는 기독교의 창조론을 다룬 『세상은 이렇게 시작되었단다』(마루벌)를 뺀다(실제로 이런 예가 있다). 이런 교사에게 가르침을 받은 아이들의 지식은 물론 신앙심도 왜곡된다. 기독교를 빼고 서양의 역사와 문화를 이해할 수 있는지, 불교나 유교를 빼놓고 동양의 역사와 문화를 이해할 수 있는지 생각해 보면 간단하다.

종교는 신앙일 뿐이지 학문을 재는 잣대가 될 수 없다. 신앙은 개인의 선택이다. 기독교든 불교든 유교든 이슬람교든 모두 인류의 유산으로 존중한다면 자신과 종교가 다르다는 이유로 다른 종교와 관련된 책을 박해하지 않을 것이다. 나는 내 아이가 성경은 물론 반야바라밀다심경도 읽어 보기 바란다. 그리고 그 아이가 어떤 종교를 믿든지, 아니면 말든지 그 아이의 선택에 맡겨 둘 셈이다.

지옥에 갈까 봐 겁나서 우는 아이의 어머니께 드린 말씀이다.

"우리나라에 기독교가 들어온 것은 100년이 조금 넘었다지요. 그 선생님 말씀대로라면 그 전에 살았던 우리 조상은 하나님을 믿지 못했으니 모두 지옥에 가 계실 테지요. 조상이 모두 지옥에 계신데 우리만 천당에 가려는 것도 못할 짓 아닙니까?"

그 아이의 담임 선생님 그리고 자신의 종교를 내세워 아이에게 편향된 독서 지도를 하는 독서 지도사, 그리고 부모님께도 다음의 글을 소개한다. 이 글은 프랑스가 낳은 대 문호 알베르 카뮈의 초등학교 은사이자 평생의 스승이었던 제르맹 루이가 1959년 4월 30일 카뮈에게 쓴 편지[1]다. '그리운 아이에게'로 시작하는 편지의 일부를 들려 주고 싶다.

1 ——
알베르 카뮈 지음, 『최초의 인간』,
열린책들, 353-354쪽 인용.

끝내기 전에 세속 교사로서, 우리나라 학교를 저해하기 위하여 도모하고 있는 위협적인 계획에 대하여 느끼는 바를 말하고 싶다. 봉직하는 동안 줄곧 나는 아이에게 가장 신성한 것, 즉 자신의 진리를 찾는 것을 존중해 왔다고 생각한다. 나는 너희들 모두를 다 사랑했고 그래서 나의 사상을 나타내서 너희 어린 지성에 부담을 주지는 않으려고 무진 노력을 했다. 하느님에 관한 이야기가 나오면(교과목에 들어 있으니까) 나는 어떤 이들은 믿고 어떤 이들은 믿지 않는다고 말했다. 각자는 충분한 자기의 권리에 따라 자기가 원하는 대로 한다고도 했다. 마찬가지로 여러 가지 종교들에 대해서도 나는 각자 좋은 대로 속할 수 있는, 세상에 존재하는 종교들을 골고루 지적해 두는 것으로 만족했다. 또, 나는 사실대로 세상에는 아무 종교도 믿지 않는 사람들도 있다고 덧붙여 말했다. 나는 교사들을 종교, 더 정확히 말해서 가톨릭교의 외판원으로 삼고자 하는 사람들에게는 그것이 별로 달갑지 않은 말이라는 것도 잘 알고 있다.

알제 사범학교(그 당시에는 갈랑 공원에 자리잡고 있었다)에서 우리 아버지는 그분의 친구들과 마찬가지로 일요일마다 미사에 참석하여 영성체를 하는 것이 <의

무>였다. 어느 날 그런 구속에 질력이 난 그는 <축성된> 성체를 미사책 갈피에 넣고 닫아 버렸단다! 학교의 교장이 그 사실을 알고는 서슴지 않고 우리 아버지를 학교에서 퇴학시켜 버렸다. 그게 바로 <자유로운 학교>(자기들과 똑같이 생각할…… 자유)를 부르짖는 사람들이 바라는 것이다. 현재 의회의 구성 상태로 보아 그 몹쓸 계획이 뜻을 이루게 되지 않을까 걱정이다. 「카나르 앙셰네」 신문은 보도하기를, 어떤 지방에서 세속 학교의 어떤 수업들은 벽에 십자가를 걸어 놓고 한다고 지적하고 있다. 내가 보기에 이것은 어린 아이들의 양심에 대한 가증스러운 침해라고 여겨진다. 얼마 뒤에 이건 어떻게 될 것인지? 그런 생각을 하면 몹시 서글퍼진다.

(후략)[2]

2 ────────────
내가 강조하고 싶은 부분에 밑줄 쳤다.

제르맹 루이가 카뮈에게 끼친 영향을 생각하면 아이를 위해 어른이 해야 할 일과 하지 말아야 할 일의 경계가 어디인지 알 수 있을 것이다.

나는 독서 운동권

좋은 책이 나오도록 출판인을 격려하고, 질 떨어지는 책이 나오면 부모들의 등쌀에
못 이겨 그 책이 책방에서 사라지도록 하는 것이 어린이의 독서 환경을 좋게 만드는
일이다. 그런 일을 하는 사람들을 뭉뚱그려 '독서 운동권'이라 불러도 좋을 것 같다.
그리고 나는 독서 운동권의 한 사람이다.

어린이도서관
이야기

정보화 시대에 도서관 예산을 줄인 까닭은?

서울 종로구 사직동 사직 공원에는 시립 어린이도서관이 있다. 도서관 2층 창가에 서면 조상이 하늘에 제를 올리던 사직단이 내려다보인다. 공원 안에는 놀이터도 있고, 운동장도 있다. 건물 뒤에 인왕산이 병풍처럼 둘러 경치도 좋고 무엇보다 조용해서 좋다. 여름에는 도시락을 싸서 도서관으로 소풍 오는 가족도 있다. 경복궁과 청와대도 가까워 하루 소풍거리로 제격이다.

이렇게 좋은 자연 속에 있지만 건물 안으로 들어가 보면 사정이 영 달라진다. 1979년 문을 연 어린이도서관은 오래된 시립 병원 건물을 물려받아 쓰고 있다. 국가에서 운영하는 유일한 어린이도서관이라고 말하기에는 초라한 시설이다. 페인트를 칠하고 화장실을 고치고 열람실을 뒤바꾸어도 도서관 몸뚱이 자체가 낡은 것은 어찌할 수 없다. 심지어 3층 유아 서고는 건물 구조가 취약해 책을 많이 진열할 수도 없다.

해마다 장서 정리 기간이 되면 온 도서관 직원이 몸살을 앓는다. 승강기 시설이 없어서 책을 일일이 사람 손으로 옮긴다. 그래서 도서관 직원은 모두 무쇠 팔 무쇠 다리, 마징가 제트들이다. 이사를 해 본 사람은 알 것이다. 짐꾼이 제일 골칫거리로 취급하는 이삿짐이 바로 책임을.

경제 한파로 관공서마다 구조 조정이 있었는데 어린이도서관도 피할 수 없었다. 도서관 직원의 수도 37명에서 25명으로 줄었다(원래 법으로 정한 정원은 28명이다). 대출자가 많은 토요일 오후에는 열람실 사서들이 파김치가 된다.

예산도 줄었다. 따라서 도서 구입비도 줄었다. 어린이도서관의 도서 구입비는 1998년 9,000만 원에서 1999년 7,704만 원으로 1,296만 원이 줄었다. 14.6퍼센트가 줄어든 것이다. 다행히 우수 기관으로 평가되어 가을에 특별 예산이 나와 전년도 예산 수준에 도달했다. 어린이도서관은 장서 구입비의 대부분을 어린이용 도서를 구입하는 데 쓰고 있으므로, 장서 구입비의 약 30퍼센트 정도만 어린이 도서를 구입하는 다른 도서관들에 비해 상대적으로 어린이 책이 많은 편이다.

시립 도서관은 서울시 교육위원회의 감독을 받고 예산을 타 쓰는 산하 기구이다. 서울에는 21개의 시립 도서관과 1개의 분관이 있다. 교육위원회의 구조 조정 과정에서 시립 도서관도 한바탕 홍역을 치렀다. 도서관에서도 힘겨루기가 있었다. 1994년 개정된 '도서관 및 독서진흥법' 부칙 제3조와 그에 따른 시행령을 보면 1996년 12월 31일 이후부터 도서관장은 사서직에서 임명한다고 했다. 도서관학을 전공한 사서의 승진 기회가 넓어진 것이다. 그리되면 시 교육위원회의 일반 공무원이 도서관장으로 승진할 자리가 없어진다. 그래서 짜낸 묘안(?)이 도서관을 평생학습장으로 바꾸는 것이다. 이렇게 되면 평생학습장의 '장'은 사서 출신이 아니어도 된다. 도서관은 평생학습장의 부속 시설이 되고 만다. 따라서 사서들의 힘은 약해지고, 교육위원회의 일반 공무원들의 입지가 강화될 것이다. 이 힘겨루기에 따라 네 곳의 시립 도서관이 평생학습장으로 바뀌었다.

나는 솔직히 그런 힘겨루기에는 관심이 없다. 그러나 도서관을 평생학습장으로 바꾸는 데는 결코 찬성할 수 없다. 도서관은 원래 시민의 문화 공간이므로 공연이나 교양 강좌를 열 수 있다. 그런 강좌는 어디까지나 사람들로 하여금 도서관을 많이 이용하도록 유인하는 보조 행사다. 평생학습장으로 바뀐 도서관은 그런 행사를 많이 해 온 곳들이다. '들어온 놈이 동네 팔아 먹는다.'는 속담은 이런 경우를 두고 하는 말이다.

구청, 복지관, 아파트 공동시설 등에 문화센터를 만들기는 쉽다. 그러나 공공 도서관을 만드는 것은 그리 간단하지 않다. 도서관이 평생학습장으로 바뀌면 꽃꽂이, 서예, 자수 등 문화 교실이 더 확대된다. 문화 교실에는 사람들이 모여들므로 예산과 관리 인원을 먼저 배치한다. 책은 말이 없으므로 뒷전이다. 장서를 늘리는 투자나, 도서 대출 관련 업무가 위축될 것은 분명한 일이다. 어린이도서관의 경우도 대출 업무에 사용되는 컴퓨터 프로그램의 한계와 일손 부족으로 관외로 대출할 수 있는 책의 수를 12권에서 6권으로 줄였다. 정보화 시대에 도서관의 서비스가 거꾸로 가고 있다. 평생학습장으로 바뀌어 문화 교실에 일손을 더 빼앗기는 다른 도서관의 대출 서비스는 앞으로 또 얼마나 열악해질지 걱정스럽다.

1999년 영등포, 마포, 고덕, 중계 도서관이 평생학습장으로 바뀌었다. 그곳은 모두 문화 교실이 활발했던 도서관이다. '서울시 공공 도서관 자료 구입비 현황' **71쪽 표 참고**을 보면, 평생학습장으로 바뀐 네 곳의 장서 구입비는 50퍼센트 이상 줄었다. 다른 도서관보다 평균 20퍼센트 이상 더 준 것이다. 그 가운데 어린이 책에 투자하는 비용은 또 얼마나 줄었을까? 어른 이용자는 필요한 책을 구입하라 요구할 것이고, 민원에 신경 쓰는 공무원은 그들을 위해 우선적으로 책을 구입할 것이다. 그러면 뻔한 예산에서 어린이 책은 점점 더 뒷전으로 밀리지 않을까?

정부는 21세기가 정보화 시대라며, '국민 컴퓨터' 등 인터넷 사업에 열중이다. 정보 처리 능력은 컴퓨터 게임이나 채팅을 한다고 길러지는 것이 아니다. 어려서부터 길러야 하는 독서력의 뒷받침 없이 정보 처리 능력을 갖출 수 있을까? '책을 읽으면 행복합니다.'라며 어깨띠를 두르고 행진하는 한바탕 소동의 그늘 뒤에는 우리의 열악한 도서관이 있다. 아무리 IMF 시국이라지만 줄일 걸 줄여야지. 해도 너무했다. 책이 있어야 책을 읽지! **72쪽 주요 국가**

서울특별시 공공 도서관 자료 구입비 현황

(출처: 서울시 도서관 연구회 지음, 『도서관 연구』 제15집, 1998, 99쪽)

도서관	1998 (A)	1999 (B)	차액 (A-B)	전년대비 비율 (B/A)(%)	명칭 변경
정독	120,000,000	100,000,000	20,000,000	83.33	
종로	97,500,000	78,750,000	18,750,000	80.76	
남산	116,250,000	82,750,000	33,500,000	70.76	
동대문	105,000,000	69,000,000	36,000,000	65.71	
용산	105,000,000	70,000,000	35,000,000	67.14	
어린이	90,000,000	77,040,000	12,960,000	85.60	
도봉	105,000,000	64,000,000	41,000,000	60.95	
강남	93,750,000	46,875,000	46,875,000	50.00	
강동	99,750,000	67,500,000	32,250,000	67.66	
구로	90,000,000	50,400,000	39,600,000	56.00	
고척	105,000,000	55,505,000	49,495,000	52.86	
목동	107,250,000	65,250,000	42,000,000	60.83	
동작	99,750,000	52,040,000	47,710,000	52.17	
강서	135,000,000	76,800,000	58,200,000	56.89	
송파	124,000,000	50,000,000	74,000,000	40.16	
개포	101,250,000	50,250,000	51,000,000	49.63	
서대문	98,625,000	54,560,000	44,065,000	55.32	
합계	1,793,125,000	1,110,720,000	682,405,000	61.94	
영등포	101,250,000	49,000,000	52,250,000	48.39	평생
마포	243,750,000	90,000,000	153,750,000	36.92	평생
고덕	105,000,000	47,824,000	57,176,000	45.55	평생
중계	101,250,000	42,800,000	58,425,000	42.27	평생
합계	551,250,000	229,624,000	321,601,000	41.66	
총합계	2,344,375,000	1,340,344,000	1,004,031,000	57.17	

표 1) 주요 국가별 공공 도서관 비교 현황

(출처: 서울시 도서관 연구회 지음, 『도서관 연구』 제15집, 1998, 101쪽)

국명	도서관수(개)	관당 평균 인구수(명)	인구 1인당 책수(권)
한국	370	124,000	0.38
일본	2,172	60,000	1.50
미국	15,346	16,000	2.70
영국	5,185	14,000	2.70
프랑스	2,740	20,000	1.40

표 2) 주요 국가별 공공 도서관 비교 현황

(출처: 문화체육관광부에서 작성한 '2010년 독서진흥에 관한 연차보고서', 41쪽과 대통령 소속 도서관 정보정책위원회, '도서관발전종합계획(2009~2013) 2010년도 시행계획' 10쪽 참고)

국명(기준년도)	도서관수(개)	관당 평균 인구수(명)	인구 1인당 책수(권)
한국(2008)	644	76,927	1.2
일본(2008)	3,126	40,847	2.9
미국(2007)	9,214	32,560	2.8
영국(2007/2008)	4,540	13,430	1.7
프랑스(2005)	4,319	14,077	2.5

홍익대학교 앞을 지나가면서 '마포 평생학습장'이라는 표지판을 바라본다. 도서관이라 부른다고 문화 교실을 못 할 것도 없는데 그나마 많지도 않은 도서관에 창씨개명을 하다니 속이 상한다. 이정표를 보고 사람들

위의 두 통계를 비교하면 지난 10년 동안 미국과 영국의 공공 도서관 수가 급격히 줄어든 것처럼 보이는데, 이는 기관별로 산출 방법이 다르기 때문이다. 표 1)의 경우 『도서관 연구』에 통계의 출처가 명시되지 않았으나, 표 2)의 경우 미국은 NCES, 영국은

이 그 곳에 도서관이 있다는 것을 알 수 있을까?

어머니의 힘! 사직어린이독서교육연구회

집에서 가까워 아이가 어려서부터 어린이도서관에서 책을 많이 빌려 읽었다. 어린이도서관을 이용하다 보니 자연스럽게 남들이 책을 고르는 모습도 눈에 들어온다. 양서를 요리조리 피하고, 읽어 봐야 일생에 별 도움이 될 것 같아 보이지 않는 책만 골라서 빌리는 사람들이 의외로 많았다. 좋은 책을 고르는 안목과 정보가 없기 때문이다. 평소 느꼈던 어린이도서관에 대한 고마움과 그 당시 어린이도서관의 장이었던 이숙자 관장의 적극적인 지원으로 가정 독서 지도반을 열었다. 그분을 떠올릴 때마다 한 조직에서 '장'의 역량이 얼마나 중요한지 새삼 깨닫는다. 도서관이 시민을 위한 봉사기관임을 결코 잊지 않는 분이다.

LISU에서 집계한 통계를 따랐다. 두 표의 수치를 동일한 통계기관에서 집계한 것으로 바꾸면 다음과 같다. 미국은 247개관이 늘었고, 영국은 90개관이 줄었음을 알 수 있다.

미국(NCES: National Center for education Statistics)

• 1997년 : 8,967
• 2007년 : 9,214

영국(LISU: Library & Information Statistics Unit)

• 1998~9년 : 4,630
• 2007~8년 : 4,540

우리나라 공공도서관은 10년 동안 274개관이 늘었지만, 다른 나라에 비해서는 여전히 부족하다. 이밖에도 공공 도서관의 통계에 관한 정보는 국가도서관 통계시스템(www.libsta.go.kr)에서 찾을 수 있다.

한 달이 채 안 되어 중급반을 열자는 수강생들의 요구가 있어, 다음 학기부터는 초급반을 수료한 어머니들을 대상으로 실습을 위주로 한 중급반도 열었다. 중급반을 수강하려면 반드시 봉사 활동을 해야 한다. 도서관의 장서 정리를 도와 주든 교회나 복지관에서 봉사를 하든, 봉사를 한 수강생만 중급반 수강을 신청할 수 있다.

중급반 1기 어머니들의 열성과 도서관측의 도움으로 1999년 1월부터 방학 때마다 열리는 독서 교실의 운영 방침을 바꿨다. 그 때까지는 관내 초등학교에서 대표로 한 명씩 뽑힌 아이들만이 독서 교실에 참가할 수 있었다. 시쳇말로 '잘 나가는' 아이들이었다. 우리는 우선 참가 자격을 도서관을 이용하는 보통 아이들로 바꿨다. '선택받은' 아이들만을 위해 봉사할 필요는 없다고 생각했기 때문이다.

중급반에서 실습한 어머니 스물한 분 가운데 열두 분이 어린이 독서 교실에서 담임 선생님으로 일했다. 총 60명의 아이들을 6개의 모둠으로 나누고, 각 모둠마다 두 분의 담임 선생님을 두어 함께 토론하고 진행을 도왔다. 그분들은 순수한 자원 봉사자다. 그 과정에서 자신의 숨은 재능을 발견한 어머니 몇 분은 학교의 방과후 교실의 독서 수업 교사나 아파트 내 품앗이 공부방의 교사로 나섰다.

1999년 여름에는 지난 겨울 방학 독서 교실에 자녀를 보낸 부모들의 입소문 덕에 참가 신청을 받는 날, 한 시간도 되지 않아 마감되었다. 새벽 6시에 오신 어머니도 있었다고 전해 들었다. 1기 어머니와 2기 어머니들이 담임 선생님으로 봉사하셨다.

독서 교실의 담임 선생님들은 독서 교실이 시작되기 전, 여러 번 만나 세밀한 부분까지 계획을 세웠다. 독서 교실이 끝나면 평가회를 열어 앞으로 보완해야 할 것을 기록하고 다음 방학 때는 반드시 고쳤다. 이런 노력이 있어 해를 거듭할수록 독서 교실이 알차다.

어머니들의 노력은 여기서 끝나지 않았다. '사직어린이독서교육연구회'를 만든 것이다. 도서관측은 이 모임을 도서관의 정식 연구회로 인정하여 모임 장소를 배려해 주었다. 또 매월 둘째, 넷째 수요일에 여는 '어린이 독서회'도 인수했다. 독서 교실에 참가하는 어린이에게 배부할 자료집 『독서교실』도 새로 만들었다.

연구회의 회원과 도서관 직원도 많이 가까워졌다. 도서관에서는 시설을 지원해 주고, 어머니들은 도서관의 도서 구입 목록을 작성하거나 장서 정리를 돕고, 독서 교실에서 봉사하니 정말 누이 좋고 매부 좋은 일이다.

'사직어린이독서교육연구회'는 도서관의 가정 독서 지도반 중급 과정을 마치고 어린이도서관에서 주말 봉사를 한 사람에게만 문을 열어 준다. 애당초 봉사할 마음 없이 정보만 얻어 가려는 얌체는 받지 않겠다는 뜻이다. 앞으로 어린이 책에 대한 비평을 도서관의 홈페이지에 싣는 일은 물론, 장서 정

2000년 여름 독서 교실 시간표 (7. 24. 월 ~ 7. 29. 토)

	월	화	수	목	금	토
1교시 09:20 ~ 10:00	입교식	도서관 이용법	도서 선택법	독서신문 토론하기	독서감상문 어떻게 쓸까?	우리의 제안
2교시 10:10 ~ 10:50	도서관 도덕 및 독서 위생	도서관 자료검색 실습	책읽기	독서신문 만들기		독서 퀴즈
3교시 11:00 ~ 11:40	모둠 나누기 및 친해지기		우리가 만든 책		책읽기	수료식
4교시 11:50 ~ 12:30		책읽기		발표	글쓰기	
12:30 ~ 13:20			즐거운 점심시간입니다			
5교시 13:20 ~ 14:00	나의 이야기	동시 감상 및 쓰기	유적지 답사	책읽기	인형극 도서 선정 및 토론	
6교시 14:10 ~ 14:50				옛 놀이 체험하기	인형극 만들기 및 발표	
7교시 15:00 ~ 15:40	책읽기	전래동요	보고서 쓰기			

리나 대출 업무를 지속적으로 돕는 봉사 모임으로 키우겠다고 한다. 또, 독서 교실의 프로그램을 정비해 전국의 도서관이나 학교, 시민 단체에서 독서 교실을 운영할 수 있도록 도울 계획도 갖고 있다.

내가 사회학과를 다니며 배운 것은 자신이 배운 학문을 실천으로 옮기는 것이다. 독서 교실에 참가한 어머니들은 거창하게 입으로만 떠드는 사람보다 진실로 더 사회학적인 인간이다. 그분들에게서 배운 것이 많다. 나는 그런 분들을 만나는 것이 정말 즐겁다. 도서관 수업이 독서 운동으로 변하는 것에 보람을 느낀다. 그 공은 전적으로 어린이도서관 가정 독서 지도반 수강생들의 몫이다.

전국에는 370여 개의 공공 도서관이 있다. 그러나 그 가운데 어머니들의 순수한 자원 봉사로 독서 교실을 꾸려 나가는 곳은 대한민국에서 어린이도서관 단 하나뿐이다. 어머니들이 뭉치면 세상을 좀더 나은 곳으로 바꿀 수 있음을 보여 주는 본보기다. 사직어린이독서교육연구회 어머니들이 정말 자랑스럽다.

어느 수강생의 도서관 봉사기

1998년 여름 독일에 다녀와서 다음 학기 가정 독서 지도 강좌의 개강 날짜를 의논하기 위해 도서관에 들렀다가, 여름 방학 내내 봉사한 분이 있다는 놀라운 소식을 들었다. 그분에게 봉사 체험기를 써 보는 것이 어떠냐고 권했다. 내가 듣고 정리하는 것보다 생생한 글이 될 것이라 기대했기 때문이다. 그의 봉사는 지금도 계속되고 있다. 어린이도서관측에서는 그에게 도서관 운영위원회의 위원직을 제의했다. 그를 보면 세상이 더 나아질 것이라는 희망을 품게 된다.

'나'를 위한 봉사

김지완 (1998. 10)

김지완 씨는 이화여자대학교
문헌정보학과 박사과정을
수료(2008)했다. (사)공동육아와
공동체교육의 회지『공동육아와
공동체교육』(2003)과 한국간행물
윤리위원회의 『책&』(2006) 등에
어린이 책에 대한 글을 썼고,
「서울시립어린이도서관
되찾기」 운동(2005)을 이끌었다.
(재)서울여성과 공공도서관
(서울시립어린이 · 노원어린이 · 대치 · 양천 ·
부천심곡 등)에서 독서논술 및
자녀독서교육 강좌를 진행했다.

어린이도서관에서 '가정 독서 지도' 강의가 개설된 것은 지난 봄이다. 수업 시간 중에, 주말에는 도서관 업무가 마비 상태에 이를 정도로 일손이 부족해서 자원 봉사자가 필요하다는 말을 듣고 놀랐다. 나는 평일에만 도서관에 다녀서 주말의 사정을 몰랐기 때문이다. 책에 대해서 좀더 알려면 도서관 봉사를 해 보는 것이 좋을 것이란 선생님의 이야기도 있었다. 내게 도움도 되고, 여가 시간도 뜻있게 보낼 수 있고, 무엇보다도 남을 돕는 좋은 일이니까 '하자!' 하는 마음이 들었으나 선뜻 용기가 나지 않았다.

두 달이 지난 어느 날 도서관 사무실을 찾아갔다. 봉사라는 말이 입에서 쉽게 나오지 않았다. 어렵게 말을 꺼내긴 했어도 봉사를 하고자 하는 사람도 필요로 하는 사람도 모두 어색하긴 마찬가지였다. 이용자가 가장 많은 제 1열람실에서 봉사를 하기로 하였다. 첫 날의 그 어색함이라니…… 사무실에서 느낀 것과 마찬가지였다. '저 사람이 과연 얼마나 오래 버티는지 보자!' 하는 눈으로 나를 바라보는 것 같았다.

도서관 봉사는 도서 십진 분류표를 기본으로 알고 있어야 가능하다. 우선 책을 제자리에 꽂는 일부터 시작했다. 단순히 분류 번호를 보고 책을 제자리에 꽂는데도 숫자와 제목을 번갈아 보고 있자니 눈이 핑핑 돌았다. 똑같은 책도 꽂은 자리를 기억하지 못해 책을 들고 서가를 헤매느라 어지러울 지경이었다. 처음 시작한 일이라 팔 다리도 아프고 허리도 쑤셔 왔다.

일 주일 정도 되자 여전히 서가를 맴돌기는 했지만 분류 번호를 보고 서가의 위치를 찾는 시간이 많이 줄어들었다. 그래도 몸 여기저기가 아프기는 여전했다. 삼 주일쯤 지나면서 눈에 띄는 몇몇 책의 위치를 파악하게 되었다. 약간의 여유가 생기니 도서관에 오는 사람들이 어떤 책을 빌려 가는지에 관심이 생겼다.

어린이도서관에 오는 열람자들을 몇 가지 유형으로 나누어 볼 수 있다.

첫째, 부모님이 방학 때 자녀가 읽어야 할 권장 도서 목록을 들고 와서 전부 다 빌려 가는 형이다. 둘째는 아이들끼리 와서 만화, TV나 디즈니 시리즈의 애니메이션, 게임 책을 보거나 빌리는 형이다. 셋째는 아이와 부모님이 함께 왔으나 부모님 고집대로 독후감 숙제하기에 쉬운 책만을 고르는 형이다. 아이들이 골라 온 책을 보고는 그런 쓸데없는 책만 고른다고 야단치기 일쑤였다. 서로의 의견을 조정하면서 책을 고르는 분들도 가끔은 있었지만 대부분은 부모님의 강요가 더 많았다. 그리고 차분히 책 고를 시간은 주지 않고 왜 그렇게 "빨리빨리 골라." 만을 외치시는지…….

봉사를 시작한 지 얼마 되지 않아서 어느 학부모님으로부터 '초등학교 6학년 아이에게 어떤 책을 권해 주고 싶으냐?'는 질문을 받았다. 순간 당황해서 말도 제대로 못 하고 도서관 선생님께 문의해 보라고 했다. 그 후로는 어디에 어떤 책이 있는지, 또 사람들이 어떤 책들을 빌려 가는지 더 관심이 갔다. 나는 언제쯤이면 대답을 잘 할 수 있을까?

한 달이 지나면서 가정 독서 지도 수업 시간에 들었던 좋은 책을 우선 소개했는데 '초등학생에게 그림책을?' 하는 표정이었다. 그림책은 유아들의 책이란 확고한 편견을 볼 수 있었다. 내 마음 속에서는 '아! 이게 아닌데, 어른인 내가 봐도 좋은 그림책이 얼마나 많은데.' 하는 아쉬움이 생겼다. 부모님들과 학교 선생님들이 그림책은 유아들이나 읽는 것이라는 편견을 빨리 버렸으면 좋겠다. 학교에서나 집에서 아이들에게 좋은 그림책을 나이에 상관 없이 많이 볼 수 있게 해 주어야 하는데…….

두 달이 되자 여러 가지 문제들이 보이기 시작했다.

우선 이용자로서 도서관에 근무하시는 분들을 보면서 느낀 것은 어른들에게는 친절하게 경어를 쓰지만, 아이들에게는 별로 친절하지 않다는 것이다. 아이들에게 경어를 써 달라는 것은 아니다. 다만 부드럽게 대해 주었으면 한다. 열악한 환경에서 매일 똑같은 일을 반복하다 보면 그분들도 우리와 같은 사람이기에 짜증이 날 때가 있겠지만, 아이들은 한 번의 불친절로 인해 도서관에 발길을 끊을 수도 있다. 결국 책을 만날 수 있는 환경에서 멀어지고 만다. 아이들에게도 봉사하는 마음으로 대해 주었으면 좋겠다. 그분들도 기회가 있으면 도서관에서 발달심리학이나 교육학 강좌를 열어 어머니들과 함께 수강하면 도움이 될 것이다. 아이들을 이해하는 마음에서 출발하면 지금보다 더 좋은 도서관이 될 수 있다.

도서관 시설이 너무 낡아 불편한 점이 많았다. 서가의 배열, 조명, 책상과 의자, 이동 거리(동선), 건물의 색, 화장실, 냉난방 시설, 휴게실 등에 많은 문제점이 있다. 각 분야의 전문가를 초빙해 진단을 받고 하나씩 고쳐 나갔으면 좋겠다. 책을 읽지 않는다고 아이들만 야단칠 것이 아니라, 재미있고 편리하고 쾌적한 도서관을 만들어 주는 일부터 먼저 해야 한다.

근무하는 분들의 입장에서 보면 우리 이용자에게도 문제가 많았다. 아이들이 시끄럽게 떠들고 뛰어다녀도 그대로 둔다. 오히려 부모님, 특히 어머니들의 목소리가 더 크다. 도서관 대출 규칙으로는 책 반납이 늦으면 늦은 날짜만큼 대출이 안 되고 3회 이상이면 3개월 대출 정지다. 그럼에도 불구하고 대부분의 이용자들은 기분 나빠하며 불만이 가득한 얼굴로 돌아가거나 한 번만 봐 달라고 우긴다. 자신의 행동으로 다른 사람들이 책을 볼 수 있는 기회를 빼앗았다는 미안함은 어디에서도 볼 수 없었다. 근무하시는 분들에 대한 호칭도 문제다. 선생님이라고 하는 사람들도 있지만, 반 정도는 '아저씨, 아줌마' 하고 부른다. 책을 통해 우리를 도와 주는 분들이니 선생님이란 호칭이 더 좋을 듯 싶다. 이용자들과 선생님들 모두의 태도가 조금씩 변화해 가면 지금보다 더 가깝고 좋은 도서관이 될 것이다.

봉사는 말처럼 쉬운 것이 아닌 것 같다. 대부분의 사람들은 아이를 어느 정도 키워 놓고 생활이 안정되면 봉사를 해 보리라는 생각을 가지고 있다. 사실 나도 그랬다. 도서관 봉사를 시작하기 전에 두 달이나 망설였다. 봉사 경험자로서 조언하자면, 일단 봉사를 시작하면 마음대로 그만두기보다는 나름대로 자기에게 맞는 '나만의 규칙'을 정했으면 좋겠다. 그리고 봉사는 적어도 한 기관에서 일 년 정도는 지속해야 한다. 그래야 그 곳의 실정을 알고, 도와 주는 사람과 도움을 받는 사람들이 서로 이해할 수 있다.

봉사를 하려면 가족의 후원이 절대적이다. 내 어머니만 해도 돈이 나오는 것도 아닌데 힘들게 무엇하러 그러고 다니냐며 야단이시다. 회사처럼 출퇴근 시간이 정해진 것도 아닌데 시간을 지킬 필요가 있냐고도 하신다.

그러나, 나는 나를 위해서 한다. 그 시간, 집에 있으면 아이를 유치원에 보내고 누워 있거나 텔레비전을 보고 있을 것이다. 그 시간을 봉사에 쓰는 것은 생산적이다. 책을 많이 볼 수 있고 좋은 책과 나쁜 책을 구별하는 안목도 생긴다. 신간을 쉽게 찾을 수 있고 평소에 읽고 싶었던 책들도 빌려 볼 수 있다. 여러 가지 유익한 정보를 들을 수 있다. 무엇보다도 좋은 사람들을 만날 수 있다!

아이(당시 5살)도 엄마가 도서관에서 봉사하는 것을 좋아한다. 여름 방학 동안 나와 함께 도서관 봉사를 했다. 아이에게 도서관을 이용할 때 주의할 점 몇 가지를 일러 준 후 아이 혼자 각 열람실을 다니며 도서관 분위기를 느낄 수 있도록 했다. 그 동안 나는 도서 정리를 계속했다. 책도 보고 바깥에서 놀기도 하던 아이는 자연스럽게 "나도 크면 엄마처럼 도서관에서 봉사할 테야." 했다. 이것이 바로 '산 교육'일 것이다.

이 글을 읽는 여러분에게도 권하고 싶다. 지금 집 가까운 곳에 나의 작은 도움을 기다리는 곳이 없는지 살펴보고 봉사를 시작하라고. '그들에게 도움을 주기보다는 오히려 내가 얻는 것이 더 많다.'는 선배 자원 봉사자들의 한결같은 대답의 의미를 알게 될 것이다.

독서 운동권이
되자

어린이가 책을 읽는다. 그가 읽는 책이 삶에 얼마나 도움이 될 것인가는 책의 질에 달렸다. 책의 질은 책을 만드는 어른의 책임이다. 어린이 책과 어린이 사이에는 많은 어른이 있다. 그들이 항상 좋은 영향을 끼치느냐는 별 문제이지만.

자녀가 좋은 책을 읽기 바란다면 부모가 자녀의 책에 관심을 가져야 한다. 서점이나 도서관에 있는 책 가운데 좋은 책을 골라 주는 것도 중요하지만, 그것은 어찌 보면 소극적인 방법이다. 집에서 아무리 좋은 음식을 먹인다 해도 아이가 학교 앞 구멍 가게에서 방부제와 색소에 찌든 과자를 먹으면 무슨 소용인가? 식품위생법을 강화하고 소비자가 감시하여 불량 식품을 근절하는 것이 최선의 방법일 것이다. 책도 마찬가지다. 좋은 책이 나오도록 출판인을 격려하고, 질 떨어지는 책이 나오면 부모들의 등쌀에 못 이겨 그 책이 책방에서 사라지도록 하는 것이 어린이의 독서 환경을 좋게 만드는 일이다. 그런 일을 하는 사람들을 뭉뚱그려 '독서 운동권'이라 불러도 좋을 것 같다. 그리고 나는 독서 운동권의 한 사람이다.

어린이도서관의 가정 독서 지도 중급 과정에 '권하고 싶은 그림책, 피하고 싶은 그림책' 수업이 있다. 책을 직접 골라 비평을 해 보고 자기가 고른 책을 다른 수강생이 어떻게 평가하는지 서로 의견을 나눈다. 이 과정을 통해 책을 고르는 안목이 좋아진다.

책을 평가하라면 어머니들은 '우째 그리 어려운 일을 내게 시키나?' 하신다. 쉽게 생각하면 된다. 우선 그림과 문장의 내용이 일치하는지, 그것부터 살피는 것으로 출발해 보자. 독서 운동권이 되는 것은 그다지 어렵지 않다. 이렇게 하면 누구나 독서 운동권이 될 수 있다.

우선 가장 쉬운 일 : 글과 그림이 일치하지 않는 곳을 찾는다

『크리스마스 선물』(두두)의 그림과 글을 비교해 보자.

그러나 짐은 시계를 주지 않고 침대에 벌렁 드러눕더니 팔베개를 하고서는 빙긋이 웃는 것이었습니다.

(21쪽)

그러나 글과 달리 그림에서 짐은 팔베개를 하고 소파의 쿠션에 기대어 앉아 있다. 혹시 원본이 잘못되었더라도 이런 것쯤은 번역자나 편집자가 얼마든지 찾아서 고칠 수 있다. 그래도 리즈벳 츠베르커의 좋은 그림을 감안하면 이것은 옥의 티다. 다음 인쇄 때 고치면 된다.

그림이나 내용이 책을 만든 본래 의도에서 벗어났는지 살핀다

『김치는 싫어요』(보림)는 어린이가 우리 것에 관심을 기울이도록 기획한 전통 문화 그림책 솔거나라 시리즈 가운데 한 권이다. 그런데 김치를 넓적한 꽃무늬 접시에 담았다. 여염집에서도 김치는 보시기에 담는다. 또, 김치소로 들어가는 모든 부재료가 살아 움직이는데 정작 주재료인 배추에는 생명감이 없다. 주인공답지 않다. 게다가 새우젓의 새우도 곰삭지 않고 뻣뻣하다. 비합리적인 그림이다. 이렇게 담은 김치는 맛있을 것 같지 않다. 전통 문화를 가르치려면 제대로 가르쳐야 한다.

『숲이 살아났어요』(웅진, 달팽이 과학 동화 27)에서 작가의 의도는 숲이 얼마나 중요한지 알리는 것이다. 그런데 정작 숲이 훼손된 모습의 뒷장에는 울창한 숲 그림이 있다. 숲이 옛 모습을 되찾는 데 얼마나 오랜 시간이 걸렸는지 단 한마디도 설명하지 않았다. 한번 훼손된 숲을 다시 푸르게 하려면 얼마나 오랜 시간과 노력이 필요한지, 그것을 가르쳐 주는 것이 가장 중요한 일 아닐까?

이 두 권의 책은 수업 시간에 어머니들이 골라낸 것이다. 수업을 듣는 모든 사람들이 두 분의 지적에 공감했다. 독서 운동권이 되는 것은 정말 쉽다.

그림이나 글의 내용이 일반적인 정서에 어긋나는지 따져 본다

『무지개 다리 아래 비둘기』(한국프뢰벨주식회사, 프뢰벨 동물이야기 11)는 도시에 사는 비둘기의 생활을 보여 주는 그림책이다. 그림에 공을 들였음에도 비둘기의 감정 표현이 어색하고 날아가는 새의 모습도 정적이다. 예를 들어 21쪽에서 매에게 공격당하는 비둘기의 눈빛을 보라. 생사에 초연한 수도승처럼 너무 고요하다. 『우리 동네 비둘기』(마루벌)도 마찬가지다.

그림책에 등장하는 동물은 그 눈동자나 표정에서 감정이 묻어나야 한다. 박제한 새처럼 무감각한 눈초리에서 독자는 아무런 감동도 느낄 수 없다. 책에서 감동을 받으려면 독자가 그림책 속으로 들어가 등장 인물(혹은 동물)의 처지가 되어 볼 수 있을 만큼 등장 인물과 독자의 감정이 일치해야 한다. 평범한 사람들이 공감하는 정서와 동떨어진 그림책은 독자에게 감동을 줄 수 없다. 그런 책은 정말 재미없다. 강도에게 습격당하는 사람이 전혀 당황하지 않으면 만화나 '일당 백'의 중국 무술 영화는 될 수 있어도 동화나 소설이 되기는 힘들 것 같다.

글과 그림의 분위기가 조화를 이뤘는지 살펴본다

책에서 삽화는 글의 분위기를 살리는 동반자다. 때로는 삽화가 책의 운명을 결정짓기도 한다. 삽화가 망친 대표적인 책은 권정생의 『무명저고리와 엄마』(다리)다. 이 책을 권정생의 『깜둥바가지 아줌마』(우리교육)와 비교해 본다.

권정생은 그리 가볍지 않은 주제를 다루는 작가다. 그의 책은 분단, 소외된 사람들, 하찮게 취급당하는 물건, 기독교 신앙을 주로 담았다. 그의 책을 읽으면 깔깔거리고 웃기보다는 슬프거나 마음이 무겁다. 『무명저고리와 엄마』에 실린 단편들도 마찬가지다. 그런데 삽화는 명랑 소설에서나 나올 것 같은 분위기를 띄고 있다. 너무 밝고 즐겁다. 글과 그림이 물과 기름처럼 겉도는 것이다. 코미디언이 셰익스피어의 비극을 연기하는 것처럼.

이렇게 된 책임은 우선 삽화가에게 있다. 이 책의 그림을 보면 삽화가가 작품을 이해하지 못했거나 아니면 자신의 화풍을 드러내고 싶은 욕심이 지나치게 강했던 것 같다. 장님 지렁이를 눈을 반짝 뜬 모습으로 그리고, 집 나간 지 삼 년이나 되는 사슴 아홉 마리(사실 한 마리 암사슴이 새끼를 아홉이나 낳았다는 것도 이해하기 힘들지만) 중 단 한 마리도 뿔이 없다. 삽화가의 본분은 글을 최대한 살리는 데 있다. 따라서 작품을 제대로 이해해야 한다. 때로는 자신의 화풍을 파격적으로 바꿔야 한다. 글을 돋보이게 하는 것 외에는 모든 욕심을 버려야 한다. 자신을 낮춰야 하는 것이다.

편집자는 글에 맞는 화풍의 삽화가를 찾든지 아니면 삽화가에게 그림의 성격을 분명히 밝히고 글과 그림이 어울리지 않으면 고칠 것을 요구해야 한다. 그것이 편집인의 의무다. 유감스럽게도『무명저고리와 엄마』는 그 노력이 부족했다.

『깜둥바가지 아줌마』의 삽화는 그 점에서 돋보인다.『무명저고리와 엄마』에 실린 단편과 똑같은 작품을 여러 편 실었는데(중복 출판은 여전히 유감이다.) 삽화가 글의 느낌을 잘 살렸다. 이 책의 그림 작가 권문희가 그린 이원수의 『엄마 없는 날』(웅진)의 삽화도 매우 좋았다. 유심히 보지 않으면 두 책을 같은 화가가 그렸다고 믿기 힘들다. 글의 분위기에 따라 변신을 잘했다. 책을 읽고 가장 알맞은 그림을 찾아내려 고민한 흔적이 그림에서 묻어난다. 이런 작가가 점점 많아지고 있으니, 우리 어린이 책이 더 좋아지리라 기대해도 좋을 것 같다.

문화적 배경이 다른 데서 오는 이질감을 소화하지 못했다

지금은 절판된 그림책 가운데『오늘은 정말 힘들어』(또 하나의 문화)가 있다. 으제니 훼르난데스가 지은 그림책을 '또 하나의 문화' 동인 가운데 몇 사람이 옮기고 그린 책이다. 잠을 설치고 난 다음 날 학교에서도 온통 '재수 없는 일'만 겪어 엄마에게 심술을 부리는 아이의 마음을 표현한 그림책이다. 도서관 수업 중에 이 책을 보여 주었다. 전체적으로 좋다고 하면서도 많은 수강생이 '닭살이 돋는다.'고 지적한 부분이 있다. 욕조에 벌렁 누워 지그시 눈을 감고 있는 주인공 아이 그림 밑에 다음과 같은 글이 있다.

> 목욕물은 따뜻하고 포근했어요.
> 수진이는 국수가 된 듯했어요.
> 닭국물 속에 떠 있는 국수 말예요.
> 꽤 괜찮은 기분이었어요.

이 부분에서 어머니들은 닭고기 국물에 뜨는 누런 기름 방울을 떠올리며

'느끼하다' 혹은 '메슥거린다'고 말했다.

닭고기 국물 때문에 손해 본 책은 이것만이 아니다. 『영혼을 위한 닭고기 수프 1, 2』(푸른숲)도 마찬가지다. 1996년과 1997년 서점가 비소설 부문 베스트셀러 1위는 『마음을 열어주는 101가지 이야기』(이레)였다. 두 책은 모두 잭 캔필드와 마크 빅터 한센이 엮은 책이다. 책 속의 판권 내역을 살펴보면 『영혼을 위한 닭고기 수프』의 원제목은 『Chicken Soup for the Soul』이고, 『마음을 열어 주는 101가지 이야기 1, 2, 3』의 원제는 『A 2nd Helping of Chicken Soup For the Soul 101 More Stories to Open the Heart and Rekindle the Spirit』이다. 두 책이 한국에서는 서로 다른 출판사에 입양된 신세지만 원래는 한 부모의 형제 자매라는 뜻이다. 요즘 서점에서 볼 수 있는 두 책의 입양 일자를 보면 『영혼을 위한 닭고기 수프』가 1997년, 『마음을 열어 주는 101 가지 이야기』가 1996년이다. 그래서 푸른숲의 책이 나중에 출판된 것으로 아는 독자도 있다. 그러나 좀 더 자세히 들여다 보면 푸른숲이 책의 한국어판 저작권을 사들인 해는 1994년이고, 이레 출판사는 1996년에 저작권 계약을 했음을 알 수 있다. 『영혼을 위한 닭고기 수프』는 1994년에 『내 영혼의 닭고기 수프』란 제목을 달고 한 권으로 먼저 나왔다.

똑같은 책임에도 불구하고, 『내 영혼의 닭고기 수프』보다 『마음을 열어 주는 101가지 이야기』란 제목이 한국 독자의 마음을 흔든 것 같다. 『내 영혼의 닭고기 수프』는 『마음을 열어 주는 101가지 이야기 1, 2, 3』이 나와 서점가를 휩쓴 후, 뒤늦게 원조임을 주장하며 『영혼을 위한 닭고기 수프 1, 2』로 새 옷을 입고 나왔다.

왜 이런 일이 생겼을까? 『영혼을 위한 닭고기 수프』의 저자 서문 「영혼을 위한 닭고기 수프를 차리면서」에서 그 단서를 찾을 수 있다.

우리가 제목으로 정한 닭고기 수프는 미국에서 예로부터 전해 오는 민간요법의 하나로, 몸살 감기에 걸렸을 때 할머니나 엄마가 끓여 주는 전통 음식이다. 제목에서 느껴지듯이 우리는 이 책이 삶에 지쳐 기운과 용기가 필요한 당신에게 충분한 치료 음식이 되리라고 믿는다.

미국인에게 닭고기 수프는 어머니, 고향집, 안식을 상징한다. 그러나 한국인에게 닭고기 수프는 레스토랑에서나 가끔 먹는 느끼한 서양 음식이다. 삼계탕이나 백숙도 복날에 먹는 계절 음식일 뿐이다. 한국인이 모성, 마음의 고향을 떠올리는 음식은 된장뚝배기, 김치찌개, 푹 고은 사골, 우거지국, 누룽지 숭늉…… 이런 것들이다. 그러니 한국의 독자는 『내 영혼의 닭고기 수프』라는 제목에서 아무런 향수를 느끼지 못했다.

번역자가 고민하는 것 가운데 하나는 원본의 문화적 기호를 어떻게 우리 가슴에 닿는 우리의 문화적 기호로 바꾸느냐는 것이다.[1] 이런 작업이 어린이 책에서도 책의 맛을 살리는 중요한 덕목임은 두말할 나위도 없다.

어른이 조금만 더 주의를 기울이면 책이 나오기 전에 사소한 실수를 얼마든지 고칠 수 있다. 문제는 출판사가 이런 노력을 덜 기울이거나 아니면 노력을 해도 미처 눈에 들어오지 않는 데 있다.

어린이 책을 읽고 공부하는 어른들의 모임이 점점 늘고 있다. 출판사에서 책을 마무리하기 전에 이런 실수를 잡아 낼 수 있는 장치, 이를테면 고정 독자의 사전 모니터 제도 등을 마련하면 좋을 것 같다.

1 ────────
좋은 번역의 기준에 관심이 있는 독자는 이윤기의 『어른의 학교』(민음사)에 실린 「루거를 불태우지 맙시다」와 『미메시스-번역서 가이드북 1999』(열린책들) 창간호에 실린 이윤기의 「잘 익은 말을 찾아서」를 읽으시기 바란다.

생각을 바꾸자,
뿌리를 뽑자

인생을 달관한 듯한 애늙은이는 징그럽다. 그것은 동심도 순수함도 아니다. 아이들이 세상을 살아 보기도 전에 피안의 세계를 동경하는 것이 과연 삶을 살아가는 올바른 자세인지 묻고 싶다. 그것이 삶에 지친 어른에게는 매력적일지 모르겠다. 그러나, 나는 내 자식에게 세상에는 선과 악이 동시에 존재하지만 그래도 살아 볼 만한 곳임을 먼저 가르쳐 주고 싶다. 그의 글에는 때때로 이승에서의 희망이 보이지 않는다. 그 점이 그의 책에서 내가 느끼는 감정, 절망이다. 어린이를 독자로 삼아 만든 작품들 가운데 이런 인생관을 가진 작품이 많아 걱정스럽다.

신파조는
이제
그만!

책에서 틀린 것을 찾아내는 것보다 힘들지만 훨씬 더 중요한 작업은 책이 전하는 메시지에 시비를 거는 일이다. 과연 이 글이 아이들을 위해 썼다고 볼 수 있는가? 아이에게 좋은 영향을 주는가? 이런 것을 따지는 과정이다.

정채봉은 흔히 어른을 위한 동화를 쓰는 작가로 알려졌다. 그가 쓴 어른을 위한 동화에 대한 평가는 일단 제쳐 놓겠다. 여기서는 그가 어린이를 독자로 삼아 쓴 글에 관심을 두기로 한다. 『오세암』은 창비아동문고 가운데 한 권이니 일단 어린이를 대상으로 출판된 글이라 할 수 있을 것이다. 그 책에 실린 작품 「천사의 눈」을 보자.

시의 네거리 모퉁이에 작은 건물이 하나 있는데 그 건물 2층은 소아과 병원이다. 주인공은 그 소아과에 다니는 일곱 살의 선천성 심장병 환자 미리다. 미리는 워낙 병원에 자주 다니기 때문에 간호사는 물론 그 건물 3층에 사는 조각가 아저씨와도 친하게 지냈다.

미리가 큰 수술을 받게 되자(작은 소아과 병원에서 심장 수술을 하다니!) 소아과 의사는 조각가에게 미리를 한 번 보는 것이 좋겠다는 전갈을 보냈다. 다음은 미리를 문병 온 조각가와 미리의 대화다.[1]

1
정채봉 지음, 『오세암』
창비아동문고 86, 창작과비평사,
89~93쪽 인용.

미리는 침대에 누워서 피주사를 맞고 있었습니다.

"피야, 우리 작대기 아저씨 오셨다. 함께 인사하자. 안녕, 아저씨."

미리의 목소리는 여느 때와 다름없이 맑았습니다.

"그래, 미리도 잘 있었니?"

"네, 아저씨. 그런데 아저씨가 손에 들고 있는 건 뭐예요?"

"응, 이건 어젯밤에 만들어 본 작품이야. 이름은 죄인상이라고 했지. 그러니까 이쪽 눈이 없는 사람이 있지? 이 사람은 눈을 가지고 죄를 지었기 때문에 눈을 없앴고 이쪽 입이 없는 사람은 입을 가지고 죄를 지었기 때문에 입을 없애고 만든 것이야."

"아저씨 너무했다."

"내가 뭘 너무해?"

그러나 미리는 고개를 돌렸습니다.

"피야, 어서 들어와. 와 줘서 고맙다, 안녕."

미리는 이내 잠이 드는 것 같았습니다. 주사 바늘을 거둔 한참 뒤에까지도 눈을 감은 채 색색 숨을 고르게 쉬었습니다.

……

밀차가 수술실 앞에 멈추자 미리가 눈을 떴습니다. 조각가 아저씨와 눈이 마주치자 손짓으로 조각가 아저씨를 불렀습니다.

"작대기 아저씨, 나 지금 막 꿈을 꾸었다."

"무슨 꿈인데?"

"아저씨가 만든 죄인상들이 살아나서 나한테 막 달래지 뭐야."

"무얼 달라고 하던?"

"입이 없는 사람은 입을 달라고 하고, 눈이 없는 사람은 눈을 달라고 사정하는 거야."

"그래서 어떻게 했니?"

"내 눈과 내 입을 떼어 주었어. 그랬더니 아주 고마워해. 이젠 다시 죄 짓지 않겠대."

미리의 말꼬리가 수술실의 열린 문 사이로 사라져 갔습니다. 문이 닫혔습니다. 그러나 조각가 아저씨는 고개를 숙인 채 좀체 움직이려고 하지 않았습니다.

한참 뒤에 조각가 아저씨는 고개를 끄덕이며 중얼거렸습니다.

"…… 그래 ……천사의 눈, 천사의 입이야."

오후, 바람이 자는 한낮이었습니다.

네거리 모퉁이의 빌딩 옆에 선 은행나무 위로 흰 구름 한 점이 가만가만히 내려왔습니다.

그러나 아무도 흰 구름에 누가 오르는지 눈여겨보는 사람이 없었습니다.

정채봉은 종교적 색채가 짙은 글을 많이 쓴다. 그래서인지 몰라도 그의 글에 등장하는 많은 어린이들은 구약에서 아브라함이 하나님의 명에 따라 양 대신 제물(희생양)로 바친 아들 이삭을 떠올리게 한다. 정채봉의 글에서는 어린이를 순교자, 그 중에서도 어른이 지은 죄를 대신해 죽는 순교자로 그리는 경우가 너무나 많다.

위의 글만 해도 그렇다. 대수술을 앞둔 7살 어린아이에게 죄인상을 들고 가는 것이 정상적인 어른이 할 짓인가? 몰상식한 작대기 아저씨를 통해 작가가 미리에게 하는 말은 무엇인가? "너는 인간(동심을 상실한 어른들)이 지은 죄를 대신해 순교할 운명이니 감수해라." 하고 명령하는 것 같다. 미리의 반응은 차라리 징그러울 정도다. "네, 인간의 죄를 사하기 위해 마땅히 죽겠습니다." 내게는 이렇게 들린다. 내게는 이 글이 아동학대로밖에 보이지 않는다.

정채봉의 글 가운데 조상의 죄를 용서받기 위해 희생양을 만드는 또 다른 이야기로는 「토끼, 우리들의 축복」이 있다.[2]

토끼는 학에게서 토끼 종족이 벙어리가 된 유래를 들었다. 학은 별주부전

2 ──────
정채봉 지음, 『바람과 풀꽃』, 대원사, 1990, 60~65쪽 인용.

으로 이야기를 꺼냈다.

"그래, 자네네 조상이 간을 육지에 빼놓고 왔다고 속인 것까지는 좋아. 그런데 그렇게 살아 나왔으면 됐지, 그 둔한 거북이가 화병이 나게 놀릴 게 뭐람. 이 때 하느님께서 이것을 보시고 자네네한테 주었던 말을 되찾아가고 말았다네."

토끼가 듣고 보니 과연 그럴 듯하였습니다. 그러나 교만했었던 조상을 탓한다고 해서 잃어버린 소리가 다시 돌아올 것도 아니었습니다.

토끼는 터벅터벅 걸었습니다. 어떻게 해서라도 조상의 잘못을 조금이나마 빌어 보고 싶었습니다.

너도밤나무 위에서 원숭이가 한 마리 훌쩍 뛰어 내려왔습니다.

"토끼야, 어디 가니?"

토끼는 눈으로 말하였습니다.

"그냥 무작정 가는 거야. 우리 조상님이 지은 죄를 나의 착한 일로 씻어 볼까 하고 말이야."

"그럼 나도 함께 가자. 사실 교만하기는 우리 원숭이들도 마찬가지야. 사람들을 많이 닮았다고 해서 아주 방자하게 놀았거든. 나도 좋은 일을 해서 그 동안에 지은 죄를 씻겠어."

이렇게 해서 토끼와 원숭이는 길동무가 되었습니다. (61~63쪽)

귀신들과 어울려 못된 짓을 많이 해 죄가 많은 여우도 합세했다. 그 날 해질 무렵 골짜기에서 상처투성이로 지쳐 쓰러진 젊은이를 만났다. 셋은 젊은이를 돕기로 결심했다. 우선 먹을 것을 구해 오기로 했다.

먼저 원숭이가 숲으로 가서 머루를 따 왔습니다. 여우는 물가로 내려가서 물고기를 잡아 왔습니다. 그러나 토끼는 무엇을 따오거나 잡아 올 재주가 없었습니다.

한참을 우두커니 서 있던 토끼가 원숭이와 여우에게 눈으로 부탁하였습니다.

"내가 곧 저 사람이 먹을 수 있는 것을 구해 올 테니 불을 피워 놓아."

토끼는 숲 속에 있는 옹달샘가로 갔습니다. 맑고 맑은 옹달샘 물로 몸을 씻었습니다.

토끼는 처음으로 자기네한테 주어진 귀의 아름다움을 느꼈습니다. 전나무의 높은 가지를 흔드는 은은한 바람 소리와 골짜기 따라 흘러가는 물소리…….

"목을 막은 대신 귀를 크게 열어 주신 은혜를 이제야 깨닫습니다. 소리를 내기보다는 소리를 들을 수 있다는 것이 얼마나 큰 복인지요. 감사합니다, 하느님."

토끼는 깡충깡충 뛰어서 골짜기로 돌아왔습니다.

원숭이와 여우가 독촉하였습니다.

"무얼 가지고 왔어? 어서 이 불 위에 내놓아 봐."

이 때였습니다. 토끼가 불 속으로 깡충 뛰어든 것은.

아무 것도 구하지 못한 토끼는 자기의 몸을 젊은이에게 주고자 한 것입니다. 이것을 보고 있던 하느님께서 갑자기 소나기를 퍼부어 토끼를 살려 냈습니다.

그러고는 누구에게보다도 큰 축복을 토끼에게 내려 주었습니다.

"오, 착하고 착한 토끼야. 너희는 이 덕행으로 자자손손 번성할 것이다. 힘이 센 자는 더 깊은 산중으로 몰리거나 없어지거나 할 것이나 힘이 없는 너희는 오히려 작은 동산에까지 자손이 미치는 번영을 누릴 것이다."

(64~65쪽)

죽을 가치가 있는 일에 목숨을 던져야 순교다. 이미 머루와 물고기를 마련했음에도 불구하고 토끼가 자신을 제물로 바쳐야 했을까? 토끼의 죽음은 만용에 불과한 객기다.

인생을 달관한 듯한 애늙은이는 징그럽다. 그것은 동심도 순수함도 아니다. 아이들이 세상을 살아 보기도 전에 피안의 세계를 동경하는 것이 과연 삶을 살아가는 올바른 자세인지 묻고 싶다. 그것이 삶에 지친 어른에게는 매력적일지 모르겠다. 그러나, 나는 내 자식에게 세상에는 선과 악이 동시에 존재하지만 그래도 살아 볼 만한 곳임을 먼저 가르쳐 주고 싶다. 그의 글에는 때때로 이승에서의 희망이 보이지 않는다. 그 점이 그의 책에서 내가 느끼는 감정, 절망이다. 어린이를 독자로 삼아 만든 작품들 가운데 이런 인생관을 가진 작품이 많아 걱정스럽다.

권정생의 글도 그런 색채가 짙다. 「오누이 지렁이」의 일부를 인용해 본다.[3]

3 ——
권정생 지음, 강효숙 그림, 「오누이 지렁이」, 『무명저고리와 엄마』 다리, 116-123쪽에서 인용.

캄캄한 땅속은 무척 갑갑하고 또 지루했습니다.

이런 곳에서도 오누이 지렁이는 참고 그날그날을 살아가는 것입니다. 아무리 갑갑하고 지루하지만, 둘이서 정답게 하나님의 뜻을 어기지 않고 사는 것으로 즐거운 것입니다. (116쪽)

누나 지렁이는 동생의 목을 감고 나직하게,

"우리도 기다리자꾸나. 영원한 아름다운 새 봄이 올 때까지, 이렇게 조용히 눈을 감고."

정답게 속삭였습니다.

과연 땅 속에서 잠들고 있는 모든 생명이 되살아 날 때, 자기들도 이 갑갑한 어둠 속을 벗어나 환히 눈을 뜨고, 하늘 높이 훨훨 날아갈 것이라 생각했습니다. (122~123쪽)

권정생의 작품을 일컬어 '학대받는 생명에 대한 사랑'이라고들 한다. 이 글도 그 연장선 위에 있다. 그러나 이 글을 다른 시각으로 볼 수도 있다. 오누이 지렁이는 지렁이로 태어나 갑갑한 땅 속에 사는 것이 도무지 마음에 들지 않는다. 하나님이 자신들을 눈 먼 지렁이로 세상에 내보내셨으니 참고 그날그날 살아갈 뿐이다. 그러다가 영원한 삶의 의미를 깨닫고 언젠가는 천국에 가기를 기다리는 인상을 풍긴다. 이 글을 읽고 나는 '업'이라는 말을 떠올렸다. 죄를 지어 구원받지 못하고 미물로 떠도는 삶, 구원받기만을 기다리는 삶, 오누이 지렁이는 그런 존재인 것 같다.

지렁이가 지렁이로 만족하고 사는 것은 가치 없는 삶인가? 지렁이를 장애를 지니거나 고통받는 인간으로 본다면, 그들은 현실에서 결코 행복해질 수 없다는 말인가? 모든 것을 운명으로 받아들여 체념하고 천국에 들 날만 기다리며 살아야 하나? 이승에서의 삶은 천국에 가기 위한 준비에 불과한가?

'참 아름다워라, 주님의 세계는……'이란 찬송가가 떠오른다. 그러나 오누이 지렁이에게 세상은 태어날 때부터 험난한 곳일 뿐이다. 지렁이의 삶을 이렇게 보는 것은 너무 인간 중심적인 사고 아닌가?

이런 생명관을 과학 동화에서도 볼 수 있다. 사직어린이독서교육연구회에는 책을 보는 눈이 예리한 사람들이 있다. 그 가운데 방과후 교실을 운영한 손종현 씨가 『다시 살아난 찌르』(웅진)를 읽고 쓴 서평의 일부를 싣는다. 생물학을 전공하여 이 분야에 풍부한 지식을 지닌 그는 전공을 살려 어린이책 가운데 과학책을 꼼꼼히 살폈다. 그도 글에서 우리 아이들에게 미래로 향하는 희망적인 생명관이 필요함을 주장했다.

이 책은 알을 낳는 벌레들의 한살이(life cycle)를 설명하는 과학동화다. 그림은 전체적으로 부드럽고 따뜻한 느낌을 주어서 나쁘지 않다고 생각되지만, 글의 흐름을 보면 작가의 의도가 궁금하다. 이 책의 주된 내용은, 알을 낳는 곤충들은 알을 낳으면 어미는 죽고, 알이 성충이 되기까지 오랫동안 기다린 후에 아주 짧은 기간만 살고 죽어 버린다는 것이다. 엄마로부터 떨어질까 봐 불안해하는 아이들에게 너무 충격적이다.

이 책에서 세상은 살기 싫은 곳으로 보인다. 알을 낳으려는 성충에게 알을 낳지 말라고 울며 애원하는 찌르의 모습이 딱하다. 과연 이 책을 통해, 어미는 죽지만 그 생명력은 알을 통해 되살아난다는 책의 중심 내용이 아주 희망적이고 긍정적으로 어린 독자들에게 전달될 수 있겠는가? 알에서 막 태어난 찌르가 만난 세상은 알만 낳으면 죽어버리는 세상이다. 죽기 위해 알을 낳는 것이라 생각한 찌르는 급기야 절대로 알을 낳지 말아야겠다고 결심한다. 기가 막힌 일이 아닌가? 이것이 과학 동화인가! 알을 낳는 딱정벌레가 "난 죽어. 하지만 그건 다시 사는 거야." 하고 말하는 것을 아이들이 어떻게 이해할 것이라 기대하였는가? 그 속에서 생명의 신비로움, 생명 과학의 경이로움, 자연의 아름다움, 그래서 사랑하고 싶은 마음은 결코 일어나지 않는다. 개똥 철학이라는 생각마저 든다.

그에 비하면 Dom DeLuise가 쓰고 Christopher Santoro가 그린 『애벌레 찰리(Charlie The Caterpillar)』(Simon&Schuster Books for young readers)는 사뭇 대조적이다. 우선 애벌레 찰리의 모습이 무척 귀엽다. 속표지에 실린 애벌레의 여러 모양새는 정말 안아주고 싶다. 막 태어난 애벌레가 성충이 될 때까지의 한살이를 자연스럽게 묘사했다. 또한 못 생긴 애벌레 시절, 다른 동물이 따돌리는 것과 이를 극복하는 모습을 주된 내용으로 했다. 혼자 슬픔에 젖어 있던 애벌레가 번데기가 되어 겨울을 나는 모습은 마치 세월의 기다림을 보여 주는 것 같다. 실제로 우리들에게 다가오는 고통도 때때로 기다림으로 해소될 때가 많다. 어쩌면 그 기다림은 인내심을 요구하기 때문에 가장 어려운 것일 수도 있다. 오랜 기다림 끝에 약속된 미래, 아름다운 변신에서 오는 환희를 찰리는 마음껏 즐긴다.

따돌리기만 했던 원숭이, 토끼, 쥐들이 제발 한 번만 놀아 달라고 무릎을 꿇고 애원하는 모습이 웃음을 자아낸다. 갑작스런 찰리의 변신에 너무 놀란 꿀벌이 꽃술을 흘리는 그림도 재미있다.

(위) 『애벌레 찰리』의 면지에 그려진 귀여운 애벌레의 모습들
(아래) 『애벌레 찰리』 29쪽 그림

가장 아름다운 장면은 자기가 과거에 겪은 일을 잊지 않고, 같은 고통을 겪는 다른 애벌레에게 친구가 되어 주겠다고 약속하며 자기 등에 친구를 태우고 날아가 연못에 비친 아름다운 자태를 보여 주면서 그들의 미래도 이처럼 행복할 것임을 믿도록 격려하는 모습이다.

애벌레의 한살이를 보여 주어 생명의 경이로움을 일깨우고 싶을 때, 당신이 부모라면 어느 책을 선택하겠는가? 이렇게 물으면 어떤 책이 더 좋은지 분명해진다. 책 고르기는 참 쉽다.

이런 책도
이제
그만!

좋은 일을 찾아 열심히 하다 보면 때때로 원래 지향하던 바와 다른 길로 접어들어도 본인은 눈치채지 못하는 경우가 있다. 그런 실수를 하지 않기 위해 나 자신과 멀찌감치 떨어져 생경한 눈으로 바라보려 노력해야 한다. 그렇게 주의해도 때로 실수를 하는 것은 우리가 신이 아니라 평범한 인간이기 때문일 것이다.

어린이도서관에서 이 책을 처음 봤을 때 느낀 당혹감은 조잡한 어린이 책을 봤을 때보다 더 심각했다. 내 책에 실어야 하느냐를 놓고 솔직히 고민도 했다. 그냥 조용히 전화를 걸까 생각해 본 적도 있다. 하지만 일단 서점에서 팔린 이상 짚고 넘어가지 않을 수 없다. 그와 유사한 책이 얼마든지 나올 수 있기 때문이다.

무슨 책이기에 이렇게 장황하게 사설이 길었는지 독자 여러분은 어리둥절할 것이다. 그 책은 『(교과서 학습 목표에 맞춘) 1학년을 위한 동화』(우리 교육)이다. 이런 류의 책은 꽤 있다. 무슨 덩달이 시리즈라도 되는 양 여러 출판사에서 'ㅇ학년을 위한 동화' 혹은 'ㅇ학년을 위한 EQ 동화' 식의 책을 펴냈다. 그럼에도 불구하고 하필이면 굳이 이 책을 문제삼는 것은 책을 펴낸 주체가 어린이도서연구회이기 때문이다. 그 단체가 우리나라 어린이 책 시장과 독서 교육에 끼치는 영향력을 무시할 수 없기 때문이다.

이 책에서 밝힌 어린이도서연구회의 사업 목표 가운데 '독서 지도, 출판 현황 등을 점검하면서 …… 권장 도서 목록을 발간하는 등 어린이 독서 환경 개선을 위해 힘쓰고 있습니다.' 하는 구절이 있다. 이 책이 그 목적에 걸맞은 책인지 생각해 봐야 한다.

서문에 실린 글을 인용한다.

> 이 책은 그래서 만들었답니다.
>
> 여러분이 신나게 책 읽고 놀면서 학교 공부도 잘 하고 생각도 부쩍부쩍 자랄 수 있게 말이에요. 어린이도서연구회의 독서지도 분과 선생님들이 국어 교과서를 꼼꼼히 살펴보고 여러분들이 꼭 배우고 넘어가야 할 내용에 맞는 동화들을 정성껏 골랐답니다.
>
> 여러분이 이미 알고 있는 동화나 옛이야기들도 있고 그림책에서 고른 이야기도 있지요. 여러분 또래의 친구들과 선생님, 부모님과 함께 읽으며 그 느낌을 이야기나 그림으로 표현해 보세요. 참, 역할극 놀이도 잊지 말구요.
>
> (후략)

독서는 자율적인 지적 활동이다. '책' 하면 독후 처리를 떠올리게 하는 구절이 도통 마음에 들지 않는다. 그것도 1학년에게. 좋은 책을 읽고 혼자만의 생각을 키우는 것이 독서가 갖는 가장 본질적인 장점 아닐까?

정말 염려스러운 것은 이 책에 실린 작품이다. 어린이도서연구회에서도 비평을 염두에 두었는지 책 뒤에 다음과 같이 밝혔다.

> 이 책에 실린 동화와 동시는 모두 어린이도서연구회 추천 도서로 뽑힌 좋은 동화책과 그림책, 동시집에서 학습 목표에 맞춰 가려 뽑은 것들입니다. 그런 이유로 작품의 일부분만을 싣게 되어 안타깝습니다. 작품 전체를 읽으면

감동도 더 클 것이므로 꼭 한 번 전체를 다 보길 권합니다. 특히 그림책은 글과 함께 그림이 주는 느낌과 감동도 크고 다른 만큼 더욱 그렇습니다.

좋은 글을 게재할 수 있게 협조해 주신 필자들과 출판사에게 다시 한 번 감사드립니다.

비평이나 책 소개가 아닌 이유로 작품의 일부분을 싣는 것은 원래 불법이다. 그래서 책 판권을 명시한 쪽에 '이 책의 무단 복제나 부분 전제는 불법이므로……' 하고 출판 및 저작권법에 따른 금지 사항을 명시하고 있다. 해외 작가의 작품을 싣는 것은 한국 출판사의 허락을 받았다 해도 국제 저작권법에서 금지하는 불법적인 도용 행위이다. 이런 행동은 곤란하다. 어린이에게 이미 출판된 작품을 긁어모아 베껴도 된다고 가르치는 것과 다름없다. 또 이렇게 읽으면 글도 재미없다. 출판사에서 허락했다고 해도 이 책은 해적판이다.

이 책은 어린이도서연구회가 지향하는 원래 목표와 지극히 이율배반적이다. '그림책은 글과 함께 그림이 주는 느낌과 감동이 가장 크다.'고 연구회 측에서도 밝혔다. 막말로 그림책은 그림을 빼면 쓰러지는 책이다. 그런데 왜 이런 일을 했을까? 이 책에는 그 유명한 그림책을 줄거리만 발췌해 실었다. 그것도 초등학교 교과서의 삽화만도 못한 흑백의 그림과 함께. 존 버닝햄의 그림이 빠진 「지각대장 존」(우리교육)은 팥소를 뺀 붕어빵만도 못하다. 이 책에 실려 호두 없는 호두과자 신세가 된 그림책이 한두 권이 아니다.

좋다고 하는 일도 욕심이 과하면 아니 한 것만 못하다. 이것이 아이들에게 독서 지도를 하는 우리 세대의 가장 근본적인 한계다. 우리들의 무의식 속에 '그림책 = 학습 도구' '그림책 보기 = 줄거리 읽기'라는 생각이 자리잡은 것은 아닌지 곱씹어 볼 필요가 있다. 이런 인식을 극복해야 독서가 자유로운 사고가 될 수 있다.

솔직히 이 책을 만들 때 장안의 내로라하는 어린이 책 출판사가 줄줄이

지각대장 존

(위) 어린이도서연구회가 엮은 『1학년을 위한 동화』에 실린 「지각대장 존」(우리교육)
(아래) 비룡소에서 원작과 동일한 그림책 단행본으로 펴낸 『지각대장 존』

참여한 것에 씁쓸함을 느낀다. 몇 군데에서 이의를 제기했으면 어린이도서연구회에서도 '아차' 하고 넘지 말아야할 선을 넘었다는 사실을 금방 알아차렸을 것이다. 좋은 책을 추천하는 것으로 만족했으면 좋았을 것을…….

더 솔직히 말하면, 이 책은 초등학교 전과 내지는 수련장을 떠올리게 한다. 이 책에 실린 이야기마다 '이렇게 생각해 보세요'란 수련 문제가 실렸다. 독서 수련장! 이런 식의 독서는 교과서의 읽기 책으로도 충분하다. 문제풀이에 연연하면 그런 기준으로만 책을 읽는다. 오히려 독창적인 사고에 걸림돌이 된다. 이렇게 훈련된 아이를 지겹도록 많이 봤다. 나는 그런 아이들에게 아무런 매력을 느끼지 못한다. 그 아이들이 쓴 글도 재미없다.

더 이상 이런 책이 나오지 말았으면 좋겠다.

어린이가
읽기에
알맞은 수준의
『어린왕자』?

일간지마다 어린이 책을 소개하는 지면이 있다. 독서의 중요성에 대한 인식이 높아지고 어린이 책 시장이 커지기도 했지만 무엇보다도 대학 입시로 초등학생의 독서 지도가 붐인 탓이다. 어린이 책에도 유행을 타는 주제가 있기 때문에 그 경향을 파악하고자 신문의 어린이 책 관련 기사를 관심 있게 지켜본다. 때때로 성의 없는 기사를 대할 때면 '구색 맞추어 끼워 팔기'라는 말이 떠오른다.

어느 날 모 일간지 <어린이 책> 지면의 '고학년'에서 『어린 왕자』를 소개했다. 그 기사가 걸작(?)이라 일부를 인용해 본다.

> 생텍쥐페리의 유명한 성인용 동화를 어린이들이 읽기에 알맞은 수준으로
> 정리했다.

생텍쥐페리의 『어린왕자』에 '성인용 동화'라고 굳이 딱지를 붙이는 것이 우습다. 요즈음 정채봉의 사색동화, 강우현의 성인동화 등 어른을 위한 동화가 유행처럼 번지는 조짐이 보이는 탓이겠지. 동화면 동화지 영화처럼 성인용, 아동용이 있는가 보다.

일단 성인용 동화란 갈래를 인정한다고 치자. 아이들이 읽을 만하지 않거나 읽기 어렵기 때문에 '성인용'이란 꼬리표를 붙였을 텐데 기어이 어린이용으로 낸 의도가 무엇인지 궁금하다. 왜 『어린왕자』를 초등학교 고학년 어린이에게 읽혀야겠다고 생각했을까? 아이들이 읽을 만한 책이 없나? 아니면 『어린왕자』를 반드시 어려서부터 읽도록 해야 할 뚜렷한 이유라도 있나? 그도 아니면 그림이 있어 만만하게 보이나?

더 궁금한 것이 있다. '어린이에게 알맞은 수준으로 정리하는 것'은 어떤 의미인가? 말을 풀어서 쓰면 『어린왕자』가 전하려는 메시지를 아이들이 이해할 수 있다는 뜻인가? 아니면 줄거리만 알면 책을 읽은 것이나 다름없으니 줄거리를 아이들 구미에 맞도록 읽기 쉽고 재미있게 만들면 된다는 뜻인가? 도무지 내 상식으로는 이해하기 어렵다.

우리나라에 출판된 『어린왕자』는 120여 종이다. 어린이도서관에서 본 『어린왕자』도 30종이 넘는다. 심지어는 만화로도 나왔다. 이것으로는 부족해서 또 찍어 내야 했을까?

언제쯤 『어린왕자』를 읽어야 제대로 읽을 수 있을까? 1997학년도 서울대 논술 고사 문제를 인용해 보겠다. 이 문제는 철학과 교수들로 구성된 '한국철학회'에서 그 때까지 나온 각 대학의 입시 논술 문제 가운데 가장 우수한 문제로 평가한 것이다. 『어린왕자』의 일부를 실은 후 다음과 같이 물었다.

> 현대 사회에서 개인은 거대한 조직에 속해 있으면서 대부분이 익명의 존재로 방치되어 있다고 말하기도 한다. 다음 글은 이 같은 문제를 해결하기 위해 개인과 개인 사이의 참다운 정서적 유대 관계의 형성이 중요하다는 점을 암시하고 있는 것으로 볼 수 있다.
> 첫째, 이 글에서 다루고 있는 문제가 어떠한 사회적 조건에서 비롯된 것인가를 간략히 밝히고, 둘째, 그러한 사회적 조건에 비추어 볼 때, 참다운 인간 관계를 형성하는 데에 이 글에서 암시하고 있는 개인적 차원의 노력이

어떠한 의의와 한계를 지니고 있으며, 그 한계를 극복할 수 있는 방안이 무엇인가에 대해 자신의 견해를 논술하라.

『어린왕자』는 적어도 이런 생각을 해 볼 수 있는 나이가 되었을 때 읽는 것이 좋다. 내 말이 탐탁지 않으면 생텍쥐페리가 어린이를 독자로 삼아 『어린왕자』를 썼을지 생각해 보기 바란다.

이런 식의 축약본이 『어린왕자』뿐이 아니니 더욱 걱정스럽다. 셰익스피어 작품이 어린이용으로 둔갑한 것은 이미 오래 전 일이라 새삼스러울 것도 없다. 그런데 우리 작가의 작품에도 이런 흉내를 낸다. 그것도 마구잡이 출판사가 아닌 곳에서. 황순원의 「소나기」는 그림책과 단행본으로 나왔고, 「우리들의 일그러진 영웅」도 삽화를 곁들인 어린이 책으로 출판했다. 물론 권장 도서 목록에도 올랐다.

내 기억이 틀리지 않다면 「소나기」는 70년대 고등학교 교과서에 실렸다. 한창 이상에 불타고 순수를 외치는 그 나이에 「소나기」는 '영롱한 이슬' '순수한 사랑' 그 자체였다. 「소나기」가 그림책으로 나왔다는 기사를 보고 솔직히 '작품 하나 버렸구나!' 생각했다. 그 책이 나온 후 내 또래의 벗들로부터 전화를 많이 받았다. 기분이 너무나 울적했다.

며칠 뒤 서점에서 그 책을 보았다. 나는 내 아이가 서점에서 그 그림책을 뒤적거리지 않기 바란다. 「소나기」가 소꿉장난으로만 보이지 않을, 작품의 의미와 그것을 쓴 작가의 마음이 내 아이의 가슴에 와 닿을 만한 나이에 읽기 바라기 때문이다.

일단 그림책으로 나오면 유아용 책으로 취급하는 것이 우리나라의 어린이 독서 교육 실태다. 그렇다 보니 모 일간지의 어린이 독서 지도 칼럼은 『소나기』(길벗어린이)[1] 그림책을 읽고 이 참에 이슬비, 가랑비 등 여러 가지 비에 대해 알아 보자고 썼다. 「소나기」가 비에 관한 학습서란 말인가? 주제에서 벗어나도 한

[1] 「소나기」는 여러 출판사에서 중복 출판되었는데 특히 길벗어린이에서 1997년 그림책 단행본으로 출간했다.

참 벗어났지……. 삼천포로 빠져 아예 한국 영해권 밖으로 흘렀다. 독서 지도를 해 본 사람은 알 것이다. 일단 그렇게 흐르면 제 자리로 쉽게 돌아오지 않는다는 것을. 비의 종류에 대해 이야기하고 싶으면 과학책을 읽거나 차라리 비를 맞아 볼 일이다.

우리 세대가 초등학교 6학년 겨울 방학에 「소나기」, 김동인의 「감자」, 심지어 이상의 「날개」를 읽을 수밖에 없었던 것은 그 작품들의 수준이 어린이가 읽기에 적당해서가 아니라 그 시절엔 워낙 읽을거리가 마땅치 않았기 때문이다. 지금은 그 때보다 읽을거리가 많다. 또 없으면 새로 만들어 내면 될 일이다. 다 큰 아이에게 밥을 떠 먹여 주는 것도 문제지만 몸에 좋다고 이도 몇 개 나지 않은 유아에게 갈비를 뜯으라는 것도 곤란하다.

『어린왕자』, 「소나기」, 「우리들의 일그러진 영웅」이 어린이 책으로 나온 이유는 따로 있다. 초등학교 교과서에 이 작품들의 일부 혹은 전부가 실렸기 때문이다. 우리가 알아야 할 모든 '잔재주'는 교과서에서 배웠다! 교과서에 실렸기 때문에 발빠른 출판사가 그 작품을 어린이 책으로 만들어 낸 것 같다. 교과서를 만든 이와 출판사, 그리고 어른 책을 읽히는 것이 자녀의 독서 수준을 높인다고 착각하는 부모들의 합작품이다. 이 책을 5·6학년 권장 도서 목록에 넣는 사람들도 똑같다.

그러나 최종 책임은 어디까지나 출판사와 고쳐 쓴 작가에게 있다. 출판사는 독서 풍토를 이끌어 나가야 할 책임을 지녔기 때문이다. 이런 식의 기획 의도가 작품의 유명세에 빌붙어 책을 팔아 보겠다는 것으로 보인다면, 그렇게 보이도록 한 출판사에게 책임이 있다. 그렇지 않으면 납득할 만한 이유를 대 보기 바란다.

그런 일에 들일 돈과 시간과 노력을 어린이 창작물을 만드는 데 쏟으면 얼마나 좋을까? 이런 일이 유행처럼 번지지 않게 일찌감치 이 책들이 고사(枯死)하기 바라면 내가 너무 잔인한 사람인가?

일그러질 대로
일그러진
「우리들의
일그러진 영웅」

　대학원 수업을 함께 듣는 후배가 도대체 이게 말이 되는 일이냐고 물었다. 어린이를 위한 권장 도서 목록에 김유정의 「봄봄」 등 한국 단편 소설이 들어 있는데 이런 작품을 어린이가 이해할 수 없을 것이란 우려의 말이었다. 흥분한 후배 앞에서 나는 담담하게 말했다.

　"나는 이미 다 놀라서 더 놀랄 일도 없다. 황순원의 「소나기」, 생텍쥐페리의 『어린왕자』도 초등학교 『읽기』 교과서에 다 있어. 이문열의 「우리들의 일그러진 영웅」도 초등학교 6학년 『읽기』에 실린 걸."

　짧은 비명과 함께 잠시 꿀 먹은 벙어리가 된 후배의 표정은 '아니 이럴 수가!' 딱 그 모습이었다. 80년대를 어렵사리 헤쳐 온 우리 세대에게 이것은 젊은 날의 초상을 일그러뜨리는 짓이었다.

　「우리들의 일그러진 영웅」의 앞부분을 고쳐 일부를 교과서에 실었다는 말에 처음에는 교과서를 만든 교사들을 원망했다. 그리고 얼마 지나지 않아 삽화를 곁들여 어린이를 위한 단행본으로 출판된 『우리들의 일그러진 영웅』(다림)과 그 속에 실린 작가의 서문을 읽자 배신감마저 들었다.

　80년대에 「우리들의 일그러진 영웅」을 가슴앓이로 읽은 분은 교과서에 고쳐 실은 「우리들의 일그러진 영웅」을 삽화와 함께 읽어 보기 바란다. 그리고 책 뒤에 나온 마무리용 문제도 읽어 보기 바란다. 나의 심정과 별로 다르지 않을 것이다.

초등학교 6학년 교실에서 이 글로 어떻게 수업을 이끌었는지 정말 궁금했다. 마무리 문제를 그대로 옮겨 보겠다.

● 「우리들의 일그러진 영웅」을 읽고, 물음에 답하여 보자.

(1) 사건의 전개 과정에서 어떤 점이 '나'를 당황하게 하였는가? 그리고 당황하게 된 까닭은 무엇인가?

(2) 엄석대라는 인물이 없었다면, 사건은 어떻게 전개되었을까?

(3) '내'가 엄석대보다 덩치가 크고 힘이 센 아이였다면, 사건은 어떻게 전개되었을까?

(4) '내'가 서울에서 전학 온 아이가 아니었다면, 사건은 어떻게 전개되었을까?

(5) '내'가 시골이 아니라 같은 서울로 전학을 하였다면, 사건은 어떻게 전개되었을까?

● 「우리들의 일그러진 영웅」을 읽고, 엄석대와 '나'의 성격을 알아보자. 그리고 엄석대의 성격에 의해 '나'의 행동이 어떻게 달라졌는지 말하여 보자.

● 「우리들의 일그러진 영웅」의 뒷부분을 상상하여 말해 보자.

시대 배경과 관련된 부분은 원작에서 다 빼고 삽화도 원작의 시대 배경이 되었던 1960년대가 아니라 요즈음의 초등학교 교실이다. 삽화의 등장 인물들은 독재나 군사 문화, 획일성, 경직성, 권위를 상징하는 검은 교복 대신에 자유 분방한 사복을 입었다. 서울 어느 곳의 초등학교 교실과 다름없다.

초등학교 6학년 어린이가 교과서에 실린 「우리들의 일그러진 영웅」을 어떻게 이해할지 궁금해서 동네 서점에 가 전과를 들추어 보았다. 이 글의 중심 생각(주제)이 '남을 업신여기는 마음을 버리자, 혹은 생각을 바꾸면 낯선 환경에도 잘 적응할 수 있다'란다. 기가 막히지만 전과를 만든 출판사를 탓할 생각이 없었다. 교과서에 실린 익힘 문제가 이 책을 '도시에서 시골로 전학 간 어린이의 적응 문제'로 취급하고 있으니 달리 어쩔 도리가 없을 것이다. 목숨이 아깝지 않은 바에야 부하가 두목에게 반항할 수는 없으니까.

교과서를 읽고 어찌나 화가 나던지……. 「우리들의 일그러진 영웅」을 이렇게 일그러뜨린 장본인은 이 책을 제대로 이해하기나 했을까?

1998년 2학기에 이화여대의 직업사회학 시간에 특강을 갔다. 학생들에게 모래시계 세대로 불리는 80년대 선배들에 대해 어떤 이미지를 갖고 있느냐고 물었다. 한 학생이 "데모하느라 수업도 없고 공부는 별로 안 한 것 같다"고 했다. "그럼 여러분들처럼 IMF를 겪지 않아 취직도 잘 되었을 테니 여러분보다 팔자가 편했겠네요?" 했더니 대강 수긍한다는 표정이었다.

나는 마르크스와 헤겔이 씌어 있다는 이유로 다방에서 철학 책을 읽다가 경찰서에 잡혀 간 친구들 이야기, 너와 나는 출신 성분이 다르니 앞으로 인생이 다를 거라는 말을 남긴 채 그 다음날 태극기를 앞세우고 데모를 주동하다가 잡혀간 나의 절친한 친구 이야기를 했다. 반응이 여러 가지였다. 도저히 믿지 못하겠다는 얼굴도 있었고, 어이가 없다며 웃는 학생도 있었다. 무엇보다 강의실 안이 숙연해졌다.

수업 후 내 질문에 대답했던 학생이 와서 정말 몰랐다는 얼굴로 사과했다. 우리가 얼마나 공부하고 싶어했는지, 지금은 아무 곳에서나 읽을 수 있는 책을 죄 지은 사람처럼 몰래 숨어서 읽어야만 했던 우리 세대를 그들은 알 수 없을 것이다.

옳은 것을 옳다고, 틀린 것을 그르다고 말할 수 없는 사회에서 사는 것이 얼마나 숨막히고 삶을 옥죄는 것인지, 개인의 자유나 이성이 무참히 짓밟히는 사회에서 살아남기 위해 타협했던 지식인의 모습, 억압 때문에 복종했다가 억압의 주체가 힘을 잃자 단숨에 등을 돌리는, 힘없고 한편으로 냉담한 대중. 「우리들의 일그러진 영웅」은 우리들의 자화상이었다. 그런데 대학생도 아닌 초등학생이 「우리들의 일그러진 영웅」을 쓰지 않고는 못 배겼을 그 시대의 절박한 삶을 이해할까?

　인간의 사회적 나이는 월반이나 검정 고시로 먹는 게 아니다. 나는 아이들이 독재 정권 아래서 살아간다는 것이 무엇을 의미하는지, 인간의 삶을 얼마나 왜곡하는지 알 수 있으리라 기대하지 않는다. 게다가 그 세월을 지낸 어른들도 그 때 그 시절을 새까맣게 잊고 독재자를 위한 박물관을 짓자느니, 그의 뜻을 계승하겠다느니 하며 헛소리하는 이 판국에……

번역은 작가의 마음에 다가서는 것이다

　도서관 수업 중급에는 어린이 책을 읽고 서평을 하는 시간이 있다. 1999년 6월 어느 날 수강생 한 분이 발표를 했다. 『내게는 소리를 듣지 못하는 여동생이 있습니다』(히말라야)였다. 귀가 안 들리는 아이의 일상을 섬세하고 담담하게 잘 표현하여 감동을 주는 책이라 수업 시간에도 곧잘 권한 그림책이었다. 그 분이 지적한 번역의 문제를 잠시 소개해 본다.

　첫 장에 이렇게 씌어 있다.

　　내게는 여동생이 하나 있습니다.
　　그애는 아무런 소리도 듣지 못합니다.
　　하지만 아주 특별한 아이랍니다.
　　내 동생 같은 아이는 정말 드물 거예요.

마지막 장에는 이렇게 적혀 있다.

　　내게는 여동생이 하나 있습니다.

소리를 듣지 못하는……

하지만 너무나 사랑스런

동생이 있습니다.

　그 어머니는 다음과 같이 물었다.

　"저는 '하지만'이라는 접속사를 앞의 문장과 반대되는 뜻의 문장이 올 때 쓰는 것으로 알고 있습니다. 그렇다면 귀가 안 들리는 것이 '특별한'이나 '사랑스러운'과 반대편에 서 있나요? 그리고 책 뒤에 실린 영어 원문에는 'but' 같은 접속사는 애당초 없습니다. 그렇다면 있지도 않은 접속사를 굳이 넣는 이유는 무엇입니까? 장애인에 대한 부정적인 시각을 드러내는 것이 아닌가요? 여러분은 어떻게 생각하세요?"

　모든 수강생들이 조용히 머리를 끄덕였다. 나도 "출판사에 전화를 걸어야지요!" 하고 대답했다. 그 말이 끝나자마자 그 분은 "제가 출판사에 편지할 테니 선생님께서 전화를 걸어주세요." 하고 절박하게(적어도 내게는 그렇게 들렸다) 말씀하셨다.

　책 뒤에 실린 영문을 옮겨본다.

I have a sister.

My sister is deaf.

She is special.

There are not many sisters like mine.

……

I have a sister.

My sister is deaf.

정말 어디에도 '그러나'의 의미는 없다.

내가 이 책을 만난 것은 1995년 초판이 나온 때였다. 장애인을 동정하여 신파조로 일관하는 다른 책에 비해 이 책은 정말 남다른 데가 있었다. '장애인을 도와야 한다, 장애인에 대한 시선을 바꾸어야 한다'고 호소하는 글귀가 단 한 구절도 없으면서 읽는 이를 가슴 뭉클하게 한다.

나는 그 후 많은 사람에게 이 책을 소개했다. 아이가 한 학년 올라갈 때마다 학급 문고로 보냈다. 아이가 2학년 때 귀가 안 들리는 친구와 한 학급에 있었다. 그와 함께 일 년을 보낸 아이는 이 책의 의미를 나보다 훨씬 더 잘 알고 있다.

나는 그 날 참 부끄러웠다. 1판 4쇄가 나올 때까지 번역을 바로 잡을 어떠한 노력도 하지 않은 것이다. 더욱이 나의 추천으로 그 책을 산 많은 사람들을 생각하면……

출판사에 전화를 걸었다. 출판사 직원은 실수를 인정하고 정말 미안하다며 사과했다. 그리고 다음 인쇄 때 반드시 고치겠노라고 약속했다. 그 약속을 꼭 지키기 바란다.

이 책을 쓴 작가는 장애인을 향한 세상 사람들의 편견을 조금이나마 바꾸려고 이 책을 썼을 것이다. 그리고 이 책을 번역한 출판사도 책을 팔아 돈을 벌려는 목적만으로 이 책을 번역하진 않았을 것이다. 그럼에도 불구하고 그렇게 번역되었고, 5년이 흘렀다.

번역자는 작가의 마음에 다가가야 한다. 이 책의 번역자는 영어를 한국어로 고치는 기술을 발휘했는지는 모르지만 작가의 마음은 읽지 못했다. 게다가 은연중에 자신의 편견까지 드러냈다.

번역의 기본은 작가의 마음에 다가서는 것이다. 이 점을 잊거나 아예 모르는 번역자가 많다는 현실이 우리나라 번역물이 지닌 가장 근본적인 한계점이다.

신문만
오려 붙이면
NIE인가?

수업 시간에 NIE(Newspaper In Education)에 대한 질문이 만만치 않다. '아이들에게 NIE를 어떻게 가르치느냐' 'NIE를 지도할 때 참고로 할 책을 소개해달라' 'NIE 수업이 있는 학원에 보내는 것이 좋으냐?' 'NIE 지도 교사가 되고 싶은데 좋은 문화센터는 없느냐?' 등등.

나는 NIE만을 가르치는 수업에 아이를 보낼 필요가 없다고 생각한다. 넓은 의미의 독서는 신문을 읽는 것도 포함한다. 책을 읽고 의미 파악을 잘하는 아이들은 신문의 내용도 잘 이해한다. 그 외에 기사를 주제에 따라 스크랩하거나 신문 자료를 이용하는 법은 학교 수업 시간에 배우면 된다. 그것으로 충분하다.

신문 기사가 진실에 가까운지도 솔직히 의문이다. 내가 잘 아는 주변 사람들과 관련한 신문 기사 가운데 사실을 왜곡한 것이 많았던 부정적인 경험 때문이다. 내가 아이에게 하는 NIE 교육을 말하자면 '신문 기사를 전적으로 믿지 말아라. 기자의 편견도 섞여 있다. 신문사의 이해 관계도 한몫 거든다. 신문 기사의 행간에 숨어 있는 참뜻을 파악하는 데 노력해라. 짤막하게 다룬 기사에 오히려 중요한 진실이 담겨 있을 때도 많다. 슬쩍 흘리는 말 한마디가 사건이나 주장의 핵심일 수도 있다. 특히 건전한 비평을 허용하지 않는 폐쇄적인 사회일수록 더욱 그렇다.' 이런 식이다.

수강생들의 질문에 답하기 위해 초등학교 어린이를 위한 NIE 관련 책과 신문 기사, 몇 군데 NIE 강좌의 수업 계획표를 검토했다. 어떤 것은 NIE의 본질에서 많이 멀어졌다는 느낌이 든다. 신문을 이용한 찢어 붙이기, 광고 사진 오려 붙여 이야기 꾸미기, 신문에 실린 그림에 색칠하기 등 신문이 없어도 얼마든지 할 수 있는 작업이 많았다. 나와 절친한 강사의 말이 떠오른다. "도대체 NIE 하면 가위부터 들고 설치는지 모르겠다니까!"

어느 복지관의 NIE 강좌 수업 계획표를 보면 신문의 '오늘의 운세'를 읽고 십이지에 나오는 동물이 무엇인지 순서대로 도화지에 붙이는 작업이 있다. 그런 후 수업을 듣는 어린이가 제 띠에 따라 오늘의 운세를 읽는다. 신문의 '오늘의 운세'를 보지 않아도 십이지를 가르칠 수 있는 재료는 흔하다. 쓸데 없는 기교를 부리다 보면 중심이 흔들린다. 그 강좌의 NIE 교사가 아이에게 점괘나 신수풀이를 믿으라고 가르칠 의도는 아닐 텐데……. 그 수업이 아이에게 어떤 영향을 끼칠지 생각해 봤는지 궁금하다.

1999년 8월 3일자 조선일보 '一事一言'에 실린 이화여자대학교 언론 홍보 영상학부 김훈순 교수의 글은 요즘 한국에서 부는 NIE 바람의 문제점을 잘 지적했다. 또 NIE의 본질에 대해 다시금 생각할 기회를 준다. 일부를 인용하기 아까워 합당한 절차를 밟아 그 전문을 싣는다.

NIE의 허(虛)와 실(失)

최근 신문의 교육적 활용(NIE)이 유행처럼 번지고 있다. 언론사, 백화점 문화센터, 대학 부설 평생교육원, 사회 단체들이 앞다투어 학부모와 NIE 지도 교사를 위한 연수 프로그램을 개설하고 있다.

뿐만 아니라 대형 서점은 NIE 교재를 위한 서가를 따로 마련할 정도다. 선진국에서 수십 년 전부터 채택해 온 NIE는 영상 시대에 신문에서

점점 멀어지는 젊은 독자를 예비 독자로 확보하여 구독률을 높이기 위한 신문사의 상업적 자구 노력의 하나이다.

그러나 그 의도가 무엇이든 간에, 교과서가 5년에 한번씩 개정되는 교육 현실과 빠르게 변하는 정보 시대인 우리 환경을 고려할 때 학생들에게 시대 감각을 갖도록 신문을 교육 자료로 적절히 활용하는 것은 현명한 일이라 할 수 있다. 하지만 지금 NIE가 이뤄지는 대상과 방법을 보면 비정상적인 교육열의 또 다른 모습을 보는 듯 하다.

지금 NIE의 주요 대상은 신문에 대한 이해 정도가 의심스러운 초등학생과 유치원생이다. 그러나 주요 정보 소스로 신문을 이용하는 교육은 오히려 중·고등학생에 더 걸맞은 게 아닌가. 교육 방법도 지금처럼 부교재까지 동원해 과제를 주고 평가하는 기존 수업 방식을 고수할 게 아니라 공부할 내용에 걸맞은 신문 기사를 선택해 자유롭게 이를 이용하고 재단할 수 있는 식으로 바뀌어야 한다.

비판적인 어느 교사는 묻는다. 신문 없이도 잘 할 수 있는 수업에 신문을 무리하게 활용하려는 이유가 무엇인가를. 신문을 교육의 보조 자료로 인식하여 비판적으로 활용할 때라야 NIE는 의미가 있을 것이다.

NIE에 대한 학부모와 교사들의 지나친 관심은 NIE를 열린 교육을 위한 대안적 교수 방식으로 오인한 데서, 또는 정보화 시대에 절실하나 정규 과목으로 채택되지 못한 매체 교육으로 잘못 인식하고 있는 데서 연유한 것은 아닌지 생각해 볼 문제다.

지금 내가 한 일은 신문에 실린 특정 분야의 전문가(언론 홍보 영상 학부는 예전의 신문방송학과다.)가 신문에 쓴 기사를 내 주장을 뒷받침하는 지지 발언으로 삼은 것이다. 이는 논술문 쓰기에서 귀납적인 논증법의 실례다. 또한 신문

활용 방법, 즉 NIE의 하나다.

신문의 본질은 매일매일 갓 나온 따끈따끈한 정보를 전달하는 것이다. NIE는 그 정보를 정확히 파악하고 적절히 사용하는 방법을 배우는 것이다. 그 본질을 놓치면 진정한 의미의 NIE가 아니다. '무늬만 NIE'지.

책과 관련된 잘못된 고정 관념

연령별 권장 도서 목록에 실린 몇몇 책을 읽어 보면 정말 그 책을 아이들이 이해할 수 있을지 걱정스럽다. 특히 권장 도서로 선정된 우리 작가들의 창작동화를 읽으면 그런 걱정이 더 깊어진다. 요즘 아이들은 우리가 자랄 때보다 제 나이 이상으로 훨씬 성숙한가? 오히려 산전수전 다 겪으면서 자라 어린 티를 서둘러 벗어 던져야 했던 마흔 살 넘은 어른들의 감성과 정서가 목록에 묻어 있는 것은 아닐까?

권장 도서
목록
바로 보기

도서관의 어머니 교실 수업 첫 시간에는 항상 설문 조사를 한다. 수강생들이 무엇을 배우고 싶어하는지, 어떤 문제를 안고 있는지 알아야 그들을 도와 줄 수 있기 때문이다. '집에서 자녀에게 독서 지도를 할 때 어려운 점이 무엇입니까?' 하는 질문에 많은 분들이 책 고르기가 어렵다고 대답한다. 또, 내가 비장의 도서 목록을 숨겨 두고 있는 것처럼 수업이 끝난 후 혼자 살짝 와서 책 목록을 달라거나 아예 팩스로 넣어 달라는 부탁도 한다.

가능하면 설문지에 나온 질문이나 고민거리를 함께 해결하려 노력한다. 하지만 연령별 권장 도서 목록을 달라는 요청에는 절대로 응하지 않는다. 이 점 때문에 섭섭해하는 분이 많으리라 짐작하지만 아무리 친한 사람의 부탁이라도 고집스럽게 묵살하는 데는 내 나름의 이유가 있다.

누구를 위한 권장 도서 목록인가?

요슈타인 가아더의 『여보세요, 거기 누구 없어요?』(현암사)는 연령별 권장 도서 목록의 희생양이 된 대표적인 양서다. 요슈타인 가아더는 전 세계 35개국에서 출간된 세계적인 스테디셀러 『소피의 세계』(현암사)의 저자이다. 그가 고등학교에서 철학을 가르친 경험이 있어서인지 그의 책은 젊은이가 자아를 발견하는 데 길잡이로서 매우 유익하다. 『여보세요, 거기 누구 없어요?』도 그런 책들과 같은 맥락의 책이다.

1996년 겨울, 이 책이 처음 나왔을 때, 신문의 '새로 나온 책' 지면에서 초등학교 저학년용 그림책으로 소개했다. 어린이 전문 서점의 권장 도서 목록에서도 초등학교 저학년용으로 소개했다. 이유는 간단했다. 이 책의 주인공이 여덟 살 소년이고, 본문에 그림이 많고, 책의 크기, 제본, 모양새가 서점에서 흔히 볼 수 있는 그림책과 닮았기 때문이었다. 단골 서점에 물었더니 실제로 신문 기사에서 제시한 나이의 자녀를 둔 부모들이 사갔는데 아이들의 반응이 신통치 않다고 했다. 너무 어렵다는 것이다.

학교에서 '책 잘 읽는 아이'로 소문난 초등학교 3·4학년, 5·6학년, 그리고 어머니를 대상으로 실험을 했다. 그 책을 읽고 토론하여 책 내용을 얼마나 이해했는지 측정하는 것이다. 아이가 책을 읽고 난 후 재미있었다고 말한다 해서 그 아이가 책의 내용을 이해했다고 생각하면 정말 오해다. 아이들은 책 속에 자신의 흥미를 강하게 끄는 부분이 조금이라도 있으면 그 책이 재미있다고 말한다. 아이가 책을 이해했는지 의심스러울 때 일일이 질문해 아이를 괴롭힐 필요는 없다. 아이들끼리 독서 토론을 할 때 옆에서 지켜보기만 하면 그 책을 얼마나 이해했는지 훤히 들여다볼 수 있다.

『여보세요, 거기 누구 없어요?』를 읽고 독서 토론을 해 본 결과, 초등학교 3·4학년은 그림과 에피소드에 집착했고, 5·6학년은 대강의 줄거리를 파악한 수준이었다. 의사 표시가 분명한 한 아이는 이해하기 어려워 끝까지 다 못 읽었다고 말했다. 독서 토론을 할 때 아예 엎드려 자는 아이도 있었다. 어머니들조차도 이 책의 그림이 뜻하는 상징과 저자의 메시지를 다 이해하지 못했다. 주제가 심오하고 어렵다는 반응이었다.

이대로 나가면 이 책의 운명이 뻔했다. 출판사에 전화를 걸었다. 다행히 대학에서 철학을 전공한 이 책의 편집 담당자도 같은 생각이라 내 말에 귀를 기울였다. 1997년 5월에 이 책은 작은 크기로 다시 태어났다. '이렇게까지 했는데 설마⋯⋯' 했다. 그래도 미심쩍어 노란 띠도 둘렀다. 거기에 다음과 같이 적었다. 이렇게 해서라도 살려야 할 만큼 가치 있는 책이었다.

힘겨워하는 자녀를 꿋꿋하게 이끌어 주려는 부모님에게

앞으로 태어날 아기한테 이 세상을 어떻게 설명해 줄지 준비하는

예비 엄마에게

더 이상 만남에서 의미를 찾지 못하는 연인에게

왜 사니? 거울을 들여다보며 한번쯤은 고민해 본 친구에게

그리고 내가 누구인지 한번도 고민해 보지 않은 바로 당신에게

『소피의 세계』 작가 요슈타인 가아더가 찾아갑니다.

책의 크기를 줄이니 그림도 작아졌다. 이 책에서 그림이 얼마나 중요한지 알기 때문에 작은 책을 볼 때마다 속이 상한다. 큰 책이 훨씬 좋다.

그런데도 우리의 노력은 소용 없었다. 1998년 4월에 나온 어느 단체의 '새 책' 난에 『여보세요 거기 누구 없어요?』가 초등학교 5학년 이상을 위한 책이라고 소개했다. 내용도, 그림도 전혀 달라진 것이 없는 책이 저학년용이 되었다가 고학년용이 되는 현실을 어떻게 받아들여야 할지. 아이들에게 이 책을 읽힌 경험이 있는 동료 강사와 나는 이 책이 초등학교 6학년에게도 어렵다는 믿음을 여전히 갖고 있다.

이런 예는 수없이 많다. 어느 초등학교의 1·2학년 필독서 목록에 생텍쥐페리의 『어린왕자』가 있다. 과연 여덟 살 코흘리개가 인간 소외를 이해할 수 있다고 생각하는지.

이런 일을 겪을 때마다 '그림이 많거나 글씨가 크면 다 어린이 책이냐? 왜 『좀머 씨 이야기』(열린책들)도 넣지. 장 자끄 상뻬가 그린 『라울 따뷔랭』(열린책들)은 피아노 책만한데 그것도 넣지!' 하고 씨근덕거린다. 점점 싸움꾼이 된다.

전쟁의 어리석음을 그린 『시냇물 저쪽』(마루벌)은 6세~9세용으로, 『아낌없이 주는 나무』(분도출판사)는 초등학교 저학년 혹은 초등학교 4학년 권장 도서로 소개하지만 오히려 고등학교의 토론 수업을 위한 책으로 손색이 없다. 실제로 『아낌없이 주는 나무』는 고등학교 시절 외국 신부님과의 토론 수업에서 읽었던 기억이 난다. 그 후 느낌이 좋아서 여러 번 읽었고, 대학 시절 친구에게 선물도 했다.

학교나 서점, 단체, 출판사에서 연령별 권장 도서 목록이 쏟아져 나오고 있다. 대학교 수능 시험과 논술 고사로 독서의 중요성이 새삼 강조된 탓에 일간 신문, 월간지도 앞다투어 권장 도서 목록을 싣고 있다. 양서에 대한 부모들의 관심을 불러 일으켰다는 칭찬을 받을 만하다. 하지만 그로 인한 손실도 만만치 않다.

다 제쳐 두고 아이들만 생각하자. 자신의 독해 수준을 넘어선 책을 읽은 아이가 좌절을 겪고 그로 인해 책을 멀리하면 그 책임은 누가 져야 하는가? 권장 도서 목록에 책 읽기의 주체인 아이들의 수준과 의견을 반영하였는가? 도대체 누구를 위한 권장 도서 목록인가?

잘못 선정한 연령별 권장 도서는 비록 그 책이 양서일지라도 『여보세요, 거기 누구 없어요?』처럼 미운 오리 새끼 신세가 되고 만다. 그 책을 읽고 오리무중인 아이에게 그 책은 끝내 백조가 되지 못한 채 연못을 떠돌 수도 있다. 그렇게 비껴간 양서를 어떻게 아이들에게 돌려줄 수 있을지. 이런 말을 수없이 되풀이해도, 종강 때마다 "선생님, 우리 아이 방학 때 읽을 책 목록 좀 주세요." 하는 몇몇 어머니는 어떻게 감당해야할지…… 내게는 영원히 풀지 못할 것만 같은 수수께끼다.

권장 도서 목록을 어떻게 볼 것인가?

해마다 새로운 어린이 책이 쏟아져 나온다. 불황에도 불구하고 1997년에도 어린이 책 시장에는 4500여 종이 새로 나와 종 수에서 9.7퍼센트, 발행

부수도 19.3퍼센트의 신장세를 나타냈다. IMF를 겪은 1998년에도 3800여 종의 새 책이 나왔다. 1999년에는 3399종이 출간되었다.

일 년에 3500종 내외로 쏟아지는 어린이 책에서 양서를 고르는 것은 결코 쉬운 일이 아니다. 시간과 노력과 돈이 드는 일이다. 무엇보다도 책을 고르는 눈이 필요하다. 책을 고르는 안목이 하루 아침에 생기는 것이 아니므로, 부모는 시중에 나와 있는 권장 도서 목록에 의존하게 된다.

방학 때 어린이도서관에 가면 방학 중 읽어야 할 책 목록을 들고 자녀 대신 서가에서 책을 고르는 어머니를 많이 본다. '도저히 아니올시다.' 싶은 책을 고를 때는 할 수 없이 참견을 한다. 권장 도서 목록은 왜 그리도 많은지……. 혹시 출판사와 짝짜꿍이 맞은 것이 아닌지 의심스러운 목록도 있다.

도서관이나 서점에서 볼 수 있는 단행본 형식의 권장 도서 목록을 대략 세 가지로 나눌 수 있다.

출판사에서 홍보용으로 만든 어린이 책 목록을 그대로 묶은 책자가 있다. 어느 출판사에서 어떤 책이 나왔는지 알 수 있지만 책에 대한 정보는 거의 없다. 그 목록만으로는 아이에게 권할 만한 책인지 피하는 것이 나은 책인지, 공들여 잘 만든 책인지 조잡한 책인지, 최소한의 구별도 할 수 없다. 양서를 찾는 이에게 별로 도움이 되지 않는다.

전국의 어린이 서점이 권하는 어린이 책 목록이 있다.[1] 어린이 책 전문 유통 회사가 거래 관계에 있는 전국의 어린이 서점 주인들의 의견을 참고해 만든 책자다. 연령별 혹은 주제별로 책을 고른 후 줄거리나 책에 대해 간단한 설명을 덧붙였다.

[1] 유아·어린이 도서 전문 유통 '서당'이 엮고, 도서출판 논장에서 펴낸 『어린이 책 목록』과 『좋은 그림책 모음』 등이 있다.

어린이 책을 연구하는 시민 단체가 만든 권장 도서 목록집도 있다. 회원들의 토론과 평가에 따라 연령별로 권장 도서 목록을 정한다. 신문이나 일간지에서 이런 단체들의 권장 도서를 쉽게 접할 수 있다.[2]

학급 문고를 만들거나 아파트 단지 안에 작은 도서

[2] 대표적인 것으로 어린이도서연구회에서 펴낸 『어린이 권장 도서 목록』이 있다.

실을 만들기 위해 한꺼번에 많은 책을 구입해야 할 때 권장 도서 목록을 참고하면 일단 나쁜 책을 어느 정도 걸러 낼 수 있다. 유치원이나 학교 도서관에서는 독자의 연령 폭이 넓고 또 다양한 독서 능력을 가진 불특정 다수의 어린이가 있으므로 권장 도서 목록을 참고하여 다양한 책을 구매하면 편리하다. 권장 도서 목록이 지닌 장점이다.

이러한 장점에도 불구하고 권장 도서 목록은 많은 문제점을 안고 있다. 이를 목록 자체가 지닌 한계와 목록을 사용하는 어른들의 잘못으로 나누어 살펴보겠다.

목록이 지닌 한계

권장 도서 목록을 보면, 책 읽기의 주체인 아이들의 반응보다 반드시 읽히겠다는 어른들의 의지가 앞서는 것 같다. 한 시민 단체의 책 선정 기준을 보면 아이들이 무엇을 원하느냐에 관심을 기울이기보다는 아이들에게 꼭 가르쳐야 한다고 판단한 교육적인 내용을 담은 책을 찾는 데 힘을 더 쏟는 것 같다. 그런 책들은 정말 재미없다.

연령별 권장 도서 목록에 실린 몇몇 책을 읽어 보면 정말 그 책을 아이들이 이해할 수 있을지 걱정스럽다. 특히 권장 도서로 선정된 우리 작가들의 창작동화를 읽으면 그런 걱정이 더 깊어진다. 요즘 아이들은 우리가 자랄 때보다 제 나이 이상으로 훨씬 성숙한가? 오히려 산전수전 다 겪으면서 자라 어린 티를 서둘러 벗어 던져야 했던 마흔 살 넘은 어른들의 감성과 정서가 목록에 묻어 있는 것은 아닐까?

어느 어머니가 "요즘 아이들은 컴퓨터도 잘 다루고, 우리가 어릴 때보다 더 똑똑한 것 같아요." 하자, 어느 고등학교 국어 선생님께서 "몇 마디 말을 시켜 보면 그렇지도 않아요. 어디 인간이 그렇게 빨리 진화하나요?" 하여 함께 있던 사람들과 웃던 기억이 난다.

연령별 권장 도서 목록이 난이도 측정에 실패하는 가장 큰 원인은 아이들의 발달 수준과 의견을 충분히 고려하지 않은 데 있다. 일정한 시기를 두고 아이들의 반응을 검토하는 노력이 무엇보다 중요하다.

어느 단체가 좋은 책을 고르는 과정을 쓴 잡지 기사를 본 적이 있다. 그들은 그림책을 고를 때 회원 한 명이 그림책을 아이처럼 소리내 읽고 다른 회원들이 동심으로 돌아가 이야기를 평가한다고 써 있었다.

어른들도 저마다 유년기의 경험이 다르다. 또한 우리들이 30년 전으로 돌아가 본 동심의 세계와 2000년 현재 이 땅에서 자라는 아이들의 세계가 같을 수는 없다. 이런 방법으로 책을 평가하면 어른들이 좋아하지만 아이들은 시큰둥해 하는 책을 많이 고르게 된다.

책을 고르는 과정과 고르는 사람에 관한 정보가 목록에 실리지 않은 것도 문제점이다. 이 때문에 과연 책을 고를 만한 전문적인 지식을 갖춘 사람이 골랐는지 전혀 알 수 없다. 또 전문가도 자신이 좋아하는 스타일의 책에 눈길이 쏠리게 마련이다. 문학을 전공한 사람과 사회과학을 전공한 사람이 책을 고르는 기준도 다르다. 목록 작성에 참가한 사람들에 대한 정보와 책을 고르는 과정을 독자에게 자세히 밝혀야만 목록이 지닌 장점과 한계를 감안하며 올바르게 사용할 수 있다.

대학원 시절 들었던 수업 가운데 인상이 깊은 것으로 연세대학교 사회학과 조혜정 교수님과 서강대학교 사회학과 조옥라 교수님께서 함께 가르친 질적조사방법이 있다. 대학원 과정에서 이수해야 할 학점을 다 채우고도 교수님을 졸라 논문 학기에 청강을 했다. 그 수업을 놓쳤더라면 우물 안 개구리가 되었을지도 모른다는 생각이 들곤 한다. 그 때 조혜정 교수님께서 하신 말씀이 지금도 귀에 쟁쟁하다.

"작가든 학자든 그의 작품은 그가 살아온 삶의 영향을 받기 마련이다. 따라서 저자의 작품이나 이론을 더 잘 이해하고, 더 나아가서는 독자들이 그의 한계를 알 수 있도록 책 앞에 저자의 성장사를 쓸 필요가 있다."

그분이 쓰신 『탈식민지 시대 지식인의 글 읽기와 삶 읽기 2』(또하나의 문화)의

4장 「식민지 지식인의 옷 벗기」를 읽으면서 그분이 약속을 지켰음을 깨달았다. 그런 매력 때문에 처음 뵌 순간부터 그분에게 끌린 것 같다. 어린이 책을 쓰는 사람과 고르는 사람들에게도 꼭 같은 주문을 하고 싶다. 책 고르는 작업에 지속적으로 참가할 사람이라면 적어도 책 고르기에 영향을 준 경험이나 어린이 책을 바라보는 시각, 자신의 전공만큼은 밝혀야 하지 않을까?

해마다 목록의 구성이 같다는 점도 한계다. 연령별, 주제별 권장 도서 목록 외에 다양한 목록을 개발해야 한다. 내 경험으로는 책을 주제별로 모은 후, 동일 주제 안에서 난이도가 낮은 책부터 높은 책의 순서대로 나열하는 것이 부모들이 책을 고르는 데 더 많은 도움을 준다. 각 주제의 전문가들이 책 고르는 작업에 참가하면 도움이 될 것이다.

권장 도서 목록을 사용하는 어른들의 한계

서점에서 권장 도서 목록을 구할 수 있다고 말하기조차 싫을 때가 많다. 많은 부모가 연령별 권장 도서 목록이 참고 자료에 불과하다고 생각지 않는다. "내가 그렇게 공들였는데도 왜 우리 아이는 그 목록에 나온 제 학년의 책밖에 못 읽나요?" 하며 권장 도서 목록으로 자녀의 독해 능력을 시험하는 학부모도 있다. 그것도 월반을 바라며. 그 피해는 고스란히 아이 몫이다. 그 폐단이 권장 도서 목록이 지닌 장점을 눌러 버릴 지경이다.

우선, 부모는 연령별 권장 도서 목록에서 개인차가 무시된다는 점을 염두에 두지 않는다. 부모가 자녀의 독서 수준과 취미, 기호를 고려하지 않고 무조건 목록에 나온 책을 골라 낭패를 본 예를 수없이 봤다. 그 탓에 멀쩡한 아이가 독서 지진아로 둔갑한다.

어느 날 작정을 하고 수업 시간 내내 질문만 받아 보았다. 도대체 어머니들이 불안해하는 이유가 무엇인지 정말 궁금했다. 권장 도서 목록에 관한 질문도 꼭 나온다. 그 날 내가 열 번도 더 외친 말이 있다. "당연하지요, 어머니. 아이는 지극히 정상입니다!"

둘째, 권장 도서 목록에는 연령별로 수십 권의 책을 소개하기 때문에 아이가 그것만 읽으면 충분하다고 생각하는 어른이 늘고 있다. 배부른 농부의 밭에 잡초가 무성하고, 떠 먹이는 밥술에 길들기 마련이다. 목록에만 의지하면 부모들은 물론 심지어 비평가나 길잡이 역할을 맡아야 할 사람들조차도 '목록에서 누락되었으나 정말로 좋은 책'이 있는지 애써 찾으려 하지 않는다.

셋째, 책의 첫머리에 '그 학년과 그보다 높은 학년의 어린이가 읽을 수 있다'고 밝혔음에도 불구하고 많은 부모가 권장 도서 목록에 자녀의 연령 이하로 적힌 책을 결코 읽히고 싶어하지 않는다. 그런 부모의 자녀 또한 그런 책을 읽는 것을 부끄럽게 생각한다. 상담을 하다 보면 권장 도서 목록에서 제 나이 이하라고 적힌 책을 즐겨 읽는 아동을 독서 지진아로 취급하는 부모가 의외로 많다. 대다수의 부모들은 자녀가 제 학년보다 높은 학년에 선정된 책을 읽기 바란다.

권장 도서 목록에 대한 고정 관념을 버리는 것이 중요하다. 참고는 하되 맹신해서는 안 된다. 반드시 부모가 먼저 읽어 보고 자녀의 특성에 맞는 책을 골라야 한다. 차라리 제 나이보다 더 낮은 연령의 권장 도서를 읽게 하는 것이 낫다. 그러면 책에 대한 부담감이라도 줄일 수 있다.

아이들이 살아가야 할 긴 세월을 생각할 때 아이가 책을 한 해 일찍 읽고 늦게 읽는 것은 정말 하찮은 일에 불과하다. 여러모로 한계를 지닌 권장 도서 목록을 기준 삼아 아이를 판단하고 전전긍긍하는 것은 시간 낭비다. 부모가 조바심을 내지 말고 길게 바라보면 좋으련만. 독서 상담을 하는 자의 절실한 바람이다.

그림책에
대한
편견

아이들을 관찰하다 보니 어린이의 책 읽기에 대해 잘못 알려진 상식이 많음을 알게 되었다. '글자가 적은 책은 쉽다.' '독서는 질의 문제가 아니라 양의 문제다.' '책을 싫어하는 아이에게는 만화를 읽히면 책읽기에 취미를 붙이게 된다.' 등등.

가장 심한 편견의 희생물은 그림책이다. 어른들이 가지고 있는 책에 대한 잘못된 고정 관념으로 손해를 보는 사람은 결국 우리 아이들이다. 그림책에 대한 그릇된 고정 관념을 모아 우스개 삼아 '그림책이 썰렁하다는 이유 – 맞아 맞아 Best 5'라 이름지었다.

그림책은 유아들이나 읽는 책이다?

갓난아이가 젖을 떼는 것처럼 그림책도 아이가 자라면서 떼 버릴 것으로 생각하는 사람들이 많다. 한글을 유창하게 읽기 시작하면 가능한 한 빨리 그림이 별로 없거나 글씨가 빽빽한 책을 쥐어 준다. 도서관에도 그림책은 주로 유아용 열람실에 있다. 초등학교 1·2학년 자녀에게 그림책을 사 주는 부모도 드물다. 그림책의 세계에 채 발을 들여 놓기 전에 문을 걸어 잠그니 안타까운 일이다. 젖 뗀 아이도 뼈대를 튼튼히 하려면 우유를 마셔야 한다.

이와 마찬가지로 독서 습관의 골격을 다지려면 고학년이 되어도 그림책을 읽는 것이 좋다.

그림책은 나이의 장벽을 허무는 책이다. 0세에서 100세까지 함께 즐길 수 있는 유일한 책이라 해도 과언이 아니다. 질 바클렘의 그림책 '찔레꽃 울타리' 시리즈(마루벌)는 전 세계적으로 3백만 부가 넘게 팔린 그림책의 고전이다. 수업 시간에 어머니들에게 이 책을 보여 주면 그림의 아름다움과 포근함에 감탄한다.

이 그림책을 영국의 Royal Doulton 사에서 'Four Season'이라는 찻잔 세트로 빚어 판매하고 있다. 우리 집에 꼬마 손님이 오면 깨뜨릴까 망설여짐에도 불구하고 이 잔을 내놓는다. 그림책을 읽은 아이들은 탄성을 지르며 좋아한다. 정말 감격해하면서 차를 마신다. 영문을 모르는 사람은 이 소란스러움에서 잠시 소외된다. 그림책을 암호로 삼아 우리끼리만 '한패'가 되는 것이다. 가끔 이런 호사도 필요한 것 같다.

질 바클렘 글·그림의
'찔레꽃 울타리' 시리즈 중
『여름이야기』(마루벌)의 표지

그림책은 안 사도 미술 학원에는 보낸다?

그림책은 아이들이 일상에서 가장 먼저 만나는 예술 작품이다. 잘 그린 그림책은 한 폭의 명화나 다름없다. 좋은 그림책을 많이 본 아이들은 색감이 좋고 형태를 포착하는 솜씨가 뛰어나다. 상상력도 풍부해서 화면에 무엇을 채워 넣어야 할지 망설이지 않는다. 아이들이 그림책의 영향을 받기 때문이다. 그림책의 그림을 흉내내어 그리기를 좋아하는 아이들도 있다.

나라마다 유치원 아이들의 그림이 퍽 다르다. 흥미롭게도 아이들의 그림은 그 나라의 그림책과 무척 닮았다. 대체로 서양 아이들은 형태를 잡는 선이 매우 가늘고 우리 아이들의 것은 굵다. 서양 아이들은 투명한 파스텔 톤과 중간색을 많이 쓰는 반면[1] 우리 아이들은 시중에 널린 애니메이션 그림책에서 볼 수 있는 불투명의 원색을 많이 쓴다.

미적 감각을 키워 준다고 미술 학원에만 보낼 것이 아니라 아이가 즐겨 보는 그림책의 질부터 살펴야 할 것이다.

[1] 이런 특징은 외국에서 태어나 자란 한국 어린이의 그림에도 나타난다. 강덕치 가족의 『아빠와 함께하는 스페인 자전거 여행기』(현암사)에 실린 나단이의 그림의 형태와 색감에 주목해 보기 바란다.

그림책만 읽으면 고학년의 책을 못 읽는다?

그림책은 문학, 과학, 역사, 인물, 철학 등 모든 주제를 다루는, 어린이 책에서 가장 포괄적인 갈래다. 따라서 여러 분야의 그림책을 읽은 아이는 다른 책도 쉽게 받아들인다. 어려운 주제에 입문할 때 그림책의 도움으로 단단하게 뭉쳐 있는 내용의 실마리를 풀어 나갈 수 있다.

예를 들어 초등학교 5학년 아이들이 버지니아 리 버튼의『작은 집 이야기』(시공사)를 읽으면 사회 교과서에 나온 '도시화'의 개념을 쉽게 이해한다. 청각 장애자에 대해 물으면『내게는 소리를 듣지 못하는 여동생이 있습니다』(히말라야)를 책상 위에 놓아 준다. 장황한 설명보다 훨씬 낫다.

영재아에게 그림책이 시시하다고요?

자녀가 다른 집 아이보다 똑똑하다고 자부심을 느끼는 부모 가운데 아이가 그림책을 읽지 않는 것이 무슨 자랑인 양 떠드는 사람도 있다. 똑똑한 아이가 사물에 대한 이해나 학습의 진전이 빠른 것은 사실이다. 그러나 신체 발달이나 심리적, 정서적 발달 수준은 여느 아이나 다를 바 없다. 나이에서 오는 한계를 뛰어넘기 힘들다.

실례로 흔히 신동으로 불리는 10세 전후의 재주꾼들을 떠올려 보자. 음악, 스포츠, 수학, 암기력 등의 영역에 집중된다. 철학, 심리학, 문학, 사회학 등 인문사회과학 분야의 영재에 대해 들어 본 적이 있는가? 그 방면에서 두각을 나타내는 것은 성인이 된 다음이다. 인간과 사회에 대한 성찰은 인생의 경험을 두루 거쳐야 얻을 수 있는 것이지 지능만으로 얻을 수 있는 것이 아니다.

그림책은 자연과의 교감, 따뜻한 심성, 이웃과 더불어 살아가는 데 필요한 덕목을 가르쳐 준다. 자녀가 머리만 크고 마음이 빈약한 기형아로 자라기를 원치 않는다면 영재아에게도 그림책을 많이 읽혀야 한다.

책을 읽지 않는 아이에게 그 학년의 권장 도서를 많이 읽히면 된다?

그림책은 책을 싫어하는 어린이를 치료(?)하는 도구다. 그림책의 그림은 내용을 함축하고 있어 글의 의미를 파악하는 데 도움을 준다. 또 그림이 주는 편안함은 아이의 긴장을 풀어 준다. 딱딱한 책에서 부드러운 삽화가 쉼터가 되는 것과 같은 이치다.

초등학교 고학년 아이들에게 그림책을 권하면 처음에는 멋쩍어 한다. 때로는 친구들의 놀림거리가 된다고 하소연한다. 그럴 때 비장의 카드로 보여 주는 그림책들 가운데 니콜라이 포포프의 『왜?』(현암사)[2]가 있다. 전쟁의 어리석음을 다룬, 글자가 전혀 없는 그림책이다. 이 그림책이 전하는 의미를 이해하고 나면 그림책이 시시하다는 말이 쏙 들어간다. 그로부터 그림책과 친구가 되고 그 안에서 편안함을 느낀다. 그림책에서 자신감을 얻으면 용기를 내어 어렵다고 느끼던 책에 도전하기 시작한다.

어느 날, 졸업을 앞둔 6학년 친구가 와서 "우리 반 아무개는 이상의 「날개」를 읽는다고 자랑하더라고요.

2 ─────────
『왜?』(현암사)는 하찮은 것에서 시작된 전쟁이 얼마나 엄청난 결과를 가져오는지를 역동적인 그림만으로 보여 주고 있다.

그거 이해도 못하고 읽는 거지요. 아직도 다 못 읽은 그림책이 얼마나 많은데 촌스럽게 폼을 잡기는……." 하며 우리 집 책꽂이에서 그림책을 꺼낸다. 고정 관념을 깨면 이렇게 행복해지는 것을. 그림책을 우습게 보지 맙시다!

그림책, 독서의 첫걸음

예술에서 가장 중요한 것인 영감은 인간 세계에 대한 진지한 탐구와 자연과의 교감 속에서 얻어진다. 아이들에게 그림책을 보여 주는 것도 좋지만, 볕 좋은 봄날, 꽃향기를 맡고 꽃비도 맞으며, 이슬 맺힌 거미줄도 구경하고, 개울가에서 발도 담글 수 있도록 아이들을 자연 속에 던져 놓는 것이야말로 최상의 미술 교육이다.

그림책은
아이들이
최초로 만나는
예술 작품이다

그림책에 대해 수업을 하다 보면 미술 관련 그림책을 소개해 달라는 주문이 만만치 않다. 『그림 그리는 아이 김홍도』(보림)와 같은 화가의 전기 그림책, '생각하는 미술 이야기' 시리즈(마루벌)처럼 미술의 기본 요소를 이해할 수 있는 책, '내가 처음 만난 예술가' 시리즈(길벗어린이)와 같은 감상용 책, 그림 그리기를 지도하는 책 등을 소개해 달라고 한다.

나는 아이들의 미술 교육을 위해 실기만 열심히 시키면 된다는 부모들의 생각을 바꿀 필요가 있다고 본다. 화가들은 작품의 착상을 위해서 다방면으로 책을 읽고 다른 예술 분야나 세상사에 두루 관심을 가져야 한다고 말한다. 또 감수성이 뛰어나야 한다. 세상을 온몸으로 느껴야 하는 것이다.

어려서부터 예술 작품을 감상할 기회가 많은 환경에서 자라는 아이가 예술적인 감수성도 뛰어날 것이다. 아이에게 그런 환경을 마련해 주려면 부모가 먼저 예술 작품에 관심을 가져야 한다. 무엇보다도 예술 작품을 좋아하는 것이 중요하다.

'미술 교육' 하면 미술 학원에 보내거나 가끔 값비싼 입장료를 내고 전시회에 데리고 가서 눈도장을 찍는 것으로 할 일 다 했다고 생각하는 부모들이 있다. 그럴 만한 형편이 안 되는 부모들은 자식에게 몹시 미안해한다.

부모가 아이의 인생을 대신 살 수는 없다. 예술 교육도 마찬가지다. 부모가 할 수 있는 일, 해야 할 일은 예술을 가깝게 느끼는 환경을 만들어 주는 것이다. 그 나머지는 아이의 몫이다.

그리 큰 돈 들이지 않고 집안을 미술(이 말은 언제나 마음에 들지 않지만) 친화적 환경으로 꾸미는 법을 소개해 본다.

집안의 달력부터 잘 고르자

달력은 요일과 날짜를 알려 주는 용도로 쓰이지만 한편으로는 온 가족이 일 년 내내 감상하는 작품이다. 아이에게 예술적 안목을 길러 주고 싶으면 집안의 달력부터 살펴봐야 한다. '달력은 거저 얻는 것'이란 타성을 깨고, 예술 작품을 건다는 마음으로 적극적으로 골라야 한다.

우리 집 벽면을 장식했던 달력은 샤갈, 미로, 칸딘스키, 반 고흐, 판화가 이철수, 황규백 등의 작품이다. 이런 달력들은 전시회나 미술관, 화랑에 있다. 연말에 대형 서점이나 대학가의 서점, 어린이 서점에서도 판매한다. 값은 대략 2만 원이었던 것으로 기억한다. 일 년에 열두 작품을 감상한다고 생각하면 꼭 비싼 것만은 아니다.

아이 방에 그림책 전문 출판사나 전문 서점에서 나온 달력을 걸어 주면 좋아한다. 외국에는 그림책을 주제로 한 달력이 많다. 독일의 서점에서 『무지개 물고기』(시공사)나 '아기 곰 라르스' 시리즈(중앙출판사) 달력을 쉽게 볼 수 있었다. 우리 출판계도 이 분야에 대해 관심을 가지고 있으니 우리 그림책 작가들의 작품을 달력으로 걸 기회도 많아질 것이다. 이미 몇몇 그림책은 출판사의 홍보용 포스터나 엽서로 나왔다.

좋은 달력은 여러모로 쓰임새도 많다. 몇 년 전 집에 걸었던 '한국의 전통 보자기'와 '주머니' 달력은 아이가 초등학교 3학년 때 사회 수업의 준비물로 가져갔다. 예쁜 달력 그림을 잘라 코팅하면 벽걸이나 아이들의 식탁용 깔개로 쓸 수 있다.

전시회의 포스터도 걸어 보자

집에 걸린 포스터도 아이들에게 영향을 끼친다.

아이가 6살 때의 일이다. 현관 옆 벽에 전시회 포스터를 몇 달 간 붙여 놓았다. 어느 날 아이가 제 모습을 크게 그렸는데 옷 색깔이 포스터의 색감 그대로였다. '설마 어린애가 비구상화에 흥미를 가지려나.' 했는데, 포스터의 그림이 아이의 색감에 영향을 준 것이다. 그 후로는 벽에 거는 모든 것에 공들인다.

연주회나 전시회에 가면 포스터를 천 원 내지 이천 원에 팔거나, 더러는 거저 나눠 주기도 한다. 전시회 포스터는 작가의 맞선 사진이나 다름없다. 그러니 얼마나 공을 들였겠는가? 전시회뿐 아니라 음악회 포스터에 실린 사진도 근사한 예술 작품이다. 가까운 이웃이 연주회나 전람회에 간다고 하면 포스터를 사다 달라고 적극적으로 부탁하는 것도 좋은 방법이다.

아이와 함께 본 전람회의 포스터는 긴 여운을 남긴다. '엄마 어렸을 적에' 인형극 전시회를 본 후 전시회 화집을 사 보거나 집 안에 화보를 붙여 본 아이들이 보다 오랫동안 그 느낌을 간직한다. 물론 좋은 작품을 골라야 한다. 신문에 실린 비평가의 글을 참고하는 것도 도움이 될 것이다.

아이들이 만든 작품을 소중하게 전시하자

칭찬이 아이들의 창작 의욕을 북돋운다는 것은 상식이다. 그렇지만 그 적용 방법은 천차만별인 것 같다. 아이들의 작품에 대해 입발림으로만 하는 칭찬은 효과가 떨어진다. 부모가 칭찬한 그림이 그 다음날 휴지통에 들어가 있으면 곤란하다. "근사한데. 아빠 오시면 보여 드리자." 말해 놓고 까맣게 잊으면 아이의 어깨가 축 처진다.

어느 화가의 전시회에 갔다. 어려서부터 그를 지켜 본 어른들의 말로는 그가 너댓 살 때부터 자신의 그림을 집에 온 손님에게 선물로 내밀었다고 한다. 그 때 그의 행동을 말리지 않고 격려한 부모님과, 그의 서툰 그림을 기꺼이 받아 준 분들이 계셨기에 그가 화가로 성장할 수 있었을 것이다.

우리 아이의 그림이나 찰흙 반죽은 세상에서 단 하나뿐인 작품이다. '돌리'처럼 복제도 안 되는데…….

좋은 그림책은 빌려 읽지만 말고 사자

그림책은 어린이가 최초로 접하는 예술 작품이다. 잘 그린 그림책은 그 자체가 하나의 예술 작품이다. 아이들은 자기가 좋아하는 그림책을 하루에도 몇 번씩 본다. 책장이 너덜너덜해져서 똑같은 그림책을 새로 살 때도 있다. 그렇게 백 번도 넘게 보는 그림책의 영향이 얼마나 클지 짐작할 수 있다.

그림책의 그림이 예술적 가치가 있는지 일반인들이 쉽게 판단할 수 있는 기준은 무엇일까? 정말 좋은 그림은 비평가가 아닌 평범한 사람들이 봐도 오려서 벽에 붙이고 싶은 마음이 절로 든다. 왠지 들여다보고 있으면 마음이 포근해지거나, 신나거나, 미소짓게 하는 그림……. 마음에 와 닿는 그림이 역시 최고다.

이것만으로는 답이 안 되겠다는 분들을 위해서 화가에게 귀동냥으로 들은 '그림이 좋은 그림책'을 고르는 방법을 몇 가지 적어 보겠다.

색감이 뛰어난 그림책을 보여 주자

외국에서 유학했거나 활동하는 화가, 디자이너에게 가장 힘들었던(혹은 여전히 힘든) 점이 무엇인지 물었다. 이구동성으로 말하기를 무엇보다도 그들의 색감을 따라갈 수 없어서 종종 절망감마저 느꼈다고 한다.

색을 잘 쓴다는 것은 원색을 울긋불긋 배열하는 것이 아니라 다양한 톤의 중간색을 잘 만들어 내는 것이다. 화가들은 밝은 원색만을 쓰는 아이가 심성도 맑은 아이라고 속단하지 않는다. 아직 색감을 터득하지 못해서 그럴 수도 있다고 한다.

노란색을 예로 들면, 원색의 노랑 이외에 이름 붙일 수 없는 수십, 수백

가지의 노랑색을 만들어 적절히 사용할 수 있어야 한다. 프랑스 국립 미술 학교를 나온 화가의 말을 빌리면 색감을 계발하기 위해 두세 가지의 색만으로 그림을 그리는 수업도 있다고 한다. 색을 많이 섞어 보려면 크레파스보다는 물감이나 파스텔이 좋을 것이다.

제인 레이의 『세상은, 이렇게 시작되었단다』(마루벌)[1]에서 수십 가지의 이름 모를 파랑, 갈색과 녹색을 볼 수 있다.

1 ——————
제인 레이 지음, 『세상은, 이렇게 시작되었단다』(마루벌)

세상은 이렇게 시작되었단다.

사물을 바라보는 시선이 다양한 그림책들을 보여 주자

사물을 정면으로 바라보고 그린 그림 외에 위에서 내려다본 그림, 아래에서 올려다본 그림, 대각선으로 본 그림 등 시각에 따라 그림의 구도가 달라진다. 원근법이나 그림자의 처리도 눈여겨볼 만하다. 이런 그림책을 많이 본 어린이는 학습지나 지능 테스트의 단골 문제풀이(예:<보기>의 물건을 밑에서 올려본 그림은 몇 번입니까?)에는 도사다.

리즈베스 츠베르거의 『안데르센 동화』(마루벌)[2]나 『난쟁이 코』(마루벌)에서

2

리즈베스 츠베르거 지음, 『안데르센 동화』(마루벌), 63쪽. 성냥팔이 소녀가 할머니의 품에 안겨 하늘로 올라가는 그림. 대각선 구도를 살린 부푼 치마를 따라 시선도 둥실 떠오른다.

다양한 시각 구도를 경험할 수 있다. 그의 소묘 실력도 탁월하다. 리즈베스 츠베르거는 아동 문학의 노벨상이라 불리는 국제안데르센상을 수상했다. 세계 정상급 일러스트레이터로 평가하는 작가다. 우리나라에도 그의 작품이 여러 권 소개되었다. 동화를 읽고 이렇게 멋진 그림을 그릴 수 있다면 그야말로 대단한 독후감이 아닌가!

여름이 되자, 할머니는 '아! 이제야 책을 읽을 수 있겠구나' 하고 생각했어요.
하지만 과일 따는 일이 기다리고 있었지요.

화면 구성이 다양한 그림책들을 보여 주자

화면 일부분의 축소, 확대, 변형, 여백의 확장 등 장면마다 구도가 변화
무쌍한 그림책이 있다. 그런 책의 화면은 매우 활기차다. 로이크 주아니고
가 그린 『심술이는 용감한 탐험가』(두산동아)는 축소, 확대, 대각선의 시각 구
도 등을 적절히 사용함으로써 '탐험'에 걸맞은 긴장감을 준다. 존 윈치의 『책

3 ———
존 윈치 지음, 『책 읽기 좋아하는
할머니』(파랑새어린이). 과일을 따는
할머니의 얼굴과 손이 두 페이지를

가득 채워 시각적인 긴장감을
준다.

153 >

읽기 좋아하는 할머니』(파랑새어린이)[3]는 확대 그림을 넣어 아이들의 호기심을
불러일으킨다.

입체적인 표현, 얼개 그림이 있는 책들도 보여 주자

외국, 특히 유럽의 그림책을 보면 집이 중요한 배경이 될 경우 얼개 그림
을 꼭 그려 넣는다. 또 건물 안을 입체적으로 표현한 작품들이 많다. 이런
그림을 많이 보면 전체를 조망하거나 입체적으로 사고하는 데 도움이 된다.
『만희네 집』(길벗어린이), 『산토끼 가족의 이사』(두산동아), 『너구리와 도둑쥐』(한
림), 찔레꽃 울타리 시리즈 가운데 『여름이야기』(마루벌) 등이 그런 책이다.[4]

끝으로, 화가들이 신신당부하는 충고가 남았다. 예술에서 가장 중요한 것
인 영감은 인간 세계에 대한 진지한 탐구와 자연과의 교감 속에서 얻어진다.
아이들에게 그림책을 보여 주는 것도 좋지만, 볕 좋은 봄날, 꽃향기를 맡고
꽃비도 맞으며, 이슬 맺힌 거미줄도 구경하고, 개울가에서 발도 담글 수 있
도록 아이들을 자연 속에 던져 놓는 것이야말로 최상의 미술 교육이다.

밀폐된 공간에서 석고 조각상을 앞에 두고 살아 있듯이 생생하게 그리라
는 지도 교사의 이율배반적인 주문에 참담함을 느낄 수밖에 없었던 미술 교
육 풍토를 더 이상 대물림하지 않도록 간절히 빈다.

4 ————
독일의 Oetinger 출판사에서
출간한 『Die neugierige kleine
Hexe(호기심 많은 꼬마 마녀)』(Lieve
Baeten 지음)는 입체적인 그림을 많이
실었다. 특히 면지(표지 바로 뒷면)를
활용하여 주인공이 들어갔던 집을
통째로 조망할 수 있게 한다.

내 아이와
궁합이 맞는
그림책
고르기

독서 교육의 출발점은 아이들이 책 읽는 즐거움을 느낄 수 있도록 돕는 것이다. 아이가 책 읽기를 고통스러워하면 좋은 책을 주어도 소용이 없어 독서 교육이 실패로 끝나고 만다. 자녀가 책과 친구가 되기 바라면 무엇보다도 아이와 궁합이 맞는 책을 선택해야 한다. 여기에는 두 가지 기본 원칙이 있다.

내 아이의 발달 수준을 알아야 한다

발달심리학자들은 인간이면 누구나 공통적으로 거치는 일련의 발달 과정이 있다고 말한다. 가장 이상적인 발달은 신체, 언어, 인지, 정서, 사회성, 도덕성 등 모든 면에서 조화를 이루는 것이다. 발달심리학자들은 연구를 통하여 각 연령에 따라 발달의 표준치를 구하고, 그것을 기준으로 아동 개개인의 발달 정도를 측정한다.

그러나 발달 속도는 저마다 다르다. 모든 아동이 연령별 표준치에 꼭 맞게 자라는 것은 아니다. 언어 발달을 예로 들면 돌 무렵에 말을 시작하는 아이도 있고, 두 돌이 지난 후 비로소 말문이 터지는 아이도 있다. 그럼에도 불구하고 많은 부모가 "우리 아이가 30개월인데, 무슨 책이 좋을까요?" 하는 식으로 질문한다. 그러면 나도 틀에 박힌 대답을 할 수밖에 없다. 아이는 연령의 틀로 찍어 낼 수 있는 국화빵이 아니다. 아이에게 맞는 책을 고르려면 연령보다는 구체적인 발달 수준에 주목해야 한다.

다음은 발달 수준에 따라 책을 고르는 방법이다.

어릴수록 아이의 생활과 일치하는 책을 고른다. 『깐돌이의 까꿍 놀이』(지경사)는 한창 '까꿍' 하고 재롱을 피우는 아기가 흥미를 보이는 책이다. '엄마', '맘마'를 시작으로 사물에 이름이 있다는 것을 알기 시작하면 세밀화로 그린 '보리 아기 그림책' 시리즈(보리)처럼 주변 사물을 보여 주는 그림책에 관심을 가진다. 의성어로 된 동물 그림책도 인기다. 실물과 그림을 나란히 놓고 보여 주면 '사물을 그림과 문자로 표현할 수 있다.'는 점을 점차 알게 된다.

말귀를 잘 알아들으면 이야기 그림책도 볼 수 있다. 이 때는 화면의 그림과 글이 정확히 일치하고, 반복 효과를 살린 그림책이 효과적이다. 『코끼리 형님의 나들이』(한림)[1], 『장갑』(한림)은 이러한 조건에 꼭 맞는 그림책이다.

혼자 심부름을 가려할 때 『이슬이의 첫 심부름』(한림)은 아이에게 용기를 북돋워 준다. 바로 아이 자신의 이야기이기 때문이다.

1 ——————
편집부 편, 나카노 히로다카 지음,
『코끼리 형님의 나들이』(한림)

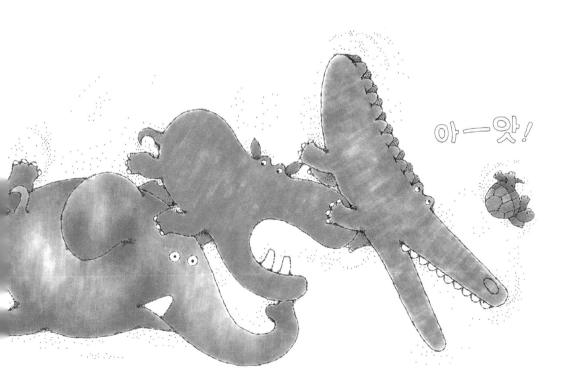

아一앗!

내 아이의 개별성을 고려해야 한다

아이들도 책에 대한 기호가 분명하다. 성별, 취미, 개성, 경험, 자라는 환경 등에 따라 좋아하는 책이 다르다. 한 부모 밑에서 자라는 형제, 자매의 독서 취향조차 제각기 자기 색깔이다. 따라서 아이의 개별적 특성을 인정하고 그림책을 골라야 한다.

개나 고양이를 길러 본 경험이 있는 아이들은 『개구쟁이 해리』(다산기획)나 『우리는 고양이 가족』(시공사)을 좋아한다. 곰 인형을 안고 자는 아이는 『곰』(비룡소)을 끼고 산다.

아이가 유치원에 가면 같은 성의 또래 집단에서 정체성을 찾는다. 성에 대한 사회적 편견에도 노출된다. 성차별은 아이들의 그림책 읽기와도 관련이 있다. 놀이에서 중성적인 특징을 보이는 아이도 그림을 그릴 때는 성차를 드러낸다. 남아들은 제 또래의 사내아이나 로봇을, 여아들은 제 또래의 여아나 공주를 많이 그린다. 특히 만화 주인공을 그릴 때는 남녀 구별이 두드러진다. 성의 구별이 차별로 이어지지 않도록 그림책 작가들이 세심하게 주의해야 한다. 우리 딸들이 늠름하게 자라기를 기원하면서 유치원에 다니는 여아들에게 『씩씩한 마들린느』(시공사)를 권한다.

바깥에서 동년배들과 무리를 지어 뛰노느라 책을 읽지 않는 사내아이들도 온갖 흉악범이 해적으로 등장하는 『즐거운 로저와 대머리 해적 압둘』(시공사)을 좋아한다.

만화책에 빠진 아이들을 책으로 불러들이려면, 만화 형식의 유머가 가득한 그림책이 좋다. 『산타 할아버지』(비룡소)[2]는 기존의 산타클로스가 지녔던 '바른 생활 사나이'의 이미지를 깬 그림책이다. 심통쟁이 산타 할아버지의 인간적인 모습이 웃음을 자아낸다. 로봇 만화에 빠진 아이에게는 산타 할아버지를 도와 선물을 나르는 『슈퍼 스노-맨』(여명미디어)이 적격이다.

학교 생활이 힘든 아이에게 『지각대장 존』(비룡소)이 위로가 된다. 이 책은 긴장되고 억눌린 감정을 풀어주는 데 효과가 있다. 존을 거짓말쟁이라며 무

조건 반성문을 쓰게 하는 선생님도 마지막에 존과 똑같은 방법으로 골탕을 먹는다. 학부모나 교사가 읽으면 좋겠다.

TV나 비디오에 중독된 아이를 책으로 끌어들이기 위해서는 『눈사람 아저씨』(마루벌)과 『으뜸헤엄이』(마루벌)[3], 『우리 할아버지』(비룡소), 『산타 할아버지의 휴가』(비룡소), '찔레꽃 울타리' 시

2

레이먼드 브릭스 지음, 『산타 할아버지』(비룡소)

3

『레오 리오니의 동물우화 Five Lionni Classics』에 담겨 있다.

리즈(마루벌)[4] 등 비디오 테이프로도 출시된 그림책을 고른다. 화면과 배경 음악이 아름다운 작품이다. 그림책과 비디오의 화면이 꼭 같기 때문에 그림책에도 호감을 갖는다. 이 영상물들은 백화점이나 어린이 책 전문 서점, 인터넷 서점이나 홈쇼핑에서 구할 수 있다.

내 아이에게 궁합이 맞는 책은 위의 두 변수가 만나는 지점에 있다. 그 곳에서 책을 고르면 실패할 확률은 최소값이 된다. 이것을 수학 공식처럼 써 보면

4 ————
비디오(혹은 DVD)로는 「가시덤불 울타리」로 나왔다.

내 아이와 궁합이 맞는 책 = 일반적인 발달 과정에서 차지하는 수준 × 개별적인 특성

이다. 비록 모양새는 어설프지만 책 고르기의 '해법'이요, '정석'이니 암기하시기를…….

내
여행　가방
속의
그림책

　외국에 갈 때마다 그 나라의 그림책을 골라 온다. 서점에 진열된 그림책의 종류가 많아 선택권이 넓은 것이 부럽다. 그림책 한 권 값이 만 원이 훨씬 넘으니 내 호주머니 사정으로는 마음껏 사 오기가 힘들다. 제한된 돈으로 책을 사려면 냉정해야 한다.

　첫 번째 책 고르기 작업은 쉽다. 서가에서 일단 별 볼일 없는 책은 잡초를 솎아 내듯이 눈길도 주지 않고, 마음에 드는 책만 골라 쌓아 놓는다. 그런 후 그림과 내용을 꼼꼼하게 살핀다. 마음에 들더라도 한국에 비슷한 책이 있으면 사는 것을 포기해야 한다. 외화를 벌지도 못하는 주제에 낭비할 것까지 없다고 마음을 다잡는다. 지갑에 있는 돈과 책값을 비교하면서 책을 하나씩 뺀다. 최후의 관문을 통과한 책들을 다시 한 번 살펴본다.

　이렇게 골라 온 책을 외국 그림책에 관심 있는 출판사 사람들에게 보여 준다. 수강생에게 보여 줄 때 제일 즐겁다.

　우리 집에는 바퀴와 긴 손잡이가 달려 흔히 '스튜어디스 가방'으로 부르는 여행 가방이 있다. 어느 날 그림책이 가득 담긴 여행 가방을 끌고 대학교 부설 사회문화센터로 강의를 갔다. 조교가 하는 말, "선생님, 여행 갔다가 곧장 오시는 길인가요?" 그래도 이 정도면 양반 대접이다.

비 내리는 날, 그 여행 가방을 질질 끌고 혼자서 음식점에 들어갔다. 질문에 답하느라 세 시간 반을 내리 서서 떠들고 나면, 게다가 차도 두고 온 날 비까지 내리면 정말 만사가 귀찮은 표정이 된다. 점심을 주문하고 멍하니 앉아 있으려니 옆 식탁의 아주머니들이 흘끔흘끔 쳐다본다. 음식 나르는 아주머니도 반찬을 듬뿍 준다. 남편과 싸우고 집 나온 여자로 보이지 않았나 싶다. 그래도 나는 그 가방을 질질 끌고 다니는 일이 여전히 즐겁다.

그림책을 고를 때 염두에 두는 것을 적어 보았다. 이해를 돕기 위해 되도록 우리나라에 있는 책을 예로 들겠다. 그림책들은 다음의 두 관문을 통과해야 내 여행 가방에 실릴 수 있다.

첫 번째 관문 : 그림책을 고르는 최소한의 기준

우선 그림에 주목해야 한다

아이들은 그림책을 반복해서 읽으므로 책 표지부터 뒷장까지 샅샅이 본다. 그림책을 많이 읽어 준 부모는 아이들이 그림 구석에 그려진 조그만 벌레도 찾아내어 즐거워하는 것에 익숙하다. 그러나 보통 부모는 물론 비평가조차 그림책에서 그림보다는 주제나 줄거리에 더 큰 비중을 두는 것 같다. 유려한 문체로 교훈을 전달하는 것만이 목적이라면 다른 문학적 형식을 빌리지 애써 그림책으로 만들 필요가 없다. 그림책은 그림으로 승부를 걸어야한다. 그림이 조잡한 그림책은 아무리 고상한 내용을 담고 있어도 볼 가치가 없다.

좋은 그림책을 고르기 위해서는 그림에 대한 안목을 키워야 한다. '아는 것만큼 보인다.' 이 말은 그림책을 고를 때도 딱 들어맞는 명언이다. 요즘 들어 눈을 현혹하는 현란한 그림책이 많다. 서양의 그림책을 흉내 내어 파스텔 톤의 환상적인 색상을 만든다고 시도했지만 깊이가 없다. 첫눈에 쏙 들어온다고 구입했다가는 낭패를 보기 십상이다. 명화를 감상하고, 그림으로 호평 받는 그림책을 자주 접하다 보면 책에도 선구안이 생긴다.

다양한 크기, 다양한 재질의 그림책을 고른다

손바닥만한 책이 있고, 화판보다 큰 책도 있다. 표지가 폭신폭신한 책이 있고, 향기 나는 책도 있다. 스프링으로 제본한 책이 있는가 하면 천으로 제본한 책도 있다. 펼칠 수 있는 큰 그림이 삽입된 책도 있고, 입체 그림책도 있다. 이런 다양한 책이 있음에도 불구하고 부모들은 손쉽게 구입할 수 있다는 핑계로 외판원에게 전집을 들여 놓는다. 전집은 일단 크기와 편집 방식, 재질에 있어 천편일률적이다.

어린이는 그림이나 내용뿐 아니라 책의 크기, 형태, 재질에도 흥미를 보인다. 다양한 형식의 그림책은 '책은 사각형의 종이로 만드는 것'이란 고정관념을 깨뜨린다. 창의성은 일상의 틀을 깨는 것이다. 아이들 그림책에도 그런 자극이 필요하다. 따라서 전집보다는 단행본을 다채로이 고르는 것이 좋다.

표현 기법을 다양하게 접할 수 있도록 해야 한다

수채화, 유화, 크레파스화, 파스텔화, 콜라주, 수묵화, 사진, 판화, 인형 등 다양한 재료의 그림을 고른다. 또 사실주의에서 초현실주의에 이르기까지 여러 표현 양식을 접할

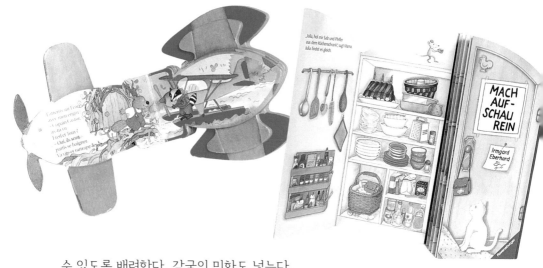

수 있도록 배려한다. 각국의 민화도 넣는다.

지구촌 시대다. 출판인들은 미국이나 일본의 책만을 들여 올 것이 아니라 중국, 남미, 인도, 아프리카 등의 책에도 관심을 가져야 한다. 아울러 우리만의 고유한 표현 양식을 찾아내는 데도 아낌없이 투자해야 할 것이다.

한 작가의 책을 여러 권 사는 것보다 여러 작가의
그림책을 고르는 것이 좋다

피카소가 남긴 수많은 작품이 모두 걸작은 아니다. 고려청자라고 다 골동품으로 높은 가치를 지니는 것도 아니다. 그러니 그림책도 작가의 대표작을 고르는 것이 좋다. 단, 아이가 그 작가의 그림책을 대단히 좋아한다면 더 구입해도 괜찮다.

내친 김에 한마디만 더 하겠다. 혼자서 다양한 주제의 그림책을 한꺼번에 몇 십 권씩 전집으로 출판하는 작가(그가 글쓴이든 그림을 그린이든 마찬가지다.)는 슈퍼맨인가?

출판사의 특징을 알면 도움이 된다

시공사는 미국의 칼데콧상 수상작 위주로 그림책을 내놓고 있다. 한림출판사는 일본의 후쿠인칸 쇼텐사의 그림책을 많이 번역했다. 마루벌은 영국, 프랑스, 네덜란드 등 유럽의 그림책에 강하다. 보림과 재미마주, 길벗어린이는 우리나라 작가들의 창작물에 공을 들인다. 비룡소는 난이도에 따라 단계적으로 묶은 '난 책읽기가 좋아' 시리즈로 주목을 끈다. 각 출판사의 간판스타를 고르는 것도 유용한 방법이다.

해적판은 고르지 않는다

같은 책도 저작권을 지불한 것과 해적판으로 나온 것을 나란히 놓고 비교하면 색감의 차이를 금방 알 수 있다. 해적판은 국가의 위신을 떨어뜨리고 양심 있는 출판사가 설 자리를 잃게 하므로 사지 말아야 한다. 좌판에서 몇천 원 주고 산 옷가지는 세탁비를 들이기도 아깝다. 해적판으로 들여 온 책의 번역에 출판사가 많은 돈을 지불하고 싶을까?

이런 책의 예가 『요린데와 요링겔』[1]이다. 육영사는 이 책을 저작권료를 지불하지 않고 그림만 베껴 출간했다. 밀레의 만종 등을 그대로 베껴 그린 이발소 그림들처럼 조악하기 짝이 없다. 창피한 줄은 아는지 베껴 그린 사람의 이름은 싣지 않았다. 보림은 '위대한 탄생'이란 시리즈로 이 책을 저작권료를 지불하지 않고 복사하여 1989년부터 전집으로 판매하다가 최근에 저작권료를 지불하고 단행본으로 출판하고 있다. 양식 있는 출판사라면 이런 일들을 더 이상 해서는 안 된다.

디즈니 그림책과 애니메이션 그림책도 피하는 것이 좋다

만화는 시각적 충격이 커서 머리 속에 쉽게 각인된다. 디즈니의 「미녀와 야수」나 「백설공주」를 본 사람은 다른 모습의 주인공을 떠올리기 힘들다. 애니메이션 그림책은 훨씬 더 조잡하다. 빛이 주는 효과를 무시하여 그림에 명암이 없다. 색의 농담도 없고 단조롭고 투박하다. 한마디로 미적 감각이 부족하다. 게다가 「세일러 문」, 「닌자 거북이」처럼 만화 영화를 그대로 베낀 책은 애니메이션 그림책에 끼워 주기도 아깝다. 21세기가 문화 전쟁의 시대임을 떠올릴 때 질 낮은 애니메이션 그림책 시장이 커질까 봐 염려스럽다.

앞의 것들은 최소한의 기준이다. 그 다음에는 그림책을 읽고 그림과 내용을 꼼꼼히 살피는 작업이 남아 있다.

1 ─────────────────

(위) 『요린데와 요링겔』(육영사)
(아래) 『요린데와 요링겔』(보림)
두 그림을 비교하면 엉성하게

베껴 그린 해적판과 저작권을 사
정식으로 출간한 그림의 차이를 알
수 있다.

두 번째 관문 : 좋은 그림책 골라내기

그림책은 독특한 갈래의 책이다. 그림책에서 그림은 또 하나의 언어다. 그림은 다른 갈래의 어린이 책에서 글을 보조하는 삽화에 불과하지만 그림책에서는 글과 대등하거나 그 이상의 무게를 지닌다. 좋은 그림은 작가가 전하려는 의미와 느낌을 함축하고 있어 그림만 읽어도 책의 내용을 짐작할 수 있다.

좋은 그림책은 감동을 준다

『내 짝꿍 최영대』(재미마주)[2]는 잘 그린 그림책이다. 아이들로부터 따돌림을 당하는 영대의 심정을 표정과 몸짓으로 잘 표현했다. 특히 친구들이 뛰노는 것을 우두커니 앉아 지켜보는 영대의 뒷모습은 그림작가 정순희의 역량이 잘 드러나는 대목이다. 어깨 너머 영대의 표정을 짐작해 보는 것만으로도 가슴이 저려 온다.

2
채인선 지음, 정순희 그림,
『내 짝꿍 최영대』(재미마주)

뛰어난 그림책은 독창적이다

'숫자 1은 무얼까 맞혀 봐요. 무얼까 맞혀 봐요. 공장 위의 굴뚝 공장 위의 굴뚝…….' 한동안 텔레비전의 어린이 프로에 거의 매일 나오다시피 한 노래다. 숫자 1로 만들 수 있는 것이 공장 위의 굴뚝뿐이랴?

그림책의 노벨상이라 불리는 국제안데르센상의 심사위원인 브라질의 M. A. 쿠나(아동학과 교수)는 창의성의 특징을 '놀라움, 신선함, 아직 아무도 시도해 보지 않은 것'으로 정의했다. 『숫자랑 놀자』(마루벌)[3]는 이러한 정의에 꼭 들어맞는 책이다. 이 책은 1996년 주한 프랑스 문화원이 주최한 도서 전시회에서 그들이 문화 대국의 자존심을 걸고 내세운 작품이다. 전시용으로 비치된 책까지 동이 나는 바람에 늦게 온 관람객들은 포스터를 보는 것으로 만족해야 했다. 기발한 착상, 뛰어난 유머 감각, 고급스러운 색깔 등으로, 지금까지 숫자에 관한 책들이 보여 준 형식을 완전히 뛰어넘은 걸작이다. 그 책을 보고 있으면 숫자가 책 밖으로 튀어나올 것 같다.

수 세기에 관한 독창적인 그림책도 있다. 퀜틴 블레이크의 『앵무새 열 마

3 ──────
마생 글·그림,
『숫자랑 놀자』(마루벌)

리』(시공사)[4]는 주인(교수)의 틀에 박힌 행동에 질린 앵무새 열 마리의 일상 탈출을 소재로 삼아, 수 세기를 숨바꼭질 놀이에 접목했다. 살림살이도 엿볼 수 있다. 집안 구석구석 숨은 앵무새를 찾기 위해서라도 아이들이 수를 세지 않고는 못 배긴다.

구석구석 볼거리가 많은 그림책이 좋다

『산토끼 가족의 이사』(두산동아)[5]처럼 눈길을 끄는 책도 드물다. 책장마다 토끼를 주제로 한 물건들이 등장한다. 당근 추가 매달린 시계, 토끼 발 식탁, 토끼 모양의 주전자……. 이사가는 날, 화면 가득 늘어놓은 토끼 가족의 살림살이에서 작가의 뛰어난 솜씨를 엿볼 수 있다. 장난기 많고 산만한 아이들도 눈을 떼지 못하는 작품이다. 아이들의 창의력을 자극하는 데도 도움을 준다.

앵무새는 여기 숨어 있다.

4 ————
퀸틴 블레이크 글·그림,
『앵무새 열 마리』(시공사)

드디어 이사하는 날입니다. 저나 아주머니는 빨강이와 물돌이 그리고 막내 아들이를 데리고 먼저 떠났습니다. 아빠 산토끼는 이웃 산토끼들의 도움을 받아 수레에 가구들을 싣고 있습니다.
"어이, 상자는 깊어줄이! 어이, 쓰레기는 버리라고!"
싱싱이와 재롱이도 수레에 짐을 싣느라 애를 쓰고 있습니다. 금빛 자전거는 새 집과 옛날 집 사이를 벌써 세 번이나 왕다갔다했습니다.

사실 화법의 그림책은 정확히 묘사해야 한다

『심심해서 그랬어』(보리), 『숲은 누가 만들었나』(다산기획)는 세밀한 묘사가 뛰어난 그림책이다. 『까마귀의 소원』(마루벌)[6]은 이 분야의 그림책 수준을 한 단계 끌어올린 작품이다. 마법의 세계를 연상시키는 독특한 이미지와 빛에 따라 색의 오묘한 변화를 잡아낸 솜씨가 놀랍다. 들꽃, 늙은 까마귀의 낡고 빛바랜 깃털을 올올이 그렸다. 그러나 무엇보다도 이 책의 매력은 늙은 까마귀의 감정을 정밀 묘사처럼 섬세하게 포착한 솜씨다. 특히, 까마귀의 눈동자가 인상적이다. 때로는 지치고, 갈망하고, 생기 있는 까마귀의 감정 변화가 눈동자에 고스란히 담겨 있다. 이 책을 읽고 나면 재수 없는 새로 제쳐 놓았던 까마귀가 친근하게 다가온다.

역사물은 철저한 고증을 거쳐야 한다

우리 전통 문화를 소재로 한 그림책이 많이 출판되었다. 바람직하고 반가운 일이다. 『배무이』(보림), 『한지돌이』(보림)처럼 문화 유산을 소개하려는 확실

한 목표를 가진 책들은 고증에도 심혈을 기울였다. 정
승각의 『까막나라에서 온 삽사리』(통나무)는 그림뿐 아니
라 활자체까지도 전통 기법을 재현했다.

6 ────
하이디 홀더 글·그림, 『까마귀의
소원』(마루벌)

　그러나 옛이야기 그림책들을 보면 우려를 금할 수 없다. 선화 공주와 서
동을 인형으로 제작한 『사랑나라 꽃 대궐』(현암사)의 「서동과 선화 공주」 편에
서 선화 공주의 아버지인 신라 왕이 「용의 눈물」에서 태종 이방원이 입은 곤

룡포를 걸쳤다. 촛대, 기와집, 혼례 가마도 삼국 시대의 것이 아니다. 책방에 가면 이런 그림책이 너무 많다. 이런 책을 볼 때마다 아이들에게 부끄럽고 미안하다.

좋은 그림책은 글과 그림이 논리적으로 연결되어 있다

섬에 표류해 몇 년을 살았는데도 소년들의 옷이 전혀 낡지 않은 「십오소년 표류기」, '폭우로 공주가 비에 흠뻑 젖었다.'는 글과 달리, 여전히 보송보송한 공주의 옷……. 일일이 열거하기도 벅차다.

아이가 어렸을 때의 일이다. 「늑대와 일곱 마리 양」을 보던 아이가, 늑대가 시냇물을 마시려다 빠져 죽는 대목에서 "엄마, 물이 너무 얕아서, 늑대 허리밖에 안 될 텐데, 왜 죽어?" 하고 물었다. 할수없이 "그렇구나. 강바닥을 그리지 말지……." 하고 궁색한 대답을 했다.

그림책도 합리적이어야 한다. 혹자는 '애들이 무얼 그리 잘 안다고?', '동화는 어차피 현실과는 동떨어진 것이니까.' 하고 말한다. 이런 변명은 결코 아이들에게 통하지 않는다. 비록 "슈—퍼맨"을 외치며 3층 난간에서 뛰어내리는 아이들일지라도 자기의 실제 경험에 비추어 제 나름의 논리적 판단을 내린다. 수영장 바닥을 디디고 서 본 아이는 늑대 그림의 오류를 지적한다.[7]

상식을 초월하는 상상력과 상식 수준 이하인 몰상식은 구별해야 한다. 비논리적인 상상은 공상이 아니라 망상이다. 이는 실수라기보다는 무성의요, 아이들을 우습게 보는 처사다. 이런 그림책은 그만 나왔으면 좋겠다.

좋은 그림책은 한마디로 '공들인 책'이다. 작가가 진지한 자세로 정성을 쏟은 그림책은 아이들도 알아본다. 아이들로부터 어른들이 불신 받는 이 시대, 우리에게는 그런 책들이 절실하게 필요하다.

좋은 그림책은 대물림해서 읽을 만큼 가치 있는 책이다. 자신이 어려서 읽던 그림책을 아이들에게 읽어 주는 독일인 아버지를 만난 적이 있다. 모리스 샌닥의 『괴물들이 사는 나라』(시공사)는 표지가 너덜너덜하지만 아이는 아버

지에게 물려받은 그 책을 매우 좋아한다. '대물림할 책을 고른다.'는 마음을
지니고 책을 고르면 누구나 좋은 그림책의 수집가가 될 수 있다.

7 ─────
프랑스에서 출간한 『Plouf!
(풍덩!)』(Philippe Corentin 지음).
늑대가 빠진 우물의 깊이를
실감나게 보여 주고 있다.

책
고르기

외국 어린이 그림책도 지금보다 더 많이 번역되고, 번역본이 아닌 직수입된 어린이 출판물을 동네 서점에서 볼 수 있는 날도 머지않을 것 같다. 이 때 책 고르기에 중요한 또 하나의 기준은 '과연 그 그림책이 우리 아이들이 한국인으로서의 정체성을 갖는 데 해가 되지 않을까?'를 따져 보는 일이다.

세계화 시대에
책을 고르는
또 하나의
잣대

아이들에게 책을 골라 주기가 어렵다는 말을 자주 듣는다. 사실 어린이 독서 교육에서 어른들의 역할은 좋은 책을 골라 주는 것이다. 읽고 받아들이는 것은 아이들의 몫이다. 책을 고르는 일반적인 기준에 대해서는 좋은 그림책 고르기에서 이미 언급한 바 있다. 여기서는 어쩌면 그러한 기준들보다 더 중요할지도 모르는 이야기를 해야 할 것 같다.

지난 1999년 12월 31일, 온 세계의 매스컴에서는 2000년 맞이 행사로 법석이었다. 1999년에서 2000년으로 넘어가는 시각에 이런 생각을 해 봤다. 사람의 삶은, 또 인류의 역사는 일련의 과정인데 1999년이 2000년으로 넘어가는 것이 뭐 그리 대단한 것일까? '100년, 200년…… 1900년, 2000년……' 이런 단위는 날짜나 시간을 구분하기 위한 기준에 불과한 것이 아닐까? 게다가 2000년까지 세는 출발점인 0이 예수의 탄생 년도라니 새 천년 행사야말로 세계화의 중심축이 서구임을 분명하게 상징하는 것이 아닌가? 이런 생각들이다.

어찌 되었든 2000년이 되었고 학자들은 21세기를 정보화의 시대라 한다. 정보화 시대는 인터넷 시대이기도 하다. 현재 인터넷의 중심 언어는 영어다.

그래서인지 신문에서 우리나라의 영어 교육이 국가 경쟁력을 떨어뜨린다고 대문짝만하게 떠들어 댄다. 앞으로 어린이 영어 조기 교육 바람이 폭풍으로 바뀔지도 모르겠다.

외국 어린이 그림책도 지금보다 더 많이 번역되고, 번역본이 아닌 직수입 된 어린이 출판물을 동네 서점에서 볼 수 있는 날도 머지않을 것 같다. 이 때 책 고르기에 중요한 또 하나의 기준은 '과연 그 그림책이 우리 아이들이 한국인으로서 정체성을 갖는 데 해가 되지 않을까?'를 따져 보는 일이다(나는 교조적 민족주의자는 아니다). 벌써 그런 문제들이 보인다.

『연기 자욱한 밤』(보림)이 그런 책이다. 이브 번팅이 쓰고 데이비드 디아즈 가 꾸몄다. 데이비드 디아즈는 이 작품으로 미국에서 전 해에 나온 그림책 중 가장 뛰어난 책에 주는 칼데콧상을 받았다.

이 책이 어떤 주제를 다룬 책인지 소개하기 위해 그림책에 실린 작가 소개 의 글 일부를 인용해 본다.

> 번팅은 쉽게 접근하기 어려운 문제를 사려 깊게 다루는 작가이다. 이 책은 인종 갈등이 빚은 로스앤젤레스 폭동이 아이들에게 어떻게 비칠 것인지, 또 우리가 무엇을 배워야 할지 진지하게 보여 주고 있다 …… 이 책에서 디아 즈는 굵고 검은 선과 과감한 콜라주로 각 장면을 충격적이고 생생하게 묘 사하고 있다.

이 책은 로스앤젤레스 폭동에 관한 그림책이다.

로스앤젤레스에 폭동이 일어났다. 사람들은 마구 부수고 도둑질을 했다. 한국인 김씨 아줌마의 가게도 피해가 컸다. 그 날 밤 주인공 소년(흑인 아이)이 사는 아파트에도 불이 나 심한 연기 속에서 소년은 엄마와 대피해야 했다. 그러나 고양이 자스민은 미처 데려가지 못한 채 다른 사람들과 피난처인 교회로 갔다. 김씨 아줌마도 힘없이 따라 왔다. 김씨 아줌마도 잃어버린 오렌지색 고양이를 찾고 있었다. 오래지 않아 소방대원 아저씨가 자스민과 '크고 뚱뚱하고 멍청한 늙다리 오렌지색 고양이'를 찾아 주었다. 소방대원 아저씨가 고양이들을 발견했을 때, 평소에는 원수처럼 지내던 고양이 두 마리가 겁을 잔뜩 먹고 꼭 붙어 있더란다. 우유를 주자 고양이 두 마리는 같은 접시에서 우유를 함께 먹었다.

"어머, 저것 좀 봐!" 엄마가 놀라서 말했어요. "저 고양이들은 서로 싫어하는 줄 알았는데."
"전에는 서로 잘 몰랐으니까요." 내가 설명했어요. "하지만 지금은 서로 알게 된 거죠."
사람들은 모두 나를 쳐다보았어요. 교회 안은 갑자기 조용해졌고요.
"내가 말을 잘못했어요?" 나는 엄마에게 속삭였어요.
"아니야, 다니엘." 엄마는 손가락을 쭉쭉 잡아당겼어요. 엄마는 어떻게 할지 모를 때면 늘 이랬어요.
"저는 다니엘 엄마예요" 엄마가 김씨 아줌마에게 말을 건넸어요.
"이번 일이 잘 마무리되면, 고양이를 데리고 우리 집에 놀러 오세요. 우리도 저 고양이들처럼 우유라도 나누어 마십시다."
나는 그런 엄마가 정말 우스웠는데, 아무도 웃지 않았습니다.

이야기의 끝은 뻔하다. 김씨 아줌마와 흑인 소년의 엄마의 화해(?)다.
이 책을 보고 도대체 이 그림책을 왜 번역했는지 의아스러웠다. 우선 칼데콧상이라면 다투어 번역하는 출판사들이 문제일 것이다. 하지만 내가 진짜 우려하는 것은 출판인인 어른들이 '과연 그 책이 아이들에게 끼칠 영향을 생각해 보았는가? 이 책으로 아이들이 무엇을 깨닫기 바라는가? 이 책을 읽은 아이들은 어떤 생각을 할까?' 이런 근본적인 물음에 답할 수 있는 사고의 기준을 갖고 있지 않다는 점이다.

이 책을 지은 사람과 번역한 사람에게 몇 가지 질문을 던지고 싶다. 나로서는 이 책을 읽은 아이들이 로스앤젤레스 폭동에 대해 질문할 때, 뭐라고 대답해야 할지 도무지 마련이 서지 않기 때문이다.

첫째, 헌사에 '우리의 치안을 돌보는 분에게'라고 적혀 있다. 로스앤젤레스 폭동의 도화선은 바로 그 치안을 유지하는 백인 경찰관이 흑인을 폭행한 사건 때문이 아닌가? 왜 그들에게 이 책을 헌정할까? 고맙다는 뜻인가? 태도를 고치라는 뜻을 은근히 암시하는 것인가?

둘째, 이 그림책은 로스앤젤레스 폭동을 다음과 같이 정의하고 있다.

> 엄마가 폭동이 무엇인지 말해주었어요. "사람들은 화가 나면 종종 폭동을 일으킨단다. 무엇이 옳고 그른지 생각하지 않고 마구 부수지."

과연 인종 갈등 문제를 이렇게 단순하게 정의할 수 있는지 의문이다. 단순히 흑인들이 화가 나서, 무엇이 옳고 그른지 몰라서 폭동을 일으켰는가? 그러면 인종 차별하는 백인 기득권자들은 무엇이 옳고 그른지 아는 사람들인가? 차별이 없으면 저항도 없는 것 아닐까? 인종 차별을 해소할 수 있는 합리적인 통로가 막혀 있기 때문에 폭력에 의존하는 것은 아닐까? 재판 결과가 나온 후 바로 폭동이 일어났음을 기억해 내기 바란다.

셋째, 여기에 등장하는 중요한 인물은 흑인 소년과 그의 엄마 그리고 가게를 운영하는 한국인 김씨 아줌마다. 주인공 소년은 김씨 아줌마에 대해 이렇게 말한다.

> 김씨 아줌마네 가게는 우리 집에서 가깝지만, 엄마와 나는 거기서 물건을 사지 않아요.
> 엄마가 이왕이면 우리랑 피부빛이 같은 사람이 하는 가게에 가야한다고 했

어요.

김씨 아줌마네 고양이와 우리 고양이는 만나기만 하면 싸워요. 그러면 김씨 아줌마는 내가 알아듣지 못하는 말로 우리 고양이에게 소리 지르죠. 아줌마는 지금도 그 때와 똑같은 말로 물건을 훔치는 사람들에게 소리 지르고 있어요.

하지만 소용없는 것 같아요.

이 그림책을 읽으며 미국인의 눈에 비친 한국인이 어떤 모습인지 떠올리게 된다. '김씨 아줌마는 내가 알아듣지 못하는 말로 우리 고양이에게 소리 지른다'는 표현에서, 미국에 살지만 이물질처럼 동화되지 않은 사람으로 보임을 알 수 있다. 이 책에서는 김씨 아줌마의 고양이를 '크고 뚱뚱하고 멍청한 늙다리 오렌지색 고양이'라고 설명했다. 그리고 그것을 두 번씩이나 강조했다. 혹시 그 고양이가 한국인에 대한 이미지를 은근히 암시한 것은 아닌가?

미국 영화에서 본 장면이 떠오른다. 한국인이 운영하는 가게에 강도가 들었다. 평소 이 가게를 잘 아는 경찰관이 들어오자 강도는 부인을 인질로 잡고 주인에게 경찰을 따돌리라고 했다. 경찰이 주인에게 부인이 왜 보이지 않느냐고 안부를 묻자 주인은 부인이 아파서 못 나왔다고 했다. 그러자 경찰이 속는 척하고 나가면서 동료 경찰에게 다음과 같이 말한다. "그 한국인 아줌마는 죽지 않는 한 절대로 안 나올 리 없다. 그러니 강도가 든 것이 분명하다!" 그들에게 비친 한국인은 죽기 살기로 돈만 버는 억척스런 사람이 아닐까?

아이들이 한국인으로서의 자긍심이나 정체성을 갖기 전에 외국인들이 보는 한국인의 부정적인 면 혹은 선입견을 여과 없이 그대로 가르쳐야 할까?

넷째, 이 책을 읽으면 로스앤젤레스 폭동이 흑인과 한국인의 갈등 문제로만 보인다. 로스앤젤레스 폭동의 발단이 흑백 갈등이었지만 원래 흑인이 한국인에게 품은 불만이 그 참에 폭발한 것이라고 말하는 외국인들도 많다.

유럽의 언론에서도 그렇게 보도했다고 한다.

흑인을 상대로 돈을 벌면서 마치 백인인 양 흑인들을 무시하거나 흑인 사회와의 관계 개선에 소홀했던 점은 우리도 반성해야 한다. 하지만 로스앤젤레스 폭동에서 한국인들은 흑백 갈등의 피해자다. 로스앤젤레스의 흑인들은 백인 주거구역을 둘러싼 치안의 벽을 넘지 못했고 그 분노가 한인 거주 지역으로 옮겨갔다. 백인들은 폭동의 진압에 소극적이었다.

로스앤젤레스 폭동은 여성 문제와 비슷해 보인다. 차별의 원인은 남성 중심의 가부장제에 있는데 시어머니와 며느리, 시누이와 올케가 머리끄덩이 휘어잡고 싸우는 모습이다. 백인 사회인 미국에 먼저 와 대대로 차별 받는 흑인과 나중에 그곳에 이민 온 한국인이 바로 그 시어머니와 며느리, 시누이와 올케 같다. 근본적으로 따져 보면 둘 다 피해자 아닌가?

다섯째, 나는 이 책의 저자가 백인인지 흑인인지 무척 궁금하다. 그가 흑인이라면 이 책은 폭동이 일어났을 때 한국인들에게 저지른 약탈에 대한 흑인들의 반성으로도 볼 수 있다. 그러나 그가 백인이라면 로스앤젤레스 폭동을 흑인과 한국인의 갈등으로 몰고 간 미국의 기득권자들의 모습을 단적으로 보여 주는 것에 불과하다. 이 책이 칼데콧상을 탄 것은 미국에서 이런 시각이 받아들여진다는 의미일 것이다. 그리고 다른 나라의 어린이들도 이 그림책을 볼 것이다.

우리는 누구인가? 로스앤젤레스 폭동이 이런 모습으로 그려지도록 내버려 둬도 되는 사람인가? '그러게 제 나라 버리고 남의 나라에 가서 살랬나?' 이런 마음인가? 이 책에 항의하는 또 다른 책을 만들어도 시원찮을 마당에 저작권료를 물면서까지 우리 아이들에게 이 책을 읽도록 하는 사람은 도대체 어떤 생각을 가지고 있는가? 정말 궁금하다.

참, 이 책을 쓸 곳이 있기는 하다. 언젠가 대학교 수업 시간에 꼭 써 볼 생각이다. 주제는 『연기 자욱한 밤』이 과연 로스앤젤레스 폭동을 공정하게 평가하고 있는가? 이런 왜곡된 평가가 퍼지는 원인은 무엇인가? 한국인들은 이 문제를 어떻게 대처해야 하는가?' 이런 것들로 토론을 해 봐야겠다.

하지만 어린이들에게는?

세계화 ≒ 범미국화! 속도 없이 덩달아 춤추지 맙시다.

고궁 답사를
위한
책 고르기

서울에는 조선 시대의 궁궐[1]이 모여 있다. 고궁은 그 아름다움과 고고함 때문에 항상 가고 싶은 곳이다. 아이들과 함께 한 곳만을 구경하는 것도 좋지만 하루에 다 돌아보는 것도 특별한 맛이 있다.

조선의 궁궐에는 일정한 양식이 있다. 건물의 배치, 단청의 채색 등 세세한 부분까지 풍수와 유교 사상이 깃들어 있다. 하루에 다섯 곳을 돌면 조선조 궁궐이 갖는 공통점이 한 눈에 보인다. 왕실의 중요한 행사를 여는 곳을 항상 정전이라 하고, 왕이 걷는 길은 신하가 걷는 길보다 높게 도드라져 있으며, 연못 가운데는 작은 섬이 떠 있는 등, 어디를 가나 한결 같은 양식이 있다. 예술 작품에 대한 배경 지식이 있으면 감상도 깊어지는데, 궁궐도 예외일 수 없다.

봄 방학은 고궁 답사를 하기에 최고로 좋은 시기다. 겨울이라 관람 인파에 시달리지 않는다. 또 겨울에는 앙상한 나뭇가지 사이로 궁궐이 제 모습을 완전히 드러내고, 꽃이나 다람쥐 등 곁눈질거리가 없어서 궁궐에만 집중할 수 있다. 게다가 삼일절에는 조선 왕조와 관련된 기획물을 TV에서 방송한다. 1997년에는 「종묘 너구리」와 「명성황후」 특집이 있어 답사의 효과가

1 ————
경복궁, 창덕궁, 창경궁, 덕수궁, 경희궁을 조선 시대 5대 궁궐이라 한다. 그러나 경희궁 대신에 종묘를 넣는 것이 더 일반적이라고도 한다.

한층 더 컸다. 뮤지컬 「명성황후」도 이 때쯤 공연한다. 답사일 전후에 관람하면 잊지 못할 답사 여행이 될 것이다.

답사에는 철저한 준비가 필요하다. 창덕궁의 내국인 입장 시간, 겨울철 궁궐 개방 시간을 알아야 한다. 지도책을 보고 다섯 궁궐의 답사 순서와 연결 교통편을 결정해야 한다. 도시락, 음료수 등 준비물과 복장도 정해야 한다. 일기 예보도 들어야 한다. 이 모든 것을 아이들이 의논해 정한다. 지적 순발력이 필요한 작업이다.

창덕궁을 뺀 나머지 궁궐의 안내를 아이들에게 맡겨 보자. 안내자는 책을 보고 연구를 해야 한다. 넓은 궁궐 중 어느 곳을 보여 줄지 정해야 하고 지도를 보며 위치도 확인해야 한다. 안내를 하려면 수첩에 간단히 설명을 적어 놓아야 할 것이다. 여행 정보지에 나온 토막기사로는 안내자 역할을 잘 할 수 없다. 각 궁궐을 소개한 단행본을 읽어야 한다. 이 과정에서 아이들은 적어도 한 궁궐에 관한 전문가(?)가 될 수 있다.

서점에 가면 서울의 고궁에 관한 단행본이 많이 나와 있다. 대원사의 '빛깔 있는 책' 시리즈와 열화당의 '한국의 고궁' 시리즈가 있다. 열화당의 책은 미술 서적 전문 출판사답게 화보가 좋다. 두 책은 비교적 내용이 충실하나 아이들에게는 좀 어렵다.

가끔 월간지나 여행 잡지에 고궁에 관한 기사가 실리는데 때로는 웬만한 단행본보다 낫다. 1997년 『월간조선』 9월호 별책 부록인 「서울의 궁궐」에는 5대 궁궐의 도면과 역사 연대표가 실렸다. 다른 책보다 화보도 좋고, 설명도 쉽고 자세해 그 이듬해 답사 때 참고 자료로 썼다.

초등학교 어린이를 위한 답사 관련 책이 많이 나와 있는데 그 가운데 초등학교 6학년 어린이와 아버지가 발로 뛰면서 쓴 『차차차 부자의 고궁 답사기 1, 2』(미래M&B)가 가장 돋보인다. 이 책은 차준용 어린이가 초등학교 2학년 여름 방학부터 5학년 여름 방학 때까지 우리나라의 전통 문양을 관찰하기 위해 고궁을 답사한 기록을 정리해 두 권으로 묶은 것이다. 이 책은 답사기의 좋은 본보기가 된다. 아이들의 눈높이에서 시시콜콜한 궁금증부터 전문적인 내용까지 쉬운 문체로 잘 썼다. 자료나 화보도 알차다. 무엇보다도 책을 읽은 아이들은 이 책을 제 또래의 어린이가 쓴 것에 자극받을 것이다. 서울에 살지 않는 어린이도 이 책을 읽으면 당장 답사를 떠날 수 있다.

지방에서 서울로 여행을 떠나는 어린이에게 고궁은 물론 서울의 볼거리를 화보와 함께 소개한『서울 탐구 여행』(교학사)을 권한다. 외국에서 여행 온 교포 어린이들이『한눈에 보는 우리나라』(삼성출판사)를 읽으면 짧은 일정에 여행지를 고르는 데 도움이 된다. 세계 속의 우리나라, 종교, 교육, 상업, 민속놀이, 음식, 각 지방의 지도, 생활 등 우리나라를 이해하는 데 필요한 대략적인 상식과 볼거리가 많이 실렸다. 그밖에『역사 신문』(사계절) 제 3권의 경복궁 기사와『유적 박물관』(웅진)의 관련 기사를 읽는 것도 도움이 된다. 자료야 많으면 많을수록 좋으니까.

드디어 궁궐 답사를 떠난다. 창덕궁 한 곳만을 구경해도 다리가 아프니 적어도 초등학교 5학년 이상의 신체 건강한 아이들이어야 한다. 처음에 신나서 걷던 아이들도 나중에는 다른 궁궐로 건너갈 때 택시를 타자고 조른다. 답사가 처음이라면 아이 3~4명마다 어른 1명이 도우미로 따라가는 편이 나을 것이다.

답사를 하는 날 어른이 반드시 지켜야 할 규칙이 있다.

첫째, 안내를 맡은 아이에게 모든 것을 맡겨야 한다. 처음이라 쉽지 않을 것이다. 안내할 곳을 찾지 못해 헤매는 경우도 있고 지름길을 두고 멀리 돌아가기도 한다. 이럴 때 도와 주거나 재촉하지 말아야 한다. 다른 아이들이 안내자의 지시를 따르지 않을 때 교통 정리를 하는 것만으로도 어른의 역할은 충분하다. 아이들은 시행착오를 통해 배운다. 자기가 길잡이 역할을 해봄으로써 지도자의 역할이 얼마나 중요한지 실감하게 된다. 또, 다음 답사에 보완해야 할 것도 스스로 깨친다.

둘째, 하루에 대단한 지식을 얻으리라는 조바심을 갖지 말아야 한다. 어른들에게는 '본전을 뽑아야 한다.'는 강박 관념이 있다. 그래서 박물관에 가면 하나라도 더 보라고 채근한다. 마라톤을 처음 시작한 선수는 완주만으로도 감격스러울 것이다. 아이들의 고궁 답사도 그런 마음으로 바라보는 여유가 필요하다.

며칠 뒤에는 뒤풀이를 한다. 답사를 다녀 온 소감과 문제점에 대해 이야기를 나눈다. 간단하게 답사기를 써 보는 것도 좋겠다. 자료와 찍어 온 사진들을 정리한다. 그 뒤에 신문기사 등 지속적으로 자료를 수집하면 훌륭한 책이 된다. NIE(Newspaper In Education : 신문을 활용한 교육)도 별 게 아니다.

그리고 일 년 뒤 같은 곳에 또 간다. 일 년 새 아이들이 부쩍 자란 모습을 발견할 것이다. 인스턴트 지식이 판을 치는 시대에 아이들에게 곰삭은 젓갈과 며칠을 두고 우려낸 곰탕과 같이 깊은 지식의 맛을 가르쳐 주는 것이야말로 우리 어른들의 역할이 아닐는지.

올해도 아이들과 고궁을 순례할 것이다. 일정을 마치고, 아픈 다리를 주무르면서도 모두가 완주했다는 성취감에 들떠 환하게 웃는 아이들의 모습은 조선 궁궐에 못지 않은 걸작이다. 그 모습을 놓치기 아깝다.

엄마,
부처님
맨발이네

우리 집에서 지하철을 타고 한 정거장을 가면 경복궁이 있다. 휴일 경복궁을 거닐다 보면 꼬마들과 나들이 온 젊은 부부들을 쉽게 만난다. "○○아, 근정전은 대궐의 큰 행사를 하는 곳이야. 또……." 목청을 드높이는 부모와 따분한 표정을 짓는 아이의 실랑이가 애처롭다. 나도 저런 시절이 있었지. 옛날 생각에 웃음이 나온다.

몇 년 사이에 문화 유적 특히 고궁 관련 책이 부쩍 늘었다. 나 또한 평소에 '아는 만큼 보인다'는 말을 즐겨 쓰지만, 고궁에 갈 때마다 고즈넉한 분위기를 느끼도록 배려하기보다 유물의 이름 하나라도 더 알도록 채근하는 어른들을 보면 다시 가장 기본적인 질문을 던지지 않을 수 없다. TV로 보면 더 편안할 것을, 왜 아이를 고궁에 데리고 오고 싶었을까? 그 물음은 '왜 나는 내 아이가 책을 가까이 하기를 원할까?' 바로 이 질문과 연장선에 있다. 다행스럽게도 나는 일찌감치 그러한 물음과 마주할 수 있었다.

아이는 일찍부터 어른 뺨치게 말을 잘했고 질문도 많았다. 눈에 넣어도 안 아플 내 새끼가 똑똑하기까지? 육아 책에도 끊임없이 지적인 자극을 주라고 써 있으렷다. 풋내기 엄마는 사명감에 불타올랐다. 꼭두새벽에 나가

한밤중에 퇴근하던 남편 탓에 아이와 여행을 못 가는 것이 점차 스트레스로 다가왔다.

그러던 어느 날, 남편을 윽박질러(?) 속리산으로 떠났다. 내 머리 속에는 1박 2일의 여행에서 건질 것은 다 건지자는 완벽한 청사진이 있었다. 초파일이 다가오지. 연등, 석탑, 불상…… 볼거리가 엄청나게 많을 거야. 정이품송도 보여줘야지. 역시 엄마는 무조건 똑똑해야 돼(어느 분유 광고에서 나온 말인가?).

아니, 서울 사람들이 다 나왔나? 길이 꽉 막혔다. 지친 아이는 곯아떨어지고, 우리는 저녁도 굶은 채 한밤중에야 간신히 속리산에 도착했다. 길바닥에서 하루를 완전히 날린 셈이다!

다음 날, 서둘러 아침을 먹고 법주사에 갔다. 거대한 불상을 보는 순간 아이가 외쳤다.

"부처님 양말 벗었네. 맨발이다!"

으이그, 임마, 부처님이야 당연히 맨발이시지……. 전날 맨발에 슬리퍼 차림으로 운전하던 남편을 보고 "아빠도 맨발, 나도 맨발." 하며 놀던 아이의 관심사는 오로지 '부처님의 발'이었다. 그러고는 모래를 주무르고, 전날 내린 비로 외출한 지렁이, 달팽이와 노는 것이었다. 참혹한 패배감과 배신감. 내 공든 탑이 벽돌 하나 쌓아 보지 못한 채 와르르 무너져 내렸다.

심리학 시간에 졸았냐? 전조작기(만 2~6세) 아동에게는 뒷산 약수터 정자나, 경복궁이나, 법주사나 다 그게 그거라고 했잖냐, 이 밥통아. 피아제(인지발달론의 대가)가 뒤통수를 후려친다. 차라리 뒷산에나 갈 걸.

그 날 이후 장거리 여행은 삼가고 근교 숲이나 고궁으로 나들이를 다녔다.

삶이 고단할 때면 나는 경복궁에 간다. 고궁에는 넉넉함이 있다. 야트막한 담장 너머로 하늘이 열려 있다. 완만한 기와집들은 시골집이 주는 포근함이 있다. 흙 밟는 느낌도 새롭다. 아이는 향원정 앞에서 잉어와 비둘기에게 먹이를 던지며 마냥 즐겁다. 가만히 심호흡을 해 본다. 완벽한 휴식이다.

아이에게 고궁이나 유적은 지식으로 가르칠 대상이 아니다. 환경이요, 분위기다. 구구한 역사적 설명을 접어두고 편안한 마음으로 자주 가다 보면 아이들도 고궁의 차분하고 고고한 맛을 즐기게 된다.

내 키보다 훌쩍 큰 어느 날, 젊은 시절 내가 그랬던 것처럼 가랑비 내리는 고궁 처마 밑 툇마루에 앉아 자신의 삶과 진지하게 마주할 내 아이의 모습을 그려 본다. 내가 아이의 손을 잡고 고궁에 가는 진짜 이유다.

서양 문명의
뿌리,
신화를
읽자

　방학이면 나는 망중한(忙中閑)과 정중동(靜中動)의 교차점에 있다. 내게 방학은 재충전의 시간이다. 하루 종일 집 안에 파묻혀 책을 읽는다. 어린이 책, 소설, 전문 서적 등 학기 중에 벼르던 책을 읽으며 지난 시간을 되돌아보고 다음 학기를 준비한다. 좋은 책의 단 한 구절에 그 동안 뿌옇던 시야가 확 트이는 깨달음을 얻기도 한다. 그런 책을 한 권이라도 벗하면 방학 동안의 긴 칩거가 헛되지 않다.

　어린이 책과 관련된 일을 한다고 아동 도서만 읽으면 시야가 좁아진다. 아이들은 세상 속에 살고 있다. 그들은 매일매일 자란다. 어린이를 가르치는 사람은 그들의 미래에 대해 관심을 가져야 한다. 그들이 미래에 읽어야 할 책도 마찬가지다. 천지간에 널린 책을 읽고 알곡을 추리는 작업은 내게 매우 소중한 일이다.

　해마다 『동인 문학상 수상 작품집』이 나온다. 심사 년월을 기준으로 지난 일 년 동안 각 문예 월간지나 계간지에 발표한 중·단편 가운데 우수 후보작을 고르고, 그 중에서 다시 수상작을 결정한다. 이 작품집을 읽으면 십여 명의 개성 있는 작가를 만날 수 있다. 그들의 작품을 읽고 생각의 흐름을 따라가는 것도 글공부가 된다.

1998년에는 이윤기 선생의 「숨은 그림 찾기 1」이 수상작으로 뽑혔다. 그분은 당대 최고의 번역가다. 『장미의 이름·상, 하』(열린책들)를 읽으며 움베르토 에코와 그분이 찰떡궁합이라고 생각했다.

이윤기 선생이 아이들을 위해 번역한 『트로이아 전쟁과 목마』(국민서관)[1]와 『오뒤세우스의 방랑과 모험』(국민서관)을 소개한다. 이미 별자리 이야기나 꽃에 얽힌 전설을 많이 읽어 그리스 신화가 낯설지 않은 청소년 독자들이 읽으면 좋겠다. 물론 어른이 읽어도 재미있다.

글쓴이 로즈마리 섯클리프는 존 로 타운젠트가 『어린이 책의 역사』(시공사)에서 역사물을 잘 다루는 작가로 평했다. 앨런 리의 그림도 웅장함과 동시에 섬세하다. 아이들에게 이 책을 소개할 때 글쓴이와 그린이가 모두 여성이라고 일러 준다. 아이들은 의외라는 표정을 짓는다. 그도 그럴 것이 전쟁 이야기는 남성의 전유물로 생각하는 고정관념이 있으니까.

역자 후기에, 그리스 로마 신화를 읽어야 하는 이유와 앞으로 무엇을 더 읽어야 할지 친절하게 소개한 것도 다른 번역서와 달리 돋보이는 점이다. 신화에 관한 한 당대 최고수가 번역한 책을 읽을 흔치 않은 기회가 될 것이다.

1

로즈마리 섯클리프 지음, 『트로이아 전쟁과 목마』(국민서관). 웅장한 그림으로 신화의 각 장면을 그려 냈다.

내가 중학교에 다닐 적에는 '자유교양대회'(전혀 자유롭지 않지만)가 있었다. 학년마다 반드시 읽어야 할 책을 방학 숙제로 내 주었다. 가을에는 학교 대항의 경시 대회가 전국적으로 열렸다. 한 학년에 대여섯 명이 대표로 참가하는데 나도 그 속에 있었다. 오전 수업만 하고 빈 교실에 모여 시험에 나올 책들을 몇 번이고 샅샅이 읽어야 했다. 모의고사도 치렀다. 그 때 시험 본 책 가운데『그리스 로마 신화』와 동양의 고전들이 실린『동방교양문선』등 동·서양의 고전이 들어 있었다. 하여간 그 덕(?)에 그리스 로마 신화를 통째로 삼킨 셈이다.

그 후 고등학교 2학년 때 세계사 선생님을 잘 만나서 다시 한번 그리스 로마 신화에 대해 단련했다. 서양 문화를 이해하려면 그리스 로마 신화와 기독교를 모르면 안 된다고 하시며 신화에 나오는 신들의 이름을 그리스어와 영어로 달달 외우도록 주문하셨다. 게다가 가톨릭 재단에서 운영하는 학교에 다녀 성경은 기본이었고, 음악 시간에 처음 배운 노래도 미사에서 부를 성가였으니 서양 고전에 입문할 최소한의 기본은 맛을 본 셈이었다. 그 덕에 대학에서 서양 미술사를 쉽게 들었다.

중학교에 들어가는 아이들에게 그리스 로마 신화를 꼭 읽으라고 권한다. 신화를 읽음으로써 인간의 천태만상을 들여다 볼 수 있다. 동서고금을 막론하고 신화가 사랑받는 이유다.『소설로 읽는 그리스 로마 신화』(솔)와『먼 나라 이웃나라』(김영사) 제 1권으로 복습을 시킨다. 제우스 일가의 족보도 제우스(그리스어) − 유피테르(로마어) − 주피터(영어) 식으로 가르쳐 준다. '제우스는 알지만 주피터는 모르겠는데요.' 하면 정말 곤란하다.

그리스 로마 신화는 여러 출판사에서 출간되었다. 내 아이를 위해 고른 그리스 로마 신화 책을 몇 권 소개한다. 그리스 로마 신화는 여러 출판사의 책을 거듭 읽어도 절대로 손해날 것이 없다. 드니 랭동이 자녀를 위해 쓴『소설로 읽는 그리스 로마 신화』를 권했을 때 재미없다는 중학생은 아직 한 명도 못 만났다. 미하엘 쾰마이어의『신그리스 신화·1, 2, 3』(현암사)은 독자에게 옛날 이야기를 들려 주듯 썼다. 글 사이에 작가의 느낌을 적어 퀼마이어와 대화를 하듯 읽을 수 있다. 부록으로 딸린 화보집 『명화로 보는 신그리스 신화』도 놓치기 아깝다. 프랑스의 갈리마르 출판사에서 낸 『그리스 로마 신화』(미래M&B)는 신화와 함께 그리스 로마의 생활사도 함께 실었다. 이야기마다 출처를 밝혀 원전을 읽고 싶은 독자에게 충실한 길잡이가 된다. 책 뒤쪽에는 「도움이 되는 책들」이라 하여 우리나라에서 번역한 그리스 로마 신화 관련 서적들을 소개했다.[2] 이 출판사 편집부는 독자에게 어떻게 봉사해야 하는지 제대로 아는 것 같다. 처음부터 끝까지 원색 화보로 꾸며 '눈으로 즐기는 세대'에게 흥미를 불러 일으킬 수 있다.[3] 기왕에 말이 나온 김에 오비디우스의 『변신이야기』(민음사)도 권한다. 값이 만만치 않지만 친한 어머니들께는 거의 우격다짐으로 권하는 책이다.

자녀의 독서가 한 단계 비약하기 바라는 부모께서는 중학교 자녀들에게 서양 고전에 관한 한 제일 먼저 그리스 로마 신화부터 읽도록 권해야 할 것이다. 그 이유는 이윤기 선생의 수상 소감 첫 부분을 요약하는 것으로 대신하겠다.

많은 사람들로부터, 왜 일찍이 금치산 선고가 내려진 고대 종교에 그토록 집착하느냐는 질문을 받을 때마다, 아이들에게 낯선 곳에서 부모의 손을 놓치면 손을 놓친 바로 그 자리에서 가만히 기다려야 한다고 이르곤 했던 기억을 떠올렸다. 신화나 고대 종교가 서 있는 자리는, 내가 어머니, 아버지의 손을 놓친 바로 그 자리였다. 나는 그 자리를 오래 뒤졌다.

2

도움이 되는 책 목록 가운데 '청소년과 아동을 위한 책'에 두 권을 추가해야겠다. 웅진 어린이 디스커버리 문고 제 71권 『그리스인의 생활』(웅진)은 갈리마르 출판사에서 나온 성인용 디스커버리 총서(시공사)의 어린이 판이다. 미래 M&B에서 나온 갈리마르 시리즈(본문에서 소개)보다 더 쉽다. 신화보다는 그리스인의 생활을 소개한 책이다. 신화와 함께 읽으면 도움이 된다. 이 책을 단행본으로 구할 수 없어서 아쉽다. 도서관에서 보시기 바란다. 시공사의 그림책 『그리스 신화』도 괜찮다. 두 권은 이 글에서 소개한 책들보다 좀 더 쉽게 썼다. 첫 독자들은 이 책으로 그리스 신화에 발을 들여놓는 것이 좋겠다.

3

미래 M&B에서 번역한 갈리마르의 다른 책들, 『구약성서 이야기』, 『신약성서 이야기』, 『세계의 종교 이야기』도 권할 만하다. 아쉽게도 이 글에서 동양의 신화에 대한 책을 싣지 못했다. 동양의 종교나 신화에 대한 좋은 책들이 많이 쏟아지기 바란다.

보고도
찾을 수
없는
식물도감

　가정 독서 지도 중급반 수업 과정에 '글감 찾기'가 있다. 글감이 없어 글을 쓸 수 없다는 아이와, 자녀에게 들려 줄 이야깃거리가 없다는 어머니를 위한 시간이다. 어렸을 적 뛰놀던 동네, 실수, 내게 의미 있는 물건, 아이가 자랄 때의 모습 등을 하나하나 나열해 본 다음 그것에 얽힌 추억을 엮어 나간다. 실화를 바탕으로 한 영화가 재미있고 감동도 진하듯, 아이들도 부모가 들려주는 '진짜 이야기'에 더 솔깃해 한다.

　어머니들이 가장 많이 떠올리는 추억거리는 '살아있는 자연'이다. 도시에서만 자란 어머니들에게도 공통적으로 나타나는 현상이다. 집에서 키우던 닭, 산에서 따먹던 열매, 바닷가, 논두렁에서 본 뱀……

　나도 마찬가지다. 유원지에 놀러 간 경험은 빛바랜 사진으로 남아 있을 뿐 전혀 기억나지 않는다. 그러나 송추 계곡에 발 담그던 일, 수원의 딸기밭 주인이 기르던 불독, 우리 집 담장 너머에 있던 옥수수 밭은 지금도 또렷이 기억한다. 이걸 향수라고 부르는 게지.

　서울에 태어나 줄곧 자랐지만 운 좋게도 중학교 때까지 우리 집 옆은 풀로 무성한 들판이었다. 메뚜기, 잠자리, 강아지풀은 기본이고, 개구리참외 밭도 있었다. 그 들판을 가로지르며 별이 총총할 때까지 놀던 추억은 바로

'행복'이다.

아이 또한 운이 좋았다. 아이는 연세대학교 안에 있는 어린이 생활지도 연구원에 다녔다. 연구원 건물 뒤 언덕 너머에 청송대(聽松臺)라 이름 붙은 숲이 있다. 연구원 수업이 한 학기마다 오전, 오후반으로 나누어지기 때문에 오후반일 때는 동네 아이들이 유치원에 간 오전 시간에 집에서 혼자 보내야 한다. 연구원 학부모 중에는 직장에 다니는 어머니는 물론 시간제로 일하는 어머니들이 많았다. 유치원 마당에서 친해진 두 어머니와 함께 요일을 정해 번갈아 아이들을 돌보기로 했다. 품앗이 육아(?)는 우리가 원조가 아닐까 싶다. 내가 맡은 일은 아이들과 청송대에서 뛰노는 것이다. 얼마 지나지 않아 두 집에 있는 나머지 아이들(오빠, 언니)도 합세했다. 이른바 금요일 청송대 모임이 생겼다.

우리는 금요일마다 별이 총총할 때까지 놀았다. 유치원 동생들이 청송대에서 먼저 터 잡고 있으면 누나와 형이 학교가 파하자마자 헐레벌떡 뛰어온다. 그 곳에서 아이들이 한 놀이를 적어 보면, 아카시아 잎을 손가락으로 팅기기, 고무줄, 사방치기, 그저 숲을 헤매며 뛰어다니기, 정원 가꾸기, 술래잡기, 개미집 뒤지기, 도토리 줍기, 가재잡기(아이들 덕분에 청송대 개울에 가재가 있다는 것을 알았다. 잡은 가재는 학교에 가서 친구들에게 보여 주고 다시 개울에 놓아 주었다.), 민들레와 토끼풀로 팔찌 만들기, 보물 지도에 따라 보물 찾기, 조촐한 생일 잔치, 청송대 지도 만들기……. 헤아릴 수 없이 많다.

처음에는 꽃잎을 따고 개미집을 헤집던 아이들이 점점 보고 만족하는 쪽으로 태도를 바꾼 것을 보면 자연을 많이 접한 아이들이 자연 보호에도 앞장 서게 되는 것 같다.

아이들은 청송대에서 가장 마음에 드는 나무를 골라 제 이름을 붙였다.

얼마 전 5학년이 된 아이와 오랜만에 청송대에 갔다. 무악 극장을 현대식으로 바꾸느라 청송대 언덕에 시멘트 포장길을 내고 나무 계단도 시멘트로 바꿨다. 아이들 이름을 붙인 나무들, 버찌가 주렁주렁 열리던 벚나무도 다

베어 냈다. 그 자리에 청송대란 이름 값을 하라고 소나무를 심었다. 아이는 실망을 감추지 못했다. 아이가 물었다. "엄마 뱀딸기는 어떻게 되었을까?" 그래도 생명은 질긴 법, 갈아엎고 파헤친 구석에서 뱀딸기가 드문드문 보였다. 머지않아 다시 뱀딸기 천지가 되리라.

아이 다섯의 우정도 각별했다. 아이는 그 때 놀던 친구의 오빠를 아직도 '대장'이라 부른다. 지금은 중학생인 대장이 초등학교 6학년 때 일기장에 대략 다음과 같이 썼다.

'내 인생에서 가장 잊지 못할 즐거운 추억은 청송대에서 뛰놀던 시절이다. 내게 그보다 행복한 시절이 다시 올 것 같지 않다……'

아이들과 청송대에서 노는 틈틈이 어린이용 식물도감 몇 권을 들고 풀꽃 이름을 찾아보았다. 결과는 실망! 도무지 식물도감으로는 청송대에 있는 풀 이름을 알아내기 힘들었다.

청송대에서 한참 뛰어놀던 해에 '한국의 자연 탐험'이 전집으로 출간되었다. 『봄에 피는 꽃』(한국의 자연 탐험 56, 웅진)을 어렵사리 낱권으로 샀다. 풍경화 집인지 식물도감인지 정체를 모르겠다. 예를 들면 '꽃다지'를 군락으로 촬영해, 내 눈 앞에 실물을 갖다 놓아도 그것이 꽃다지인지 알 수 없을 지경이었다. 식물도감을 들고 낚시터며 이곳저곳을 헤매 본 경험에 비추어 보면 꽃다지나 냉이와 비슷하게 생긴 들풀은 널려 있다. 산개나리꽃을 소개했으면 그것이 동네 개나리와는 어떻게 다른지 나란히 확대 사진을 찍어 주면 좀 좋을까. 서양민들레 사진 밑에는 '서양민들레는 우리 민들레와 달리 꽃받침이 뒤로 젖혀집니다'라고 썼다. 사진을 찍는 김에 둘을 나란히 비교하면 얼마나 좋을까? 매실나무, 왕벚나무, 사과나무, 배나무, 복숭아나무 등은 꽃이 비슷비슷해 구별하기 힘들다. 이것들만 모아 나무들의 윤곽을 전체적으로 보여 주고 꽃들도 한 송이씩 나란히 비교하면 얼마나 좋을까? 사진 작가들은 작품 사진을 찍고 싶었는지 몰라도 어린이 눈에 맞춘 식물 책으로는 한참 부족하다. 많은 돈을 들여 그 많은 사진을 찍어 놓고 이렇게 밖에 못 만들다니…….
군락으로 찍은 풍경화는 달력으로 충분하다. 그 책을 벽에 걸어 두고 감상
하지 않을 바에야 풍경화로 찍은 게 무슨 소용이란 말인가?

『어린이 식물도감』(예림당)과 『동식물도감』(은하수)은 식물을 과에 따라 모아
놓았다. 장딸기와 뱀딸기, 줄딸기를 비교하려면 '장미과'를 찾으면 된다. 이
미 이름을 알고 있는 것을 비교하는 데 도움이 된다. 그러나 이름 모를 꽃을
찾기에는 무리다. 실제로 낚시터에 이 책을 들고 갔는데 300장이 넘는 책을
뒤져가면서 야생화와 일일이 비교하는 것은 정말 피곤했다. 어차피 꽃 모양
을 보고 찾을 바에야 '봄에 피는 노랑꽃', '여름에 피는 보라꽃' 이렇게 모으
면 아이들이 찾기 쉬울 것 같다.

위의 책들을 두고 서로 모자라는 부분을 비교하면서 청송대에서 어렵사
리 찾아낸 것은 애기똥풀뿐이었다. 나머지 꽃들은 민들레처럼 흔히 알던 것
이다.

요즈음 나온 식물도감은 예전의 것들보다는 아이 눈에 더 가까이 갔다.
『식물 박물관』(웅진)을 들고 가을에 청송대에 가서 도토리를 주우면 그것이
상수리나무 열매인지 아니면 굴참나무 열매인지 알 수 있을 것이다. 『세밀화
로 그린 보리 어린이 식물도감』(보리)은 세밀화가 아름답다. 사진과 달리 배
경에 구애받지 않고 풀 한 포기를 따로 떼어 정교하게 그렸다. 아이들이 주
변에서 흔히 볼 수 있는 식물들을 골랐다. 이 책에 나온 식물은 쉽게 찾을
수 있을 것 같다. 그래도 아쉬움은 남는다. 청송대의 들풀은 여전히 오리무
중이다.

내 경험에 비추어 야생화를 찾는 데 가장 도움이 된 책은 '쉽게 찾는 우
리 꽃' 시리즈(현암사)였다. 『봄』, 『여름』, 『가을과 겨울』 이렇게 3권이다. 우
선 가로 11cm, 세로 21cm라 손에 들고 다니거나 옷 주머니에 찔러 넣고
다닐 수 있다. 또, 꽃 색깔에 따라 식물들을 모아 놓았기 때문에 꽃을 보고
찾기 쉽다. 한마디로 나처럼 책을 들고 다니며 야생화를 찾는 사람을 위해

쓴 책이다.

『봄』편에는 토종민들레와 서양민들레를 나란히 실었다. 둘을 구별하려면 꽃받침의 모양을 살펴야 한다는 것도 설명하였고, 확대사진으로 그 모습을 비교해 주었다. 내 욕심 같아서는 꽃 한두 송이만을 꽃대를 중심으로 크게 확대해 보여 주었으면 더 좋았을 것 같다. 그래도 이 책 덕분에 나는 이제 토종민들레와 서양민들레를 구별할 수 있다.

확대 사진을 찍을 때 특징을 포착하지 못한 부분이 몇 군데 있어 아쉽다. 그 부분을 세밀화로 그렸다면 좋았을 텐데. 꽃, 잎, 열매, 씨주머니 등을 하나씩 세밀화로 그려 주면 더 많은 야생화를 찾을 수 있을 것 같다.

'쉽게 찾는 우리 나무' 시리즈(현암사)는 더욱 발전했다. 특히 3편『도시나무 – 봄』(현암사)을 들고 대학의 교정을 찾으면 이 책에 실린 나무들을 절반 넘게 눈으로 볼 수 있다. 이 책 덕분에 웬만한 침엽수는 구별할 수 있게 되었다. 나무 전체의 자태와 윤곽, 열매, 겉껍질, 잎 등 나무의 특징을 잘 포착했다. 책값이 하나도 아깝지 않다. 이 책의 저자인 서민환, 이유미 부부는 우리 숲 답사기『숲으로 가는 길』(현암사)도 함께 썼다. 우리나라에서 보존할 만한 가치가 있는 숲을 지도와 함께 설명한 책이다. 화보가 부족해서 늘 아쉬운 마음이었는데 '쉽게 찾는 우리 나무' 시리즈 덕분에 해갈이 되었다.

그 밖에 한국에서 가장 대중적인 식물을 빼어난 사진과 설명을 곁들여 소개한『한국의 식물』(계몽사), 김태정 선생의 '한국의 야생화' 시리즈(국일 미디어), '아름다운 우리 꽃' 시리즈(교학사)도 구경하거나 찾기에 좋은 책이다. 서울시립대 환경생태연구실에서 쓴『서울의 자연』(서울특별시)은 서울의 나무, 꽃, 새, 산의 생태 등과 관련된 좋은 자료들을 많이 실었다. 정부 기관에서 이 분야의 전문가를 총동원해 만들어서인지 쉽게 볼 수 없는 자료도 많고, 실린 사진도 반할 만하다. 그러나 아쉽게도 절판되었다.

여행을 떠날 때마다 별별 궁리를 다 한다. 식물도감에 실린 야생화를 따로 모아 진짜 식물 박물관을 만들 수는 없을까? 야생화라 힘든가? 남산 식물원이나 제주도의 수목원에서 그 곳에서 자라는 식물을 소개하는 책자를 팔면 어떨까? 설악산 국립 공원에서 자라는 식물과 그 서식지를 등산로에 표시한 지도책을 관광 상품으로 팔면 좋지 않을까? 대학 교정이나 고궁은 아이들에게는 정말 좋은 나들이 장소이자 식물원이다. 교정에 어떤 식구들이 함께 사는지 알고 싶지 않을까? 대학에는 생물학과도 있다. 아이들에게 그 정보를 나누어주면 좋겠다. 책으로 만들면 돈이 많이 든다고? 인터넷 홈페이지는 어디에 쓰는 것인가?

　물론 식물도감을 보는 것보다는 자연에서 숨쉬고 뛰어 노는 것이 제일 좋다. 하지만 알면 더 좋아진다. 어른이든 아이든 이름을 부르면 친해지듯, 이름 모를 야생화도 그 이름을 아는 순간 우리에게 더 가까이 다가오는 법이다.

백과사전
고르기

조사 숙제는 엄마 숙제?

학교에서 조사 숙제를 많이 낸다. 특히 초등학교 4학년부터 갑자기 어려워지는 사회 과목에 조사 숙제가 많다. 조사 숙제를 하려면 자료가 많이 필요하다.

어머니가 숙제를 떠안다시피 하는 집이 있다. 어린이 도서관에 가면 별의별 어머니를 다 만나는데 그 가운데 가장 놀라운 광경은 조사 숙제를 도와주기 위해(?) 아이 대신 백과사전을 베끼는 어머니의 모습이었다! 그런 진풍경은 박물관이나 식물원에서도 볼 수 있다. 관찰이나 감상은 뒷전이다. 표지판에 나온 설명을 아이들에게 베끼도록 하는 것도 모자라 팔 걷어붙이고 열심히 베끼는 아버지도 심심찮게 본다. 이런 부작용을 생각하면, 방학 숙제이던 『탐구생활』이 없어져 정말 다행이다. 아이들보다 부모들이 더 열렬히 환영했을 것 같다.

조사 숙제를 잘 하려면 우선 교과서를 잘 읽어야 한다. 초등학교의 조사 숙제는 주로 교과서를 기초로 한 심화 학습이다. 교과서에서 숙제와 관련한 부분을 자세히 읽으면 무엇을, 어떤 관점에서, 어느 정도 깊이 있게 조사해야 할지 알 수 있다. 시험을 잘 보려면 문제를 잘 파악해야 하는 것과 같은 이치다.

문제를 파악하면 그 다음에 가장 먼저 펼칠 수 있는 것이 백과사전이다. '플라나리아'[1]에 대한 조사처럼 단순히 사물이나 사람, 지명 등을 묻는 숙제는 백과사전에서 손쉽게 찾을 수 있다. 베낀 내용을 이해하느냐는 여전히 의문이지만.

그러나 백과사전을 단번에 베껴 가는 것만으로는 풀기 힘든 숙제도 있다. 예를 들면 '서울의 민속놀이' '한복 입는 법' '한 해 살이 식물과 여러 해 살이 식물' '우리 고장에 있는 문화재' 등에는 단번에 끝낼 수 있는 맞춤 답안이 드물다. 그러다 보니 손쉽게 전과를 베낀다.

'서울의 민속놀이'를 조사하려면 민속놀이를 먼저 찾고, 그 가운데 서울에서 유래한 것만을 따로 골라내야 한다. '한복 입는 법'을 알아내려고 두꺼운 백과사전

1 ———
플라나리아는 초등학교 4학년 1학기 『자연』 교과서에 나온다. 플라나리아는 플라나리아 과에 딸린 편형 동물을 통틀어 일컫는 말이다. 모두 민물에 사는데, 하천이나 호수의 밑바닥, 돌 등을 기어다닌다. 몸은 납작하고 길이가 5~30mm쯤이며 섬모로 덮여 있다. 머리는 삼각형이고 2개의 눈을 갖고 있으며, 배 한가운데 입이 있으나 항문은 없다. 재생력이 매우 강하며, 몸에서 잘라 낸 일부분만으로도 완전한 플라나리아가 된다.
– 『학습그림대백과』 제 15권, 계몽사, 9쪽에서 인용.

을 찾아 봐야 헛일이다. 백과사전에는 한복에 대한 학술적인 설명이 나왔을 뿐, 하다못해 대님이나 고름을 어느 방향으로 매는지 등 '입는 법'에 대한 설명은 거의 없다. '한 해 살이 식물과 여러 해 살이 식물의 예'를 찾으려면 먼저 개념을 알고 난 후 그에 해당하는 식물을 찾아야 한다. 이럴 때는 식물도감처럼 찾고자 하는 내용이 자세히 나와 있는 책이 도움이 된다. 이런 숙제는 하나의 사물이나 개념을 묻는 숙제보다 훨씬 어렵지만 아이들로 하여금 머리를 더 쓰도록 한다는 점에서 훨씬 낫다.

요즈음 인터넷을 통해 숙제를 하는 아이가 많다. 어린이와 관련한 홈페이지의 전자 우편 난에 '도와 주세요! 급해요, 급해!' 하고 써 있어 열어 보았더니 숙제에 필요한 자료를 못 찾았으니 도와 달라는 내용이었다. 답장을 그대로 내려받으려는 속셈이다. 이것을 영리하다고 해야 할지 영악하다고 해야 할지 모르겠지만.

'고장의 특산물과 관련한 축제'나 '향토 특산물'에 대해 알고 싶으면 '뉴스

란'의 탐색 칸에 '특산물'이나 '축제'를 입력하면 된다. 관련 신문 기사 제목이 주르륵 나온다.

백과사전이나 신문 기사를 베끼는 아이들을 볼 때마다 늘 궁금하다. 어른들도 알기 힘든 전문 용어로 쓴 백과사전이나 신문 기사를 베낀다고 아이들이 그 내용을 이해할까? 게다가 정보화 교육이 이상한 방향으로 흘러 아이들이 인터넷에 떠 있는 정보나 CD-ROM으로 만든 백과사전의 정보를 읽지도 않고 컴퓨터에서 내려받아 복사해 가도 아무런 제재를 하지 않는 교사들도 있다니 참 걱정스럽다. 정보화 사회에 적응하는 방법이 '잔머리 굴리기'나 '1분에 자판을 몇 자 두드리느냐.'와 관련 있다고 생각하면 정말 오해다.

숙제가 살이 되고 피가 되려면 자기 수준에 맞게 소화해야 한다. 이 때 만만한 것이 '전과'다. 그러나 전과는 할머니가 어린 손자 손녀에게 밥을 씹어 먹여 주는 것과 똑같다. 남이 해 놓은 숙제를 베껴 가는 것이나 다름없다.

조사 숙제에서 중요한 것은 숙제의 내용만이 아니다. 그 숙제를 해결하는 데 가장 적합한 정보를 어디에서 구할 수 있는지 그 방법을 찾아내는 것이다. 숙제를 해결하는 과정이 살아나가는 데 훨씬 더 도움을 준다.

우리 집에는 '공짜 밥을 먹지 않는다.'는 규칙이 있다. 아이가 배부르게 먹고 따뜻한 잠자리에서 잘 수 있는 것은 운이 좋아서이지 결코 제 능력이 아니다. 꼭 필요한 것 외의 장난감을 사거나 군것질을 하려면 제 스스로 용돈을 벌어야 한다. 아이는 하루에 100원을 벌기 위해 쓰레기 분리 수거와 신발 정리, 심부름, 이 세 가지를 맡아서 해야 한다.

숙제도 마찬가지다. 아이는 온갖 궁리를 짜내고 시행착오를 겪으며 숙제를 한다. 아이는 서가를 뒤져 집에 있는 자료를 총동원한다. 그래도 해결이 안 되면 내게 온다. 나는 그제야 그 주제와 관련된 책 몇 권을 소개해 준다. 내가 참견(?)하는 것은 거기까지다. 아이가 숙제하는 것이 서툴러도 부모로서 하나도 답답하지 않다. 특별히 인내심이 더 있어서 그런 것도 아니다. "서툰 것이야 아이들의 특권이고, 그래야 어른도 가끔 아이에게 잘난 척 할 수 있고, 선생님도 먹고 살지." 숙제로 아이를 야단치는 친척에게 한 말이다.

덕분에 나는 아주 일찍 아이의 조사 숙제에서 해방(?)되었다. 1학년 때는 "엄마, 선생님이 엄마가 숙제를 도와 주지 않는 사람 손들어 보라고 했는데 나밖에 없어." 하며 입을 삐죽이더니, 이제는 "이건 순전히 내가 한 거야." 하고 자랑스러워한다. 웬만한 조사 숙제는 혼자서 조용히 해 간다. 우연히 학교 어머니들을 만나 "어머, 그런 숙제가 있었어요?" 했다가 "애도 하나인데 그렇게 관심이 없어요?" 하고 핀잔을 듣기도 한다.

아이 숙제를 해 주는 것과 아이에 대한 관심에 무슨 상관 관계가 있을까? 도대체 왜 아이의 숙제를 엄마가 해야 하는가? 아이가 숙제를 '근사하게' 해 가면 엄마가 돋보이나? 엄마간의 자존심 싸움인가? 숙제로 상을 못 받으면 아이의 기가 죽나? 엄마가 해 준지 뻔히 알면서 그 숙제에 상을 주는 선생님은 더 웃기는 사람이다. 칼자루는 선생님이 쥐고 있다. 엄마가 해 준 숙제를 아이들이 창피하게 생각하도록 강조하거나 아예 숙제를 다시 해 오도록 하면 어떨까? 이렇게 해도 아이들 숙제에 계속 손을 댈 강심장 엄마가 몇이나 될까?

아이가 조사 숙제를 해결한 몇 가지 방법을 예로 들어 본다.

한복 입는 법 알아 오기 : 집에 마땅한 자료가 없어 아이는 할머니께 전화를 걸어 **인터뷰**를 했다.

내 고장의 유적지 찾기 : 아이는 혼자 동사무소에 가서 구청에서 발행하는 **홍보 자료**를 얻어 왔다. 낯선 어른에게 자기가 온 목적을 밝히고 필요한 자료를 달라고 부탁하려면 용기가 필요했을 것이다.

고장의 특산물 조사하기 : 내친 김에 **인터넷을 검색**하는 기술적인 방법만 가르쳐 주었다. 그 나머지는 자기가 알아서 했다.

우리 집에서 제일 가까운 세무서의 위치 알아내기 : 낮에 노느라 숙제하는 것을 깜빡 잊은 아이는 **전화번호부**를 뒤져 숙직 공무원에게 도움을 청했다.

한복 입는 법은 가계부 부록이나 명절 때 여성 잡지에서 종종 볼 수 있다. 내 고장 유적지를 알려면 『동네북』이나 『상가로』 같은 동네 잡지가 훨씬 더 쓸모 있다. 책 끝 부분에 있는 「우리 동네 명승 고적」에 동네 명소를 자세히 소개했다.

그러나 그것을 아이에게 바로 갖다 바치지는 않는다. 숙제를 더 잘 해 가는 것보다 아이가 스스로 방법을 찾는 것에 가치를 둔다. 내 아이의 숙제가 다른 아이의 것보다 뛰어나기를 바라는 부모의 욕심을 꺾고 오래 기다려 주면 아이들도 혼자 힘으로 얼마든지 잘 할 수 있다. 학년이 올라가면서 어차피 또 나올 주제다. 부모가 다 해 주니까 덩치만 큰 응석받이가 점점 더 늘어나는 것 같다.

방학이다. 아침부터 아이의 재잘거리는 목소리가 들린다. 가만히 들어 보니 114의 교환원과 대화하는 참이다. 아이는 며칠째 아침마다 전화를 건다. 자기가 조립한 모형 자동차로 자동차 경주에 나가려고 대회 일정을 알아 보는 중이다. 아이는 우선 모형 자동차를 주로 파는 가게에서 정보를 구할 수 있다고 판단했다. 첫 날, 자기가 가진 조립식 모형 자동차의 회사 이름을 댔다. 나와 있는 전화번호가 없다고 한다. 그 다음에 전화 걸 때는 가 본 곳의 이름을 대고 자신이 찾는 가게가 어떤 물건을 취급하는지 열심히 설명했다. 드디어 영등포에 있는 점포의 전화번호를 알아냈다. 전화를 걸었더니 받지 않는다. 그 다음 날에도 전화를 받지 않자 다른 지역의 가게 전화번호를 알아냈다. 또 전화를 걸었다. 대회는 8월 18일 잠실 올림픽 공원에서 열린다. 아뿔사! 그 날 집안에 일이 있다. 아이는 다시 전화를 걸어 다음 대회 일정, 참가비, 출전할 수 있는 자격 조건 등을 다 알아냈다. 내 소감을 말하자면 '녀석, 어디 가서 굶지는 않겠구나!' 그리고 아이의 시시콜콜한 질문에 성실하게 대답해 준 114 교환원에게 고맙다는 인사를 전한다.

'교육은 결과가 아니라 과정을 중요시한다.' 이 말은 조사 숙제에도 걸맞은 격언이다.

어린이가 처음 만나는 백과사전

독서를 좋아하는 어머니 덕에 어려서부터 책이 많은 환경에서 자랐다. 어머니는 5남매를 위해 그 당시로는 꽤 비싼 책을 서슴없이 사들였다. 우리 집 마루는 계몽사나 교학사 영업부를 옮겨 놓은 것 같았다. 고등학교 3학년 시절 문학 전집을 읽어도 "쓸데없이 소설이나 읽냐?"는 투의 핀잔은 듣지 않았던 것 같다.

초등학교 3학년 때에 『컬러학습대백과』(계몽사)가 처음 나왔다. 중학교 1·2학년 때까지도 그 책에서 우려먹을 것이 꽤 있었다. 여섯 살 아래인 막내 동생은 글씨도 모르면서 『컬러학습대백과』를 펴 놓고 물끄러미 쳐다보곤 했다. 어떤 날은 거꾸로 들고 보기도 했지만.

동생의 기억을 떠올려 일찌감치 아이에게 『새학습대백과』(중앙출판사)를 사 주었다. 전집이라 동네 서점에서 볼 수 없어서 책을 꼼꼼하게 살펴보지 못했다. 여러 출판사의 전집 가운데 권수가 가장 많다는 친구의 권유로 구입했다.

그러나 내 예상은 완전히 빗나갔다. 아이는 별로 흥미를 보이지 않았다. 그도 그럴 것이 자료와 인물들의 사진이 구닥다리라 꼭 「지금 평양에선」을 보는 것 같았다. 인쇄된 사진이나 화보의 색감도 요즈음 나오는 유아 서적과는 비교도 안 될 만큼 뒤떨어졌다. 초등학교 3학년 숙제를 하기에도 그 내용이 유치한 수준이었다. 백과사전이 급속한 사회의 변화와 그에 따른 교과서의 변화를 따라가지 못한 것이다. 집에 있는 책만으로는 성에 차지 않아 심심할 때마다 백과사전을 읽는 것이 거의 취미 생활이었던 나와 어디서나 읽을 것이 흔한 아이의 독서 환경이 판이하게 다른 것도 아이가 이 책을 즐겨 보지 않은 이유가 될 것이다.

아이가 유아 때 즐겨 보던 백과사전은 『어린이 지육도감』이다. 이 책은 1992년 여름 독일에 갔을 때 처음 보았다. 일본의 Gakken사에서 만들고 미국의 Time-Life Books에서 판권을 가진 책이었다. Gakken사에서 나온 『Why? Why?』를 기초로, 출판하는 각 나라의 사정에 따라 내용이나 사진을 첨가했다. Time-Life Books의 제목은 『A Child's First Library of Learning』이다.

독일의 조카는 한 달에 한 권씩 우편으로 『지육도감』을 받아 보았다. 백과사전을 한 달에 한 권씩 받을 수 있다는 것이 내게는 충격이었다. 당시 독일에서 최고로 평가하는 유아 백과사전이라고 했다. 어린아이들이 무엇을 궁금해하는지 조사하여 가장 많이 나오는 질문을 주제별로 묶어 백과사전으로 만들었다. 책을 펼치면 어린이들이 정말 궁금해 할 만한 재미있는 질문이 많이 나온다. 예를 들면 『우리들의 몸』편에 있는 '아기는 왜 울기만 할까요?', 『차·배·비행기』편에 실린 '날고 있는 비행기에 벼락이 떨어지면 어떻게 되나요?'나 '왜 자동차 타이어는 검은 색일까요?' 이런 것들이다.

한국일보 타임-라이프에서 1988년에 『지육도감』을 출간했다. 일반 서점에 없기 때문에 이 책을 봤다는 사람이 별로 없었다. 한국일보가 『Time』지를 내므로 혹시나 해서 한국일보사에 갔더니 그 곳에 있었다. 독일에서는 한 권씩 배달되건만 한국에서는 일시불로 사야 하다니 억울했다. 지금은 시공사에서 『네버랜드 어린이 학습백과』라는 이름으로 출간한다. 여전히 전집으로.

아이는 지육도감 가운데 특히 『공룡과 익룡』편을 좋아했다. 매일매일 읽어 달라고 졸랐다. 읽어 주지 않으면 혼자 펼쳐 놓고 중얼거렸다. 얼마나 많이 봤는지 책장이 너덜너덜해졌다. 집안 일로 바쁜 나를 졸졸 따라 다니면서 "박치기를 잘 하는 공룡은 뭐지?" 하며 수수께끼를 내는 걸로 부족한지 어느 날부터는 내게 수수께끼를 내 보라고 졸랐다. 아이 덕분에 지금도 공룡이라면 정말 신물이 난다. 하지만 공룡 덕분에 주제별 백과사전에 쉽게 입문한 셈이다. 아이는 '…우스'로 끝나는 공룡 이름을 외우다가 어느 날부터 글을 읽기 시작했다. 공룡 덕에 한글을 쉽게 깨쳤다. 그 후로 공룡에 관한 다른 책들도 많이 구해 읽었다. 그 덕에 유치원 때 별명이 '공룡 박사'였다.

초등학교 어린이에게 알맞은 백과사전 고르기

초등학교 학부모 가운데 백과사전이 꼭 필요한지, 어떤 백과사전을 사는 것이 좋은지 묻는 분이 많다. 솔직히 답하기 어렵다. 여러 출판사의 백과사전을 비교해 보았으나 어느 하나를 들어 월등히 우수하다고 말하기 힘들다. 도토리 키 재기라고나 할까.

초등학교 학부모는 아이가 박학다식해질 것이라고, 그리고 숙제를 하는 데 도움이 될 것이라고 기대하며 비싼 돈을 주고 백과사전을 구입한다. 한번 구입하면 적어도 대학교까지는 봐야 한다며 성인용 백과사전을 산다. 그런데 성인용은 초등학생에게 너무 어렵다.

아이가 사회 숙제로 방파제와 방조제의 차이점을 물었다. 자료를 구할 수 있는 다양한 시설이나 기관을 알려 주는 것이 좋을 것 같아 아파트 단지 안에 있는 독서실에 함께 갔다. 독서실에는 도서관에서나 볼 수 있는 덩치 큰 우리말 사전을 비롯하여 여러 사전류가 있었다.

국어사전에서 방파제와 방조제를 찾아보았다. 방파제(防波堤)는 난바다로부터 밀려오는 거친 파도를 막아 항구 안의 수면을 잔잔하게 유지하기 위하여 바다에 쌓은 둑이고[2], 방조제(防潮堤)는 해일 따위를 막기 위하여 해안에 쌓은 둑이다.[3]

성인용 백과사전에서 방파제와 방조제를 찾았다.

2 ————
『동아 새국어사전』, 동아출판사, 829쪽에서 인용.

3 ————
앞의 책, 828쪽에서 인용.

● 『두산 세계대백과사전』(두산동아, 1996) 제 11권 603, 608~609쪽

방조제 防潮堤 tide embankment[4] 밀려드는 조수

(潮水)의 해를 막기 위한 제방. 해면 간척지에서는 바

다로부터 농지를 보호하기 위하여 방조제를 쌓는데,

간척 전공사비의 50~70%를 차지하며 간척지의 생

명선이 된다. 축제선(築堤線)은 지반의 고저 및 양부(良

否)·조위(潮位)·풍향·인접지의 배수계통 등을 고려하

여 단위면적당의 제방연장이 최소로 되도록 선정한다. (이하 생략)

방파제 防波堤 breakwater[5]   외해(外海)로부터의 파랑(波浪)을 막아서 항내

를 정온(靜穩)하게 유지하기 위한 축조물. 인공항에는 보통 방파제가 필요

하다.

[배치] 방파제의 위치 결정에는 다음과 같은 것을 고려해야 한다. ① 파랑

이 진행해 오는 방향에 직각으로 놓으면 짧은 연장(延長)으로 넓은 면적이

정온하게 된다. (중략)

[구조양식] ① 직립제(直立堤) : 밑에서 직립한 콘크리트 덩어리로, 파랑을 잘

방지하지만 지반이 약하면 침하하거나 기초부분이 세굴되는 경우가 있다.

어항 등 일반적으로 소규모의 것에 적합하다. (이하 생략)

4·5 ──────

눈치가 빠른 어른은 embankment와 breakwater라는 말에서도 방조제와 방파제가 어떻게 다른지 힌트를 얻을 수 있다. embank라는 말에서 적어도 방조제는 물을 가두거나 막는 기능을 가진 폐쇄형의 둑임을 추측할 수 있다.

초등학생은 물론 중·고등학생도 알아듣기 힘든 말로 썼다. 방파제와 방

조제의 생김새나 둘의 차이점은 더욱 알 수 없었다. 눈 앞에 방파제를 보여

주어도 그것이 방파제인지 방조제인지 구별하지 못할 것 같다. 죽은 지식이

다. 사진이나 그림을 넣어 쉽게 설명하면 얼마나 좋을까?

그 날 저녁 박정희 대통령에 관한 다큐멘터리를 보았다. 박 대통령이 총

을 맞던 날 들른 삽교천 방조제 준공 행사 장면이 나와 텔레비전에 얼굴을

들이밀고 보았다. 대통령이 기념탑을 덮은 천을 벗기는 장면은 나왔으나 방

조제를 자세히 볼 수 없었다. 영화 「프리 윌리」의 마지막 장면에서 윌리가 뛰

어넘은 것이 방파제였나, 방조제였나? 별 생각이 다 든다. 수업 시간에 배우라며 담임 선생님께 슬그머니 떠넘겼다.

어린이도서관에서 백과사전을 찾아보았다. 가장 최근에 초판이 나온 것들을 중심으로 소개한다.

● 『21세기 웅진 학습대백과사전』(웅진, 1998) 제 19권
기술·산업·의식주 편, 390쪽

방조제 防潮堤 embankment ⇒ 방파제

방파제 防波堤 breakwater 강한 파도로부터 항구나 해안, 해변의 구조물을 보호하려고 쌓은 벽. 방조제, 돌제라고도 한다. 방파제는 배를 정박할 수 있도록 파도가 잔잔한 해역을 만들어주는 구실을 한다. 또한 방파제는 건설공사 현장이나 석유·광물 생산 현장을 보호하려고 만들기도 하는데, 파도는 방파제에 부딪히면서 대부분 위력이 약해지기 때문이다.

방파제는 대부분 흙, 바위, 콘크리트 따위를 쌓아 만드는데, 널말뚝으로 만든 방파제도 있다. (이하생략)

이 백과사전으로는 방파제와 방조제의 차이를 알 수 없다.

● 『20세기 열린 교육을 위한 NEW ELITE 학습대백과』(삼성당, 1999)
제 9권 한국지리 편, 109쪽

방조제 방조제는 조수로부터 제방 안쪽의 토지·재산·생명 등의 보호와 토지 및 용수 확보를 위해 만들어진 제방이다. 1974년 완공된 아산호를 비롯하여 남양호·삽교호·대호·송산호·서산 방조제 등이 건설되었다. (옆에 우리나라 최대인 대호 방조제(9.2km)의 사진을 실었다.)

내가 잘못 찾았는지 모르겠지만 방파제에 대한 설명은 없었다. 이 백과사

전도 조사 숙제를 해결하는 데 크게 도움을 주지 못했다.

● 『학습그림대백과』(계몽사, 1997) 제 6권, 91~92쪽

방조제 방조제는 바닷물이 밀려들 때 일어나는 피해를 막기 위하여 쌓은 둑을 말한다. 주로 간척지에서 바닷물로부터 농지를 보호하기 위하여 방조제를 쌓는다.

방조제는 파도를 막기 위한 방파제와는 달리, 수문 외에는 바닷물이 스며드는 곳이 없게 단단히 만든다. 둑의 높이는 그믐 때 바닷물의 높이보다 4~5m 높게 쌓는다. 아산만 방조제와 삽교 방조제가 유명하다.(아산만 방조제, 대호 방조제의 둑, 아산만 방조제의 배수 관문 등의 사진을 실었다.)

방파제 방파제는 바다에서 밀려드는 파도를 막아 항구 안쪽을 잔잔하고 평온하게 하기 위해 항구 어귀에 쌓아올린 둑이다. 갯둑·물막잇둑이라고도 한다. 인공으로 만든 항구에는 보통 파도막이 둑이 필요하다.

지형이나 바람의 방향에 따라 직선으로 쌓은 방파제가 있고, 또는 항구를 감싸듯이 반원형으로 쌓은 방파제 등 여러 가지 모양의 것이 있다. 보통은 모래와 돌로 쌓아올리지만, 깊은 곳에서는 먼저 모래와 돌로 쌓고 그 위에 다시 콘크리트로 제방을 만든다.

방파제를 만드는 방식에는 직립제·경사제·혼성제 등의 3종류가 있다. 직립제는 콘크리트 덩어리를 물밑에서 똑바로 세워 올린 것이고, 경사제는 허드렛돌 따위로 비스듬하게 쌓아올린 것이며, 혼성제는 아랫부분은 경사제로 윗부분은 직립제로 쌓은 것이다. (쌓아올린 방파제, 영종도 방파제, 여수 방파제, 강원도 옥계의 방파제, 동해 속초항의 방파제, 여러 가지 방파제 등의 사진이 실렸다.)

방조제와 방파제를 비교한 설명과, 방조제 배수 관문의 사진과 여러 가지 방파제의 그림을 비교하면 방파제와 방조제를 확실히 구별할 수 있다. 이 백과사전으로는 숙제를 할 수 있다.[6] 역시 아이들에게는 큰 글씨로 쉽게 설

명하며, 화보를 많이 곁들인 백과사전이 좋다.

자녀를 위해 백과사전을 살 때 어느 출판사 백과사전을 사느냐보다 어떤

여러 가지 방파제

①②③은 외줄 방파제이고, ④⑤⑥은 두줄 방파제이다. 또 ⑦⑧⑨는 섬처럼
육지에서 떨어진 방파제이며, ⑩⑪⑫는 혼합형 방파제이다.

6 ————
계몽사는 1970년대에 나왔던 『컬러
학습대백과』를 1990년대의 교과서에
맞춰 『학습그림대백과』로 다시
출판했다. 출판 연도가 최근이라
하여도 개정본을 만들지 않은
다른 출판사의 그림 백과사전에는
방조제나 플라나리아 등이
빠져 있다. 화보를 잘 살펴보면
1970년대에 만든 것의 재판인지
아닌지 구별할 수 있다. 인물들의
복장이나 머리 모양이 요즈음의 북한
사람을 보는 것 같이 촌스럽다.

(위) 『학습그림대백과』에 실린
아산만 방조제 사진
(아래) 『학습그림대백과』에 실린
여러 가지 방파제 그림.

기준에서 백과사전을 고르느냐가 중요하다. 가장 이상적인 것은 화보가 많은 어린이용 백과사전, 가나다 순의 백과사전, 학문의 분야별로 분류한 백과사전을 모두 갖추는 것이다. 하지만 값도 비싸고 책꽂이에서 차지하는 공간도 만만치 않아 부모들을 망설이게 한다. 학급 문고에 백과사전을 갖추면 모든 아이들이 혜택을 누릴 수 있어 좋을 것이다.

주제별 백과사전의 장점

초등학교 6학년 때 부모님이 『대세계백과사전』(태극출판사, 총 16권)을 사들였다. 가나다 순으로 나열한 것이 아니라 주제별로 만든 백과사전이다. 이 책은 중·고등학생 때는 물론 대학 시절 나의 책 고르기에 가장 큰 영향을 끼쳤다. 내 경험으로는 적어도 중학교부터는 주제별로 된 백과사전을 보는 것이 아이들의 학문적인 시야를 넓히는 데 도움이 된다.

주제별 백과사전의 「문학」 편을 보자.

맨 처음에 '항목 찾아보기'가 나온다. 「문학」 편에 실린 주제들의 항목을 가나다 순으로 찾도록 만들었다. 예를 들어 윤동주는 'ㅇ'에서, 『에밀과 탐정』의 작가 에리히 캐스트너는 에밀의 'ㅇ'이나 캐스트너의 'ㅋ'에서 찾을 수 있다. 여기까지는 가나다 순의 백과사전과 크게 다르지 않다.

그 다음에 『문학』 목차가 나온다. 목차를 옮겨 보겠다.

유럽·아메리카의 문학 — 그리스 로마의 문학, 프랑스 문학, 남구 문학, 독일 문학, 네덜란드 문학, 북구 문학, 동구 문학, 러시아 소련 문학, 영국 문학, 미국 문학, 라틴아메리카 문학, 캐나다, 오스트레일리아, 뉴질랜드 문학

아시아·아프리카 문학 — 중국 문학, 일본 문학, 인도 문학, 중근동 문학, 그밖의 아시아·아프리카 문학

한국 문학
문예 용어
연표

각 나라의 문학은 시대순으로 서술했다. 한국 문학을 예로 들면, 우선 상고 시대의 문학, 삼국 시대의 문학, 통일신라 시대의 문학, 고려 시대의 문학, 조선 전기의 문학, 조선 후기의 문학, 현대 전기의 문학, 현대 후기의 문학으로 나누었다. 그리고 그에 따라 각 시기의 특성, 사조, 중요한 작가와 작품을 설명하였다.

예를 들어 시인 조지훈을 찾으면, 그 앞쪽에는 '청록파'라는 항목이 나온다. 같은 쪽에 조지훈과 함께 청록파를 이룬 박두진과 박목월이 나온다. 앞, 뒤쪽을 뒤적이면 조지훈과 동시대에 활동한 다른 작가들에 대해서도 훑게 된다. 주제별로 만든 사전을 읽으면 한국 문학사의 흐름 안에서 조지훈 시인을 파악할 수 있다. 그러나 가나다 순으로 만든 백과 사전에서 찾으면 그가 청록파의 한 사람임을 알 수 있을 뿐이다. 그의 앞과 뒤에 있는 내용은 조지훈과는 아무런 상관이 없는 것들이다.[7] 도시 한복판에 뜬 섬 같다.

문예 용어를 찾아본다. '설화 문학'은 문예 용어를 모아 놓은 부분에 나온다. 순수하게 설화의 사전적인 설명이 실려 있다. 가나다 순의 사전에서도 볼 수 있는 내용이다. 그러나 설화는 일본 문학, 한국 문학의 삼국 시대와 통일신라 시대에서 또 나온다. 이 때는 구체적인 문학사 안에서 설화가 차지하는 위치와 설화 작품을 설명한 것이다. 가나다 순의 백과사전에서는 얻기 힘든 장점이다. 주제별 백과사전은 문학에서 사용하는 용어를 설명한 개론서와 문학사 책을 합쳐 놓은 셈이다.

모든 학문에서 그 학문의 역사를 이해하는 것은 매우 중요하다. 그래서

7 ────────
『두산 세계대백과 사전』 제 23권, 296쪽을 보면, '조지훈' 앞에는 '조지프앤드루스의 모험' '조지훈'과 '조지훈시선' 뒤에는 '조직'이라는 단어가 나온다. 『브리태니커 세계대백과사전』 제 19권, 534쪽에는 '조지호' '조지훈' '조직'의 순으로 실려있다. '조지훈'은 낯선 도시에 온 이방인처럼 서먹서먹하다.

대학의 학과마다 그 분야의 역사를 전공 필수로 지정하게 마련이다. 사회학은 사회학사, 건축학에는 건축사, 교육학에서는 교육사가 필수 과목이다. 어느 날 갑자기 하늘에서 새로운 이론이 뚝 떨어지는 것은 거의 불가능하다. 계승을 하든 반박을 하든 앞 시대의 지적 유산과 어떤 식으로든지 연결된다. 주제별 백과사전은 각 학문의 흐름을 이해하는 데 도움을 준다.

1999년 신문에서 '프랑스에서 단행본 백과사전의 출판이 유행이다.'란 기사를 읽었다. 세상이 빨리 변하고 새로운 정보가 많아져 일반 백과사전으로는 지식의 속도와 방대함을 따라 잡을 수 없기 때문일 것이다. 병원의 내과도 소화기 내과, 호흡기 내과, 신장 내과 등으로 나뉘듯이 직업이 세세하게 전문화하니 단행본 백과사전이 나올 만하다.

어린이 책 분야에서도 전문 서적이 많이 나온다. 별자리나 식물, 전래놀이, 자동차 등 특정 분야를 자세히 다룬 책이 있다. 반가운 일이다. 하지만 그 안에 백과사전처럼 따로 항목을 분류해 개념을 설명하거나, 가나다 순으로 '찾아보기'를 잘 정리한 책을 만나기 힘들다. 내용이 가볍거나, 아니면 너무 어렵다. 아이들에게 백과사전이 친숙한 읽을거리가 되도록 쉽고 재미있는 전문 서적이 많이 나왔으면 좋겠다. 어려서부터 한 분야에 푹 빠져 보는 것은 장래에 전문 직업인으로 성장하는 밑거름이 된다.

내가 대학에 다닐 때 현 이화여자 대학교 총장이신 장상 교수님께서 학생들에게 늘 이렇게 말씀하셨다. '무엇이든 한 가지에 미쳐 보라!' 나도 한 마디 덧붙인다. 출판인 여러분, 아이들이 한 가지에 제대로 미쳐 볼 수 있게 여러 분야의 전문 서적을 많이 출판해 주세요!

어린이 책에서 관심을 가져야 할 주제

동화도 아이들에게 편견을 줄 수 있다. 아이들이 어릴수록 책에서 읽은 내용과 현실을 구별하지 못한다. 꾸며 낸 이야기임에도 불구하고 합리적인 판단 없이 책의 내용을 고스란히 받아들인다. 그것이 그릇된 내용인지 도덕적으로 문제가 되는지 가치판단하지 않고 무조건 읽는다. 동화 속에 드러나는 편견에 무방비 상태인 것이다.

어린이 책에서
꼭
다루어야 할
주제

　독서의 장점 가운데 하나는 책을 통해 간접 경험을 할 수 있는 것이다. 직접 경험하지 않고도 책을 통해 지식을 획득할 수 있는 것은 인간의 놀라운 능력 가운데 하나이다. 이런 능력 덕분에 인간이 문명을 이루었다고도 할 수 있다.

　어린이가 만나는 모든 것은 태어나 처음 겪는 것이다. 함박눈이 펑펑 내리던 날 처음으로 눈을 본 아이의 얼굴 표정이 떠오른다. 아기의 상식으로는 어떤 물체는 일정한 형태를 가진 또 다른 물체에서 나오기 마련이다. 서랍에서 장난감이 나오고, 냉장고에서 젖병이 나오고, 수도 꼭지에서 물이 나온다. 그런데 도대체 형태라고는 짐작할 수 없는 텅 빈 하늘에서 하얗고 차가운 것이 쏟아지다니 얼마나 신기했을까! 아이의 눈높이로 세상을 바라보면 새롭지 않은 것이 하나도 없다. 아이와 함께 그런 느낌을 즐기는 것도 살아가는 재미다.

　자녀들의 독서 교육에 열심인 부모 가운데 마치 책으로 세상을 다 배울 수 있는 것처럼 착각하는 분이 있다. 이런 말할 때마다 수업 시간에 예로 드는 이야기가 있다.

　도봉역 근처에 있는 북부 종합 사회 복지관에서 수업할 때의 일화다. 복지관에 가려면 도봉역에서 내려 버스를 갈아타야 한다. 경치가 좋아 시간에 쫓기지 않는 날에는 걸어다녔다.

어느 화창한 봄날이었다. 그 날도 역에서 내려 봄볕을 즐기며 걷고 있었다. 앞에 네댓 살로 보이는 아이가 어머니와 손잡고 걸어갔다. 아이는 유치원 가방인지 학원 가방인지를 어깨에 둘러메고, 어머니는 아기를 등에 업고 있었다. 어머니가 열심히 설명했다.

"개나리는 꽃이 먼저 펴요."

한참 걸어가다 아이에게 물었다.

"개나리는 뭐가 먼저 피지요?"

아이는 "잎" 하고 대답했다. 어머니는 다시 차근차근 설명했다.

"개나리는 꽃이 먼저 피지요. 진달래도 꽃이 먼저 펴요. 잎은 나중에 펴요."

또 한참 걸어가다 아이에게 물었다. 아이는 또 다시 "잎"이라고 대답했다. 화가 난 어머니 왈,

"내가 개나리는 꽃이 먼저 핀다고 몇 번 말했니? 개나리하고 진달래는 꽃이 먼저 펴. 철쭉은 잎이 먼저 피고. 알았어?"

아이는 풀이 죽어 고개를 끄덕였다.

지어 낸 이야기가 아니라 실화다. 참 딱한 일이다. 마침 개천 둑에 개나리가 지천으로 피어 있건만, 가서 눈으로 보면 될 일을……. 그리고 네댓 살밖에 안 된 아이가 개나리가 꽃이 먼저 피는지 잎이 먼저 피는지 꼭 알아야 할까? 그 아이의 긴 인생을 떠올려 볼 때 그게 그렇게 혼낼 만큼 대단한 일인지 난 도무지 이해할 수 없다. 그 또래 아이에게 개나리는 그저 노랗고 예쁜 꽃이면 족하다. 이렇게 직접 보고 만지고 느끼면 될 것을 책으로 가르치려는 것은 결코 바람직한 독서 교육이 아니다.

그러나 때로는 간접 경험이 훨씬 바람직하거나, 간접 경험으로나마 아이들에게 가르쳐 주어야 하는 내용들이 있다. 이 때 책이 진가를 발휘한다. 책에 고마움마저 느낀다.

그런 주제들로는 무엇이 있을까?

유괴는 꼭 가르쳐야 할 주제다. 유괴를 당했다가 혼자서 탈출한 아이를 만난 적이 있다. 그 아이는 가끔 이해할 수 없는 기이한 행동을 한다. 아이가 받은 상처를 생각하니 가슴이 아프다. 평소에 유괴를 다룬 그림책으로 교육을 했더라면 사전에 예방할 수 있지 않았을까 싶어 안타까웠다.

독일 퀼른의 도서관에서 어린이들에게 유괴범에 대해 주의를 주는 그림책 『Geh nie mit einem Fremden mit(절대로 낯선 사람을 따라가지 말아라)』(Ellermann 출판사)[1]를 찾았다. 이 책에서 돋보이는 점은 처음부터 끝까지 유괴범을 뒷모습으로 처리한 것이다. 혹시 그림책에 나온 유괴범과 닮은 얼굴을 떠올려 공포에 떨거나 어른에게 불신감을 갖지 않도록 세심하게 배려한 점이 인상적이다.

'성수대교 붕괴'나 '씨 랜드 화재'처럼 졸지에 친구나 형제 자매를 잃은 어린이들을 볼 때마다 그 아이들이 겪을 정신적인 고통을 떠올리면, 책임자들을 평생 감옥에 가두어도 시원치 않을 것 같다.

그림책이 어린이들을 치유하는 데 도움이 되기 바라며 친구의 죽음을 다

Einmal bauen Peter und Lisa im Sandkasten eine große Burg.
Ein Mann setzt sich zu ihnen und schaut ihnen lange zu. Die Kinder haben ihn schon oft gesehen. Er hilft ihnen beim Bauen und erzählt von seinen niedlichen kleinen Häschen: »Ich schenke euch eines, wenn ihr mich begleitet«
Peter mag seine Katze Minka lieber. Doch Lisa wünscht sich schon lange ein Häschen …

Und jetzt geht Lisa mit.

1

Trixie Haberlander 지음, 『Geh nie mit einem Fremden mit(절대로 낯선 사람을 따라가지 말아라)』 (Ellermann 출판사)

룬『Abschied von Rune(루네와의 이별)』(Ellermann 출판사)[2]을 구해 왔다. 이 책은 1988년 독일 청소년 문학상을 받았다. 그림에서 슬픔이 뚝뚝 묻어난다. '죽음'의 느낌이 꼭 이 책 같으리라. 이 책은 친구의 죽음을 겪은 아이가 충격과 고통에서 벗어나 일상으로 돌아오는 과정을 가슴 뭉클하게 그렸다.

정신과 의사의 말을 빌리면 고통을 무의식으로 밀어 넣기보다는 정면으로 맞서고 충분히 드러내야 그 고통을 넘어설 수 있다고 한다. 그림책은 감정 표현이 서툰 아이가 자신의 아픔을 드러내도록 도와 줄 수 있다.

이혼을 다룬 그림책도 필요하다. 1998년도 통계청의 인구 동향을 보면 한 해에 세 쌍이 결혼할 때 한 쌍이 이혼했다. 특히 자녀를 둔 중년 부부의 이혼율이 높았다고 한다. 친부모 밑에서 행복하게 살면 좋겠지만, 부모가 이혼하는 것이 차라리 나을 때도 있다. 편부, 편모나 재혼한 부모 슬하에서 자라는 아이들을 배려해야 한다.

2

Marit Kaldhol 지음,
『Abschied von Rune(루네와의 이별)』
(Ellermann 출판사)

원래는 아빠도 엄마도 아주 잘생기고 예뻤는데,

서로 마구 미워하다 보니까…
그 마음이 겉으로 드러나 얼굴도 점점 미워지고 말았답니다.

3 ─────
배빗 콜 지음, 『따로 따로
행복하게』(보림)

　이혼을 결정한 부부가 아이에게 상처를 받지 않도록
설명한답시고 "사랑하지만 어쩔 수 없이 헤어지는 거야." 하고 신파조로 말
해 봤자 돌아올 것은 "사랑하기에 떠나신다는 그 말 나는 믿을 수 없어." 유
행가 가사밖에 없다. '엄마 아빠는 서로 사랑한다는데, 그럼 나 때문에 이혼
하나?' 이게 아이들의 수준에서 내리는 결론이다.

　『따로 따로 행복하게』(보림)[3]는 이혼을 아이들의 눈높이로 끌어내려 구체
적으로 설명했다. 불행한 결혼으로 점점 험악하게 변하는 부모의 얼굴을 그
린 그림이 인상적이다. 이 책은 이혼할(또는 이혼한) 부모가 아이와 대화를 나

눌 때 도움이 된다. 내 아이가 이혼 가정의 자녀에 대해 편견 없이 잘 지내기를 바라는 마음으로 이 책을 샀다.

이혼은 어른들의 문제다. 왜 아이들이 그 고통을 짊어져야 하는가? 모든 어린이는 행복하게 자랄 권리가 있다. 부모가 이혼을 하든, 편부모 밑에서 자라든, 고아든, 그 누구든지!

아이들의 **고민거리**를 다룬 책도 필요하다. 키가 작아서 혹은 키가 커서 놀림받는 어린이를 위한 그림책이 있다. 1994년 독일 유치원에서 본 이와무라 가즈오의 『Der kleine Tim und der grosse Tom(키 작은 팀과 키 큰 톰)』(J. F. Schreiber 출판사)이다. 오래된 책이라 독일에서는 이미 절판되었다. 독일에 갈 때마다 도서관을 뒤졌으나 그 책은 늘 대출 중이었다.[4] 1999년 우여곡절 끝에 그 책을 슬라이드 필름에 담아 한 출판사의 편집 주간에게 보였다. 그는 이 책의 값어치를 한눈에 알아 보았다. 결과는 대 만족, 대행사를 통해 이 책의 출간이 가능한지 알아 보고 있다.

4 ─────
독일 도서관의 도서 대출 기간은 4주 이상이고, 전화로 다시 2주 이상 연장할 수 있다. 유치원 등에 장기 대출도 된다. 이용자는 한 번에 약 25권의 책을 빌려갈 수 있다.

이 책은 키가 작아서 편리한 점과 불편한 점, 반대로 키가 커서 좋은 점, 불편한 점을 모두 담고 있다. 이 책을 읽으면 키가 큰 사람이든 작은 사람이든 모두 서로에게 필요한 존재임을 깨닫게 된다. 이 책의 덕목은 아이들로 하여금 사물이나 사건의 양면을 모두 살피도록 교육하는 데 좋은 교재가 된다는 점이다. 아이들과 이 책을 읽고, 큰 키의 장점과 단점, 작은 키의 장단점을 떠올리도록 자극하면 유치원 아이들도 제 수준에서 이야기할 수 있다. 이보다 더 좋은 논술 교육은 없다.

TV에서 장애인과 더불어 사는 사회를 만들자고 외친다. 그 전에 '장애인'이라는 말부터 바꾸었으면 좋겠다. 『Sei nett zu Eddie(에디에게 잘 해 주렴)』(Lappan 출판사)[5]에는 다운증후군 어린이인 에디가 주인공으로 등장한다. 우정은 마음에 달렸다는 평범하지만 잊기 쉬운 진실을 에디가 가르쳐 준다.

장애인과 더불어 제대로 살려면 '아는 만큼 보인다'는 태도를 갖추어야 한다. 잠시라도 함께 지내 보면 마음만으로는 턱없이 부족하다는 것을 깨닫게 된다. 내가 겪은 일처럼.

사람보다 나은 개 — 시각 장애인의 안내견

내가 다니는 대학교의 캠퍼스에는 어디서든 금방 눈에 띄는 한 쌍이 있다. 특수교육학과에 다니는 학생과 그의 길동무인 맹인 안내견이다.[6] 주인도 개도 참 순하게 잘 생겼다. 멀리서 쳐다볼 때마다 아름다운 인연이라 생각했다.

어느 날 교내 우체국에 가는 길에 대강당 옆에서 그들을 보았다. 길을 잃었는지 그들은 공사장 안으로 들어서려 하였다. 마침 그들이 가려는 곳이 우체국과 같은 방향이라 함께 가기로 했다.

6 ————
이 주인공 김예진 양과 맹인 안내견 세미에 대한 기사는 조선일보 2000년 4월 26일자에 실려 있다.

무슨 말을 하기는 해야 할 텐데 입이 떨어지지 않았다. 비탈길에 들어서자 어떻게 방향을 바꾸어야 할지 순간 당황했다. 나는 그의 팔짱을 꼈다. 그가 "그럼 잠시만 팔짱을 끼고 가도록 하겠습니다." 하고 예의 바르게 말하였다. 나는 '아차' 싶었다. 내가 먼저 "비탈이라 방향을 돌리기 힘들 것 같으니 잠시 팔을 잡아도 될까요?" 하고 그에게 양해를 구했어야 했다.

실수는 여기에서 끝나지 않았다. 건물의 문이 바라보이는 지점에서 그에게 얼마 남았는지 알려 주어야겠다는 생각에 "이제 약 20m만 가면 됩니다." 하고 말한 것이다! 눈이 보이지 않는 그가 20m를 가늠할 수 있는지 고려하지 않은 것이다.

며칠 후 출판사에서 『세상의 모든 길을 함께 가는 친구─시각 장애인의 길동무 강아지 진솔이의 이야기』(미래 M&B)를 보내 왔다. 삼성 맹인 안내견 학교로부터 맹인 안내견이 될 강아지를 데려와 본격적인 훈련에 앞서 일반 가정의 생활에 적응할 수 있도록 1년 정도 키워 주는 자원 봉사자(puppy walker)

박수영 씨 가족의 '육견 일기(?)'였다.

진솔이는 며칠 전 학교에서 본 바로 그 개와 똑같이 생겼다. 리트리버 종이란다. 순하고 영리하며 성실해서 시각 장애인을 위한 안내견으로 리트리버를 가장 많이 훈련하는 것도 알았다. 네 식구가 번갈아 가며 진솔이가 자라는 모습을 정말 진솔하게 적었다. 그들이 벌이는 좌충우돌 생활 모습이 웃음과 감동을 자아낸다. 세상이 망하지 않는 것은 착한 사람이 그렇지 않은 사람보다 단 한 명이라도 많기 때문이라는 사회복지학과 친구의 말이 떠올랐다.

책 덕분에 안내견을 만나면 어떻게 대해야 할지 배웠다. 사료와 물 이외에는 절대로 다른 음식을 주지 말아야 한다는 것도 알았다. 음식에 주의를 빼앗기면 안내견 역할을 제대로 할 수 없기 때문이란다. 시쳇말로 '다 잘 먹고 잘 살자고 하는 일'인데 사람도 아닌 개가 식탐을 참고 살아야 한다니, 가엾다.

책 뒤쪽에 시각 장애인과 안내견이 어떤 관계인지 설명해 주는 4편의 글이 있었다. 시각 장애인 박영배 씨가 그의 안내견 '송이'에 대해 쓴 글이 마음에 와 닿는다. 내 실수를 꼬집은 글도 있다.

그녀(박영배 씨의 부인)는 송이를 보며 자신을 필요로 하는 사람들을 언제나 도와야겠다는 마음을 다지곤 한다. 송이는 장애인을 위해 개의 본성을 다 버리면서까지 희생하는데 우리는 사람으로 태어났으니 적어도 그 반만큼이라도 해야 하지 않겠냐는 것이다. (중략)

전에 케인(시각 장애자의 보행을 돕는 지팡이)으로 보행할 때는 부인이 손을 잡고 안내해 주면 든든하게만 느껴졌는데 이제는 그렇게 불안할 수가 없었던 것이다. 그녀는 이런 남편의 말에 서운해하면서도 길 안내에 송이보다 나을 수 없다는 것을 인정한다. 사람은 아무리 신경을 쓴다 해도 어느 정도는 자기 위주로 가게 되지만 송이는 철저하게 주인을 우선으로 하기 때문이다.[7]

이 다음에 학교에서 그들을 만나면 훨씬 자연스럽게 대할 수 있을 것 같다. 지난 번과 같은 일이 생기면 그 때의 실수를 사과해야겠다.

책장을 덮었다. 뒷표지의 글귀가 의미심장하다.

'개만도 못하다구요? 사람보다 나은 개도 있습니다.'

인간으로 태어나는 것도 힘들다는데, 개만도 못한 사람은 되지 말아야지…….

7 ───
박수영 외 지음, 『세상의 모든 길을 함께 가는 친구』(미래 M&B), 235~236쪽에서 인용.

나라마다 어린이의 삶도 다르다. 후진국일수록 아이들의 삶도 어른 못지 않게, 아니 더 고달프다. 북한 어린이라고 꽃제비가 되고 싶었겠는가? 분단된 조국에서 사는 어린이와 그렇지 않은 나라에서 사는 어린이의 삶은 다르다. 적어도 우리 세대는 확실히 그랬다. 우리 아이들은 어떨까? 이 땅에 태어난 어린이가 험한 세상을 헤쳐 나가는 데 꼭 필요한 간접 경험을 우리 작가가 만든 우리 책 속에서 얻을 수 있도록 어린이 책을 만드는 사람들이 관심을 갖기 바란다.

편견을
담은
이야기

"어린이 세계 명작 전집을 다 읽어야 하나요? 이솝 우화나 백설 공주는 별로 좋은 것 같지 않아요. 아이들은 재밌다고 읽는데 왠지 꺼림칙해요. 대안 동화는 어때요?" 매 학기 수업 시간에 꼭 나오는 질문이다. 이제 그와 관련된 이야기를 해 보겠다.

어린이 책은 그 시대의 사회상이나 이념, 아동관과 밀접한 관련이 있다. 아동을 순수한 존재로 바라보는 시각은 로크나 루소 등 계몽주의 사상가들에 의해 싹트기 시작했다. 존 로 타운젠트의 『어린이 책의 역사 1』(시공사)을 보면 서구에서 어린이가 인간으로 대접받고 책에서도 그런 경향이 조금씩 나타나기 시작한 것은, 시민 혁명으로 의회 제도가 확립되고 중산 계급이 출현하게 된 18세기 이후라고 한다.

오랫동안 아이들은 사람 대접을 받지 못했다. 아이를 낳는 것은 소나 말처럼 일할 사람이 늘어난 것에 불과했다. 자식은 부모의 절대적인 소유물이라 남에게 팔든 죽이든 거의 부모 마음대로였다. 산업 혁명기 영국에서는 어른이 들어갈 수 없는 좁은 갱도에 아이들이 기어 들어가 석탄을 캐 냈다. 아동의 노동력 착취와 학대가 비일비재했던 것이다. 먹고 살기 바쁘니 애들도 제 밥벌이는 해야 한다는 생각이었다.

19세기까지도 기독교는, 인간이 악마의 꾀임에 넘어가기 쉬운 나약하고 심지어는 사악하기까지 한 존재이기 때문에(원죄를 지었으므로) 어린 영혼들이 지옥에 떨어지지 않도록 엄하게 교육하여 구원해야 한다고 생각했다. 존 로 타운젠트의 책에서 15세기의 예절서들 중 『어린이 책(Babees' Book)』에 실린 「모든 어린이를 위한 사이먼의 지혜의 가르침(Symon's Lesson of Wisdom for All Manner of Children)」의 일부를 인용해 본다.[1]

1   존 로 타운젠드 지음, 『어린이 책의 역사 1』(시공사), 14~15쪽 인용.

아이야, 열매나 새나 공 때문에

집이나 담에 올라가면 안 된단다.

아이야, 집에다 돌을 던져서도

유리창에다 돌을 던져서도 안 된단다.

신성한 날의 신성한 교회에서는

아이야, 너의 책이나 모자나 장갑

그리고 네게 필요한 모든 물건을 챙기렴.

안 그러면 혼쭐이 나고,

알몸으로 흠뻑 얻어맞을 테니.

요즘 이런 글을 썼다가는 작가의 집 유리창이 남아나지 않을 테지만, 그 시절에는 이보다 더 끔찍한 교훈서도 많았다. 아이들은 기독교 교리서, 도덕이나 예절을 가르치는 교육 목적의 책을 읽고 자랐다.

이런 부류의 '잔소리 책' 외에 우화나 전설이 있었다. 그것들은 특별히 어린이를 위해 만든 것이 아니라 어른들 사이에 전해 내려오는 이야기를 어린이에게 쉬운 말로 들려 준 것에 불과하다. 『로빈슨 크루소』, 『걸리버 여행기』도 처음에는 어린이를 위해 쓴 책이 아니었다. 『아라비안 나이트』도 마찬가지다. 몇 년 전 이 책의 완역본을 읽고 그 외설과 잔혹함에 무척 놀랐다. 결코 어린이가 읽을 만한 이야기가 아니었다.

19세기에 들어서도 어린이 책에서 아동 학대는 좀처럼 사라지지 않았다. 어린이를 위해 썼다는 그림 동화도 마찬가지다.『알고 보면 무시무시한 그림 동화 1, 2』(서울문화사)는 1812년에 나온『그림 동화』초판에 성(性)적 표현은 물론 근친상간도 들어있어 비평가들이 혹평을 했다고 지적했다. 그 후 그림 형제는 판을 거듭할수록 이야기를 고쳐 나갔다. 지금까지 알려진『그림 동화』는 그들이 1857년 발간한 마지막 수정본인 제 7판에 바탕을 두었다. 그러나 잔혹한 살인, 아동 학대 등의 묘사는 여전하다.[2]

2 ──────
보다 자세한 내용을 알고 싶으면 『알고 보면 무시무시한 그림 동화1, 2』(Kiryu Misao 지음, 서울문화사)를 읽기 바란다.

「신데렐라」,「백설 공주」,「백조 왕자」,「북두칠성이 된 국자」등은 세계명작(?) 전집에서 약방의 감초처럼 빠지지 않는 작품이다. 모두 계모의 아동 학대가 이야기의 뼈대를 이룬다.「콩쥐 팥쥐」,「장화홍련」,「버들 도령」등 우리 옛이야기도 도토리 키 재기다. 비록 주인공이 행복해지는 것으로 끝나지만, '계모는 나쁘다'는 선입관을 아이들 마음 깊숙이 심는다.「헨젤과 그레텔」도 아동 학대를 자세하게 그렸다.

오늘날에도 어른들은 여전히 그런 작품을 만들어 낸다. 디즈니의「라이언 킹」을 보고 "엄마, 왜 삼촌이 아빠를 죽여? 왜 조카를 죽이려고 해?" 하고 묻는 아이들에게 어떻게 대답해야 할지 작가가 그 해답을 갖고 있는지 궁금하다.

이혼이 늘고 있다. TV에서 개그맨이 "여보, 당신 새끼와 내 새끼가 우리 애를 두들겨 패요." 하고 말하는 것이 결코 낯설지 않은 시대가 된 것이다. 편부, 편모 슬하에 살거나, 계부, 계모, 혹은 친척집에서 살아야 하는 아이들도 점점 더 늘어날 것이다. '새엄마는 나쁘다.'라고 머리 속에 입력된 아이들이 새엄마와 함께 사는 것은 아이에게는 물론 새엄마에게도 고통이다.

어린이는 순수하다. 아직 어려서 티끌이 덜 묻어 세상을 거짓 없이 바라본다. 어린이가 가진 편견의 대부분은 어른이 준 것이다. 우리 세대도 어릴 적 부모님이 미워하는 친척이나 이웃에게 무조건 적개심을 품었던 기억을 지니고 있지 않은가?

동화도 아이들에게 편견을 줄 수 있다. 아이들이 어릴수록 책에서 읽은 내용과 현실을 구별하지 못한다. 꾸며 낸 이야기임에도 불구하고 합리적인 판단 없이 책의 내용을 고스란히 받아들인다. 그것이 그릇된 내용인지 도덕적으로 문제가 되는지 가치판단하지 않고 무조건 읽는다. 동화 속에 드러나는 편견에 무방비 상태인 것이다.

이런 이유로 옛이야기를 권할 때 주저하게 된다. 세계 명작 전집이라는 꼬리표가 붙었다고 무조건 믿을 것이 아니라 책의 내용이 아이들의 현실 생활과 지나치게 동떨어져 있는지, 자아 개념에 손상을 주는지, 가치관에 혼란을 일으키는 것은 아닌지 꼼꼼히 살펴 봐야 한다.

대안 동화는 이런 문제 의식에서 출발했다.

대안 동화를
넘어서

옛이야기 가운데 현대를 살아가는 데 바람직하지 않은 것을 고쳐 쓰는 작업이 있다. 이를 흔히 '대안 동화'라 부른다. 대안 동화는 주로 어린이 세계 명작, 이솝 우화, 전래 동화 가운데 시대에 뒤떨어진 이야기를 골라 줄거리나 등장 인물의 성격을 바꾼 것이다.

'대안'을 사전에서 찾아보면 '어떤 안을 대신하는 다른 안(案)'으로서 '비판만 할 것이 아니라 대안을 내놓으시오!' 할 때 쓰이는 대안(代案)이 있고, '상대방의 안(案)에 맞서서 내놓는 이 편의 안(案)'이라는 뜻의 대안(對案)이 있다. 넓은 의미에서 대안 동화라 할 때는 주로 앞의 뜻으로 쓰지만, 남성 중심의 성차별 문화에 대항하는 목적으로 대안 동화를 쓰는 현실을 감안하면 뒤의 뜻도 포함한다.

우리나라에 번역, 소개된 대안 동화 그림책으로는 「아기돼지 삼형제」를 늑대의 입장에서 쓴 『늑대가 들려주는 아기돼지 삼형제 이야기』(보림)와 주인공을 자매로 바꾸고 여성의 주체적인 삶과 올바른 결혼관을 제시한 『아기돼지 세 자매』(파랑새어린이)가 있다. 「빨간 모자」를 다시 쓴 『빨간 아기토끼』(마루벌), 신데렐라를 비롯한 5편을 고쳐 쓴 『더 행복한 신데렐라』(웅진), 왕자병이 심한 약혼자와 결별을 선언하는 『종이 봉지 공주』(비룡소)도 있다. 레오 리오니의『프레드릭』(시공주니어)도 결코 빼놓을 수 없다.

국내 작가들이 쓴 대안 동화로는 서울대 아동학 연구실 연구원들이 쓴 『왕자님 귀도 당나귀 귀』,『동글이의 세상구경』,『더벅머리 나무꾼과 달궁선녀』(샘터사)와 동화작가 모임인 우리누리가 쓴『거꾸로 보는 이솝우화』,『거꾸로 보는 세계명작』,『거꾸로 보는 전래동화』(중앙M&B) 등이 있다.

국내의 대안 동화는 옛이야기가 지닌 한계를 극복하기 위해서보다는 주로 대입 논술시험 때문에 유행처럼 번진 것 같다. 그래서인지 책마다 논리적 사고력을 길러 준다고 거듭 강조했다. 또 수련장처럼 이야기 끝에 '생각해 봅시다' 하여 연습 문제를 곁들이기도 한다. 한계는 있지만 그래도 이런 시도는 옛이야기를 다른 관점에서 해석하고 편견과 고정관념에 의문을 품어 볼 기회를 마련하기 때문에 필요하다.

위의 이야기 가운데 '아기돼지 삼형제'를 원작으로 삼은 두 편의 대안 동화『늑대가 들려주는 아기돼지 삼형제 이야기』와『아기돼지 세 자매』를 소개한다. 같은 원작을 두고 전혀 다른 이야기를 만들어 내는 것이 대안 동화의 매력이다.

동정심을 불러일으키는 늑대와 아기돼지 세 자매

『늑대가 들려주는 아기돼지 삼형제 이야기』는 늑대의 입장에서「아기돼지 삼형제」를 새로 썼다. 늑대는 이렇게 말한다.

나는 도대체 모르겠어. 커다랗고 고약한 늑대 이야기가 어떻게 처음 생겨났는지. 하지만 그건 모두 거짓말이야. 아마 우리가 먹는 음식 때문에 그런 얘기가 생긴 것 같아. 하지만 우리 늑대가 토끼나 양이나 돼지같이 귀엽고 조그만 동물을 먹는 건, 우리 잘못이 아냐. 우린 원래 그런 동물을 먹게끔 되어 있거든. 치즈버거를 먹는다고 해서 너희를 커다랗고 고약한 사람이라고 한다면 그게 말이 되니?

늑대가 "인간은 정말 너무해!" 하고 원망할 만하다. 고정관념에서 벗어나 남의 처지가 되어 볼 수 있도록 도와 준다는 점에서 이 그림책은 훌륭한 대안 동화다.

『아기돼지 세 자매』는 우선 남자들이 동화의 주인공을 독점하는 데 항의한다. 내친김에 주인공을 세 자매로 바꾸었다. '돼지는 더럽다.'는 통념도 절대 사절, 가정교육을 잘 받아 깔끔하고 단정한 결혼 적령기의 암돼지를 등장시켰다.

이 그림책의 결말이 눈길을 끈다.[1]

자, 아기돼지 세 자매 이야기는 이렇게 끝이 나요…….
가장 좋은 신랑감은 어떻게 되었냐구요?
늑대를 잡았다는 소문이 퍼지자,
셋째 돼지와 결혼하겠다는 돼지들이 줄을 섰어요.
하지만 가장 좋은 신랑감을 찾았는지는 아무도 몰라요.

1 ─────────
프레데릭 스테르 글 · 그림,
『아기돼지 세 자매』(파랑새어린이),
29~30쪽에서 인용.

막내와 결혼하려고 늘어 선 신랑감들을 보고 있으니 속이 다 후련하다. 막내는 남자에게 잘 보이려고 돈 보따리를 싸 바치지 말고 실력을 갖추라고 충고한다. 그러면 당당한 위치에서 배우자를 고를 수 있다. 아니면 씩씩하게 혼자 살 수도 있다. 막내 돼지처럼.

앞의 두 작품은 원작을 떠올리게 하면서도 전혀 새로운 발상의 이야기를 이끌어 냈다. 무엇보다도 이야기가 억지스럽지 않고 재미있는 것이 가장 큰 매력이다. 흔히 대안 동화가 저지르기 쉬운 단점을 잘 극복한 수작이다.

성차별을 극복하려는 대안 동화의 한계

대안 동화의 목적은 이야기를 새롭게 바꾸어 보거나 논술 능력(사실 그 효과가 의심스러운 글이 태반이지만)을 기르는 데 있지 않다. 그릇된 가치관과 행동을 바꾸어 더 나은 사회를 만들기 위한 것이다. 실례로 성차별을 극복하기 위해 쓴 대안 동화는, 양성 평등 사회를 만들기 위한 사회 운동이다. 그럼에도 불구하고 옛이야기를 고쳐 쓴 몇 작품을 읽어 보면 대안 동화를 쓰기 위해 치열하게 고민한 흔적이 보이지 않는다.

여성학자들은 성차별을 없애기 위해 대안 동화에도 관심을 기울여 왔다. 몇몇 대학의 여성학 강좌에서 대안 동화 쓰기가 학기말 과제로 나왔다. 그 가운데 몇 편을 출판하자는 말이 있어 그 원고들을 검토한 적이 있다. 「신데렐라」나 「백설 공주」「홍길동」 등을 고쳐 쓴 것인데 욕심이 지나쳐 과격하고 문학 작품으로서 가치가 떨어져 출판하기에 적당치 않았다. 그러나 적어도 그런 시도를 해 본 대학생이 부모가 되면 딸 아들을 평등하게 기르려 노력하리라 기대한다.

대안 문화를 만들고 실천하려는 모임인 '또 하나의 문화'에서 펴낸 『새로 쓰는 사랑 이야기』(또 하나의 문화)에 여성학을 수강한 학생들이 고쳐 쓴 「신데렐라」가 실렸다.

첫 문단의 일부를 인용해 본다.[2]

2 ——
송연화 외 지음, 「신데렐라」편, 『새로 쓰는 사랑 이야기』(또 하나의 문화), 271쪽에서 인용.

그 부인에게는 총명하고 씩씩한 딸이 하나 있었는데, 이 소녀는 인형 놀이나 바느질놀이 보다는 칼싸움이나 말 타는 것을 좋아했습니다. 소녀의 아버지도 그런 딸을 자랑스럽게 여기고 사랑했습니다.

칼싸움이나 승마가 남성의 전유물이 아님을 강조하기 위해 이렇게 썼을 것이다. 그러나 굳이 '인형 놀이나 바느질 놀이보다'란 표현을 써야 했을까? 혹시 신데렐라가 사내 같은 딸이기에 아버지가 자랑스러워한 것은 아닐까? 흔히 '여성적인 것'이라 부르는 일의 가치를 더 깎아 내린 셈이다.

우리누리가 고쳐 쓴 「신데렐라와 조셉」[3], 이링 페처의 「신데렐라의 의식화 과정」[4], 로알드 달의 「더 행복한 신데렐라」[5]에서 신데렐라는 왕자에게 발탁되어 신분상승하기를 거부했다. 그러나 신데렐라의 태도가 자매에게 아무런 영향을 끼치지 못했다. 그들은 여전히 왕자의 눈에 띄기를 바란다. 또 계모와 그 딸들은 여전히 신데렐라를 종처럼 부리고 괴롭혔다. 여성에 의한 여성의 착취를 전혀 극복하지 못했다. 여성이 여성을 설득하지 못하고도 페미니즘 운동이 성공할 수 있을까?

장영은이 쓴 「팥쥐 엄마 배씨 여인의 눈물」[6]은 콩쥐를 구박했다는 것이 헛소문임을 주장하는 팥쥐 엄마의 신세타령이다. 이 글에서 콩쥐와 팥쥐는 친자매 이상으로 잘 지낸다. 팥쥐 엄마도 콩쥐를 끔찍이 아낀다. 우리 사회에서 계모 노릇하기가 얼마나 힘든지 팥쥐 엄마의 걸쭉한 입담으로 풀어 냈다. 그런데 작가는 손자 타령을 하며 팥쥐 엄마를 구박하고, 동네 아낙네에게 팥쥐 엄마의 험담을 늘어놓는 시어머니를 등장시킨다. 「콩쥐 팥쥐」에도 없는 고부 갈등을 왜 끼워 넣었을까? 대안 동화가 왜 필요한지조차 모르고 쓴 글이 아닌지 의심스러운 대목이다.

3
우리누리 엮음, 『거꾸로 보는 세계명작』(중앙M&B), 150~156쪽 참조.

4
이링 페처 지음, 『누가 잠자는 숲속의 공주를 깨웠는가』(철학과 현실사), 137~140쪽 참조.

5
로알드 달 지음, 『더 행복한 신데렐라』 주머니 속 세계 창작동화 8~9(웅진), 9~20쪽 참조.

6
서울대학교 아동학연구실의 연구원들 편저, 『더벅머리 나무꾼과 달궁선녀』(샘터사), 131~144쪽 참조.

우리누리가 쓴 「서당훈장 콩쥐」(중앙M&B)[7]에서 암행어사는 마을 아이를 모아 밤마다 글공부를 시킨 콩쥐의 공을 기려 그 마을에 서당을 지어 주었다. 암행어사가 등장했으니 조선 시대가 배경일 게다. 조선 시대에 농사꾼의 자식, 그것도 여자가 서당 훈장이 될 수 있었다면 얼마나 좋겠는가? 이런 결말은 여성이 교육 혜택을 얻기까지 겪어야 했던 험난한 과정을 희석시킨다. 서당훈장 콩쥐처럼 개인적인 노력만으로 신분 질서를 얼마든지 뛰어넘을 수 있다고 착각할까 봐 염려스럽다.

7 ——
우리누리 지음, 『거꾸로 보는 전래동화』(중앙M&B), 178~185쪽 참조.

성차별을 철폐하기 위한 대안 동화의 한계는 무엇보다도 원작의 줄거리와 작품의 배경이 되는 시대 상황을 무시할 수 없다는 데 있다. 시대적인 배경을 따지지 않으면 「서당훈장 콩쥐」처럼 된다. 솔직히, 줄거리를 바꾼다고 원조 「콩쥐 팥쥐」나 오리지널 「신데렐라」의 위세가 꺾일 것 같지 않다. 흑설 공주가 디즈니의 백설 공주를 누를 수 있을까?

차라리 신데렐라나 콩쥐보다 훨씬 더 매력적인 인물을 창조하는 것이 낫지 않을까! 그러나 이런 기대를 여지없이 무너뜨리는 작품들이 여전히 쏟아지고 있다.

지금도 성차별 동화는 끊임없이 나온다

내가 대안 동화에 관심을 가진 것은 대학교 1학년 때라고 기억한다. '피해적 사회화(victim socialization)'라는 용어를 처음 들은 것은 사회학개론 수업이었다. 피해적 사회화란 사회에서 특정한 집단의 사람들을 대상으로 '너희는 이것밖에 안 되는 종자다.' 하고 지속적으로 차별함으로써 마침내는 사회화의 희생자로 만드는 것이다. 인종차별, 계층적 차별, 성차별이 피해적 사회화의 대표적인 예다. 미국에서는 빈민가의 남미 혼혈 흑인 여아로 태어나는 것이 최악의 상황이겠다. 성차별 동화에 대한 관심은 피해적 사회화에 그 뿌리를 두고 있다.

어린이 책에서 성차별은 피해적 사회화를 강화한다. 그런데 정말 유감스럽게도 여성 작가조차 알게 모르게 피해적 사회화의 가해자 역할을 한다.

『깜찍이의 친구는 누구?』(두산동아) 그림책이 있다. 책표지 왼쪽 위 모서리에 큼직한 글씨로 '알콩달콩 유아교육동화, 5·6세, 사회성 발달, 사회 생활'이라 썼다. 그 옆에는 이 책이 어린이 문화 대상과 한국 출판 문화상 아동 부문을 수상했다는 딱지가 붙어 있다. 내가 이 책에 주목하는 것은 출판사가 어린이의 사회성 발달을 돕기 위해 썼음을 강조했기 때문이다. 책 속에도 '함께 보는 어른에게' 제목으로 '유아가 또래에게 배척 당하는 것은 기본적인 대인 관계의 기술이 부족하거나 예의를 배우지 못했기 때문입니다……'라고 아동을 지도하는 방법을 써 놓았다.

대강 이런 줄거리다. 깜찍이는 동네에서 제일 예쁜 아이다. 남자아이들은 그 애를 친구로 만들려고 멋을 부리고, 물량 공세에, 힘 자랑까지, 그야말로 야단이다. 깜찍이가 남자아이들 틈에서 갈팡질팡하자 그 때까지 비위를 맞추던 사내애들이 모두 한통속이 되어 "너 같은 변덕쟁이는 싫고 속마음이 예쁜 아이가 좋다." 비난하며 가 버린다. 홀로 남겨진 깜찍이는 빗속에서 울면서 '어떻게 하면 속마음도 제일 예쁜 아이가 될까' 고민하는 것으로 끝난다.

우선 이 책은 등장 인물의 이름부터 마음에 들지 않는다. 특히 빵을 좋아하는 '뚱뚱이'가 그렇다. 살찐 아이에게 듣기 싫은 별명을 부르는 것이 과연 올바른 행동인지 작가는 판단해야 했다.

이야기의 뼈대는 더욱 걱정스럽다. 이 책을 보면 미녀 한 명을 차지하기 위해 섹스 어필에 물량 공세에 칼부림도 마다 않는 영화의 한 장면이 떠오른다. 여자는 남자가 차지하는 물건가? 왜 늘 여자애만 변덕쟁이로 그리나? 왜 여자 친구를 혼자서 독차지하려고 온갖 수단을 동원한 사내아이들에게는 잘못을 묻지 않는가? 꼬시다가 안 되니 합심해서 '왕따'시킨 것은 비난받을 일이 아닌가? 왜 여성 작가들조차 아직도 이런 글을 쓰는가? 이러고도 이 책이 사회성을 길러 줄 수 있을까? 왜 이런 책에 상을 주었을까? 상을 받았다는 선전 문구 때문인지 도서관에 있는 이 책의 표지는 너덜너덜하다. 이런 책에 상을 줄 바에야 차라리 상을 없애는 편이 낫다.

어린이, 특히 유아는 제 또래의 주인공을 흉내낸다. 이런 책이 계속 쏟아지는 한 옛이야기를 고쳐 쓰는 노력은 별 성과가 없을 것 같다.

신데렐라를 넘어서

대안 동화의 가장 성공적인 작품은 레오 리오니의 『프레드릭』(시공주니어)일 것이다. 이 작품은 「개미와 베짱이」를 초월했지 결코 연연하지 않았다. 레오 리오니는 베짱이로 상징한 예술가 집단에게 가치를 부여하고, 개미나 베짱이보다 더 매력적인 새 주인공 프레드릭을 만들어 냈다.

매력적인 여주인공이 등장하는 대안 동화는 없을까? 신데렐라의 계모나 팥쥐 엄마를 착하게 둔갑시키기보다 패트리샤 맥라클란의 『못생긴 사라』(웅진)[8]처럼 함께 살고 싶은 새엄마 '사라'를 소개하면 어떨까?

8 ——————
안타깝지만 이 책과 로알드 달의 『더 행복한 신데렐라』는 단행본이 아니다.

패트리샤 맥라클란은 바닷가에서만 자란 사라와 시골에서 자라 한 번도 바다를 본 적 없는 아이들이 서로에게 적응해 가는 과정을 담백하게 그렸다. 여기서 작가가 사라와 아이들이 자란 고장을 대조적으로 설정한 것은 그들이 서로 다른 환경에서 자랐던 것처럼 새엄마와 아이들의 만남이 낯설고, 이들의 결합이 낯선 상대방의 세계로 발을 들여 놓는 것임을 함축한다.

이 책은 새엄마를 기다리는 아이들의 설렘은 물론 걱정까지도 섬세하게 잘 표현했다. 아이들은 사라의 말 한마디마다 귀를 쫑긋거린다. 사라가 '겨울'이라는 말을 하면 그 때까지 아줌마가 여기 있을까 궁금해한다. 사라가 오빠에게 쓰는 편지에 '우리의 건초더미 벼랑'이라고 쓰면 아이들은 '우리'라는 말에 미소를 주고받는다. 그리고 사라가 혼자 마을에 가려고 하자 그가 떠날까 봐 걱정하며 눈물짓는다. 안나는 아빠가 사라 아줌마를 팔로 감싸안고 턱을 아줌마의 머리 위에 기대는 모습을 보고 생전의 엄마와 아빠의

다정한 모습을 떠올리며 눈을 감는다.

또 "사라 아줌마는 자기 방식대로 사시잖아. 사라는 사라야. 너희도 알지?"[9] 대사에서 새엄마를 독립적인 인격체로 존중해야 함을 강조했다. 새엄마 후보인 사라와 아이들 사이에 미워하고 갈등하는 장면이 없어 마음에 든다. 서로에게 조심스럽게 다가가는 과정이 매우 자연스럽다.

9 ——
패트리샤 맥라클란 지음, 『못생긴 사라』 주머니 속 세계 창작동화 8~3(웅진), 67쪽에서 인용.

이 책을 읽으면 새엄마가 함께 살 만한 사람으로 보인다. 누군가의 새엄마나 새아빠가 되어야 하는 사람들과 그들의 아이들에게 새 가정이 행복을 가져올 수 있으리라는 기대감을 안겨 준다.

진정한 의미의 대안이란 새롭고 진취적인 가치관을 지니면서도 신데렐라보다 더 재미있는 동화들을 아이들에게 제공하는 것이다. 이 점에서 아스트리드 린드그렌은 단연 돋보이는 작가다. 그는 개성과 모험심이 강한 여자아이를 주인공으로 등장시킨 『내 이름은 삐삐 롱스타킹』(시공주니어), 『산적의 딸 로냐』(시공주니어)를 썼다. 그러나 그의 장기는 거기서 끝나지 않는다. 그의 작품에는 여성을 존중하는 태도가 스며 있다.

가사노동을 담당하는 주부를 존중하는 표현을 예로 들면 다음과 같다.[10]

10 ——
아스트리드 린드그렌 지음, 『라스무스와 폰투스』(시공사), 31쪽에서 인용.

> 아버지는 늘 이렇게 말했다.
> "무슨 일이든지 늘 네 엄마가 바라는 대로 되거든, 또 그렇게 하면 좋은 결과를 낳게 되고. 그리고 머리 나쁜 경찰관 하나랑 성가시게 구는 아이 둘, 말 안 듣는 강아지 한 마리를 엄마만큼 훌륭하게 잘 다루는 사람도 없다는 걸 식구들은 전혀 모르고 있어."
> 아버지는 엄마보다 더 완벽한 사람은 이 세상에 아무도 없다고 주장했다.
> 아버지가 말했다.
> "엄마는 모든 걸 다 돌보고 있잖아. 남편과 아이들, 강아지하고 집, 게다가

정원까지……. 나는 고작 하는 게 나무를 심고 잡초를 뽑고 물을 주고 가시 나무 덤불을 자르고 잔디를 깎는 일밖에는 없는데 말이다.”

여자 친구에게 어떻게 대해야 하는지도 자연스럽게 표현했다.

에바 로타의 목소리는 맑고 고와서 안데스와 칼레가 있는 곳까지 또렷하게 들려 왔다. 칼레는 안데스에게 캐러멜을 주는 둥 마는 둥 넋을 잃고 에바 로타를 바라보았다. 안데스도 캐러멜을 받는 둥 마는 둥 에바 로타 쪽을 멀거니 바라보았다. 칼레는 한숨을 내쉬었다. 칼레는 에바 로타가 못 견디게 좋았다. 그건 안데스도 마찬가지였다. 칼레는 집 살 돈만 생긴다면 당장 에바 로타를 부인으로 맞겠다고 작정하고 있었다. 안데스도 똑같은 생각을 하고 있었다. 그러나 칼레는 에바 로타에게 억지로 자기를 택해야 한다고는 말하지 않았다.[11]

11 ─────
아스트리드 린드그렌 지음, 『명탐정과 보석 도둑』, 웅진 챌린저북스 01(웅진), 14쪽에서 인용.

문제는 에바 로타를 불러 내는 일이었다. 칼레와 안데스는 에바 로타를 직접 부르러 가는 것이 왠지 내키지 않았다. 솔직히 말하면, 여자아이와 노는 것부터가 그다지 내키지 않는 일이었다. 하지만 어쩔 수 없었다. 에바 로타가 있는 편이 뭘 해도 훨씬 재미있었으니까. 게다가 에바 로타는 뭔가 재미있는 놀이를 하면, 절대로 뒤를 빼지 않는 아이였다. 사내아이 못지 않게 용감하고 날랬다. 물탱크를 고칠 때, 에바 로타는 안데스나 칼레하고 똑같은 높이까지 작업대에 올라간 적이 있었다. 뵤르크 순경이 세 아이를 발견하고 냉큼 내려오라고 호통쳤을 때도, 에바 로타는 누가 봐도 눈이 아찔할 만큼 높직한 판자 끄트머리에 척 걸터앉아 태연하게 웃으며 말했다. “여기까지 올라와서 잡아 봐요.”
……

그 때부터 칼레는 뵤르크 순경을 좋아하게 되었다. 또, 에바 로타도. 에바 로타를 색시로 맞고 싶다는 생각은 제쳐 두고라도, 그 애가 마음에 쏙 들었다.

안데스가 말했다.

"그래도 용기가 대단하잖아. 경찰한테 그런 말을 다 하고. 그런 말을 할 수 있는 여자아이는 흔치 않아. 남자들도 잘 못 할 걸."[12]

12 ——————
같은 책 31~32쪽에서 인용.

남녀 평등의 문제를 생쌀 씹듯 드러내 놓고 강조하기보다 여자 친구와 노는 것을 멋쩍어 하는 사내아이들의 마음을(이는 물론 사회화의 결과다) 헤아리면서 동시에 같이 놀고는 못 배길 만큼 호감이 가는 여자 친구를 그려 냈다. 린드그렌이 이 작품을 1940년대에 썼다니 놀랍다. 요즘 작가보다 역시 한 수 위다.

아스트리드 린드그렌과 같은 작가가 우리나라에 단 한 명이라도 나왔으면 좋겠다. 1999년 유엔이 발표한 인간개발보고서에서 스웨덴이 남녀평등지수 세계 5위(한국은 30위), 여성권한척도 세계 2위(한국은 78위)를 차지한 것은 결코 우연이 아니다.

작품 속에서 은유적으로 표현하기 힘들면 차라리 정공법으로 나가자. 일상 생활에서 벌어지는 남녀 차별적인 행동 그 자체를 문제 삼아 정면으로 맞서는 것이다. 이 점에서 Anthony Browne이 지은 『Piggybook』(Julia MacRae Books)[13]은 단연 돋보이는 그림책이다. 가사 노동 분담에서 성차별을 다룬 수작이다. 대단히 독창적이고 재미있다.

이 책에는 부부와 두 아들이 등장한다. 세 남자는 가만히 앉아 손끝 하나 까닥하지 않고, 주부를 그야말로 부려먹는다. 가사 노동에 지친 주부가 어느 날 "이 돼지들아." 하며 집을 나간다. 그 장면 이후로 세 남자는 돼지로 변한다. 주부가 없는 집은 그야말로 돼지 우리! 세 남자는 엄마의 빈자리를 느끼며 반성한다. 주부가 돌아오자 세 사람은 엎드려 사과한다. 그 이후로

13 ————
Anthony Browne이 쓴
『Piggybook』(Julia MacRae Books,
영국)의 독일어 판.

모든 집안 일을 서로 분담한다. 맨 마지막 장면에서 자동차를 정비하는 엄마의 모습이 인상적이다.

이 책의 메시지는 매우 직설적이다. 그러나 기발한 그림이 흥미를 끈다. 세 남자가 돼지로 변하자 수도꼭지는 물론 신문의 사진, 벽지의 꽃무늬까지 돼지로 변한다. 매우 익살스럽다.

반찬이 마음에 들지 않는다고 밥상을 뒤엎은 아빠와 그것을 유치원에서 그대로 재현한 아들(실화다!), 한국의 이 돼지 부자(父子)를 위해 『Piggybook』이 꼭 번역되었으면 좋겠다.

신데렐라, 그 끊임없는 환생

성차별을 극복하기 위해서는 대안 동화도 필요하지만 무엇보다도 사회 제도의 변화가 뒤따라야 한다.

신데렐라는 오늘날에도 굳건하게 살아 있다. 일명 미스코리아 대회라고 불리는, 겉모습이 예쁜 여자를 뽑는 대회를 보자. 인터뷰 장면을 유심히 살펴보면 참가자의 지적인 성숙도를 측정할 만한 질문이 하나도 없다. 애초부터 미인 대회는 여자의 내면적인 아름다움이나 지성미에는 관심이 없었다.

대회마다 맨 끝에 따라 붙는 아나운서들의 맺음말은 훨씬 더 굴욕적이다. '앞으로 일 년 간 한국을 대표할 미스코리아'라니……. 머리 속에 뭐가 들어 있는지도 모르는 그녀들이 어째서 한국 여성의 대표가 된다는 말인가?

그래도 입상만 하면 몇 백대 일의 경쟁을 뚫고 통과해야 하는 방송의 사회자도 그 다음 달부터 될 수 있고, 재벌 아들에게 시집가서 신분 상승도 할 수 있기에 오늘날에도 여전히 신데렐라를 꿈꾸는 여성들이 줄을 서고 있다. 미인 대회에서 신데렐라가 되는 것은 계모에게 학대받으며 집안 일을 하느라 팔뚝이 굵어졌을 동화 속의 신데렐라보다 훨씬 더 쉬운 길이다. 이런 샛길이 버젓이 있는데 머리 싸매며 아나운서 시험을 준비하기 위해 공부할 필요가 있을까?

미인 대회에서 뽑힌 여자들은 자신의 외모가 예쁘다고 인정받는 것으로 만족해야 한다. 방송국의 태도도 그 이상이어서는 안 된다. 미인 대회에서 뽑힌 여자들이 방송의 진행자나 탤런트가 되는 것은 그 길을 위해 오랜 기간 실력을 닦아 온 다른 여자들의 자리를 강탈하는 것이다. 새치기란 말이다!

신데렐라는 여자들이 이룬 성과를 깎아 내리는 말로도 쓰인다. 박세리가 미국의 LPGA 대회에서 우승했을 때도 천박한 언론은 그를 '신데렐라'라 불렀다. 박지은에게도 '신데렐라'란 호칭이 따라 다닌다. 골프가 행운으로 되는 운동인가? 그들이 왜 신데렐라인가?

동화를 고쳐 쓰고, 「Ever and After」와 같은 대안 영화(?)를 만든다고 해서 신데렐라가 사라지는 것이 아니다. '옛날에는 이런 이야기도 있었단다. 이제는 말도 안 되는 이야기지만……' 하고 신데렐라를 장사지내야 한다. 신데렐라의 망령이 되살아나지 않도록 미스코리아 대회부터 없앴으면 좋겠다. 미인대회를 거부하는 움직임이 거세지면 도저히 버리기 아까워 '지적인 미'도 심사 기준에 넣어 대회를 보완한답시고 논술 시험이라도 칠지 모르지…….

북녘에
　　　어린이　책을
보내며

북으로 어린이 책을 보내다

1998년 11월 중순에 민간 단체인 '남북 어린이 어깨동무' 대표가 북한을 방문했다. 이번 방문은 북한 어린이를 위한 식량, 의약품과 함께 남한 어린이들이 그린 얼굴 그림 500점과 학용품, 어린이 책, 만화 영화, 비디오 테이프 등을 전달해 주목을 끌었다. 바야흐로 남과 북의 어린이간에 문화 교류의 길이 열린 것이다.

북쪽 아이들에게 보낼 책을 골라 달라는 전화를 받고 한동안 망연 자실 앉아 있었다. 북한에 우리 어린이 책을 보내다니! 감격스러웠다. 그러나 한편으로 감격보다는 그 책들을 골라야 한다는 부담감이 가슴을 짓눌렀다. 솔직히 말하면 한심스러웠다. 어린이 책에 대해 떠들면서도 북의 어린이를 까맣게 잊고 산 것이다. 이제까지 '우리의 소원은 통일, 막연히 소원은 통일' 이렇게 살아온 것 같아 비참했다.

단행본으로 8종을 골라 여러 권씩 보내기로 결정했다. 책을 고르기 전에 몇 가지 원칙을 세웠다. 남과 북이 함께 공감할 수 있는 소재로 체제의 우월성을 강요하거나 북을 비난하는 글귀가 없는 책을 골랐다. 또한 여러 장르의 작품을 고루 포함하였다. 그림책은 다양한 기법의 작품이 고루 포함되도록 했다. 남한의 대표적인 아동 문학가와 출판사의 작품을 고르려고 노력했다. 주인공이나 작가의 남녀 성 비율도 고려했다.

몇 사람의 의견을 종합해 다음과 같은 책들을 골랐다. '남북 어린이가 함께 보는 창작동화집' 중 제 4권『통발신을 신었던 누렁소』와 제 5권『돌아오지 않는 까비』(사계절), 이 책은 우리 아이들이 북의 동화를 읽는다는 사실을 알리고 싶어 골랐다.『우리가 정말 알아야 할 우리 옛이야기 백 가지』(현암사)는 남한에 구전된 전래동화 자료를 가장 많이 담고 있기에 선정했다.『강아지 똥』(길벗어린이)은 분단을 가장 많이 다룬 권정생의 작품이라 넣어야 한다기에 포함시켰다.『세밀화로 그린 보리 어린이 식물도감』(보리)은 우리 산하에 피는 식물을 공들여 그렸기에 골랐다.『갯벌이 좋아요』(보림)는 북의 작가들에게 남한의 '우리 것 살리기' 작업을 보이고 싶어 골랐다. 19세기 말 만주 지방을 배경으로 한『폭죽소리』(길벗어린이)는 남과 북이 다같이 공감할 수 있는 역사물이다.『엄마 없는 날』(웅진)은 남한 아동 문학에 있어 대표적 작가인 이원수의 작품집으로, 분단을 은유적으로 표현한 글이 들어 있다.『손 큰 할머니의 만두 만들기』(재미마주)는 북에도 남아 있을 설날 풍속을 담은 그림책이다. 민화풍의 그림이 정겹다.

북에 보낼 어린이 책을 고르면서 참 많은 생각을 했다. 일본이나 미국 아이들의 생활은 잘 알면서, 정작 지척에 있는 북녘 어린이의 모습을 떠올릴 수 없다니, 우리 아이들인데……. 남과 북의 아이들이 만나면 무엇을 하고 놀까? 남의 애들은 컴퓨터 게임하느라 정신없는데, 혹시 북의 아이들은 아직도 사방치기, 술래잡기, 고무줄 놀이나 비석치기를 하며 놀지 않을까? 군 것질거리로 무얼 먹나? 정말 아무 것도 떠오르지 않았다. 남과 북의 통치자 모두 원망스럽다. 몇몇 사람들이 대다수 국민을 '왕따'로 만들다니!

남쪽 어린이의 일상 생활을 그린 책이 빠진 것도 아쉽다. 천방지축 그저 마냥 즐겁기만 한 장난꾸러기로 묘사한 책도 마음에 들지 않았지만, 세상 근심 다 떠 안고 달관한 듯한 애늙은이도 싫었다. 상업화한 어린이 문학도 보내기 싫고, 소외된 아이들만 그린 책도 보내기 곤란했다. 남한의 '보통 아이들'은 도대체 어떤 모습인가? 외제 장난감과 값비싼 옷으로 치장한 아가마마들과 소년 소녀 가장들…… 그 가운데 '보통 아이들'이 있는 것일까?

분단이 우리의 삶을 지배하는 제 1의 환경임에도 불구하고 제대로 된 그림책 하나 없는 것이 부끄러웠다. 더욱 안타까운 것은 분단을 다룬 어린이 책이 '우리의 소원은 통일' 하면서 정작 아이들에게 왜, 그리고 어떻게 통일을 이루어야 하는지 비전을 제시하지 못한다는 점이다. 동강난 국토, 전쟁의 비정함, 이산 가족의 아픔을 슬프게, 감동적으로, 더러는 감상적으로 감정에 호소한 책은 있으나, 통일의 당위성과 방법을 차가운 이성으로 보여 준 글은 찾기 힘들었다.

전쟁을 겪은 세대는 '너희는 전쟁의 참혹함과 이산의 아픔을 몰라서 그렇다.' 하며 분개할지도 모른다. 그들에게는 사연이 있다. 우리 부모들은 휴전선 철책 너머의 작은 움직임에도 모든 판단이 정지하는 세대다. 그럴 수밖에 없을 것이다.

실향민이 사라지고 그 무용담마저 빛바랜 사진으로 남은 뒤, 그 때는 어찌 할 것인가? 어설픈 우리 세대가 통일을 이야기해야 하는 것을. 우리 세대는 정말 통일을 원하는 걸까? 혹시 훨씬 더 많은 사람들이 통일을 원하지 않는다면? 왜 통일을 해야 하는 걸까? 어떻게 통일을 이룰 것인가? 아이들은 어찌 할 것인가? 아이들에게 묻기 전에 우리 세대들, 특히 통일을 꿈꾸는 작가들이 스스로에게 진심으로 물어야 할 질문이다. 우리는 이제껏 이런 가장 기본적인 물음을 애써 회피해 온 것은 아닌지. 아이들에게 부끄럽다.

북에서 어린이 책이 오다

남북 어린이 어깨동무가 보낸 책 선물의 답례로 북에서도 책이 왔다. 보내 온 책은 정부의 특수 자료 취급 허가를 받아 동숭동(2010년 현재 서교동)에 있는 어깨동무 사무실에서 보관하고 있다. 앞으로 문화 교류를 계속할 것이므로 북녘에서 온 자료를 정리하는 일도 필요하다. 그 작업과 관련한 사람으로서 특수 자료 취급 허가증을 받아 북에서 온 어린이 책을 읽고 정리하였다.

1998년과 2000년, 두 차례 북에서 가져온 어린이 책은 모두 214권이다. 다양한 책이 왔는데 이 책을 분류하는 기준을 마련하는 것도 보통 일이 아니었다. 1998년 겨울에 온 책 73권 가운데 주목할 만한 책 몇 권을 간략하게 소개하겠다.

과학 만화가 3권 건너왔다. 미·일 제국주의자와 대결하는 소년단의 활약상을 그린 만화와 기생충 박멸(1989), 방역 사업(1992)에 관한 만화책이었다. 북의 경제난으로 위생 조건이 열악함을 엿볼 수 있는 부분이다. 인쇄술은 조잡하지만 내용은 과학적이고 설명도 자세했다. 기생충에 관한 과학적 지식을 잘 전달하고 있어, 이 책을 읽으면 기생충에 감염되지 않도록 고기를 익혀 먹고 손발을 잘 씻어야겠다는 생각이 절로 든다.

23편의 동화와 우화도 왔다. 우리 아이들이 읽는 책과 비슷한 내용이다. 거친 표현을 다듬으면 책으로 묶을 수 있는 것들이 꽤 있다. 정치적인 색채도 덜 하다. 이솝 우화처럼 교훈을 주려는 목적이 강한데, 이 점에서는 우리 작가들의 책도 결코 만만치 않다. 어린이 책에 계몽적인 색채가 지나치게 강한 것은 식민 통치와 분단이 남긴 또 하나의 아픔이다.

서정적인 동시집도 1권 왔다. 아이들의 일상 생활이나 농촌 풍경을 담담하게 그려냈는데, 이 책에서 북녘 어린이들의 일상 생활을 엿볼 수 있었다.

전해 내려오는 옛이야기 책이 4권 왔다. 「도미와 그의 안해」, 「토끼와 자라」 등 우리에게 친숙한 이야기도 실려 있는데, 어떤 것은 남한의 것과 줄거리가 매우 다르다. 조선 시대를 양반계급이 인민을 억압하는 봉건통치체제로 규정짓기 때문에 양반을 매우 나쁘게 그렸다. 이순신이 거북선을 만든 것도 어떤 노인의 충고 덕분인 것처럼 항상 평범한 인민을 역사의 중심 인물로 표현했다. 남과 북에 남아 있는 이야기를 서로 비교하고 어느 부분을 왜

곡했는지 사료로 밝히는 것도 통일을 준비하는 일이다.

역사적, 문학사적 가치가 있는 책도 여러 권 왔다.『우리 나라 건국시조 단군 전설』(1995)의 서문에는 '최근 단군의 유골이 발견되어 지금까지 신화적 존재로 알려졌던 건국 시조 단군이 실재한 인물이라는 것이 과학적으로 확증되었다.'라고 써 있다. 나도 이런 기사를 몇 년 전 신문에서 본 적이 있다. 이 책은 강동 일대에서 전해 오던 단군 전설 14편을 묶었다. 이제껏 들어 보지 못한 이야기다. 단군을 둘러싼 최근의 논쟁을 풀어 가는 데 도움이 될 자료다.

금강산과 역사적인 인물들이 얽힌『금강산 일화집』도 있다. 김시습이나 황진이, 양사언, 정선, 정철 등 북의 관점으로 보아 반봉건적이라 판단되는 인물의 이야기를 다채롭게 그렸다. 내 생각에는 이를 다듬어 책으로 펴내 금강산 유람선에 여행 안내 책자로 내놓거나 책에 실린 일화나 작품을 곁들어 TV 다큐멘터리로 만들면 좋겠다.

또 하나 눈에 띄는 작품으로『김해진전』(1994)이 있다. 편집부에서 쓴 설명에는 이 책이 민족 유산을 체계적으로 발굴, 정리하는 과정에서 1983년에 새로 찾아 낸 고전 소설로, 18세기 이후의 것으로 추정된다고 씌어 있다. 남한에 있나 싶어 관련 서적을 찾았더니 자료가 없었다. 국문학자들이 관심을 가졌으면 좋겠다.

현대 조선 문학 선집 가운데 1920년대 아동 문학 선집(1993~1994)이 2권 왔다. 남한에도 남아 있는 1920년대의 아동 문학 작품과 작가들에 대한 간략한 비평「근대아동문학의 력사를 더듬으며」가 실렸다. 한 작가를 두고 남북이 어떻게 달리 평가하는지 비교해 볼 만하다. 남한의 이재복은『우리 동화 바로 읽기』(한길사)에서 방정환의 문학을 '동심천사주의'라 하여 호되게 질타했는데, 북에서는 오히려 '그가 일찍이 세상을 떠날 때까지 민족적 량심을 지니고 정력적인 창작 활동으로 무산소년들을 계몽하고 정신적으로 수양하기 위한 사업에 한몸을 바쳤고 무산소년들을 보호하는 어린이 운동의 선구에 섰다.'고 평가한 것이 이채롭다.

여러 편의 연작 속담집(1990) 가운데 1권을 보내왔다. 속담의 뜻을 설명했을 뿐 아니라 속담을 적절히 사용한 예화, 특히 우화를 많이 실었다. 이는 속담의 뜻을 정확히 이해하는 데 효과적인 방법이다. '국화는 서리를 맞아도 꺾이지 않는다.'는 속담의 예화로 임수경을 들었다. 속담은 예로부터 전해 내려온 민족의 유산이고 우리말 표현을 더욱 풍부히 한다. 이 점을 고려하여 북에서 수집, 정리한 속담 가운데 우리에게 빠진 것을 우리 것으로 받아들여야 할 것이다.

북한의 어린이 책을 보면 한자 표현이 거의 없다. 말투가 다르지만 뜻을 이해하는 데 별 어려움이 없다. 한글 표현을 풍부하게 사용했고, 외래어를 우리말로 바꾸려 애쓴 흔적이 뚜렷하다. 이것만큼은 그들에게 부끄럽다.

북한의 문장 부호도 남한과 많이 다르다. 〈 〉은 특수한 사물이나 고유명사에, 《 》는 대화체를 나타낸다. ( )은 속으로 생각할 때 쓴다. 여성을 가리킬 때 '그녀'라는 표현을 하지 않는 것도 남한과 다르다.

이제 남북 책 교류의 물꼬가 트였으니, 어린이 책을 만들고 연구하는 이들은 물론 많은 사람들이 북의 어린이 책에 관심을 가졌으면 좋겠다.

또 다시 북녘에 책을 보내며

북녘에 어린이 책을 보낸 후 내게는 전에 없던 새로운 습관이 생겼다. 우리 작가들이 만든 어린이 책을 읽을 때마다 '이 책을 북에 보낼 수 있나?' 생각해 보는 것이다. 또 어린이 책에 관심이 많은 동료들에게 북한에 보낼 만한 책이 있나 꼭 살펴보라고 협박하는 버릇도 생겼다. 이런 습관은 우리 어린이 책을 새롭게 바라볼 수 있는 기회를 주었다.

북에서 온 책들을 검토했기에 책 고르기가 작년처럼 뜬구름 잡는 것 같지 않아 다행스럽다. 지난 번에 보낸 책과 다른 갈래의 책을 보내려 욕심도 내본다. 그러나 보통 아이들의 일상 생활에 관해서는 마땅한 책을 고르기가 여전히 쉽지 않다. 간혹 발견해도 북쪽의 심기를 거스르지 않을까 싶어 망설여진다. 그래서 얄팍하게 낸 꾀가 있다. 새로 나온 책들을 살펴볼 때, 제목에서 북한 이야기가 나오지 않을 법한 분위기를 풍기는 책을 우선적으로 읽는 것이다. 1998년에 이완이 쓴 『뒷뚜르 이렁지의 하소연』(현암사)을 보내려다가 '북한 괴뢰'라는 단어 때문에 포기했다. 이미 이 방법을 썼다가 여러 번 실패를 겪었음에도 불구하고, 잔머리를 쓰는 버릇을 좀처럼 고치지 못한다. 또 하나의 실패담을 소개한다.

김우경의 『우리 아파트』(지식산업사)는 우리 주변에서 흔히 만날 수 있는 아파트 아이들의 생활을 오밀조밀하게 그렸다. 아파트 11층에 이사한 날 외할머니께 전화를 드리자 "에구, 내 새끼들! 까치 새끼들처럼 그 높은 곳에서 어찌 살거나?"[1] 하셨다는 대목처럼 재치있는 표현도 많다. 국어사전이 얼마나 형편없이 만들어졌는지 꼬집는 대목을 읽으면, 평소 아이와 사전을 찾을 때마다 모래 씹는 기분이었는데 속이 시원하다.

> 1 ——
> 김우경 지음, 『우리 아파트』
> (지식산업사), 33쪽에서 인용.

그런데 집들이 장면에서 어른들이 식사를 하며 난데없이 통일 이야기를 할 줄이야.

남북 통일 이야기가 나오자 모두들 소리가 작아졌다.

"다른 나라 사람 보기에 부끄러운 줄 알아야 해."

"어쩌다가 이렇게 서로 갈라져서 여태 헐뜯고 탓하기만 하며 이만큼 멀어져 버렸을까?"

"아이들 보기에도 부끄러운 일이지."

모두들 한동안 술만 마셨다.

"자자. 이야기 바꿉시다. 우리가 마음마다 사랑과 믿음을 가지면 머잖아 통일이 이루어질 것입니다. 그런 뜻에서 이 집 안주인 노래나 한번 들어봅시다."[2]

> 2 ——
> 앞의 책 49쪽.

사랑과 믿음만 있으면 이룰 수 있을 만큼 통일이 쉽다면 얼마나 좋을까? 한편으로는 작가를 포함해 '우리 세대의 통일관이 이토록 피상적이구나' 하는 반성이 들고, 다른 한편으로는 어디서나 피해갈 수 없는 분단이라는 현실이 서글펐다.

그래도 여기까지는 북한을 크게 자극하지 않는다 싶었는데, 더 읽어 내려가자 애국가 가사가 나왔다. 학교에서 애국가 가사를 적다가 '남산 위의 저 소나무 철갑을 두른 듯 바람 소리 불편함은……' 이라 적었다가 단체 기합을 받았다는 내용이다. 애국가 가사 때문에 골라야 할지 말아야 할지 망설였다.

그냥 보낼까? 아니지! 모처럼 시작한 일인데 내가 망치면 안 되지. 금강산 관광객의 말 한마디 실수로 유람선이 발묶이는 마당에 물증을 남기다니! 내 걱정이 지나친 것인지 아닌지조차도 나는 모른다. 또다시 막막해진다.

할수없이, 작년처럼 올해도 역시 남과 북의 어린이 책에서 공통적으로 들어 있는 작품들이나 북에서 온 책의 답서가 될 만한 것을 주로 골랐다. 교류가 빈번해지면 다양한 색깔의 책을 보낼 날도 오리라 희망을 품는다. 올해 고른 책은 다음과 같다.

『그림 그리는 아이 김홍도』(보림)는 북에도 알려진 인물이고 어린이가 친근하게 볼 만한 인물 이야기라 골랐다. 『우리가 꼭 알아야 할 우리 옛이야기 백 가지 2』(현암사)는 지난 번 보낸 제 1권에 이어 골랐다. 남북에 흩어져 있는 옛이야기를 정리하는 데 도움이 될 것이다. 『아빠, 꽃밭 만들러 가요』(사계절)는 환경 문제를 다룬 실화로 주인공 가족의 사진도 실려 있다. 『도리도리 짝짜꿍』(보림)은 우리 할머니들이 아기를 어를 때 부르던 도리도리, 달강달강 등의 전래 동요가 그림, 설명과 함께 실렸는데 북에도 남아 있을 것 같아 골랐다. 『사물놀이』(길벗어린이)는 전통 사물놀이에 대한 그림책이다. 부록으로 사물놀이 CD가 들어 있다. 『만년 샤쓰』(길벗어린이)는 방정환의 작품을 그림책으로 만들었다. 1999년이 방정환 선생의 탄생 100주년이 되는 해라 이 책을 보내는 것이 더욱 뜻 깊다. 겨레아동문학연구회에서 엮은 아동 문학선집 가운데 제 10권 시집 『귀뚜라미와 나와』(보리)를 골랐다. 근대 아동 문학 작품집이 정리되어 낱권으로 쉽게 구해 볼 수 있다니 늦게나마 바람직한 일이다. 북에서 보낸 1920년대 아동 문학 선집에 대한 회답으로 보냈다. 얼마나 더 기다리면 남북의 학자들이 겨레 아동 문학을 함께 연구할 날이 올까?

맘먹고 고른 책도 있다. 『내 짝꿍 최영대』(재미마주)는 초등학교를 배경으로 가난한 집 아이인 영대가 겪는 이야기다. "보라우, 자본주의 체제에선 빈부격차가 심하단 말입매."라고 하든 말든 그림이 좋아 골랐다. 『독도를 지키는 사람들』(사계절)은 독도가 우리 땅임을 한국과 일본에 남아 있는 사료를 바탕으로 하여 대화체로 재미있게 풀어 낸 빼어난 작품이다. 북한도 독도 분쟁에 마땅히 관심을 가져야 하기에 골랐다.

북에 보낼 책들을 보내며 내가 하는 일의 의미를 생각해 본다. 문득, "제발 너희 세대들이 통일에 대해 관심을 가져라." 하시며 스승께서 주신 책 『통일된 땅에서 더불어 사는 연습』(또 하나의 문화)의 한 구절이 떠오른다. 세계적인 정치학자로 인정받는 미국의 데이비드 이스튼 교수가 1995년 한국을 방문했을 때 남긴 말과 관련된 것이다.

"서구의 국가 형성의 역사는 모두 일종의 통일로 구성되었다. 즉 분산된 지역과 주민의 통합이었다. 그런데 어느 경우에도 적절한 시기를 맞춰 통일이 된 적이 없다. 그리고 그러한 통일은 반드시 문제들을 수반했다. 내부의 문제를 해결하고 난 다음에 통일을 하려고 했을 때 그 통일 시도는 항상 실패로 돌아갔다. 이것이 서구 역사의 교훈이다."

그의 역사 교훈대로라면, 통일의 준비가 통일이라는 사건의 도래와는 아무런 관계가 없고, 언제나 통일은 준비되지 않은 상태에서 오는 것이며, 준비를 제대로 하려고 하면 그것은 통일 실패를 뜻한다. 우리의 경우에도 그의 역사 교훈이 그대로 맞아떨어질는지 어떨지는 아무도 모른다. 다만 우리의 바람은 우리들이 마음과 경제가 준비되는 때에 남북 양측의 합의에 의해 통일을 주체적으로 이룩했으면 하는 것이다.

그것이 마음대로 되리라는 보장은 없다. 그러나 한 가지 확실한 것은, 남북 정부 당사자들이 언제 어떻게 통일을 결정하든 간에 남쪽과 북쪽에서 서로 상대방과 평화적으로 더불어 살 수 있는 조건을 만들면서 통일로 가는 길을 닦는 노력을 기울여야 한다는 점이다. 우리들의 '더불어 사는 연습'은 그 중의 작은 일부에 불과하다. 그러나 작은 것부터 시작하는 이 정성을 누가 소중타 하지 않을 것인가.[3]

3 ————
또 하나의 문화 통일 소모임 엮음, 『통일된 땅에서 더불어 사는 연습』(또 하나의 문화), 24~25쪽에서 인용.

'늦었다고 생각했을 때가 바로 적기다.'라는 말이 정말 맞았으면 좋겠다.

독
서
와
예
술

건반을 두드리는 것, 화폭에 붓을 놀리는 것, 그것만으로는 예술이라고 할 수 없다.
우리가 그 누구를 예술가라고 부를 때 그것은 소리와 그림에 묻어나는 그들의 정신
세계를 두고 하는 말이다. 그 정신은 오랜 독서와 인생 경험과 사색의 결과다.

공부도
　　　못　하고
책도　싫어하니
　　　악기나
　시키겠다?

한 어머니가 말했다. 자기 아이가 공부를 별로 좋아하는 것 같지 않고 앞으로도 크게 잘 할 것 같지 않아 악기를 가르치겠다고. 문득 '요즈음도 그런 부모가 있나?' 걱정스러웠다.

지금은 그렇지 않기 바라지만 우리가 대학 입시를 치를 때 그런 부모들이 더러 있었다. 하지만 그렇게 대학에 진학한 사람 가운데 졸업하고 제 전공에 매진한 사람이 몇 명이나 될까?

어려서 반짝하는 신동들이 있다. 음악적 기교가 어른 뺨치는 아이들이다. 사람들이 그에게 탄성을 지르는 것은 제 나이를 감안할 때 뛰어나기 때문이다. 그도 나이가 들면 테크닉만으로는 좋은 평가를 받을 수 없다. 뛰어난 음악성을 보여 주어야 한다. 그렇지 않으면 사람들의 기억 속에서 서서히 사라져 간다.

연주자에게 음악성이란 무엇인가? 소리를 통해 표현하는 자기 철학이며 이상의 구현이다. 화가, 작곡가는 말할 것도 없고, 연주가도 자기 세계를 만들려면 공부를 해야 한다. 진지한 사고 없이, 독서 없이 자기 철학을 지닐 수 있는가?

피아니스트 백혜선은 그 점을 잘 알고 있는 것 같다. 그의 이야기를 해 보겠다.

어느 가을날이었다. 차 속에서 FM을 틀었다. 쇼팽의 「피아노 협주곡 1번」의 2악장이 흘러 나왔다. 그 날 따라 유난히 아름답고 감동적인 연주였다. 기쁘면서도 슬픔이 서려 가슴이 저려 왔다고 할까? 비평가는 어떻게 평할지 모르겠지만 나는 이제껏 이렇게 아름다운 쇼팽의 피아노 협주곡[1]을 들어 본 적 없다. 연주자가 누군지 몹시 궁금했다. 진행자가 피아니스트 백혜선이라 소개했다. '그랬구나! 당연하지.' 하고 고개를 끄덕였다. 백혜선의 유학 시절 이야기가 떠올랐기 때문이다.

1 ———
백혜선의 이 연주곡은 연주회 실황 녹음으로 방송국에는 있지만 시중에 판매되지 않았다.

라디오 인터뷰와 신문에 실린 기사들을 중심으로 백혜선의 면모를 살펴본다. 그는 예원학교 재학 중 미국으로 건너가 보스턴 뉴잉글랜드 음악원의 러셀 셔먼 교수에게서 배웠다. 러셀 셔먼 교수는 피아노를 치는 기교뿐 아니라 음악과 예술을 진정으로 사랑하도록 가르쳐 준 스승이라고 한다. 셔먼 교수는 제자들에게 책을 많이 읽도록 했다. 때로는 '시에 대하여', '아름다움이란 무엇인가' 등의 수필을 과제로 내기도 했다. 그의 영향인지 백혜선은 지적이고 학구적인 곡 해석으로 소문났다. 그 역시 지성과 감성을 겸비한 연주자가 되기를 소망한다. 그는 자신을 포함한 음악도에게 인문학적 토대를 강하게 요구하는 별난(?) 연주자로 알려졌다.

그는 러셀 셔먼 교수를 만난 것이 인생에 큰 전환점이 되었다고 말했다. 내가 보기에도 그렇다. 러셀 셔먼 교수는 콜럼비아 대학교 철학과를 졸업했다. 철학이란 궁극적인 질문을 던지는 학문이다. 그로부터 '인간에게 예술은 무엇인가? 예술가는 어떤 사람인가?' 등 자기 성찰의 기회를 가졌으리라 믿는다. 궁극적인 그 무엇을 갈구하는 사람들은 결코 편안한 곳에 안주하지 않는다. 백혜선은 스승인 러셀 셔먼을 통해 그런 자세를 다졌으리라 짐작한다.

나는 아직 30대인 그에게 기대를 건다. 그것은 그를 따라다니는 91년 퀸 엘리자베스 콩쿠르 2위, 1994년 한국 국적으로는 최초로 차이코프스키 콩쿠르 1위 없는 3위, EMI와 전속 계약을 맺은 최초의 한국인 피아니스트 등의 화려한 수식어 때문이 아니다. 나는 그가 차이코프스키 콩쿠르의 준결선에서 뉴잉글랜드 음악원 1학년 때 라벨의 관현악 악보를 보며 스스로 편곡한 라벨의 '라 발스'를 연주한 것에 주목했다. 자기 목소리를 내는 당찬 연주가로 보였다. 지금과 같은 진지함을 잃지 않는다면 언젠가는 그만이 보여줄 수 있는 음악 세계를 열리라 기대한다. 그 바탕에 책이 있었다고 믿고 싶다.

건반을 두드리는 것, 화폭에 붓을 놀리는 것, 그것만으로는 예술이라고 할 수 없다. 우리가 그 누구를 예술가라고 부를 때 그것은 소리와 그림에 묻어나는 그들의 정신 세계를 두고 하는 말이다. 그 정신은 오랜 독서와 인생 경험과 사색의 결과다.

누가 감히 공부를 못 하면 악기나 시키겠다고 하는지. 그 세계를 몰라서 하는 무식의 소치랄 밖에.

조수미가
들려 주는
「피터와 늑대」

  '독서 교육' 하면 아이들에게 무조건 책을 많이 읽도록 하는 것, 따라서 책을 손에 쥐어 주고 책상 앞에 앉혀 놓는 것이라 생각하기 쉽다. 이와 비슷한 예로 '글짓기 교육'도 문장을 매끄럽게 만드는 잔재주를 가르치거나 학원에 보내 글을 많이 쓰게 하는 것이라 생각하기 쉽다. 하지만 글쓰기는 손으로 하는 것이 아니라 머리와 가슴으로 하는 것이다.

  내 경험에 비추어 보면 좋은 음악을 듣는 것, 화가의 작품을 감상하는 것, 자연과 교감하는 것이 모두 문학 작품을 이해하는 능력을 기르는 데 도움이 된다. 물론 글쓰기에도 영감을 준다. 모든 예술은 어느 정도 일맥상통하는 데가 있다. 음악과 미술, 무용 등이 주술이나 종교 의례와 더불어 발달해 왔음을 떠올리면 쉽게 납득할 것이다. 또 음악에서 영감을 얻은 문학 작품, 혹은 문학 작품을 소재로 한 음악극도 흔하다. 그래서인지 음악과 미술에 조예가 깊은 사람들 가운데 상당한 독서력을 지닌 사람이 꽤 많다. 명상하는 사람 중에도 음악을 즐겨 듣는 이가 많다.

  굳이 독서 교육과 관련 짓지 않아도 좋다. 무엇보다도 예술, 자연과 교감하는 사람은 자신만의 행복한 공간을 만들어 낸다. 그만큼 삶이 풍요로워진다. 부모로부터 받은 것 가운데 내 아이에게 꼭 물려주고 싶은 유산이다.

아이들이 책을 좋아하기 바란다면 집안 분위기부터 예술과 친근해지도록 바꾸어 보자. 온 가족의 생활이 윤택해질 것이다. 우선 아이들과 음악 감상을 해 보는 것이 어떨까?

수업 시간에 어머니들과 '남편과 TV-마누라 없이는 살아도 TV 없이는 못 산다.'란 우스갯소리를 했다. 어쩜 집집마다 꼭 닮았는지 모두들 손뼉을 치며 웃었다. 자신이 선수나 중계 방송의 해설자인 양 축구 보기, 아이와 함께 거의 푼수같이 얼빠진 웃음을 흘리며 코미디 시청하기, 잠든 것 같아 TV를 끄면 벌떡 일어나 다시 켜고 또 자기……. 그 탓에 아이들은 어려서부터 TV 소리를 자장가처럼 듣고 자라는 것 같다.

아이는 딱히 그런 환경에서 자라지도 않았는데(별 보고 출퇴근하는 남편인지라) 커 가면서 랩을 흥얼거린다. 엄마 뱃속에 있을 때부터 들었던 것처럼 유행가를 흥얼거리는 아이의 모습이 참 자연스럽다.

아이가 대중 음악도 즐기면서 클래식이라 부르는 음악의 맛도 알았으면 하는 것이 솔직히 부모된 바람이다. 음악도 저마다 쓰임새가 다르기 때문이다. 슬프고 괴로울 때 나는 바하의 「무반주 첼로 모음곡」이나 리스트의 「탄식」을 듣는다. 걷잡을 수 없이 눈물이 흘러내린다. 하지만 점차 속이 후련해지고, 침착하게 나를 되돌아 볼 여유가 생긴다.

대중 음악은 그런 정화 능력이 없는 것 같다. 적어도 내게는 그렇다. 시동생이 누운 영안실로 가는 택시 안에서 나훈아의 「울지마」가 흘러 나왔다. 한 순간 피식 웃음이 나왔지만 꼭 그가 혹은 세상이 나를 조롱하는 것 같아 비참했다. 가사를 떠올리며 그 때의 내 심정을 헤아려 보시기 바란다. 울고 싶을 때 마음껏 우는 것조차 뜻대로 안 되면 그 자체가 고통이다. 밖으로 흐르지 못한 눈물은 마음 한구석에 고여 있는 법이다. 친동생을 잃은 남편과 삼촌을 잃은 아이 앞에서 내 눈물은 사치인 것 같았다. 그 후로 오랫동안 그가 보고 싶을 때 차 안에서 음악을 크게 틀어 놓고 목 놓아 울었다. 옆 차의 운전자가 쳐다보든 말든……. 미샤 마이스키가 연주하는 「바닷가의 추억」[1]은 왜 그리 슬픈지.

1 ─────
Maisky의 음반 ELEGIE에 수록된 곡. 이 곡은 일본 작곡가인 나리타가 작곡했다.

분위기를 바꾸겠다. 음악에 얽힌 재미있는 기억도 많다.

대학교 다닐 때 친구와 극장에서 007 시리즈 「문 레이커」를 보았다. 덩치 크고 괴물 같은 악당 '죠스'와 '죠스'의 허리에나 올까 싶을 정도로 작고 앳된 소녀가 만나는 장면에서 차이코프스키의 「환상적 서곡 로미오와 줄리엣」이 흘렀다. 둘이 사랑한다는 뜻이겠지. 악당 '죠스'가 로미오라니! 웃음이 절로 나왔다.

대학교 때 음악 평론가 한상우 선생님의 음악사 및 감상 수업을 들었다. 음악에 얽힌 일화를 재미있게 소개하는지라 항상 강의실이 넘쳤다. 어느 날 그 분께서 멘델스존의 「노래의 날개 위에」를 들려 주면서 제발 결혼식 축가로 그만 부르라고 신신당부하셨다. '노래의 날개 위에 그대를 보내노라~' 이것은 이별 혹은 죽은 이를 떠나 보내는 뜻이란다. 며칠 뒤 성악과 지망생인 사촌 동생이 친척의 결혼식에 축가를 불렀다고 자랑했다. 그런데 바로 그 곡이 「노래의 날개 위에」였다. 남의 귀한 자식 결혼식에 재를 뿌리고 온 셈이다.

몇 년 전 방송된 주말 연속극 「꿈의 궁전」이 떠오른다. 고급 레스토랑의 배경 음악으로 바로크 음악을 튼 것은 공주병에 걸린 레스토랑 주인의 이미지와 걸맞았다. 그런데 재력가임을 숨기고 지배인으로 일하는 노인이 그 레스토랑에서 일하는 고아 소녀를 입양하는 잔치에서 푸치니의 오페라 「잔니 스키키」에 나오는 유명한 아리아 「그리운 나의 아버지여」가 흘렀다. 제목 때문에 그 곡을 배경 음악으로 내보낸 것 같은데 가사를 떠올리면 영 아니올시다. 대강 이런 내용이다.

오, 그리운 나의 아버지여, 우리들은 즐거이 마을에 나가 약혼 반지를 사요. 정말 가고 싶어요. 용서를 안 하시면 낡은 다리에 가서 강물에 몸을 던져 고통에 몸부림치며 죽어 버리겠어요. 아버지, 허락해 주세요.

연속극 장면과 전혀 어울리지 않는다.

특급 호텔의 식당에 갈 일이 있었다. 밥을 먹는 동안 내내 「비가(悲歌)」 등 단조의 애절한 우리 가곡이 흘러 나왔다. 그 날 따라 창 밖의 하늘도 먹구름으로 잔뜩 찌푸리고 초가을 날씨답지 않게 쌀쌀하고 을씨년스러운데 음악까지 무거우니 밥알이 곤두서는 것 같았다. 다른 식탁의 분위기도 착 가라앉았다. 여기가 금식 기도를 하는 수도원인지 식당인지······. 식당에 흐르는 음악도 중요한 서비스다. 값비싼 양탄자를 깔고 고급 외제 양식기를 쓰면 특급 호텔이 될 수 있다고 착각하면 우리는 계속 관광 후진국으로 남을 것이다.

어찌 되었든 음악이 내 삶을 훨씬 즐겁게 만든 것만은 틀림없다. 내 생각에는 음악을 시간과 장소, 상황에 맞게 연출할 줄 아는 사람이 직업인으로 각광받을 날이 올 것 같다.

꼬마 친구들에게 선물한 음반 가운데 예외 없이 환영받은 작품은 세르게이 프로코피에프(1891~1953)의 어린이를 위한 음악 동화 「피터와 늑대(Symphonic Fairy Tale "Peter and Wolf" Op.67)」다.

프로코피에프는 스트라빈스키, 무소르그스키와 더불어 러시아의 대표적인 현대 작곡가이다. 그는 다섯 살에 피아노 곡 「인도의 갤로프」를 작곡할 정도로 일찍부터 음악적 재능을 나타낸 신동으로, 열세 살에 페테르부르그 음악원에 입학하여 림스키-코사코브에게 작곡을 배웠다. 1917년 러시아에서 혁명이 일어나자 다음 해 미국으로 망명하였다가 1933년 조국으로 돌아갔다.

「피터와 늑대」는 1936년 모스크바 음악원이 연 어린이 음악회에서 처음으로 연주되었다. 프로코피에프는 어렸을 때 어머니로부터 즐겨 듣던 러시아의 옛이야기를 떠올리며 직접 이야기를 만들고 작곡했다고 한다. 그 후「피터와 늑대」는 전 세계 어린이의 사랑을 받았다. 여러 나라에서 음반으로 나왔고 그림책으로도 흔하다. 1998년 독일의 서점에서도『피터와 늑대』그림책을 쉽게 볼 수 있었다.

해설을 맡은 사람도 다양하다. 미국에서는 유명한 작곡가이자 지휘자인 레너드 번스타인이나 007 제임스 본드 역으로 널리 알려진 숀 코넬리가 이야기를 들려준다. 우리나라 음반에선 성악가 조수미가 해설을 맡았는데 목소리가 밝고 경쾌해 생동감이 넘친다. 탄탄한 발성과 노래하는 듯한 낭독이 아이들을 즐겁게 한다.

조수미가 들려 주는 음악 동화「피터와 늑대」를 잠시 들어 보자.

이야기에 등장하는 모든 사람과 동물은 제각기 오케스트라의 악기로 묘사됩니다.
새는 플루트로
고양이는 클라리넷으로
할아버지는 바순으로
늑대는 세 대의 호른으로
피터는 현악 사중주로
그리고 총소리는 케틀 드럼과 큰북으로

이렇게 등장 인물 혹은 동물을 맡은 악기의 소리를 들려준다. 그리고 이야기가 흐른다.

어느 이른 아침, 피터는 문을 열고 넓고 푸른 풀밭으로 나갔습니다……

수업 시간에 어머니들께 권했더니 아이들이 대단히 좋아했다고 한다. 각각의 악기로 표현한 주제가 흥미롭다. 음악 중간에 재미있는 이야기가 흘러나와 아이들이 집중해서 듣는다. 처음에는 이야기에 귀를 기울이다가 점차 음악 소리에도 흥미를 보인다는 반응이 많았다.

「피터와 늑대」는 어린이를 위한 음악회에서 그림자 연극이나 영화로도 종종 무대에 오른다. 이 때 아이와 함께 극장을 찾으면 음악 감상의 첫 단추를 잘 끼운 셈이다. 유치원이나 어린이 집에서는 그림을 잘 그리는 학부모의 도움을 받아 커다란 그림책을 만들어 구연동화처럼 들려주어도 좋다. 한창 옛날 이야기나 동화에 흥미를 보이는 어린이는 「피터와 늑대」를 좋아한다.

다만, 처음부터 억지로 끝까지 들려 주려 애쓰지 말라고 부탁드리고 싶다. 어린이마다 집중력 수준도 다르고, 그날 그날의 기분에 따라 음악을 듣고 싶지 않을 수도 있으니 전적으로 아이들의 반응에 따라야 한다. 더러는 엄마의 반응을 떠 보기 위해 '튕기는' 아이도 있다. 흥미를 보이지 않으면 억지로 듣도록 잔소리하는 것보다 차라리 바로 끄는 것이 낫다. 기분좋게 놀고 있을 때 살짝 틀어 주면 점차 흥미를 나타낸다. 사실 이렇게 하지 않아도 「피터와 늑대」는 다들 좋아한다.

음악과 더불어 그림책도 함께 볼 수 있으면 이것이야말로 금상첨화다. 「피터와 늑대」는 음악과 그림책이 행복하게 만나는 모습을 아이들에게 보여 준다.

아이는 자동차를 타고 외출할 때마다 이 곡을 즐겨 들었다. "엄마, 엄마, 늑대 소리 너무 멋있다. 앗, 그 부분 좀 다시 틀어 주세요." 하면서 좋아했다. 아이가 TV에 나온 조수미를 보고 반색한 것은 지극히 당연한 일이다. 좋아하는 사람이 부르면 그 노래도 좋아지기 마련이다. 아이는 「피터와 늑대」 덕분에 클래식의 맛을 알게 되었다.

아이는 김건모의 「핑계」도 좋아하고, 조수미가 부르는 모차르트 오페라 「요술피리」 제 2막에 나오는 밤의 여왕의 아리아 「복수의 분노 마음 속에 불

타고」도 흉내 낸다. 오페라 「투란도트」에 나오는 「공주는 잠 못 이루고」는 주세페 디 스테파노, 호세 카레라스, 루치아노 파바로티, 이 세 테너 가수의 목소리를 비교해 가면서 듣는다.

저녁, 설거지를 끝내고 차를 한 잔 끓인다. 다시 책상 앞에 앉기 위해 마음을 가다듬으려고 「공주는 잠 못 이루고」를 틀면 소파에 기대어 책을 읽던 아이가 휘파람으로 나지막이 따라 부른다. 내겐 더할 나위 없이 행복한 시간이다. 하지만 곧이어 유승준의 「비전」이 흘러 나온다. 이제 나는 그 박자에 맞추어 자판을 두드릴 셈이다. 대략 30년 손아래인 자식과 더불어 행복하게 살려는 내 나름의 타협 방식이다.

조수미씨의 주소를 알면 감사 편지라도 하고 싶다.

그림책도
수출 상품이다

나는 대략 2년에 한 번씩 유럽에 간다. 퀼른에 사는 언니와 파리에 사는 동생 집에 빌붙어서 그림책 등 자료 수집도 하고 유치원이나 학교도 살펴본다. 나는 어린이 책뿐 아니라 교구, 놀이 기구, 유치원이나 학교 등에도 관심이 크므로 그 모든 분야에서 앞선 나라를 돌아보는 것이 시야를 넓히기에 좋은 기회가 된다.

대형 서점에서는 갓 나온 책들을 살펴보고 도서관에서 오래된 책을 뒤적거린다. 프랑크푸르트나 볼로냐 등의 도서전에서는 주로 최신작을 선보이기 때문에 어린이들에게 오래도록 사랑받는 책이 무엇인지 알기 힘들다. 어쩌면 동네 책방을 뒤져 책을 찾는 것이 더 나으리라 생각한다. 책은 많고 진열 공간은 비좁기 때문에 외국의 동네 서점은 작품성은 물론 상품으로도 인정받는 그림책을 골라 놓는다. 그 나라의 어린이가 정말 좋아하는 그림책을 보고 싶으면 동네 책방을 찾는 것이 낫다.

수집한 자료는 수업 시간에 사용한다. 자료를 요긴하게 쓸 수 있는 기관에 제공하기도 한다. 골라 온 그림책을 출판사에 선보일 때도 있다. 개인의 경험을 사회적 자산으로 공유하는 노력이 사회를 밝게 만든다고 믿기 때문이다.

쾰른은 뉴욕과 더불어 세계에서 화랑이 많은 곳으로 손꼽힌다. 1998년에 방문했을 때도 로버트 라우센버그의 대규모 전시회가 있었다. 쾰른 시민들의 문화적 자부심은 대단한 것 같다. 쾰른과 경쟁 관계의 도시로 상업이 발달한 뒤셀도르프를 빗대어, '쾰른은 로마의 지배를 받았지만 뒤셀도르프는 네안데르탈인의 지배를 받았다.'는 우스개도 있다.

쾰른 중심가에는 대형 서점이 있다. 그러나 서울 종로의 대형 서점처럼 '거기에 다 있겠지.' 하고 갔다가는 낭패를 본다. 크리스마스에 어울릴 그림책은 크리스마스에만 판다. 그림책이 많아 새로 나온 그림책을 진열하기에 벅차다고 한다. 이런 실정이고 보니 별 반응이 없는 그림책은 2~3년 안에 퇴물이 되어 서점에서 사라진다. 그러니 이 곳에서 스테디셀러가 된 그림책은 대단한 생명력을 지닌 것이다.

1994년에 독일에 갔을 때는 마르쿠스 피스터의 『무지개 물고기』(시공사)가 난리였다. 1998년에도 여전히 우아하게 헤엄치고 있었다. 국내에도 소개된 한스 데 베르, 토니 로스, 에릭 칼, 레오 리오니, 야노쉬의 그림책도 꾸준히 사랑받고 있다.

1998년 독일에서 가장 인기 있는 책은 세계 여행을 떠난 토끼 인형 '펠릭스' 시리즈(아가월드)다. 아이들은 펠릭스의 귀여운 모습과 기발한 책의 형식을 좋아한다. 펠릭스가 소피에게 보낸 편지들이 봉투에 담긴 채 책 속에 붙어 있다.[1] 편지 봉투를 열면 편지가 나온다. 부록으로 종이 가방이나, 불면 지구본이 되는 비치볼도 들어 있다. 그러니 아이들의 시선을 끈다. 책으로 성공하면 캐릭터 산업도 번창한다. 머리 핀, 가방, 컵, 달력, 편지지, 공책, 쿠션 등에 이르기까지 온통 펠릭스로 치장한 상점도 있었다.

한국에 돌아온 바로 그 달에 서울 시내의 백화점에 들렀다. 펠릭스 캐릭터 상품이 어린이 선물 매장에 진열되어 있었다. 10만 원쯤 하는 펠릭스 책 가방도 팔았다. 책보다 상품이 먼저 들어온 것이다. 그러다가 1999년 가을, 드디어 펠릭스 그림책이 우리 서점가에 진출했다.

아이들이 디즈니 책에서 헤어나지 못하는 것은 먼저
만화 영화로 들어왔다는 점뿐 아니라 번창한 캐릭터 산
업 때문일 것이다. 디즈니가 지닌 시너지 효과는 엄청나다. 상품 시장은 물
론이고 문화 산업 전반에 영향을 준다. 디즈니 만화에 익숙한 아이들은 미
국 상품의 고객이 된다.

파리의 대형 서점에 가면 프랑스의 대표적인 그림책 '바바' 시리즈(시공사)
와 디즈니 그림책은 별도의 진열대를 갖고 있다. 이미 오래 전에 프랑스의
문화 비평가들이 우려한 것처럼 디즈니 만화 세대는 샹송보다 미국의 대중
음악에 더 열광한다. 세계화 시대에서 문화 산업을 내주면 간도 쓸개도 다
빼 준 것이나 다름없다. 문화 전쟁의 시대라 하지 않는가! 수출을 늘리려면
문화부터 먼저 내보내야 한다.

(위) 독일에서 호첸플로츠 책을
바탕으로 만든 놀이판 상품.
(아래) 외국에서 인기있는 코끼리
엘머 인형과 패팅턴 인형.
모두 그림책이 인기를 끌면서 나온
캐릭터 상품이다.

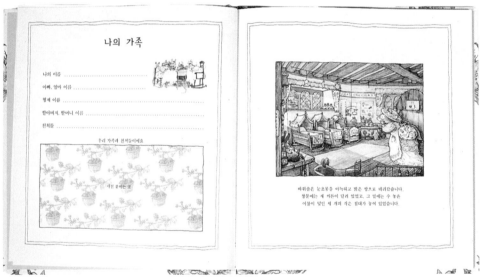

(위) '찔레꽃 울타리' 시리즈
(마루벌)는 전 세계적으로 3백만 부
이상 팔린 책으로, 이 책의 그림을
이용해 영국의 Royal Doulton사가
제작한 그릇 세트. 찻잔 하나가
23,000원 이상으로 팔린다.

(아래) '찔레꽃 울타리' 시리즈 중
『눈초롱의 아이들』의 그림으로
꾸민 육아 일기 『우리 아기책』이다.
아기의 탄생을 축하하는 선물로도
좋다.

그림책은 엄청난 잠재력을 지닌 문화 상품이다. 당장에 드러나는 결과를 조급하게 기대하지 않고 투자하면 성인 문화 상품을 수출하는 것 이상으로 효과가 있다. 한국의 그림책을 좋아한 아이들은 어른이 된 후에도 한국의 상품이나 문화에 친밀감을 느낄 것이다. 정부는 그림책이 문화 수출 상품이라는 시각에서 적극 지원해야 한다.

해외의 그림책 시장을 개척하려면 치열한 경쟁에서 살아남은 세계적인 그림책들을 연구해야 한다. 나라마다 정서가 다르기 때문에 암스테르담에서 성공한 그림책이 빠리에서 찬밥 신세가 되기도 한다. 유럽에서 성공했다고 미국에서 잘 팔리는 것도 아니다. 하지만 서로 다른 문화권에서 모두 사랑받는 그림책도 있다. 그런 책이 어린이의 사랑을 받는 원인을 분석해야 한다. 외국 그림책을 열람할 수 있는 자료실이라도 하나 마련해야 하지 않을까?

유럽에서 일본의 그림책을 심심치 않게 발견한다. 그들은 이미 80년대에 해외로 진출했다. 『순이와 어린 동생』(한림)을 그린 하야시 아키코, 루이시 마코, 『존 선생님의 동물원』(두산동아)의 작가로 프랑스에서 그림책 작가로 활동하고 있는 이치카와 사토미[2], 타루

2 ——————
이치카와 사토미가 그린 『Dance, Tanya』의 속표지 그림

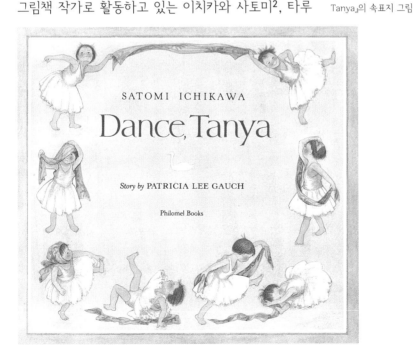

SATOMI ICHIKAWA
Dance, Tanya

Story by PATRICIA LEE GAUCH

Philomel Books

이시 마코,이와무라 가즈오 등의 그림책이 있었다. 정감 어린 그림과 담백하고 간결한 이야기가 인상적이다. 동양권은 물론 유럽 어린이도 공감할 수 있는 정서를 담고 있었다. 우리나라에 출판되었으면 나라도 샀을 것이다. 일본 그림책이 해외에 진출한 비결을 알면 우리 책이 해외에 나갈 수 있는 길을 찾아내는 데 도움이 될 것이다.

실험 정신이 강한 그림책 작가를 발굴하고 지원해야 한다. 전문 번역가도 길러야 한다. 외국에 우리나라 문화재를 전시하거나 한국 주간 행사를 할 때 그림책도 함께 선보이면 좋겠다. 한국 문화에 관심이 있어 자녀를 동반한 부모라면 우리 그림책에도 흥미를 느낄 것이다. 교포 사회에 우리나라 그림책을 공급하는 것도 한 방법이다. 영어로 번역되면 로스앤젤레스에 사는 철수의 친구 톰도 읽을 것이다.

『솔이의 추석 이야기』(길벗어린이)를 영어로 번역해 인형과 함께 팔았다. 어린이 서점에 온 외국인들이 인형이 귀엽다며 사 간다고 들었다. 솔이 인형의 얼굴이며 머리 모양새가 비단장수 왕서방 집 아이 같다. 한복 바느질이 조잡하고 국적 불명의 고무신을 신어 거슬린다. 좀 더 공을 들였으면 얼마나 좋았을까? 아쉽다. 하지만 우리 책을 해외에 내보내려는 탐색 과정으로 뜻깊은 일이다. 힘들게 길을 닦는 개척자가 있어야 뒷사람들이 편안히 기차 타고 간다.

하지만 그림책을 수출하려는 투지와 의욕만으로는 부족하다. 능력 있는 작가와 비평가, 역량 있는 출판사, 정부와 기업의 적극적인 재정 지원 그리고 그림책을 사랑하는 폭넓은 독자층이 필요하다. '독서의 달'에 거리 행사를 하느라 길바닥에 버리는 바로 그 돈으로 참신한 작가를 발굴하고 지원하는 것이 훨씬 효과적인 투자가 될 것이다.

우리 그림책 작가 중에서도 세계에 자랑할 만한 국민작가가 한 명쯤 나왔으면 좋겠다. 가까운 장래에 쾰른의 동네 책방에서 독일어로 번역된 우리나라 그림책을 한 권 사 독일에 있는 조카들에게 생색내는 것이 나의 야무진 바람이다.

아이들과 대화할 때 걸림돌이 되는 것

아이가 되고 싶은 것에 과민 반응을 하거나 잔소리를 하지 말아야 한다. 이런 경험이 쌓이면 정말 문제가 생겼을 때 부모에게 오지 않는다. 문제란 어느 날 갑자기 되는 것이 아니다. "나는 우리 부모님께는 어떤 이야기도 할 수 있어." 이런 분위기라야 비로소 진지한 대화를 시작할 수 있다. 사춘기가 되어 자녀가 부모를 멀리 하는 것은 부모가 아이들의 말을 듣고 잔소리로 되돌려 주었기 때문이다. 그것도 사랑이라는 이름으로.

아이들과 대화할 때 피해야 할 것

'책을 읽고 토론을 하면 어린이의 사고력이 깊어진다.' 이 말은 이제 상식으로 자리잡은 것 같다. 그런데 아이들과의 대화처럼 부모인 우리들을 당혹스럽게 만드는 것도 없다. 언제 대화를 해 봤어야 말이지……. 배운 적도 없는 것을 아이들에게 가르치라니 우리 세대 부모는 참 딱하다.

평소에는 아이의 말에 귀를 기울이지 않던 부모가 갑자기 책을 읽고 대화를 하자고 나서면 머리가 큰 아이일수록 심하게 저항한다. 아이는 친밀감을 느끼는 사람에게 마음을 열고 배운다. 그가 부모이든 교사이든. 그러므로 우선 아이들의 말에 진심으로 귀를 기울여야 한다. 책으로 하는 대화는 그 다음이다.

어떻게 하면 아이와 대화를 잘 할 수 있을까? 피해야 할 것을 따져 보면, 거꾸로 잘 할 수 있는 방법을 찾을 것 같아 내 경험담을 몇 가지 적어 본다.

어른에게 질문하는 것이 두렵다

어린 시절을 떠올려 본다. 초등학교 1학년 때부터 월요일 아침에는 교장 선생님의 훈화를 들어야 했다. 지루해서 몸을 뒤틀거나 옆 짝과 장난이라도 치는 날이면 학생 주임 선생님이나 체육 선생님의 회초리가 어김없이 날아

왔다. 수업 시간에는 걸상에 등을 꼿꼿이 하고 선생님의 말씀을 열심히 들어야 모범생이었다. 사회 전체의 분위기가 그랬다. '어른들에게 말대꾸하면 안 된다.' '식사 시간에는 잡담하지 말고 밥만 먹어야 한다.' 심지어 '말 많으면 공산당'이라는 소리도 귀 따갑도록 들었다.

6학년 때 일로 기억한다. 그 때나 지금이나 교사의 잡무는 엄청났다. 아이들에게 자습을 시키고, 궁금한 것이 있으면 교탁 앞에 계신 선생님께 와 따로 물으라고 하셨다. 우리가 자랄 때는 도로 포장이 잘 되지 않아 비 오는 날이면 지렁이가 참 많았다. 짓궂은 아이들은 지렁이에게 소금을 뿌려 죽이는 장난을 했다. 지금 생각해 보면 애들도 참 잔인하다. 그 날 아침에 비가 왔다. 나는 지렁이에게 소금을 뿌리면 왜 죽는지 궁금했다. 설탕을 뿌리면 괜찮나? 전과에도 해답은 없었다. 원래 궁금하면 답을 찾아야 직성이 풀리는 성미인지라 선생님께 여쭈어 보았다.

"지렁이한테 소금을 뿌리면 왜 죽어요?"

선생님께서 갑자기 눈을 부릅뜨셨다.

"임마, 너 뭐야? 사람도 소금을 많이 먹으면 죽는데 지렁이가 어떻게 안 죽어?"

마치 내가 선생님을 골탕 먹이려고 질문을 한 것처럼 불같이 화를 내셨다. 어린 마음에 얼마나 놀랐는지. 풀죽어 자리로 돌아왔다. 그 기억이 아직도 뇌리에 생생히 남아 있다. 내가 물은 것은 '지렁이가 소금을 뿌리면 죽느냐 마느냐.'가 아니었다. '왜, 무슨 이유 때문에 죽느냐.'는 것이지! 내 태도가 불손한 것도 아니었다. 초등학교 때 나는 수업 태도가 좋고 성적도 좋은, 요즘 아이들 말로 '범생이'에 속했으니까. 선생님에 대한 존경심이 한순간에 무너져 내렸다. 내가 어른이 되면 절대로 아이들의 질문에 그렇게 대답하지 말아야겠다고 다짐했다.

아이가 피아노든 태권도든 무엇을 배울 때 선생님의 학벌보다는 그가 어린이를 존중하는가, 아이들의 질문에 진심으로 귀를 기울이는가, 이 두 가지를 기준으로 삼는다. 제 아무리 그 방면에 실력이 있어도 때리거나 아이들에게 인격적인 모욕과 면박을 주는 사람은 절대로 내 아이의 선생님으로 모시지 않는다. 아마도 그 때의 기억 때문일지도 모른다. 그 선생님 탓에 이런 태도를 지니게 되었으니 타산지석이라 해야 하나? 나는 그 점에 대해 하나도 고맙지 않다.

아이의 똑같은 질문에 몇 번이고 대답해 주는 것을 보고 내가 대단한 엄마인 것처럼 칭찬하는 사람들이 있다. 그들은 모르는 것 같다. 내가 우리 전 세대로부터 물려받은 것 가운데 진저리 치게 싫었던 경험을 내 대(代)에서 끊고자 몸부림치는 것임을.

아이들과 대화를 할 때 가장 중요한 것은 마음 자세다. 아이들의 질문에 진심으로 귀 기울이며 아이들의 의견을 존중할 자세를 갖추지 않으면 대화는 훈계나 비난이 되고 만다. 그런 대화는 아이에게 고통과 상처를 준다. 어른들이 '모르는 것이 있으면 얼마든지 물어라.'는 말을 해도 아이들이 어른들과 대화하기를 피하는 것은 순전히 우리 어른들 탓이다.

아이들의 수준을 모르는 무식한 질문에 답하기

어른들이 아이들에게 질문할 때 아이들을 몰라도 너무 모른다는 생각이 많이 든다. 그래서 무식한 질문들을 해댄다. 내가 무식하다고 하는 것은 못 배웠다는 뜻이 아니다. 아이들에게 무식하게 질문할 때 그 사람의 학력이나 지식은 전혀 상관 없는 것 같다. 아이들의 세계를 알려고 하지 않으면서도 오히려 그 점에 당당한 것이 그 사람들이 지닌 무식함의 핵심이다.

라디오에서 흘러나온 이야기다. 어느 초등학교 선생님이 시험에 다음과 같은 문제를 냈다.

'원시인은 어떻게 살았을까요?'

초등학교 저학년인 한 어린이가 답안지에 이렇게 썼다.

'열심히 살았습니다.'

나는 통쾌하게 웃었다. 우문현답(愚問賢答)이란 이런 경우를 두고 하는 말이다.

또 있다. 아이가 6살 때였다. '서울 정도(定都) 600년 행사'가 한참 벌어진 때다. 타임 캡슐에 넣을 거리를 찍는다며 아이가 다니던 생활관에 연락이 왔다. 선생님께서 우리 아이가 인터뷰에 나갔으면 어떻겠냐고 물으셨다. 평소 아이들을 대중 매체에 드러내거나 요란스러운 재롱 잔치를 하지 않는 곳이므로 선생님의 판단에 따르겠노라고 말씀드렸다.

집에 돌아온 아이가 풀이 팍 죽었다. 무슨 일이 있었냐고 묻자 눈물을 주르륵 흘리더니 나중에는 어깨를 들썩이며 엉엉 울었다.

사건의 전말은 이렇다. 인터뷰하러 온 사람이 6살 난 아이에게 600년 전 서울의 모습이 어땠을 것 같냐고 물었다. 한참 공룡 책을 즐겨 보던 아이가 "공룡이 살았어요." 하고 대답했다. 그러자 그들이 비웃었고 그것이 아이에게 그대로 전달된 것 같다. 아이는 그 다음부터 질문을 피하려고 모래밭으로 그네로 이리저리 옮겨 다녔는데 그 사람들이 계속 쫓아다녔던 모양이다.

그들은 인터뷰 상대가 유치원 어린이인지 알고 있었다. 그리고 그들이 아이에게 한 질문은 결코 즉흥적인 것이 아니라 미리 준비한 것이었다. 한두 시간, 하루, 일 주일, 한 달에 대한 개념도 채 서지 않은 아이였다. 이제 태어난 지 5년 남짓 된 아이에게 600년의 세월을 뛰어넘어 보라니. 나도 600년 전 조선 사람의 모습이 구체적으로 어땠을 것 같은지 질문을 받으면 선뜻 대답하기 어려웠을 것이다. 「용의 눈물」에서 본 수준밖에는. 아니면 책에서 읽은 것을 주절거리든지. 그 사람들은 아이가 그런 대답을 하기 바랐나? 도대체 이게 6살 아이에게 할 질문인가?

생활관 선생님도 황당해 하시며 정말 그럴 줄 몰랐다고 사과하셨지만 아이의 구겨진 자존심은 초보 수준의 PET(효과적인 부모 역할 훈련, Parent Effectiveness Training) 대화법으로도 쉽게 펴지지 않았다.

저녁 늦은 시간 남편이 들어왔다. 낮에 벌어진 일을 이야기해 주었다. 잠자코 듣고만 있던 남편이 아이 방으로 갔다. 남편이 잠자던 아이의 볼을 어루만지자 아이가 졸린 눈을 비비며 일어났다.

"엄마한테 다 들었어. 네 잘못이 아냐. 그까짓 미친 × 신경 쓸 것 없어."

아이가 환하게 웃고는 다시 잠들었다. 그 한마디로 아이 마음의 응어리가 풀린 것 같았다.

살면서 때때로 느끼는 일이지만 상대방이 무식하게 나오면 더 무식하게 나가는 것도 괜찮은 방법인 것 같다. 그 날만큼은 아이 앞에서 험한 말을 한 남편이 무척 고마웠다.

듣고 싶은 답을 머리 속에 그리고 하는 질문

무엇이 될꼬 하니 1

아이가 네 살 때 일이다. 탁자에 머리를 부딪혀 상처가 났다. 피가 많이 흐르고 상처가 깊었다. 저녁이라 동네 의원 문도 닫아 할 수 없이 대학 병원 응급실에 갔다.

병원은 아이들에게 두려움의 대상이기도 하지만 대학 병원 응급실의 기구들은 아이들에게 호기심 거리이기도 하다. 아이는 아픈 것도 잊고 여기저기 두리번거렸다. 방사선과에서 찍은 사진을 보고 '뼈 사진'이라며 신기한 듯 눈이 왕방울만 해졌다. 옆에 걸린 다른 사람들의 뼈 사진도 감상(적어도 아이에게는)했다. 부분 마취를 하고 제 눈앞에 바늘을 들이대고 꿰매는데도 아이는 훌쩍일 뿐 가만히 있었다. 대개는 아이가 버둥거려서 잡거나 그것도 여의치 않으면 수면제를 약간 먹이는데 아이는 가만히 있었다.

남편은 병원에서 보인 아이의 반응을 대견스러워 하며 "그 녀석 의사가 되려는 모양이네." 했다. 담당 수련의가 상처를 다 꿰매자, 남편이 아이를 안고 물었다.

"커서 뭐 될 거니?"

그러자 아이의 씩씩한 대답은

"울트라 매~앤!"

그래, 악당으로부터 지구를 지키는 것도 중요한 일이지.

무엇이 될꼬 하니 2

아이가 동네 초등학교에 입학했다. 제가 다녔던 유치원과 달리 주먹을 쓰는 아이가 많았다. '말로 설득할 자신이 없는 사람이 폭력에 의지한다.'고 듣고 자란 아이에게 학교 생활이 편치 않았다. 아이가 점점 제 살 궁리를 찾기 시작했다.

어느 날 제 반에서 주먹이 가장 센 아이가 태권도장에 다닌다는 말을 듣고 다짜고짜 태권도장에 다니겠다고 우겼다. 장래 희망을 묻는 숙제에도 '태권도장 관장님'이라고 썼다. 생전 배워 보지도 않은 태권도, 그 사범이 되어야겠다고 마음먹을 정도로 교실 분위기가 험악하다니 걱정스러웠다. '태권도＝주먹질'로 생각하는 것도 곤란했다. 사실 그 전에 살던 동네에서 아이들이 태권도 대련을 하듯 치받고 싸우는 데 질렸던 나로서는 태권도장에 보내는 것 자체가 영 내키지 않았다.

남편과 의논 끝에 '힘없이 맞느니 힘이 있지만 안 때리는 것이 낫고, 가정 교육만 잘 시키면 태권도를 배웠다고 남에게 주먹을 휘두르지는 않을 것이다.'란 결론을 내렸다. 몇몇 태권도장을 둘러보고 아이를 태권도장에 보냈다.

태권도장에 다니는 아이들 가운데 사범이 되겠다는 아이는 거의 없었다. 사범께서 보시기에 얼마나 기특했을까? 아이를 특별한 제자로 삼으셨다. 제 급수보다 위거나 나이도 한두 살 위의 덩치 큰 녀석과 대련을 시키는 것이다! 아이가 힘들어 한 것은 당연한 일.

어찌되었든 아이는 태권도장에 정말 열심히 다녔다. 태권동자 마루치 아라치가 되기로 작정한 것처럼 말이다. 여름 방학 때에는 아이들이 없는 시간에 하나라도 더 배우겠다고 아침 8시 첫 수업에 나갔다. 학기 중에 늘 잠이 모자란 나는 방학 때만이라도 늦잠을 자겠다고 난색을 표했다. 아이는 걱정 말라며 아침 7시 20분이면 어김없이 일어나 혼자서 아침밥을 챙겨 먹고 나섰다. 단 하루도 거르는 날 없이. 제가 좋아하는 일을 하도록 두면 자립심은 저절로 생기는 것 같다. 그리고 한 가지 일에 미쳐 보는 것은 정말 중요한 경험이라, 제 하는 대로 두었다.

아이가 현관을 나서면 그제야 베란다 창문을 열고 아이를 내려다본다. 점점 콩알만 해지다가 이윽고 시야에서 사라진다. 길 떠나는 홍길동. 부모를 떠나 벌써 제 가고 싶은 길로 가는구나!

3학년이 되자 정말 태권도 관장시킬 거냐고 걱정하는 사람이 많아졌다. 나는 도서실이 딸린 태권도장이 근사할 거라고 대답했다. 그 아이가 태권도 사범이 되느냐 마느냐는 자신의 문제다. 아이 인생은 아이 몫, 제가 결정할 일이다.

아이가 승급 심사를 보러 처음으로 국기원에 갔다. 아이의 품세는 누가 봐도 돋보였다. 드디어 겨루기 시간, 같은 도장의 아이들끼리 둘씩 짝을 지어 겨루기 심사를 받았다. 원수를 만나기라도 한 듯 다른 아이들은 죽기 살기로 치고 받았다. 아이도 제가 다니는 도장의 형과 맞붙었다. 두 아이는 선제 공격을 피했다. 발차기도 살살했다. 같은 도장의 형이고 아우인데 맞으면 얼마나 아프겠냐는 거다.

태권도 사범이 되려면 얼마나 많은 겨루기를 해야 할까? 나는 아이가 태권도 사범이 되지 않으리라는 것을 알았다. 단, 아이가 그것을 스스로 알아내기 바랐다. 나는 '하면 된다.'는 속담이 '노력하면 무엇이든 될 수 있다.'는 뜻이라고 생각하지 않는다. 제 길은 따로 있다. 그 길로 가야 '하면 된다.' 하지만 그 길을 찾기가 쉽지 않으니……. 나는 그 길을 아이 스스로 찾기 바란다.

4학년이 되었다. 국기원에 검은 띠를 따러 가기 며칠 전 아이가 내게 와서 말했다.

"엄마, 검은띠까지만 따고 태권도 그만 할래."

나는 시치미를 뚝 떼고 물었다.

"아니, 태권도장 빠지기 싫어 여행도 안 다니더니 웬일이야?"

"나하고 안 맞는 것 같아."

"어째서?"

"태권도 관장님이 되려면 일단 태권도 유단자가 되어야 하잖아? 승급 심사를 받으려면 매번 겨루기를 해야 하는데, 나는 치고받고 싸우기 싫어. 그래서 안 할래. 그리고 이제 4학년이라 태권도장 다니면 친구들이랑 놀 시간도 없어."

태권도장에 갈 때마다 한두 시간씩 놀다 오더니 새삼스럽게 놀 시간이 없단다. 아이는 그 동안 태권도장에 다녔던 것에 매우 만족했고 이제는 미련 없이 태권도를 그만두었다. 그 후로는 태권도 사범이 되겠다고 하지 않는다.

남편은 아이의 반응에 은근히 안심하는 눈치였다. 아이가 이제 더 이상 운동 선수가 되려 하지 않으리라 판단한 것 같다. 남편이 궁금해서 물었다.

"태권도 관장님 안 되겠다고 들었다. 그러면 뭐가 될 거니?"

"응. 마이클 조던 같은 농구 선수."

남편의 황당해하는 표정. 으이그 저 사람, 차라리 묻지나 말지.

때때로 아이는 정말 궁금하고 답답하다는 듯 묻는다. "엄마, 나 뭐가 될까?" 어떤 날은 쾌활한 목소리로 "나 축구선수 하기로 했어." 한마디 던지고 공을 차러 뛰어나간다.

아이들의 희망은 계속 바뀐다. 어른도 그러하거늘. 부모가 아이 인생을 대신 살아 주지 못할 바에야 제 갈 길을 스스로 찾도록 어려서부터 다양한 경험과 시행착오를 겪도록 놓아 두는 편이 낫다. '무엇이 될꼬 하니?' 아이가 성장하면서 자신에게 가장 심각하게 던지는 물음이다. 그리고 그 물음에 스스로 불안해한다. 그럴 때 누구를 찾아가 제 마음 속의 고민을 털어놓아야 할까? 나는 부모라고 생각한다. 그래서 아이의 말에 잔소리하지 않고 열심히 귀를 기울이려 노력한다. 어떻게 살 것인가? 무엇이 될 것인가? 이런 질문을 했을 때 부모가 잔소리로 아이의 입을 막는다면, 아이들은 누구를 찾아야 하나?

아이가 되고 싶은 것에 과민반응을 하거나 잔소리를 하지 말아야 한다. 이런 경험이 쌓이면 정말 문제가 생겼을 때 부모에게 오지 않는다. 문제란 어느 날 갑자기 되는 것이 아니다. "나는 우리 부모님께는 어떤 이야기도 할 수 있어." 이런 분위기라야 비로소 진지한 대화를 시작할 수 있다. 사춘기가 되어 자녀가 부모를 멀리 하는 것은 부모가 아이들의 말을 듣고 잔소리로 되돌려 주었기 때문이다. 그것도 사랑이라는 이름으로.

이제는 우리가 대화해야 할 시간 – 어느 어머니의 작심 삼일

하나.

책을 읽고 대화를 나누면 창의력과 EQ가 길러진다고 했지. 그래 결심했어! 모처럼 나도 아이들과 책을 읽고 대화를 해야지. 얘들아 모여라. 엄마하고 책 읽고 이야기하자.

이제는 그녀의 키보다 훌쩍 커 버린 아이와 그녀의 어깨를 갓 넘은 아이들이 힐끗 쳐다본다. 우리 어머니 주제가는 '공부해라!' 아니면 '공부해서 남 주냐?'인데. 갑자기 왜 저러시나? 시큰둥한 반응들.

그럼 그렇지. 내가 잘 하려고 해도 아이들이 따라와 줘야 말이지. 그래 됐다, 됐어. 그만두면 될 것 아니냐.

살아 보니 알겠다. 공들인 시간 없이 이루어지는 것이 별로 없다는 것을.

둘.

가정 독서 지도반 선생이 아이들에게 책에 대해 쓸데없이 이것저것 묻지 말라고 했지. 그래 참아야지.

아이가 집에 올 시간이 다가온다. 하지만 물어 보지 않으면 아이가 책 내용을 이해했는지 어떻게 알지? 모르고 넘어가면 곤란한데.

아이를 부른다. 그 책 다 읽었니? 참 재미있지? 어디가 재미있었어? 그래 주인공이 무슨 결심을 했대? 어디로 떠나기로 했다고? 왜 그랬대? 그래서 그 글의 중심 생각이 무엇이지? 또…….

그 다음 주 수업 시간. 선생님, 아이가 아무래도 책을 읽고 이해를 못하는 것 같아요. 어려서부터 그렇게 공을 들였는데……. 이해할 수 없어요. 왜 독해력이 늘지 않을까요?

그 어머니가 아이와 나눈 대화를 그대로 받아 적으면 학습지가 된다. 어머니를 그토록 불안하게 만드는 괴물의 정체가 무엇일까? 입시 지옥에 병드는 것은 비단 아이들뿐만이 아니다.

답이 뻔한 질문들

대학교 입시 정책이 바뀔 때마다 어린이 책에 붙는 꼬리표도 바뀐다. '창의력을 높이는' '사고력을 길러 주는' 'EQ를 높이는' '논술 고득점을 위한' 등의 수식어가 붙는다. 어느 출판사의 『파브르 곤충기』와 『이솝 우화』 앞에도 '논술 능력을 길러 주는 책'이라고 써 있다. 우리가 어릴 적 즐겨 읽던 『안데르센 동화』에도 '논술'이라는 꼬리표가 달려 있다. 새 판을 찍으면서 뒤에 문제풀이를 덧붙인 책도 있다. 아예 책마다 논술 문제집이 한 권씩 딸린 전집도 있다.

책에 나온 논술 문제를 보면 차라리 문장 독해를 묻는 문제에 가깝다. "이것이 무슨 뜻일까요?" 식의 문제는 이미 답이 정해져 있다. 사지선다형을 서술형으로 모양만 바꾸었을 뿐이다.

"미운 오리 새끼의 엄마 오리는 겉모습만 보고 차별했습니다. 과연 그것이 옳은 일일까요?" 이렇게 물었을 때, "네." 하고 대답하면 정신병자다. "헨젤과 그레텔의 부모님은 가난해서 아이들을 숲 속에 버렸습니다. 그것이 과연 옳은 일일까요?" 물었을 때 옳다고 대답하면 그 역시 정신병자다. 말도 안 되지. 맹수가 우글대는 숲에 내버리다니 죽으라는 것과 다름없다.

이런 문제는 정말 답이 뻔한 문제들이다. '예', '아니오'로 대답하거나 주어진 문장을 해석하는 것, 그 이상의 사고를 기대할 수 없다. 그런 질문은 논술 주제가 아니다.

그러나, 이렇게 바꾸면 토론 주제가 될 수 있다. '오랜 실직으로 끼니를 잇기도 어려운 부모가 아이를 고아원에 맡기는 것이 과연 옳은 일인가?'물으면 딱히 정답이 없다. 아이들은 자식을 떠나보내야 하는 부모의 가슴 아픈 심정을 헤아려야 한다. 부모는 자기가 굶는 것보다 아이들이 굶주리는 것을 바라볼 때 더 고통스럽다. '고아원에 보내면 굶기기야 하겠나.' 싶어 아이를 위해 어쩔 수 없이 고아원에 보냈다는 동정론을 펼 수도 있다. 반면, 아무리 고생을 하더라도 가족은 함께 있어야 한다는 주장도 만만치 않을 것이다. 이 과정에서 아이들은 다른 사람의 처지를 이해하고 나아가 더 이상 이런 일이 생기지 않도록 하기 위해서 사회 구성원들이 해야 할 일을 떠올려 볼 수도 있다. 토론이 재미나 말장난으로 끝나지 않으려면 최소한 여기까지는 와야 한다. 이런 주제는 앞의 『헨젤과 그레텔』에서 예로 든 질문과 질적으로 다르다.

토론의 주제로 어떤 것들이 적합한지 또 다른 예를 들어 보겠다. 다지마 신지의 『가우디의 바다』(두산동아)는 환경 동화다. 라마찬드란이 인도의 만다라 기법으로 그린 삽화를 보는 것만으로도 색다른 경험이 된다.

수족관에 사는 거북이 가우디는 수족관에서의 안락한 생활을 버리고 바다로 탈출하고 싶어한다. 가우디의 친구들은 위험한 바다로 가지 말고 수족관에서 편하게 살라고 충고한다. 이것은 '자유는 없으나 안락한 삶과 고통스럽고 위험하지만 자유로운 삶 가운데 어떤 삶을 택할 것인가?'를 묻는 질문이다. '네가 가우디의 친구라면 어떻게 충고하겠니? 그리고 그렇게 충고하는 이유는 무엇이니?' 묻거나 아니면 인간에게 적용해 볼 수도 있다. 이런 주제는 자신이 추구할 가치와 '인간의 자유'에 관해 진지하게 생각해 볼 기회를 준다. 그러므로 좋은 논술 주제다. 『가우디의 바다』는 논술 주제가 될 만한 소재를 많이 담고 있다.

에드몬드 데 아미치스의 『사랑의 학교』(창작과 비평사) 제 3권의 「시골에서」를 읽어 보자. 주인공 엔리꼬는 나무장수인 꼬렛띠 아버지를 따라 친구들과 소풍을 갔다. 졸업이 얼마 남지 않은 아이들에게 꼬렛띠 아버지가 말하는 장면이 있다.

"포도주는 공부하는 너희들에게는 좋지 않단다. 그게 필요한 사람은 나무장수지!"

아저씨는 아들의 코를 잡아 흔드셨습니다.

"얘들아, 여기 있는 이 애를 사랑해 주어라. 아주 좋은 녀석이란다. 정말이다!"

우리는 모두 웃었습니다. 하지만 가르로네만은 웃지 않았습니다. 아저씨는 포도주를 마시며 계속 말씀하셨습니다.

"아, 안타까운 일이야! 지금은 모두 좋은 친구로 지내고 있지만 몇 년이 지나고 나면 글쎄, 누가 알겠니, 엔리꼬하고 데롯씨는 변호사나 교수, 뭐 그런 게 될 거고 너희 네 명은 아마 가게에서 일하거나 노동을 할 거야. 아니면 어디 사는지도 모르겠지."

"무슨 말씀이세요!" 데롯씨가 말했습니다. "제가 러시아의 황제가 된다 해도 가르로네는 항상 가르로네이고 쁘레꼿씨는 항상 쁘레꼿씨일 거예요. 다른 친구들도 마찬가지구요. 그 애들이 어디에 있든 찾아갈 거예요."

"축복이 내리길!" 꼬렛띠의 아버지가 포도주 병을 들며 말씀하셨습니다.

"그렇게 말하다니, 축복받기를! 잔을 들어라! 멋진 친구들 만세! 가진 사람이나 갖지 못한 사람을 한 가족으로 만들어 주는 학교도 만세!"[1]

---

[1] 『사랑의 학교 3』 136~138쪽 인용

꼬렛띠 아버지의 말에는 교육받지 않으면 신분 상승이 어렵다는 것과 계층적인 지위가 다르면 서로 어울리기 힘들다는 뜻이 담겨 있다. 이를 두고 '어려운 집안에서 태어난 사람과 부유한 집안에서 태어난 사람이 평생 친구가 될 수 있는가?'란 질문을 던져 볼 수 있다. 다양한 조건을 고려해야 한다. 집안 형편이 다른 친구와 사귈 때 걸림돌이 되는 것들, 계층 이동을 가로막는 사회적인 조건, '부자가 삼대 못 간다.'는 속담, 차별, 부의 세습의 부당성 ……. 똑같은 질문을 초등학생과 고등학생에게 던질 수 있다. 물론 초등학생과 고등학생들의 토론 내용은 다를 것이다. 초등학생끼리도 자신의 경험에 따라 생각이 다르다.

잘 물어야 잘 대답할 수 있다. 토론의 질은 무엇보다도 주제에 달렸다.[2] 질문을 잘 골라야 한다. 신선한 재료를 써야 좋은 요리를 만들 수 있는 것처럼. 독후감이 별건가? 토론 내용을 글로 다듬으면 독후감이 된다.

뒤집어 생각해 보기

아이가 『새 먼 나라 이웃 나라』(김영사)를 열심히 읽는다. 내게 와 책에서 읽은 내용을 설명하거나 수수께끼를 내고 이것저것 묻기도 한다. 아이가 이해하기 어려운 부분도 있을 텐데 밤낮으로 붙들고 읽는다. 아이가 그 책에 너무 열중하는 것을 볼 때마다 한 사람의 경험과 판단에 의지하여 다른 나라를 이해함으로써 자칫하면 그 나라에 대해 잘못된 선입관을 가지게 되는 것은 아닌지 솔직히 염려스럽다. 그래서 아이가 책을 읽고 이야기할 때마다 열심히 듣는다.

"엄마, 영국 여왕 있지. 엘리자베스 여왕이 1세가 아니래. 옛날에도 엘리자베스 여왕이 있었대. 그 여왕은 80까지 살았대. 아주 훌륭한 왕이래. 백성들에게 세금을 내지 않게 하고 식민지에서 대신 가져왔대."

가만히 듣고 있다가 이윽고 한마디 한다.

2 논술적인 주제가 어떤 것인지 알고 싶은 사람은 『논술문 강의와 연습』(소흥렬 외 지음, 이화여자대학교 출판부)을 읽어 보기 바란다. 책의 앞부분에는 논술문이 무엇인가와 논술적 사고를 위한 여섯 가지 논리가, 뒷부분에는 논술적인 주제로 쓴 논술문 22편 그리고 부록으로 50개의 논술문 주제가 실려 있다. 논술 수업을 해야 하는 교사들에게 많은 도움이 될 것이다.

"영국 사람들에게 좋았겠지. 식민지 사람들 입장에서 보면 어떻겠니?"

"엘리자베스 여왕이 미웠겠지."

아이는 다른 경우에도 적용해 본다.

"나폴레옹에게 점령당한 나라 사람들은 나폴레옹이 싫었을 거야."

"그렇겠지."

지금 생각해 보면 우리는 왜곡된 역사 교육을 받았다. 그렇게 많은 외침을 당하고도 어쩜 그렇게 일관되게 지배자의 위치에서 세계사를 바라보았을까? 정복자의 시각으로만 세상을 보는 것은 인류 전체의 입장에서 보면 위험하다. 피지배자가 지배자의 시각을 갖는 것은 그 민족에게 더 위험하고 꼴사납기까지 한 일이다. 그것을 단지 식민사관의 영향이라고만 할 수 있을까? 지금도 그렇게 세상을 바라보는 것은 아닐까?

콜럼버스가 아메리카 대륙에 도착하기 전에 이미 그 땅에는 토착민이 살고 있었다. 그럼에도 불구하고 우리는 신대륙 발견이라 하여 마치 인간이 살지 않은 처녀지를 발견하기라도 한 것처럼 다루었다. 우리는 미국의 서부 활극을 보면서 백인과 함께 인디언을 증오하고, 총에 맞아 쓰러지는 인디언을 보며 통쾌해 했다. 사실 그들에게는 외세의 억압에 항거하는 생존 투쟁이었을 텐데 우리는 아메리카를 점령한 백인들의 시각으로만 바라본 것이다.

우리는 흑인을 '깜둥이'라며 멸시하는 풍토도 있다. 미국에 가면 흑인보다 못한 취급을 받으면서도 여전히 백인 우월주의자와 같은 시각을 가지고 있다. 방송에서 우연히 흑인 출연자를 봤다. 농촌에 찾아가 특산물을 소개하는 내용이었다. 함께 출연한 한국인 출연자가 거친 반말을 하고 흑인은 그를 형님이라 불렀다. 게다가 재미있게 한답시고 흑인 진행자의 머리를 쥐어박기까지 한다. 보고 있는 나는 하나도 재미없었다. 오히려 부끄러웠다. 우리는 얼마나 잘 나서? 우물 안 개구리만도 못한 짓이다.

우리 아이들이 더 이상 이런 절름발이 역사관을 갖지 않게 하려면 지금까지 기술된 역사는 물론 신문에서 보도하는 사건들의 이면을 예리한 시각으로 볼 수 있도록 토론을 많이 해야 한다. 그 전에 어른들의 세계관부터 바로 서야 한다.

몇 년 전 일본과 불리한 어업협정을 체결해 놓고 그것을 해결하려 일본으로 떠나는 관료가 "그쪽 장관과 친분이 있으니 잘 될 것 같다."고 말하는 인터뷰 장면을 보았다. 국가 이익이 걸린 중대사가 친분으로 결정되는가? 또 TV 다큐멘터리에서 독재자로 부르는 인물을 두고, 선거철만 되면 민주주의의 선봉임을 자처하는 몇몇 정치인들은 자신이 그 독재자의 정통 후계자임을 앞다투어 강조한다. 어른들이 아직도 정신을 못 차리니 아이들에게 무엇을 가르쳐 줄 수 있을까.

억지 주장은 통하지 않는다 – HOT 문희준, 삭발이나 하지!

아이는 아침마다 맹물로 머리를 흠뻑 적시고 거울 앞에서 앞가르마를 정성껏 탄다. 약간 반 곱슬인 아이의 머리카락은 카이저(독일 황제의 칭호)의 수염을 머리 가르마에 옮겨 단 것처럼 시옷 자로 휜다. 옛날 TV 연속극에서나 봤던 일본 순사의 머리, 딱 그 모습이 되는 것이다. 아이의 머리를 볼 때 내 심정이 어떤지 물으면 숨을 흠뻑 들이마시고 "헉" 하고 대답해야 한다. 후덥지근한 날 아이의 머리 모양을 보면 내 머리에 모락모락 김이 오른다.

아이는 HOT의 문희준 머리 모양을 흉내낸 것이다. 문희준처럼 앞머리가 턱에 닿도록 길러 보겠다고 한다. 염색도 하려고 했는지 '우리 반 누구누구는 앞머리에 염색을 했는데.' 하며 내 눈치를 살핀다. 할머니가 염색약 때문에 가려워하는 모습을 보고 염색은 포기한 것 같다. 또 어떤 날은 길가 미장원 창문에 써 있는 '곱슬머리를 생머리로 확실히 펴 드립니다.' 광고를 보고와 문희준처럼 앞머리를 빳빳하게 펴 볼까 궁리도 하는 것 같다.

앞가르마를 탄 아이의 모습은 정말 '아니다.' '짜식, 내가 네 머리를 짱구

로 만드느라 엎어 재우고 얼마나 심혈을 기울였는데 저렇게 만들다니……'
하고 조금은 괘씸한 생각도 든다. 가끔 머리 모양을 바꾸면 훨씬 미남으로
보일 거라고 구슬려도 보지만 아이는 꿈쩍도 않는다. 아침마다 안방 화장대
앞에서 정성껏 빗질을 하면서 정말 만족한 듯 미소를 짓는다. 존 트라볼타처
럼 뒷주머니에 빗을 꽂고 다니지 않는 것만도 다행일 지경이다.

어떻게 하면 그야말로 아이를 꼬실까? 이 궁리 저 궁리 해 본다.

"너 날라리로 보이면 어떡하니?"

그래봤자 아이는 "나만 괜찮으면 돼." 할 테지.

"머리카락이 길어 눈을 찌르면 눈병 생기잖아."

"봐요. 안 찌르잖아." 하며 문희준의 사진을 보여 줄 거야.

"날씨도 더운데 머리까지 길면 얼마나 덥겠니?"

"앞머리만 남기고 뒷머리를 바짝 밀면 되지."

아이는 정말로 뒷머리를 바짝 잘랐다. 원래 짱구인데 반 곱슬인 짧은 뒷
머리가 부풀어 올라, 옆에서 보면 에티오피아 목각 인형 같다.

"남 보기에 불량스러워 보이잖아."

이건 내가 생각해도 말도 안 되는 이유고.

아이를 합리적으로 설득할 만한 명분이 없는 것이다. 정말로 이유가 있다
면 엄마인 내가 아이의 머리 모양을 싫어한다는 것뿐이다. 그리고 그것은 한
번쯤 내 마음을 드러내 놓고 호소할 수는 있을지언정 아이가 머리 모양을
바꾸도록 강제할 만큼 정당한 이유가 아니다.

백화점에서 헐값에 팔기에 통이 큰 바지를 샀다. 아이는 그 바지가 불편
하다고 한 번 입고 다시는 거들떠보지도 않는다. "네가 좋아하는 HOT도 이
런 바지 잘만 입더라. 따라 하려면 제대로 해야지!" 해도 아이는 그 아까운
바지를 입지 않는다. 머리 모양은 '신세대'고 옷차림은 '쉰세대'라 볼 때마다
웃음이 터져 나온다.

아이가 힙합 바지를 입으려 고집하면 그것은 내가 막을 수 있다. 정당한

이유가 있는 것이다. "네가 땅에 질질 끌고 바지에다 흙이며 온갖 균을 묻혀 오면 집 안에도 세균들이 득실거리지, 또 화장실은 어떻게 가니? 흙 묻으면 빨래하기 힘들어." 등등 내가 반대할 수 있는 정당한 이유가 있다. 아이가 힙합 바지를 입음으로써 엄마인 내가 입을 피해를 말하고 그것을 이유로 금지하는 것은 정당하다고 생각한다. 흡연자가 담배를 피울 권리보다는 비흡연자가 담배 연기를 맡지 않을 권리가 우선하는 것처럼.

그러나 아이의 머리 모양은 남에게 그런 피해를 주지 않는다. 아이를 설득할 논리를 찾지 못했으니 이제는 내 선입관을 바꾸어야 한다. 어느 날, 도대체 내가 아이의 머리 모양을 그토록 싫어하는 이유가 무엇인지 곰곰이 생각해 봤다.

우리가 중·고등학교 다닐 때는 복장과 더불어 머리 모양을 엄격하게 통제했다. 그런 통제가 부당하다는 것을 알면서도 교문 앞에 자를 들고 서 있는 학생 주임 선생님에게 걸리기 싫어서 알아서들 귀밑 2cm에 맞추었다. 머리를 동그랗게 굴린다거나 애교머리라 하여 앞머리를 살짝 내리는 것은 흔히 말하는 '불량 학생'의 상징이었다. 결국 내가 아이의 머리 모양에 신경을 곤두세우는 것은 결국 내 아이가 '날라리' 혹은 '불량 학생'으로 찍힐까 봐, 그래서 교사들에게 불이익을 받을까 봐 두렵기 때문일 것이다.

내 의식의 저변에 깔린 불합리성을 깨닫고도 나는 여전히 아이의 머리 모양이 마음에 들지 않는다. 그래도 아이에게 머리 모양을 바꾸라고 강요하지 않는 것은 내가 힘이 없어서가 아니다. 아이에게 질질 끌려 다니는 부모이기 때문도 결코 아니다. 부모가 싫다고 해서 아이를 합리적으로 설득하지 않고 힘으로 누른다면 아이가 정말로 부모의 충고를 필요로 할 때 내 말에 귀 기울이지 않을 것임을 잘 알기 때문이다.

자기와 전혀 어울리지 않는 배우자와 결혼해서 고생하는 사람들이 있다. 내 주위에도 그런 친구가 있다. 내가 볼 때도 정말 두 사람이 결혼하면 앞날이 불 보듯 뻔했다. 그 부모가 결사적으로 말렸으나 그 친구는 평소에 자기의 일이라면 사사건건 간섭하고 통제하던 부모의 말을 간단히 무시해 버렸다. 이제 와서 후회한들 부질없는 일이다.

부모는 자식을 사랑한다. 부모는 아이가 행복해지기 바란다. 아이의 인생에서 부모의 충고가 절실하게 필요한 때가 있다. 그 때 정말 좋은 의논 상대가 되려면 사소한 일은 접고 넘어가야 한다.

부모의 감정이 실린 억지 주장이나 통제가 언젠가는 화를 부르게 된다. 그것을 알기에 나는 아이의 머리 모양을 보고도 꾹 참으려 노력한다.

어느 날 심술이 난 내가 한 마디 툭 던졌다.

"문희준, 삭발이나 해 버려라!"

아이가 맞받아쳤다.

"그러면 강타 머리로 바꾸면 되지!"

본전도 못 건졌다.

'옳은 것'은 꺾을 수 없다!?

TV의 교육방송에서 고등학생들이 나와 토론하는 것을 본 적이 있다. 그 날의 주제는 '내신에 봉사 점수를 넣어야 하는가?'였던 것으로 기억한다. 찬성과 반대로 나뉘어 토론을 했다.

찬성하는 학생들은 남과 더불어 살아가려면 어려서부터 봉사하는 자세를 길러야 하므로 봉사 점수를 내신에 반영하는 것이 옳다고 주장했다. 반대 입장에 선 학생들은 억지로 하는 봉사가 무슨 의미가 있으며 봉사할 곳도 마땅치 않고 보충 수업이다 뭐다 해서 학교도 늦게 끝나는 마당에 언제 봉사를 하느냐고 되물었다.

토론을 거듭 할수록 반대하는 학생들이 찬성하는 학생들의 논리에 말려든다. "봉사를 해야 한다는 것은 알지만, 그래도……."

이것이 토론 대회라면 처음부터 뻔한 시합이다. 사회 구성원으로서 봉사하는 자세가 꼭 필요하다는 것은 어느 사회에서나 강조하는 덕목이다. 현실론을 앞세우더라도 봉사를 막는 주장은 설득력이 없다. 애당초 토론의 방향이 잘못된 것이다. 찬반의 문제가 아니라 어떻게 하면 고등학생들이 제대로 봉사를 할 수 있는지, 봉사 점수를 공정하게 평가할 방법은 없는지 그 점을 논의해야 했다.

가장 강한 논리는 '옳은 것'을 주장하는 것이다. 제 아무리 뛰어난 웅변가일지라도 옳은 주장을 꺾을 수 없다. 강한 논리를 펴려면 말재주보다는 올바른 눈을 가져야 한다. 지동설을 주장한 갈릴레오 갈릴레이는 1633년 종교재판에서 유죄 판결을 받았지만 그래도 여전히 지구는 태양 주위를 돌고 있다! 그리고 1992년 교황청에서는 그 날의 종교 재판이 잘못되었음을 인정했다. 옳은 것은 가장 강력한 것이다. 그리고 책은 옳고 그른 것을 가려 내는 통찰력을 기르는 데 도움을 준다.

아이들에게 항상 그렇게 가르쳤지만 내가 현실에서 겪는 일을 떠올리면 맥이 빠진다. 아이들이 '배운 것'과 '현실'에서 발견하는 모순, 그들이 그것을 바라볼 때 겪는 좌절감, 우리도 이미 겪었으나 애써 외면하는 바로 그것, 우리는 그에 대한 대답도 준비해야만 한다.

재개발 아파트에 입주하게 되었다. 이전 조합장이 부정으로 감방 신세가 되어 새 조합장을 뽑을 무렵이었다. 조합장 후보들의 선거 운동이 한창이었다. 하루는 집에 선거 운동원으로 짐작되는 중년의 아주머니(자기는 절대로 아니라고 잡아뗐지만)로부터 전화가 왔다.

"×××는 절대로 뽑지 마세요. 그래도 ○○○ 후보가 낫지."

"그 후보는 구속된 선임 조합장의 오른팔이잖아요?"

"그건 그렇지요. 이제 입주도 얼마 안 남았는데, 그 사람들이야 이미 해먹을 만큼 다 해먹었으니 더 해먹기야 하겠어요? 하지만 조합장이 바뀌면 그 사람도 해먹으려 할 텐데 그러면 우리만 손해잖아요. 안 그래요? 다 좋은 게 좋은 거지."

논리적으로 따지면 전혀 말도 안 되는 억지다. 그러나 현실적으로는 정말 설득력 있는 주장이 된다. 이 글을 쓰기 바로 전날에도 어느 재개발 지역 조합장과 건설 회사 간부와 관련 공무원이 뇌물을 주고받았다는 보도를 접했다. 내가 알던 이웃도 바로 이 아주머니가 주장하는 이유를 들어 사기꾼들에게 기꺼이 한 표를 던지겠다고 했다.

비정상적으로 돌아가는 사회에서는 '옳은 것'은 교과서 안에서 잠잔다. 학교에서 배우는 덕목이 사회에서도 통하는 날은 언제 오려나. 우리 아이들이 배울까 겁난다.

그 놈의 독후감

이제까지 엄청나게 많은 책을 읽었다. 하지만 사회 조사를 통해 배운 것에 비하면 정말 하찮은 것이다. 책이 삶을 풍요롭게 만들고 나를 성숙시켰더라도 그 때의 경험이 없었더라면 나는 아직도 빈껍데기 지식을 부여잡고 있을 것이다.

독후감 숙제
해 주지
마세요

1999년 7월 29일자 동아일보 오피니언 난에 '초등생 방학 숙제 너무 어려워' 제목의 기사가 실렸다. 경기도 부천시에 사는 한 어머니께서 쓰신 글이다. 그대로 옮겨 본다.

초등학교 1학년 여름 방학 숙제인 '독서 기록장'을 보니 저학년에게는 너무 어려운 과제였다. 주인공, 등장 인물, 토의 내용, 줄거리, 느낀 점 등 세부 사항이 있고 뒷부분에는 독서 감상문을 쓰라고 돼 있었다. 이제 학교 생활을 갓 시작한 1학년생에게 줄거리를 요약하고 토의를 요구하는 것은 너무 버거운 과제다. 독서 토의는 고학년들도 어려워한다. 초등학교 과제가 너무 어려워 학부모들이 도와 주느라 애를 먹는다. 부모들이 대신 해 줘야 할 정도로 어려운 숙제는 '아이 숙제'가 아니고 '부모 숙제'일 뿐이다. 어린이들이 책과 친숙해질 수 있는 분위기를 만드는 것이 중요하다. 어려운 숙제 때문에 아이들이 책 읽기를 싫어하지 않을까 걱정이다.[1]

혹시 내 수업을 듣는 어머니들 가운데 한 분이 쓰신 글이 아닌가 착각할

1 김현숙(경기도 부천시 오정구). 투고자를 신문사에서 확인할 수 없어 그동안 허락 없이 실었는데, 2006년 네이버 블로그를 통해 투고자와 연락이 닿았기에 바로잡는다.

정도로 매 학기 수업 시간에 어김없이 나오는 질문과 꼭 같다. 독후감이 무슨 죄인가? 중학교 학생에게는 꽤 좋은 숙제인데 주인을 잘못 만나 천덕꾸러기가 되었다. '독후감을 잘 쓰기 위해서 책을 꼼꼼히 읽어야 한다'는 분도 많다. 아이들 힘에 버거운 독후감 숙제를 보면 책을 잘 이해하기 위해 독후감을 쓰는 것인지, 아니면 독후감을 쓰기 위해 책을 읽는 것인지 정말 모르겠다.

신문사로 들어오는 독자의 글이 엄청나게 많을 텐데 이 글이 실렸다면 이 말에 공감하는 사람들이 많다는 증거다. 떡 본 김에 제사 지낸다고 이 기회에 이 문제를 짚고 넘어가야 할 것 같다. 논리적으로 생각해 봐야 한다.

어느 어머니와 나눈 대화다.

"독후감 숙제가 너무 어려워 아이가 쓸 수 없다면 그냥 두어야지요."

"숙제로 나왔는데 어떻게 안 해 가요? 그러다가 선생님 눈 밖에 날 수도 있지 않아요?"

"그러면 서툴러도 아이 수준에서 할 수 있는 만큼만 해 가면 되지요."

"그래도 숙젠데 잘해 가야지요. 방학 숙제로 상도 주는데……."

(항상 그 놈의 상이 문제라니깐.)

"아이가 서투르다고 부모가 해 주면 아이도 제 실력으로 상 탄 것이 아님을 잘 알 텐데, 그것이 과연 아이에게 좋은 일일까요?"

"다들 그렇게 하니까 저도 별 수 없잖아요".

(또 물귀신 작전! 어머니, 그래서 이 나라가 이 모양 이 꼴이 된 겁니다.)

"제게는 어머니 말씀이 '내 애가 기죽거나 남에게 뒤지는 꼴은 절대로 못 보지!' 이렇게 들립니다."

이 때 어머니의 반응은 대체로 두 가지다.

어머니 1: ……. (겸연쩍은 표정을 짓는다.)

어머니 2: (펄쩍 뛸 듯이) "절대로 그런 게 아닌데……."

"부모님이 그렇게 도와 주시면 선생님도 '아이들이 다 잘하는구나!' 착각하시거나 '으레 부모님이 도와 주겠거니.' 하시지요. 제 아이 학교 수업을 참 관했는데 집에서 과외 수업을 해서 진도를 앞선 아이들이 선생님 설명을 가로막더라구요. 참 김빠지는 일 아닙니까? 독후감도 그와 똑같은 문제겠지요. 또 부모가 도와 줄 형편이 안 되는 아이를 생각하면 부모님이 숙제를 도와 주는 것은 반칙입니다. 안 그래요? 선생님께 아이가 독후감 쓰는 것을 어려워한다고 말씀드려 보세요."

여기서 대부분의 어머니가 고개를 끄덕인다. 그래도 계속 선생님 핑계를 대는 어머니를 만나면 마음 속으로는 더 끔찍한 말을 떠올린다.

'선생님이 죽으라면 따라 죽을 겁니까? 선생님께서 아이가 써 온 독후감이 서투르다고 잡아 먹습니까?'

나도 깜짝 놀란다. 수업을 거듭할수록 내 성격이 점점 고약해진다.

나는 내 아이에게 무슨 일이 생기면 제일 먼저 담임 선생님과 의논한다. 그 탓에 쓴맛을 본 적도 있지만, 그것이 내가 문제를 해결할 수 있는 최선의 방법이라는 생각에는 변함이 없다. 어떤 분은 아이의 결점을 시시콜콜 이야기하면 아이에게 손해가 간다며 그러지 말라고 진심으로 충고한다. 손바닥으로 하늘을 가린다고 가려지나. 담임 선생님이 뻔히 다 아는 것을. 그리고 그 말이 사실이라면 그 교사는 자신의 인격에 대해 비난 받기를 각오해야 마땅하다. 물론 그 일로 벌어지는 책임도 전적으로 교사의 몫이다.

하지만 내 경험으로 담임 선생님은 좋은 의논 상대다. 또래의 아이들을 많이 보셨기 때문에 내가 아이에게서 볼 수 없는 부분을 찾아낸다. 또 내가 아이에 대해 염려하는 일을 담임 선생님께서 별 것 아니라고 말씀하시면 돌아올 때 발걸음마저 가볍다. 마음에서 우러나 솔직히 의논하면 그분들도 편안하게 도움말을 주신다. 때로는 학부모와 교사와의 대화로 학교의 규칙이 개선되기도 한다. '백지장도 맞들면 낫다.'고 했는데 하물며 아이들을 잘 키워 보자는데……

독후감 숙제를 부모가 대신 해 주는 것, 과외 수업으로 진도를 앞세워 보내는 것, 촌지 등 이 모든 것은 결국 한 나무에서 뻗어난 줄기다. 촌지를 주는 학부모치고 이런 이야기를 안 하는 사람이 없다.

"누가 주고 싶어서 주나요? 할수없이 주지요."

나도 절대로 지지 않는다.

"주기 싫으면 안 주면 되지 않습니까? 그 이야기는 무슨 방법을 쓰든지 내 자식만 돋보이면 된다는 말 아닙니까?"

어머니가 할 말을 잃고 겸연쩍은 얼굴을 한다.

항상 그 '끔찍한 자식 사랑'이 문제다. 어차피 부모가 대신 살아 줄 수 없는 아이 인생이다. 조금 떨어져 바라보는 것이 어떨까?

일기,
나를 향한
글쓰기

어린이도서관 수업을 하다 보면 어머니들이 많은 질문을 던진다. 약방의 감초처럼 빠지지 않는 질문들 가운데 하나는 '아이들의 일기 쓰기를 어떻게 지도하느냐?'이다. 아니, 이게 무슨 소리? 일기 쓰기를 지도하다니? 이제는 글짓기, 논술도 부족해서 공책 한 바닥만한 자유도 빼앗겠다는 소린가? 마음이 착잡해진다.

글쓰기는 '남을 향한 글쓰기'와 '나를 향한 글쓰기'로 나누어 볼 수 있다. '남을 향한 글쓰기'란 다른 사람에게 내 생각을 드러내고 싶을 때, 다른 사람의 의견에 대답할 때 주로 쓰는 글이다. 학교에 제출하는 과제물, 회사의 보고서, 작가가 출판하는 글 등 대부분의 글이 여기에 포함된다. '남을 향한 글쓰기'는 읽는 사람의 반응을 염두에 둔 글쓰기다. 그래서 때로는 일정한 형식과 예절을 갖추어야 한다. 정작 자신이 하고 싶은 말은 가슴에 묻어 두거나 빙 둘러 슬쩍 내비쳐야만 할 때도 있다.

'나를 향한 글쓰기'는 말 그대로 자신에게 속삭이고 물음을 던지는 글쓰기다. 나의 기쁨, 슬픔, 고통, 분노, 감추고 싶은 것들, 더러는 남에게 보이면 비난의 화살이 돌아올 이야기를 써 내려가는 것이다. 복잡한 감정의 배출구가 된다. 그래서 나를 향한 글쓰기에는 카타르시스가 있다. 글을 써 내려가다 보면 어느새 평정을 되찾은 자신을 발견할 수 있다. '나를 향한 글쓰기'는 나 자신에게 물음을 던지는 데 있다. 거기에는 자기가 저지른 일에 대한 후회, 어떻게 살아가야 할 것인가에 대한 고민의 흔적이 있다.

일기는 근본적으로 '나를 향한 글쓰기'다. '난 누구인가? 어떻게 살아야 하는지 길이 보이지 않는다. 가슴이 답답해 미치겠다.' 이 한 줄로도 충분한 글쓰기다. 자신의 미래에 대한 막막한 심정이 바로 그 한마디로 충분하다. 세월이 지나 제 일기장을 펼쳐 보고, '그 때는 내가 왜 이렇게 심각했지?' 하며 머리를 긁적거릴지도 모른다.

일기는 내용 파괴, 형식 파괴가 가능한 무한한 자유가 보장된 글쓰기다. 그러기에 일기는 숨통을 트는 글쓰기다. 시면 어떻고, 만화면 어떤가? 두서없는 끼적거림도 좋다. '2학년이니 그림 일기는 안 된다.' '최소한 공책 한 바닥 길이만큼은 매일 써야 한다.' '일주일에 한 편은 독후감이어야 한다.' 웬 간섭이 그렇게 많은지. 일기 쓰기는 학교 작문 수업의 연장이 아니다.

시간이 흐를수록 아이들은 일기장을 앞에 두고 잔머리를 굴린다. 선생님이나 엄마, 아빠 흉을 보면 혼나겠지. 상담실에 불려 갈지도 몰라…….

초등학교 6학년 어린이가 말했다.

"제가 정말 하고 싶은 말을 썼더니 선생님께 꾸지람을 들었어요. 그 다음부터 선생님이 좋아하실 말만 골라 썼지요. 그랬더니 잘 썼다고 칭찬하시더라구요."

사춘기가 되면 두 권의 일기장이 생긴다. 학교 선생님께 내는 일기, 나 혼자 서랍에 넣고 자물쇠를 채우는 일기.

일기를 지도하면 결국은 남을 향한 글쓰기가 되어 버린다. 아이를 이중인격자로 만들고 싶지 않다면 아이들 일기에 잔소리하고 싶은 욕심을 꾹꾹 누르자.

때때로 자신과 솔직히 마주한 시간을 가진 아이와 그렇지 못한 아이가 있다. 그들이 자라면 삶을 향한 자세가 얼마나 달라질지 상상해 본다. 인간의 행복이나 가치가 단지 좋은 옷에 배불리 먹고 사는 데만 있는 것이 아닐진데.

진정한
의미의
독후처리법

　책을 읽고 토론하거나 독후감을 쓰는 것 등을 '독후처리'라 한다. 독후처리란 책을 읽고 난 느낌, 생각, 비판 의식이 오래도록 지속되고, 책에서 얻은 값진 교훈이 아이들의 사고 방식과 행동에 스며들도록 다지는 활동이다. 학교나 독서 교실에서 이루어지는 독서 수업의 상당한 부분이 독후처리에 집중된다. 부모가 자녀의 독서 교육을 위해 사교육비를 지출하는 것도 독후처리 때문이리라.

　아이들과 책을 읽고 이야기를 나누면 때때로 막막하다. 아이들과의 대화가 탁상공론 같다. 『꽃동네 이야기』(꽃동네)와 『골목길의 아이들』(길벗어린이)을 읽고 몸이 불편하거나 가난한 사람들에 대해 이야기를 나누어 본 적이 있다. 늘 가장 먼저 나오는 대답은 '저금통을 깨고 부모님께 도움을 청해, 돈을 주거나 수술비를 마련해 주는 것'이다.

　『골목길의 아이들』은 청소부인 러글스 씨와 손빨래 세탁소를 하는 부인, 그리고 그들의 일곱 아이들이 엮어 내는 이야기다. 표지 뒷면에 '지은이 이브 가넷이 어려운 환경 속에서도 밝고 명랑하게 자라는 빈민가 어린이들의 모습에 깊은 감동을 받아 쓴 이야기'라고 썼지만 아이들은 러글스 가족이 가난하지 않다고 주장한다. 책에서 여러 증거를 찾아 줘도 의아한 표정이다.

"안정된 직장이 있는데 왜 가난해요?" 하고 묻는다.

아파트 재개발 사업으로 산동네에서 쫓겨나게 된 사람들에 관해 토론을 하면 "새 집 생기면 좋잖아요? 오피스텔에 잠시 가 있으면 될 텐데." 하고 말한다. 넉넉한 집안의 아이일수록 이런 현상이 심하다. 가난에 대한 구체적인 이미지가 없기 때문이다. 땅이 꺼지도록 한숨이 나온다. 하지만 이것이 어디 아이들의 잘못이랴.

대학 시절 사회 조사를 다니던 기억이 떠오른다. 어느 날 조교 언니가 교수님께서 '티셔츠와 청바지에 머리는 한 갈래로 질끈 묶고 입을 앙 다문 채 빨리빨리 걷는 애'를 찾아 오라 하셨다며 나를 불렀다. '도시 빈민층 연구'에 조사원으로 일할 생각이 없느냐는 말과 함께.

도시사회학과 도시인류학에서 『가난이 낳은 모든 것』(형성사), 『꼬방동네 사람들』(현암사), 『난장이가 쏘아 올린 작은 공』(문학과지성사)[1] 등을 읽었고 빈곤층에 대해 일 년 동안 공부해서 나는 가난한 사람들의 생활을 꽤 이해한다고 생각했다. 그런데 그게 아니었다!

1 ──────
『꼬방동네 사람들』은 '서울 미디어'에서, 『난장이가 쏘아 올린 작은 공』은 이제 '이성과 힘' 출판사에서 출간하고 『가난이 낳은 모든 것』은 절판되었다.

나는 지금도 서울 난곡 마을, 어른 한 명이 간신히 지나갈 수 있는 폭 좁고 꼬불꼬불한 골목길에서 놀던 어린아이들을 기억한다. 어느 집을 방문했을 때였다. 비닐로 막은 미닫이문을 열면 한 평도 채 안 되는 공간에 개수대 겸 부엌, 그리고 방 한 칸이 있었다. 그 집의 전부였다. 영양이 부족한 아이들에게 고기를 먹이기 위해 닭을 길렀다. 마당도 없는 집에서 말이다. 방안을 돌아다니며 닭이 오물을 배설해도 주인은 덤덤했다.

돌아오는 버스 속에서 많은 생각을 했다. 친구들과 수련회에 가서 밤을 새워 가며 나눴던 '인간의 존엄성 어쩌고' 하는 말이 얼마나 배부른 투정인지 깨달았다. 부끄러웠다. 그리고 살아 있는 한 그 날 내가 본 것을 잊지 않으리라 다짐했다. 그 날 이후 스승께서 사회 조사를 하시면 그 곳이 강원도든 전라도든 버스 없는 산골 마을이든 꼭 따라다녔다. 내게는 산 공부였다.

이제까지 엄청나게 많은 책을 읽었다. 하지만 사회 조사를 통해 배운 것에 비하면 정말 하찮은 것이다. 책이 삶을 풍요롭게 만들고 나를 성숙시켰더라도 그 때의 경험이 없었더라면 나는 아직도 빈껍데기 지식을 부여잡고 있을 것이다.

인간은 훌륭한 스승을 만나 일생의 전환점을 찾을 수 있다는 것을 다시 한번 깨달았다. 사회학과에서 조형 교수님을 만나지 못했고 그분을 따라 사회 조사를 다니며 세상의 참모습을 보지 못했더라면 나는 지금보다 훨씬 더 변변치 못한 사람이 돼 있을 것이다.

아이들이 걱정스럽다. 우리가 자랄 때는 한 동네에 부잣집과 가난한 집이 섞여 살았다. 아니 몇 집을 빼고는 고만고만하게 다 같이 못 살았다. 지금은 우리 자랄 때와는 사뭇 다르다. 달동네와 고급 주택가는 멀리 떨어져 있고 거기서 자라는 아이들은 서로 만날 기회도 거의 없다. 대도시의 아파트촌에 사는 아이들은 재래 시장을 가 본 적도 없다. IMF의 경제 통치를 겪은 나라는 빈부격차가 더 심해진다는데 어이할꼬.

TV를 보고 전화를 걸어 천 원어치 적선을 하고 "나는 참 괜찮은 사람이야." 흡족해 하면 어쩌나? 지금처럼 끼리끼리 모여 자라다가 정치인이 된 상류층 자녀가 소외된 사람들을 위해 제대로 정책을 세울 수 있을지. 아이들이 자라서 서로를 이해할 수 있을까? 지금보다 더 반목하고 사는 것은 아닐까? 우리 아이들이 어디서 갈등의 실마리를 풀 수 있을까?

책상 앞에서 공부만 해도 사회 지도층이 될 수 있는 현실이 오늘의 난국을 초래하는 데 한몫 거들었다고 생각한다. 인간과 사회를 이해하려면 책만으로는 부족하다. 수학, 영어로 인생 공부가 될 리 없다. 그래서 나는 시행착오를 겪더라도 중·고등학교와 대학의 교과 과정에 봉사 활동을 필수 과목으로 포함시켜야 한다고 생각한다. 百讀書 不如一見!

『꽃동네 이야기』와 『골목길의 아이들』을 이해하려면 주인공과 같은 처지의 사람들과 만나고 비비며 살아 봐야 한다. 서로에 대한 염려와 이해로 가슴 한 구석이 저려 온다면 그것이야말로 최상의 독후감이다. 그리고 아이들에게 그런 기회를 제공하는 것은 전적으로 우리 어른들의 몫이다.

마무리 —
책과 더불어 행복해지는 삶

"부모가 책을 읽어 주는 것은 자녀에게 사랑한다고 말하는 것입니다. 그리고 어버이
의 사랑이 그렇듯 책은 어려운 시기를 헤쳐 나갈 밑거름이며 저력이 되는 것입니다."

윌　헌팅에게
필요한　것

영화 「굿 윌 헌팅(Good Will Hunting)」의 윌 헌팅은 보스턴 빈민가에 사는 20대 청년이다. 비슷한 또래의 건달 친구들과 어울리면서 주먹질로 경찰서를 드나든다. 어느 날 MIT 공대생들이 손도 대지 못하는 고등 수학 문제를 풀어 램보 교수의 눈에 띈다. 교수는 그의 천재성에 감탄한다. 그러나 윌에게는 깊은 상처가 있다. 입양과 파양을 반복하며 양부로부터 받은 학대는 그와 세상 사이에 깊은 골이 패게 했다. 램보 교수는 좀처럼 마음을 열지 않는 윌의 냉소적인 행동을 치유하기 위해, 그 역시 불우한 환경에서 자란 숀 맥과이어 교수에게 도움을 청한다. 영화의 끝은 제목 그대로다.

이 영화에서 숀(로빈 윌리엄스 扮)이 윌에게 했던 인상 깊은 대사들을 음미해 본다. 책이나 지식의 한계가 바로 이런 것들이리라. 더 배웠다는 사람들이 그만 못한 사람들에게 저지르는 실수도 역시……

　넌 네가 뭘 지껄이는 건지도 모르고 있어 …… 미술에 대해 물으면 온갖 정보를 다 갖다 댈걸. 미켈란젤로, 그에 대해 잘 알 거야. 그의 걸작품이나 정치적 야심, 교황과의 관계, 성적 본능까지도 알 거야. 그렇지? 하지만 시스티나 성당의 내음이 어떤지는 모를걸? 한 번도 그 성당의 아름다운 천장화를 본 적이 없을 테니까. 난 봤어.

또 여자에 관해 물으면 네 타입의 여자들에 관해 장황하게 늘어놓겠지. 벌써 여자들과 여러 번 잠자리를 했을 수도 있구. 하지만 여인 옆에서 눈뜨며 느끼는 행복이 뭔지 모를걸.

넌 강한 아이야.

전쟁에 관해 묻는다면 셰익스피어의 명언을 인용할 수도 있겠지. '다시 한 번 돌진하세 친구들아.' 하며. 하지만 넌 상상도 못 해. 전우가 도움을 간청하는 눈빛으로 널 바라보며 마지막 숨을 거두는 걸 지켜보는 게 어떤 건지. 사랑에 관해 물으면 한 수 시까지 읊겠지만 한 여인에게 완전히 포로가 되어 본 적은 없을 걸. 눈빛에 완전히 매료되어 신께서 너만을 위해 보내 주신 천사로 착각하게 되지. 절망의 늪에서 널 구하라고 보내신 천사. 또한 한 여인의 천사가 되어 사랑을 지키는 것이 어떤 건지 넌 몰라. 그 사랑은 어떤 역경도, 암조차도 이겨 내지. 죽어 가는 아내의 손을 꼭 잡고 두 달이나 병실을 지킬 땐 더 이상 환자 면회 시간 따윈 의미가 없어져. 진정한 상실감이 어떤 것인지 넌 몰라. 타인을 네 자신보다 더 사랑할 때 느끼는 거니까. 누굴 그렇게 사랑한 적이 없을 걸?

내 눈엔 네가 지적이고 자신감이 있기보다 오만에 가득한 겁쟁이 어린애로만 보여. 하지만 넌 천재야. 그건 누구도 부정 못 해. 그 누구도 네 지적 능력의 한계를 측정하지도 못 해.

그런데 넌 그림 한 장 달랑 보곤 마치 내 인생을 다 안다는 듯 내 아픈 삶을 잔인하게 난도질했어. 너 고아지? 네가 얼마나 힘들게 살았고, 네가 뭘 느끼고, 어떤 앤지 『올리버 트위스트』만 읽어 보면 널 알 수 있을까? 그게 널 다 설명할 수 있어? 솔직히, 젠장! 그 따윈 난 알 바 없어. 어차피 너한테 들은 게 없으니까. 책 따위에서 뭐라든 필요 없어. 우선 네 스스로에 대해 말해야 돼. 자신이 누군지 말야. 그렇다면 나도 관심을 갖고 대해 주마. 하지만 그렇게 하고 싶지 않지? 자신이 어떤 말을 할까 겁내고 있으니까. 네가 선택해, 윌.

이 영화를 보면서, 제 아무리 지적 능력이 뛰어난 인간도 애정이 결핍되면 정상적으로 성장하지 못한다는 단순한 진리를 다시 한 번 깨닫게 된다. 윌 헌팅에게 책은 바깥 세상으로부터 자신을 항변하고 격리하는 단단한 벽이었다.

영화를 보면서 떠올린 말들……

"책을 읽어 주면 자립심이 없어지지 않나요? 잠자리에서 그림책을 읽어 주면 그림을 못 보지 않나요? 졸리면 책 내용을 기억하지 못할 텐데."

"질문을 했더니, 내용을 다 이해하지 못했어요. 왜 그럴까요?"

처음에는 이런 넋두리가 솔직히 지겨웠다. 왜 저러고 사나? 아이와 사이만 나빠질 텐데. 다 부모 욕심이지. 저건 자식을 위하는 것이 아니라 괴롭히는 거야. 독서가 즐거움이 아니라 고문이 될 텐데. 그러나, 어머니들과 친해지면서 한 사람 한 사람의 살아온 내력을 알게 되자 깊은 연민을 느낀다. 책에 관한 한 내가 운이 좋은 사람이었다는 것을 잊은 것에 대한 미안함도 느낀다. 우리 세대의 유년기에는 책이 없었다. 책에 관한 한 윌 헌팅처럼 애정 결핍인 세대다. 이제는 그 질문이 우리가 받아 보지 못한 것을 자식에게 주려는 어색함과 당황스러움이라는 것을 안다.

지나온 세월을 되새김질하고 있기에는 가야 할 길이 멀다. 우리가 시행착오를 반복하는 동안에도 애들은 자라니까. 『손상된 아동기』(서원)에 다음과 같은 구절이 있다.

인간의 평균 수명은 그 어느 때보다도 길어지고 있다. 그러나 이와 같은 추세에도 불구하고 '정말로 최고이기를 원하는' 어른들 중에는 어린이들을 어른들 모양으로 서둘러 만들려고 함으로써 아동기를 단축시키려는 경향이 유행처럼 번지고 있다.[1]

우리가 어린이에게 문자를 빨리 터득하게 하고 책을 쥐어 주려는 목적도 결국은 이런 의도가 아닌지?

어린이에게 책을 읽어 주는 것은 아이와 볼을 비비고 껴안아 주는 것과 꼭 같다. 석학들조차도 가늠할 수 없었던 윌 헌팅의 독서 편력에서 부족한 것은 바로 '애정'이었다. 사랑은 인간만이 줄 수 있다. 책은 그 도구에 불과하다. 수업을 통해 늘 그 점을 말하고 싶었다.

"부모가 책을 읽어 주는 것은 자녀에게 사랑한다고 말하는 것입니다. 그리고 어버이의 사랑이 그렇듯 책은 어려운 시기를 헤쳐 나갈 밑거름이며 저력이 되는 것입니다."

1 ——————
Eda J. LeShan 지음, 『손상된 아동기』(서원). LeShan은 『유아교육(Childhood Education)』지의 1961년 9월호 특집에서 E. Bain이 '인간의 생명은 길어지는데 아동기는 왜 짧아지는가?'의 논제로 기술한 것을 인용했는데 그 내용의 일부를 재인용했다.

책으로
만난
스승

나는 유난히 스승 복이 많은 사람이다. 힘든 고비마다 훌륭한 스승께서 이끌어 주셨다. 스승의 가르침은 나의 지적인 성장에 보탬이 되었다. 무엇보다도 스승께서 내게 주신 가장 소중한 교훈은 올바른 삶의 자세와 인간을 향한 연민이었다. 책은 나를 그런 스승께로 인도해 주었다.

1980년 봄 나는 대학 신입생이었다. 최루탄과 화염병에 휩싸여 시대의 우울을 자양분으로 삼아야 했던 청년기였다. 휴교령으로 굳게 닫힌 철문을 뒤로 하고 발길을 돌릴 때 멀리 한강변에 걸린 노을빛은 왜 그렇게 처연하던지…….

2학기가 되었다. 사회학 시간, 원래 강의를 맡은 이효재 교수님은 시국 선언으로 학교를 떠나시고 대신 제자가 강의를 했다. 그분이 번역하신 볼드릿지의 『사회학』(경문사)과 직접 쓰신 『여성의 사회의식』(평민사)은 고등학교 때까지 읽었던 책과는 정말 달랐다. 세상 속에서 살아가려면 사회적인 인간으로서 또 여성으로서 '나'의 정체성을 찾는 노력이 꼭 필요하다고 생각했다. 1980년은 더욱 그랬다. 나는 사회학과로 진로를 정했다. 언젠가는 그분을 꼭 뵙게 되리라 기대하면서.

대학원 때 그분은 학교로 돌아오셨다. 그분이 교정을 거닐면 학부 학생들이 달려와 꺼안곤 했다. 그분은 그랬다. 곁에 계시는 것만으로도 넉넉한 대지와 같은 존재셨다. 그분을 통해 학문과 실천적 삶이 일치해야 함을 배웠다.

교정을 지날 때 머리 희끗희끗하신 교수님의 지적인 모습은 멀리서 바라보는 것만으로도 숙연하게 한다. 대학원 때였던가? 대학원관에서 수업을 마치고 학생회관쪽으로 내려갈 때 마주치던 교수님이 계셨다. 큰 키에 안경을 쓰고 한 손은 늘 바지 주머니에 찔러 넣고 천천히 비탈을 올라오시던 그분의 인상이 내게는 고뇌하는 지식인의 모습이었다. 마주칠 때마다 멀리서 인사를 드리면 눈길도 주는 듯 마는 듯 가볍게 목례로 답하셨다. 문학을 가르치시리라 짐작했을 뿐 친구들 가운데 아무도 그분이 어느 학과 교수신지 몰랐다. 그래서 나는 그분을 '늙은 베르테르' '돌아온 데미안'으로 불렀다.

그리고 1994년 어느 봄날, 신문에 난 사진을 보고 나는 한눈에 그분임을 알아 볼 수 있었다. 그리고 그분께서 쓰신 『거꾸로 타고 싶은 지하철』(한림)을 읽었다. 책 속에서 만난 그분은 오래 전 내가 존경의 눈으로 바라보던 모습 그대로였다. 대학 선배가 그 책을 보더니 "옆 방 사범대 조교가 매일 자랑하던 교수님 알지? 바로 이분이야." 했다. 나는 그분을 알아보는 데 10년이 걸렸다.

그 후 몇 번 그분을 뵐 기회가 있었다. 안경 너머 내 속을 빤히 들여다 볼 것만 같은 예리한 눈빛에 고개를 움츠렸지만 내 이야기를 잠자코 듣고 계시다 한마디씩 던지는 그분의 말씀은 늘 화두처럼 가슴에 꽂혔다. 부모로서, 가르치는 사람으로서 많은 생각을 이끄는 말씀이었다. 그분을 통해 아이들을 진심으로 사랑하는 방법을 배웠다.

정년 퇴임을 앞둔 그분께서 마지막으로 학부모들을 위한 강연을 하신다기에 만사를 제치고 달려갔다. 그분의 강의는 내가 10년 전 그리던 모습 그대로였다. 눈물이 핑 돌았다. 그분은 이화여대 교육학과 교수이시자 부속 초등학교 교장이셨고 지금은 명지대학 부속 초등학교 교장이신 이귀윤 선생님이시다.

이귀윤 선생님께서 쓰신 또 한 권의 교단 에세이 『열린 아이들 닫힌 학교』 (대교)를 읽었다. 학교로 찾아가 아이 이름으로 사인도 받았다. 그리고 그분을 뵈러 아이를 데리고 명지 초등학교에 찾아갔다. 아이가 그분께 직접 배운 적은 없으나 내가 그분의 말씀을 가르침 삼아 아이를 길렀으니 그분은 내 아이의 큰 스승이시다.

그리고 소흥렬 교수님. 고등학교 다닐 때 수업 시간에 수녀님께서 내게 '한 시간 동안 실컷 떠들어 봐라.'며 급우들을 상대로 설을 풀 기회를 주셨을 정도로 철학책은 내 마음을 끌어당겼다. 그래서 철학을 부전공으로 택했다. 2학년 1학기의 부전공 첫 수업이었던 논리학은 정말 열심히 공부했는데도 불구하고 B학점을 받았다. 출발이 나빴나? 졸업 정원제가 도입되어 학점이 짰다고 스스로 위안을 했지만 철학 수업은 번번이 학점에서 내게 참패를 안겼다. 소흥렬 교수님은 나의 첫 단추 끼우기를 실패로 이끈 『논리와 사고』 (이대 출판부)의 저자이시다.

일 년 반 동안 그분의 '논술철학' 강의를 들었다. 한 학기 내내 숙제로 고생하느라 수강생들의 집안 살림이 엉망이었다. 과제물 때문에 고 3때도 안 해 본 밤샘을 다 했다. 처음 만난 아줌마 제자들이 끝까지 낙오하지 않도록 챙기셨던 스승의 배려가 분에 넘쳤음을 느낀다.

여성신문에 글을 쓰게 되었을 때 제일 먼저 그분이 떠올랐다. "마음 속에 분노가 있으니 글을 써 봐라. 그러나 그 분노의 대상을 감싸안아야 한다. 그리고 평정심을 잃어서는 안 된다."는 말씀이 늘 가슴에 남아 있다. 그분을 통해 글쓰기가 '화해'임을 알았다. 내게 글쓰기의 참모습을 보여 주신 스승이시다. 나는 그분께서 이화여자대학교 인문대학 교수 포럼에서 발표하신 글귀를 늘 마음에 새겨 두고 있다.

한 사람이 그의 전 생애를 통해서도 훌륭한 스승을 만날 수 있는 기회는

아주 제한되어 있다. (중략)

고전이 된 역사 이야기에서, 고전적 문학 작품에서, 또는 철학에서 우리는 간접적 방법이긴 하지만 생애의 스승을 만날 수 있다. 이러한 고전 교육에서도 중요한 또 한가지 인문학적 관심은 그런 고전을 강의하는 스승에 관한 것이다. (중략)

강의실의 스승은 사랑이 담긴 강의를 할 수 있다. 이러한 스승과 제자의 만남은 다른 어떤 교육공학적 매체로도 대신할 수가 없는 것이다. 인문학의 인문주의는 도구주의가 아니다. 본질주의를 추구하는 인간주의다. 스승과 제자의 직접적인 만남을 통하여 진·선·미의 본질적 가치가 전승되는 것을 소중히 여기는 인간주의다.

이 글귀에 기대어, 나도 그분의 제자라고 조심스럽게 말해 보는 것이다.

힘들고 지칠 때, 만사가 귀찮고 꾀가 날 때, 스승을 떠올리며 나를 추스른다. 내 아이가 인생의 고비마다 그를 이끌어 줄 참스승을 만나기를 기도한다. 그리고 나도 누구에겐가 내 스승과 같은 존재로 다가갈 수 있기를 언제나 소망한다.

책으로
구하는
세상

스승께 말씀드렸다.

"이제, 이 책은 이래서 좋고 저 책은 저래서 좋지 않다고 말할 수 있습니다. 그러나 어디로 가야할지요? 사람들이 말합니다. 법대로 하면 손해 보고 양심대로 사는 사람은 잘 살 수 없는 사회라고요. 도대체 우리가 공감하는 가치 기준이 있는 걸까요? 제게는 그것이 보이지 않습니다. 우리가 어디로 가고 있는지 정말 가야 할 곳으로부터 멀리 벗어나 있지 않은지 뿌연 안개 속을 헤매는 것 같습니다."

스승께서 말씀하셨다.

"어디로 가고 있는지에 집착하지 말고 어디로 가야 하는가를 생각해야 한다."

나는 또 다시 철학자인 스승께 여쭈었다.

"철학은 그 대답을 가지고 있습니까?"

스승께서 말씀하셨다.

"가지고 있다고 말할 수 있다."

나는 바짝 다가서며 스승께 여쭸다.

"그것이 무엇입니까?"

스승은 고요히 계신다.

나 또한 그렇게 있었다.

한참 후 다시 스승께 여쭈었다.

"스승께서 제게 바라시는 것이 바로 그것입니까?"

스승은 침묵 속에서 보일 듯 말 듯 미소지으셨다.

글로 말하는 사람은 비록 세상을 향해 욕설을 퍼붓고 슬픈 곡조로 삶을 노래할지라도 그는 낙관주의자다. 책을 통해 세상을 조금이나마 살 만한 곳으로 바꿀 수 있다는 희망을 끝내 버리지 못하는 사람이기에. 나 또한 그런 사람이겠지.

나는 그 답에 이르지 못할지도 모른다. 아니 지금으로서는 그럴 것만 같다. 그러나 그것을 찾아 헤매는 것만으로도 가치 있는 삶이라 믿는다. 그 긴 여정의 길동무로 책이 있다.

* * *

여성신문에 연재할 때부터 애정 어린 격려를 해 준 독자 여러분들께 감사드립니다. 이 책에 글을 싣거나 예화로 등장하는 것을 기꺼이 허락해 주신 많은 분들께도 감사드립니다. 작품이 실리도록 도와 주신 출판사들의 협조도 빼놓을 수 없지요. 제 글을 책으로 묶어 준 현암사 형난옥 주간, 다른 출판사에서 자료 협조를 얻고 책과 관련된 시시콜콜한 일들을 빈틈없이 챙겨 준 편집부 최윤정 씨와 번뜩이는 재치로 책을 잘 꾸며 준 이기준 씨에게도 애정 어린 감사의 말을 전합니다. 그리고 마지막 교정 작업을 도와 준 동료 이인수 씨, 김지완 씨에게도 고마움을 전합니다.

그림책 비평을 위해 필요한 자료를 얻으려 했으나 혹평의 대상이 된 작품과 관련된 출판사에서 난색을 표해 싣지 못한 것은 두고두고 아쉬운 일입니

다. 자유롭게 비평할 수 없는 풍토에서 어린이 책이 더 좋아지리라 기대할
수 없기 때문입니다.

좋은 문화적 환경에서 자랄 수 있도록 배려해 주신 부모님께도 감사드립
니다. 그분들이 계셨기에 그나마 이 모습이라도 된 듯 싶습니다. 언제나 든
든한 후원자인 남편에게 고맙습니다.

석원에게 사랑을 보낸다. 네가 있었기에 이 책을 시작할 수 있었다. 내가
어미가 아니었던들 세상이 지금보다 더 나아지기를 이토록 간절히 바랄까?

2000년 가을
김은하

이 책에 나온 책

일러두기

* 이 책에 실린 책의 목록을 제목, 지은이, 그린이, 출판사, 출간 연도 순으로 정리하
  였다. 출간 연도와 출판사는 이 책에서 자료로 사용한 판본의 출간 연도를 따른다.
* 그림책의 경우 지은이와 그림 그린이가 다를 때는 따로 밝혀 정리하였다.
* 작가명 표기는 해당 책의 표기에 따랐다.
* 책의 절판 여부는 네이버, 인터넷교보문고, 인터넷서점 알라딘 등으로 검색하였다.

ㄱ

『가난이 낳은 모든 것』 오스카 루이스, 홍성사, 1979, 절판

『가우디의 바다』 다시마 신지, 두산동아, 1996. 2005년부터 여성신문사에서 나옴

『강아지 똥』 권정생 지음, 정승각 그림, 길벗어린이, 1996

『개구쟁이 해리』 G. 자이언 지음, M. 그레이엄 그림, 다산기획, 1994

『갯벌이 좋아요』 유애로 지음, 보림, 1995

『거꾸로 보는 세계명작』 우리누리 지음, 중앙 M&B, 1996

『거꾸로 보는 이솝우화』 우리누리 지음, 중앙 M&B, 1996

『거꾸로 보는 전래동화』 우리누리 지음, 중앙 M&B, 1996

『거꾸로 타고 싶은 지하철』 이귀윤 지음, 한림, 1994

『골목길의 아이들』 이브 가넷 지음, 길벗어린이, 1997

『곰』 레이먼드 브릭스 지음, 비룡소, 1995

『괴물들이 사는 나라』 모리스 샌닥 지음, 시공사, 1994

『구약성서 이야기』 자크 뮈세 지음, 크리스틴 아담 외 그림, 미래 M&B, 1999

『귀뚜라미와 나와』 권태응 외 지음, 겨레아동문학연구회 엮음, 보리, 1999

『그리스 로마 신화』 콜레트 에스틴, 엘렌 라포르트 지음, 장-필립 뒤퐁 외 그림,
        미래 M&B, 1999

『그리스 신화』 에드거 파린 돌레르 지음, 인그리 돌레르 그림, 시공사, 1999

『그리스인의 생활』 웅진 어린이 디스커버리 문고 71, 웅진, 1998

『그림 그리는 아이 김홍도』 정하섭 지음, 유진희 그림, 보림, 1997

『김치는 싫어요』 최신양 지음, 나애경 그림, 보림, 1995

『까마귀의 소원』 하이디 홀더 지음, 마루벌, 1996/2010

『깐돌이의 까꿍 놀이』 오토모 사치코 지음, 지경사, 1988

『깜둥바가지 아줌마』 권정생 지음, 권문희 그림, 우리교육, 1998

『깜찍이의 친구는 누구?』 알콩달콩 유아교육동화 46, 조문현 지음, 최지은 그림,
        두산동아, 1994

『꼬방동네 사람들』 이철용, 현암사, 1981. 1996년부터 서울미디어에서 나오다가 절판됨

『꽃동네 이야기』 곽영권 지음, 꽃동네 출판사, 1996

ㄴ

『나무를 심은 사람』장 지오노 지음, 두레, 1995

『난쟁이가 쏘아올린 작은 공』조세희 지음, 문학과지성사, 1978

『난쟁이 코』빌헬름 하우프 지음, 리즈베스 츠베르거 그림, 마루벌, 1996

'내가 처음 만난 예술가' 시리즈는 길벗어린이에서 나옴

『내게는 소리를 듣지 못하는 여동생이 있습니다』J.W 피터슨 지음, D.K. 레이 그림,
　　　히말라야. 2004년부터 중앙출판사에서 나옴

『내 영혼의 닭고기 수프』잭 캔필드 외 지음, 푸른숲, 1994. 이 책은 몇 편의 이야기를
　　　추가하여 1997년『영혼을 위한 닭고기 수프 1, 2』로 재출간됨

『내 이름은 삐삐 롱스타킹』아스트리드 린드그렌 지음, 시공주니어, 1996

『내 짝궁 최영대』채인선 지음, 정순희 그림, 재미마주, 1997

『너구리와 도둑쥐』오토모 야스오 지음, 한림, 1989

『네버랜드 어린이 학습백과』시공사, 1998, 절판

『논리와 사고』소흥렬 지음, 이화여자대학교 출판부, 1979

『논술문 강의와 연습』소흥렬 외 지음, 이화여자대학교 출판부, 1994

『누가 잠자는 숲속의 공주를 깨웠는가』이링 페처 지음, 철학과 현실사, 1991

『눈사람 아저씨』레이먼드 브리그스 지음, 마루벌, 1997

『눈초롱의 아기들』질 바클렘 지음, 마루벌, 1997

『늑대가 들려주는 아기돼지 삼형제 이야기』존 셰스카 지음, 레인 스미스 그림, 보림, 1996

ㄷ

『다시 살아난 찌르』달팽이 과학동화 곤충의 한살이 10, 보리 지음, 박경진 그림,
　　　웅진출판, 1995, 절판

『대세계백과사전』태극출판사, 1972, 절판

『더 행복한 신데렐라』로알드 달 지음, 퀜틴 블레이크 그림, 주머니 속 세계 창작동화 8-9,
　　　웅진, 1997, 절판

『더벅머리 나무꾼과 달궁선녀』서울대 아동학 연구실의 연구원들 편저, 샘터사, 1997

『도리도리 짝짜꿍』김세희 엮음, 유애로 그림, 보림, 1998

『도서관연구』제 15집, 서울시 도서관 연구회 지음, 1998

『독도를 지키는 사람들』김병렬 지음, 신혜원 그림, 사계절, 1999

『돌아오지 않는 까비』이오덕 엮음, 사계절, 1991. 2006년부터『움마 이야기』로 개정판 나옴

『동글이의 세상구경』서울대 아동학 연구실의 연구원들 편저, 샘터사, 1994

『동식물도감』문순열 엮음, 은하수, 1993

『두산 세계대백과사전』두산동아, 1996

『뒷뚜르 이렁지의 하소연』이완 지음, 현암사, 1994. 2005년 책의 일부만을 그림책으로 출간함

『따로따로 행복하게』배빗 콜 지음, 보림, 1999

ㄹ

『라스무스와 폰투스』아스트리드 린드그렌 지음, 시공사, 1997

『라울 따뷔랭』장자끄 상뻬 지음, 열린책들, 1998

ㅁ

『마음을 열어 주는 101가지 이야기 1, 2, 3』잭 캔필드 외 지음, 이레, 1996

『만년 샤쓰』방정환 지음, 김세현 그림, 길벗어린이, 1999

『만희네 집』권윤덕 지음, 길벗어린이, 1995

'먼나라 이웃나라' 시리즈 이원복 지음, 고려원, 1987. 1998년부터 김영사에서 '새 먼나라
      이웃나라'로 나오다가 지금은 '21세기 먼나라 이웃나라' 시리즈로 나온다. 2010년
      현재 13권이 나왔다.

『명탐정과 보석도둑』아스트리드 린드그렌 지음, 웅진, 1996. 2002년부터 논장에서
      '소년탐정 칼레'시리즈로 나온다.

『명화로 보는 신그리스 신화』미하엘 쾰마이어 지음, 현암사, 1998

『못생긴 사라』패트리샤 맥라클란 지음, 켄틴 블레이크 그림, 주머니 속 세계 창작동화
      8-3, 웅진, 1997, 절판

『무명저고리와 엄마』권정생 지음, 강효숙 그림, 다리, 1894. 절판

『무지개 다리 아래 비둘기』이상희 지음, 한병호 그림, 한국프뢰벨주식회사, 1997, 절판

『무지개 물고기』마르쿠스 피스터 지음, 시공주니어, 1994

『미메시스 - 번역서 가이드북 1999』 편집부 엮음, 열린책들, 1999

『미오 나의 미오』 아스트리드 린드그렌 지음, 윤진문화사, 1990. 절판

『미오, 읍읍, 미라미스』 아스트리드 린드그렌 지음, 반도, 1990, 절판

ㅂ

『바람과 풀꽃』 정채봉 지음, 대원사, 1990

『배무이』 최완기 지음, 김영만 그림, 보림, 1996

『뱃속 마을 꼭꼭이』 안나 러셀만 지음, 현암사, 1996

『변신이야기』 오비디우스 지음, 민음사, 1994. 1996년부터 판형을 바꾸고 화보가 적은
　　　『변신이야기 1, 2』가 나옴

「봄봄」은 중·고생 및 성인을 위한 단행본으로 묶여 나오다가 1999년 다림이 초등학교
　　　고학년 어린이를 위한 단행본으로 출간했다.

『봄에 피는 꽃』 한국의 자연 탐험 56, 신현철 지음, 강운구 사진, 웅진, 1994, 절판

『브리태니커 세계대백과사전』 한국 브리태니커, 2000년 개정판

'빛깔 있는 책' 시리즈는 대원사에서 나옴

『빨간 아기토끼』 라스칼 지음, 클로드 뒤보아 그림, 마루벌, 1995

ㅅ

『사랑나라 꽃 대궐』 황영애 지음, 김영철 인형 제작 및 사진, 현암사, 1996

『사랑의 학교 1, 2, 3』 E. 데 아미치스 지음, 창작과비평사, 1997

『사물놀이』 김동원 구음·감수, 조혜란 그림, 길벗어린이, 1998

『사회학』 J. 빅터 볼드릿지 지음, 경문사, 1979

『산적의 딸 로냐』 아스트리드 린드그렌 지음, 시공주니어, 1999

『산타 할아버지』 레이먼드 브릭스 지음, 비룡소, 1995

『산토끼 가족의 이사』 주느비에브 위리에 지음, 로이크 주아니고 그림, 두산동아, 1993

『새로 쓰는 사랑 이야기』 송연화 외 지음, 또 하나의 문화, 1991

『새학습대백과』 중앙출판사, 1991, 절판

'생각하는 미술' 시리즈 전 5권, 마루벌, 1997

『서울의 자연』 서울시립대 환경생태연구실 지음, 서울특별시, 1995, 절판

『서울 탐구 여행』 김만용 외 3인 지음, 교학사, 1998, 절판

『성공하는 사람들의 7가지 습관』 스티븐 코비 지음, 김영사, 1994

『세계의 종교 이야기』 폴 발타 외 지음, 미래 M&B, 1999

'세밀화로 그린 보리 아기 그림책' 시리즈는 보리에서 출간되었다.

『세밀화로 그린 보리 어린이 식물도감』 전의식 글, 권혁도 외 그림, 보리, 1997

『세상은 이렇게 시작되었단다』 제인 레이 지음, 마루벌, 1995

『세상의 모든 길을 함께 가는 친구』 박수영 외 지음, 미래 M&B, 2000, 절판

「소나기」 황순원 지음, 다림, 길벗어린이 등에서 (유감스럽게도) 그림책으로 나옴

『소설로 읽는 그리스 로마 신화』 드니 랭동 지음, 솔, 1999, 처음 나왔을 때의 제목은
　　　『신들은 신난다』(1997)였음

『손상된 아동기』 Eda J. LeShan 지음, 서원(양서원), 1996

『손 큰 할머니의 만두 만들기』 채인선 지음, 이억배 그림, 재미마주, 1998

『순이와 어린 동생』 쓰쓰이 요리코 지음, 하야시 아키코 그림, 한림, 1989

「숨은 그림 찾기 1」 이윤기 지음, 『제28회 동인문학상 수상 작품집』, 조선일보사, 1998, 절판

『숫자랑 놀자』 마생 지음, 마루벌, 1996

『숲으로 가는 길』 서민환·이유미 지음, 현암사, 1997. 2003년부터 같은 출판사에서
　　　『우린 숲으로 간다』로 나옴

『숲은 누가 만들었나』 윌리엄 제스퍼슨 지음, 척 에카르트 그림, 다산기획, 1994.

『숲이 살아났어요』 달팽이 과학동화 식물 35, 보리 지음, 신가영 그림, 웅진, 1995, 절판

'쉽게 찾는 우리 꽃' 시리즈 전 3권, 현암사, 1994

『슈퍼 스노-맨』 자끄 뒤케누아 지음, 여명미디어, 2000

『시냇물 저쪽』 엘즈비에타 지음, 마루벌, 1995

『식물 박물관』 장명애 외 지음, 웅진, 1996

『신그리스 신화 1, 2, 3』 미하엘 쾰마이어 지음, 현암사, 1998

『신약성서 이야기』 자크 뮈세 지음, 미래 M&B, 1999

『심술이는 용감한 탐험가』 주느비에브 위리에 지음, 로이크 주아니고 그림, 두산동아, 1993

『심심해서 그랬어』 윤구병 지음, 이태수 그림, 보리, 1997

『씩씩한 마들린느』루드비히 베멀먼즈 지음, 시공사, 1994

ㅇ

'아기 곰 라르스' 시리즈 한스 데 베르, 중앙출판사, 1991, 절판

『아기돼지 세 자매』프레데릭 스테르 지음, 파랑새어린이, 1999

『아낌없이 주는 나무』쉘 실버스타인 지음, 분도, 1975

'아름다운 우리 꽃' 시리즈 현진오 지음, 교학사, 1999

『아빠, 꽃밭 만들러 가요』송언 지음, 한지희 그림, 사계절, 1999

『아빠와 함께 하는 스페인 자전거 여행기』강덕치 지음, 현암사, 1995

『아이에게 사랑한다고 말하는 101가지 방법』빅키 랜스키 지음, 새터, 1992

『안데르센 동화』안데르센 지음, 리즈베스 츠베르거 그림, 마루벌, 1996

『알고 보면 무시무시한 그림 동화 1, 2』키류 미사오 지음, 서울문화사, 1999

『앵무새 열 마리』퀜틴 블레이크(혹은 퀜틴 블레이크) 지음, 시공사, 1996

『어른의 학교』이윤기 지음, 민음사, 1999

『어린왕자』생텍쥐페리 지음, 이 책은 여러 출판사에서 나오고 있음

『어린이 식물도감』김태정 지음, 예림당, 1992, 절판

『어린이 지육도감』한국일보타임라이프 편집부 지음, 한국일보타임라이프, 1988.
　　　　1998년부터『네버랜드 어린이 학습백과』로 시공사에서 나오다가 절판

『어린이 책 목록』편집부 엮음, 논장, 1996, 절판

『어린이 책의 역사 1, 2』존 로 타운젠드 지음, 시공사, 1996

『어린이 팔만대장경』신현득 지음, 현암사, 1991

『엄마 없는 날』이원수 지음, 권문희 외 그림, 웅진, 1997

『엘머와 윌버』, 데이비드 매키 지음, 이성출판, 1994, 절판

『여름 이야기』질 바클렘 지음, 마루벌, 1994

『여보세요, 거기 누구 없어요?』요슈타인 가아더 지음, 현암사, 1996

『여성의 사회의식』이효재 지음, 평민사, 1985

『역사신문 3, 조선전기(1392~1608)』역사신문편찬위원회 엮음, 사계절, 1996

『연기 자욱한 밤』이브 번팅 지음, 데이비드 디아즈 그림, 보림, 1996, 절판

『열린 아이들 닫힌 학교』이귀윤 지음, 대교, 1998, 절판

『영혼을 위한 닭고기 수프 1, 2』잭 캔필드 외 지음, 푸른숲, 1997

『오늘은 정말 힘들어』으제니 훼르난데스 지음, 백수현 그림, 또 하나의 문화, 1990, 절판

『오뒤세우스의 방랑과 모험』로즈마리 셧클리프 지음, 국민서관, 1997

『오세암』정채봉 지음, 창작과비평사, 1985

『왕도둑 호첸플로츠』오트프리트 프로이슬러 지음, 비룡소, 1998

『왕자님 귀도 당나귀 귀』서울대아동학연구실의 연구원들 편저, 샘터사, 1997

『왜?』니콜라이 포포프 지음, 현암사, 1997

『요린데와 요링겔』그림형제 지음, 버나뎃 와츠 그림, 보림, 1996, 절판

『우리가 정말 알아야 할 우리 옛이야기 백가지 1』서정오 지음, 현암사, 1996

『우리가 정말 알아야 할 우리 옛이야기 백가지 2』서정오 엮음, 현암사, 1999

『우리는 고양이 가족』케슬린 헤일 지음, 시공사, 1995

『우리 동네 비둘기』한정아 지음, 윤문영 그림, 마루벌, 2000

『우리 동화 바로 읽기』이재복 지음, 한길사, 1995

「우리들의 일그러진 영웅」이문열 지음, 『이상문학상 작품집 11』문학사상사, 1987.
　　　　1998년 다림에서 (유감스럽게도) 초등학교 고학년 어린이를 위한 단행본으로 출간함

『우리 아기 책』질 바클렘 지음, 마루벌, 2000. 절판

『우리 아파트』김우경 지음, 지식산업사, 1999

『우리 할아버지』존 버닝햄 지음, 비룡소, 1995

『유적 박물관』김일환 지음, 웅진, 1996

『으뜸헤엄이』레오 리오니 지음, 마루벌, 1997

『이런 사람이 무자격 부모다』수잔 포워드 지음, 삼신각, 1990. 2008년부터 푸른 육아에서
　　　　『독이 되는 부모』로 나온다.

『이슬이의 첫 심부름』쓰쓰이 요리코 지음, 하야시 아키코 그림, 한림, 1989

『이 시대를 사는 따뜻한 부모들의 이야기 1, 2』이민정 지음, 김영사, 1995

ㅈ

『작은 집 이야기』 버지니아 리 버튼 지음, 시공사, 1993

『장갑』 우크라이나 민화, 에우게니 M. 라쵸프 그림, 한림, 1994

『장미의 이름』 움베르토 에코 지음, 열린책들, 1992 개역판

『존 선생님의 동물원』 이치카와 사토미 지음, 두산동아, 1996, 절판

『좀머 씨 이야기』 파트리크 쥐스킨트 지음, 열린책들, 1992

『종이 봉지 공주』 로버트 문치 지음, 마이클 마첸코 그림, 비룡소, 1998

『좋은 그림책 모음』 서당 엮음, 논장, 1997, 절판

『즐거운 로저와 대머리 해적 압둘』 콜린 맥노튼 지음, 시공사, 1993

『지각대장 존』 존 버닝햄 지음, 비룡소, 1995

'찔레꽃 울타리' 시리즈 질 바클렘 지음, 마루벌, 1994년부터 『봄이야기』 『여름이야기』
　　『가을이야기』 『겨울이야기』를 비롯해 총 8권을 출간했다.

ㅊ

『차차차 부자의 고궁답사기 1, 2』 차준용 · 차승목 지음, 미래 M&B, 1998

『책 읽기 좋아하는 할머니』 존 윈치 지음, 파랑새어린이, 2000

『최초의 인간』 알베르 카뮈 지음, 열린책들, 1995

『충치 도깨비 달달이와 콤콤이』 안나 러셀만 지음, 현암사, 1994

ㅋ

『컬러학습대백과』 계몽사, 1970

『코끼리 형님의 나들이』 나카노 히로다카 지음, 한림, 1989

『크리스마스 선물』 오우 헨리 지음, 리즈벳 쯔베르커 그림, 두두, 1995. 2008년부터
　　아이세움에서 나옴

ㅌ

『탈식민지 시대 지식인의 글 읽기와 삶 읽기 2』 조혜정 지음, 또하나의문화, 1994

『통발신을 신었던 누렁소』 이오덕 엮음, 사계절, 1991

『통일된 땅에서 더불어 사는 연습』또하나의문화 통일 소모임 엮음, 또하나의문화, 1996

『트로이아 전쟁과 목마』로즈마리 셧클리프 지음, 국민서관, 1997

ㅍ

'펠릭스' 시리즈는 1999년부터 아가월드에서 나오다가 현재는 절판

『폭죽소리』리혜선 지음, 이담·이근희 그림, 길벗어린이, 1996

『프레드릭』레오 리오니 지음, 시공주니어, 1999

ㅎ

『학습그림대백과』계몽사, 1997

『한국십진분류법』제5판(전2권), 한국도서관협회 편집부 지음, 한국도서관협회, 2009

'한국의 고궁' 시리즈 전 5권, 열화당, 1986

『한국의 식물』계몽사, 1996

'한국의 야생화' 시리즈 전 12권, 김태정, 국일미디어, 1997

『한눈에 보는 우리나라』새롬누리 지음, 삼성출판사, 1999

『혼불 1-10』최명희 지음, 한길사, 1996. 2009년부터 매안에서 나온다.

---

1 2 3 …

『1학년을 위한 동화』어린이도서연구회 엮음, 우리교육, 1998. 절판

『21세기 열린교육을 위한 NEW ELITE 학습대백과』삼성당, 1999

『21세기 웅진학습대백과사전』웅진출판, 1998

---

a b c …

Abschied von Rune Marit Kaldhol 지음, Wenche Øyen 그림, Ellerman 출판사, 1987

Charlie The Caterpillar Dom DeLuise 지음, Christopher Santoro 그림, Simon & Schuster Books for young readers, 1990

Dance, Tanya Patricia Lee Gauch 지음, Satomi Ichikawa 그림, Philomel Books, 1989

Der kleine Tim und der grosse Tom Kazuo Iwamura 지음, J. F. Schreiber, 1984

영어판 제목은 *Ton and Pon: Big and Little* Atheneum 출판사, 1984

Die neugierige kleine Hexe Lieve Baeten 지음, Oetinger, 1992

Geh nie mit einem Fremden mit Trixi Haberlander지음, Ursula Kirchberg 그림,

　　Ellermann 출판사, 1985

Piggybook Anthony Browne 지음, Julia MacRae Books, 1986

Sei nett zu Eddie Virginia Fleming 지음, Floyd Cooper 그림, Lappan 출판사, 1997

* 위의 외국그림책 가운데 2010년 12월 31일 현재 한국에서 번역·출간된 도서는 다음과 같다.

『꼬마 발레리나 타냐』 페트리샤 리 고흐 지음, 이치가와 사토미 그림, 현암사, 2001

『낯선 사람 따라가면 안 돼』 트릭시 하버란더, 경독 교육동화 시리즈1, 경독, 2006

『돼지책』 앤서니 브라운 지음, 허은미 옮김, 앤서니 브라운 그림, 웅진주니어, 2001

『애벌레 찰리』 돔 드루이즈 지음, 크리스토퍼 산토로 그림, 느림보, 2003

『에디에게 잘 해주렴』 버지니아 플레밍 지음, 플로이드 쿠퍼 그림, 느림보, 2003

『풍덩』 필립 코랑텡 글·그림, 물구나무, 2002

『호기심쟁이 꼬마 마녀』 리에브 바에튼 지음, 중앙출판사, 2006

우리 아이, 책날개를 달아주자

펴낸날	초판 1쇄 2011년 3월 29일
	초판 7쇄 2024년 11월 19일

지은이	김은하
펴낸이	심만수
펴낸곳	(주)살림출판사
출판등록	1989년 11월 1일 제9-210호

주소	경기도 파주시 광인사길 30
전화	031-955-1350 팩스 031-624-1356
홈페이지	http://www.sallimbooks.com
이메일	book@sallimbooks.com

ISBN	978-89-522-1552-9 03800